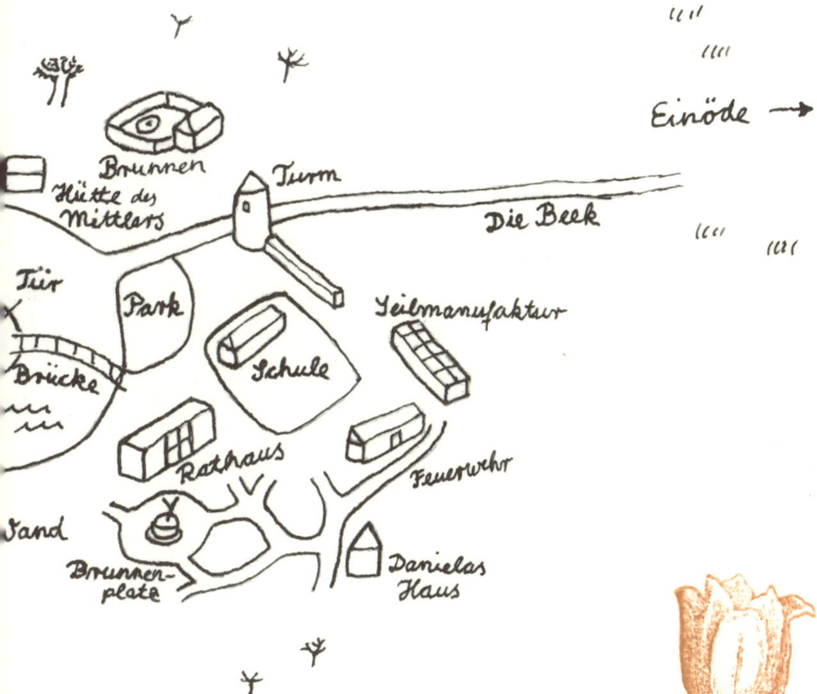
Einöde →
Brunnen
Turm
Hütte des Mittlers
Die Beek
Tür
Park
Seilmanufaktur
Brücke
Schule
Rathaus
Feuerwehr
Sand
Brunnenplatz
Danielas Haus

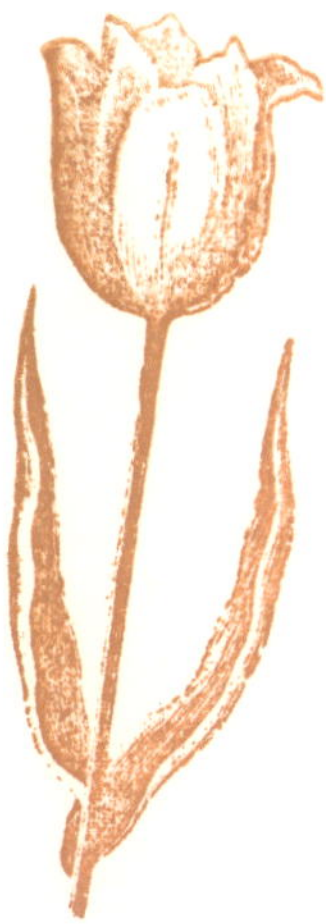

Beek

: mairisch verlag

Michael Weins

Lazyboy

Roman

mairisch verlag

[mairisch 31]
1. Auflage, 2011

www.mairisch.de

Korrektorat: Annegret Schenkel | www.korrektorat-schenkel.de
Umschlagfoto: Rosie Hardy | www.rosiehardy.com
Karte: Thomas Wellhausen | www.thomaswellhausen.de
Autorenfoto: Tanja Bächlein | www.bachlein.de
Druck: Friedrich Pustet KG, Regensburg

Printed in Germany
ISBN 978-3-938539-19-4

»Was hast du denn auf einmal?«, fragt der Schatten.
»Wie war ich denn früher? *Ich selbst* – wer ist das?«, sage ich.

Haruki Murakami,
Hard boiled Wonderland und das Ende der Welt

Erste Tür

I

Die Sprechstundenhilfe öffnet die Tür und singt meinen Namen: »Herr Lazyboy, bitte.«

Alle Augen wenden sich mir zu. Den Namen habe ich noch aus meiner Zeit als Rapper und als ich aufgelegt habe. Das habe ich sogar relativ lange noch gemacht, eigentlich fast bis gestern, wenn ich ehrlich bin. Und dann habe ich den Namen beibehalten, weil ich es cool fand, wenn unter meinen Plattenkritiken bei *brünett* Lazyboy steht. Lässig klingt das, finde ich. Sogar noch heute. Leider viel lässiger als der Typ, der da dahintersteht. 35 Jahre. 1 Meter 82, halblange, etwas schüttere blonde Haare im gerade angesagten Schnitt, Berufsjugendlichenkleidung. Ich habe es sogar in meinen Pass schreiben lassen, hat mich vierzig Euro gekostet, als Künstlername, Lazyboy. Und ich stelle mich tatsächlich so vor, auf Ämtern und bei Vorstellungsgesprächen, Eigenkonfrontationstherapie, um mich auf Kurs zu halten. Bloß nie weg vom Rand der Klippe, das ist mein Lebensmotto. Einmal passt du nicht auf und schon bist du Ernst Dieter Müller, sitzt auf dem Rasenmähertraktor, tuckerst über Vorortrasen, und durch die angelehnte Terrassentür hörst du den Säugling schreien. Und auch um mich vorzuführen und weil es einfach zu gut passt: Der faule Junge. Und außerdem sehe ich gerne zu, wie die Leute reagieren.

»Ist das Ihr echter Name, *Lazyboy*?«

Und ich sage: »Klar, Vorname *Lazy*, Nachname *Boy*, steht sogar in meinem Pass.«

»Haben Ihre Eltern sich das einfallen lassen?«

»Jaja, das sind so Althippies mit ganz verrückten Ideen, Egomanen der Selbstverwirklichung, haben ihren Spieltrieb an mir ausgelassen, und ich bin ja auch in Bangladesch in der

Kommune geboren, müssen Sie wissen, und von der Gruppe aufgezogen worden, eine ambivalente Erfahrung für ein Kind.«

Oder: »Ja, Sie kennen doch den gleichnamigen Sessel? Mein Vater war der Fabrikant, erst der Sessel und dann ich, leider ist er verstorben.«

In Wirklichkeit heiße ich Heiner Boie, aber ich wurde schon in der Schule Boy genannt, und das Lazy hat sich später zwangsläufig ergeben.

Seit einiger Zeit gibt es eine Band in Schweden, die sich so nennt. Es ärgert mich maßlos, aber ich war früher.

Im Behandlungszimmer umfängt mich blaues Licht, das kommt von der Auslegeware. Auf dem Schreibtisch steht ein HSV-Kaffeebecher neben dem Porträtfoto vom Sohn, sieben Jahre. Ein Bild der Gattin steht da nicht.

Der Arzt öffnet die Tür, zieht den Kopf ein, als er den Raum betritt. Er sieht aus wie die Geier im Dschungelbuch, lang und hager, große Nase, Beatles-Frisur. Eigentlich mag ich es gar nicht, zu Leuten aufschauen zu müssen. Ich habe ihn mir aus dem Telefonbuch ausgesucht, Allgemeinmediziner, weil mir sein Name gefiel. Dr. Brose. Ich stelle mir eine einzelne Brausetablette vor, die in einer Brotdose aufbewahrt wird. Außerdem liegt seine Praxis in der Nähe meiner Wohnung. Normalerweise gehe ich nicht zum Arzt, ich werde einfach nicht krank, da halte ich nichts von.

»Tja«, sagt er, als er mir die Hand gibt.

Beide nehmen wir Platz. Er schaut in seine Kartei. »Herr – äh, Lazyboy. Was kann ich denn für Sie tun? Helfen Sie mir auf die Sprünge ... Wir kennen uns noch nicht, oder?«

Ich schaue auf seinen Pony, seine Prinz-Eisenherz-Frisur. Das ist entweder ganz weit vorn oder sehr, sehr weit zurück.

Vermutlich ist es Zweiteres, wenn ich mir den Rest so anschaue. Er hat eine große Nase.

»Ich bin zum ersten Mal da«, sage ich.

»Aha«, sagt er und notiert sich etwas. Dann schaut er mich erwartungsfroh an. Er faltet seine Hände. Ich rutsche auf meinem Stuhl hin und her. Ich hasse es, aus dem Po zu schwitzen, aber es passiert mir immer öfter, gerade bei den angesagten Jeans kommt es besonders oft vor, die sind nichts für den reiferen Männerkörper. »Womit kann ich dienen?«, fragt er. »Wo drückt der Schuh?«

Das habe ich auch lange nicht gehört. Ich schaue auf meine Füße, die in ultrabequemen Sneakern *Ferien machen,* möchte ich fast sagen. Von Schuh drücken kann nun wirklich keine Rede sein. Ich grinse ihn breit an. Er lächelt irritiert zurück.

»Nun?«, fragt er.

»Ja«, sage ich. »Ich leide unter Blackouts.«

Diese Formulierung habe ich mir zurechtgelegt, weil sie am ehesten zu passen scheint. Und auch sie kleidet nur notdürftig in Worte, was ich erlebe. Ich sage: »Gerade befinde ich mich noch an einem Ort, irgendeinem Ort, und schwupp, schon komme ich plötzlich an einem völlig anderen zu mir, ohne dass ich Erinnerungen hätte, den Weg dorthin zurückgelegt zu haben.«

»Reale Orte«, sage ich, als ich seinen Blick sehe. »Und ich habe nichts dabei getrunken, falls Sie das jetzt denken. Ich stehe perplex da und wundere mich, wie ich hierhergekommen bin. Gestern zum Beispiel wollte ich ein Restaurant am Schulterblatt betreten, und plötzlich stand ich im Gewächshaus des Botanischen Gartens in Klein Flottbek, wie ich nach einer Weile feststellte. Erst dachte ich noch, oh, schick hier, so viele Pflanzen können die doch unmöglich in ein Restaurant stellen.«

»Habe ich Sie richtig verstanden?«, fragt Dr. Brose. »Sie kommen plötzlich irgendwo zu sich und wundern sich, was Sie dort machen?«

»Genau«, sage ich.

»Sie leiden an Erinnerungslücken?«

»Vermutlich«, sage ich. »Sie sind der Fachmann.«

»Haben Sie in letzter Zeit mit besonderem Stress physischer oder psychischer Art zu tun? Leiden Sie unter besonderen Anspannungen oder Belastungen?«

»Eigentlich nicht.«

»Nehmen Sie Drogen?«

»Was genau sind für Sie Drogen?«

»Bewusstseinsverändernde Suchtmittel wie Kokain, Heroin etc., aber auch Alkohol ...«

»Unterliegen Sie eigentlich der ärztlichen Schweigepflicht?«

»Sicherlich.«

»Fällt Cannabis auch unter die Drogen?«

»Selbstverständlich.«

»Dann Alkohol und gelegentlich den guten alten Bruder Joint. Sonst eigentlich nichts mehr, mit Ausnahmen.«

»Was heißt das?«

»Die wilden Jahre sind vorüber.«

»Können Sie das bitte konkreter fassen? Was haben Sie konsumiert? Wie lange liegt der letzte Konsum zurück?«

»Spielt das wirklich eine Rolle?«

»Vermutlich.«

»Ach, ich weiß nicht, Pillen, Koks, Amphetamine, LSD. Und einen Kaktus habe ich mal gegessen, aber das liegt schon eine ganze Weile zurück.«

Ja, Mann, denke ich, der Kaktus. Da könnte ich glatt ins Schwärmen geraten. Obwohl ich damals buchstäblich die

Hosen voll hatte. Ende der 90er-Jahre bin ich sommers mit einem Menschen, der sich selbst *Birdie* nannte, ich nannte ihn *Drogen-Bert*, und seinem Freund, der aussah wie ein gemästeter Indianerjunge, riesig groß und breit, lange dunkle Haare, markante Nase, im Nordosten Hamburgs am späten Nachmittag in den Wald gefahren, um einen Kaktus zu essen. Wir suchten uns eine nette Lichtung, auf der wir eine Decke ausbreiteten.

Drogen-Bert wohnte damals auf dem Kiez. Heute wohnt er mit Frau und Kind in einem schönen Eigenheim im Speckgürtel der Stadt und ist Chirurg oder etwas ähnlich Schneidiges. Vormittags hatten wir in seiner WG-Küche im fünften Stock eines St.-Pauli-Altbaus gesessen und den meskalinhaltigen San-Pedro-Kaktus, den er per Mailorder bestellt hatte, in einen psychoaktiven Pflanzenmatsch verwandelt. Diesen Kaktus verehren einige Indianervölker als heilige Pflanze, die zu rituellen Zwecken genutzt wird. Wir hatten ihn mit dem Kartoffelschäler von seinen Stacheln befreit und anschließend wie eine Gurke in Stücke geschnitten und durch die Moulinette gedrückt. Die so entstandene Pflanzenpampe wurde gesalzen und gepfeffert und in eine leere Tri-Top-Flasche abgefüllt.

Auf der Lichtung schminkten wir uns gegenseitig mit Karnevalsfarben, wir waren jung, wir wussten es nicht besser, dann zwangen wir uns den bitteren Kaktustrunk hinein. Bald saßen wir mit weit nach innen hallenden Gehirnen da und ließen uns von der weichen Hand des Windes streicheln. Weißbewimperte Gräser wiegten sich im Nachmittagslicht. Anschließend liefen wir ein paar Stunden schwankend durch den Wald, nachdem wir vorher ausführlich gekotzt hatten, sahen Lichter und Farben, zogen uns nackig aus, weil uns plötzlich rasend intensiv danach war, und begegneten in der

Dämmerung einem Spaziergänger mit seinem Hund. Heute würde ich viel Geld dafür geben, dessen Wahrnehmungsfilm vor- und zurückspulen zu können. Er geht ahnungslos mit seinem Hund durch den Wald, wie jeden Abend, und trifft plötzlich auf drei groß gewachsene, nackte Spinner mit baumelnden Penissen und grotesk bemalten Gesichtern, die mit tiefschwarzen Pupillen durch den dämmrigen Wald auf ihn zugewankt kommen. Peinlich, würde ich heute sagen, aber damals war es mir egal, ich war ein Lichtschwimmer, ich schwamm durch die warme Abendluft, und alleine schon zu atmen war ein großes Fest. Wir waren die Urhorde auf der Jagd, wir dachten synchrone Gedanken, ich höre mich noch denken, Erdberührer, als ich meine Schuhe auszog und mit nackten Sohlen verzückt über den Waldboden tapste, Erdberührer, es sind keine Füße, es sind Erdberührer, mit ihnen halten wir den Kontakt, durch sie werden wir mit allen wesentlichen Energien versorgt, ich konnte es richtig strömen spüren. Und richtig schlimm wurde es erst, als es finsterste Nacht war im Wald und um uns herum sonderbare Lichter, die wir alle drei sahen, Lichter nicht von dieser Welt, durch den Wald zu spuken begannen.

»Hm«, sage ich. Der Doktor hat mich eine ganze Weile fragend angeschaut.

Mit Drogen-Bert und seinem Freund sehe ich mich auch im Spätsommer gebückt über eine Kuhwiese schleichen, auf der Suche nach diesen speziellen kleinen Pilzen mit dem spitzen Hut, und man muss sich leer und empfangsbereit machen und dem Universum dankbar sein, demütig usw., damit man sie findet, man muss sie innerlich zu sich rufen, aber nicht zu sehr, sagt Bert, und der Bauer auf dem Traktor wundert sich schon gar nicht mehr, weil er das schon kennt, dass irgendwelche spätpubertierenden Spinner aus der Stadt über seine Wiese kreiseln.

Aber das ist lange her, und das kann eigentlich nichts mehr mit dem jetzigen Phänomen zu tun haben, hoffe ich.

»Gekokst habe ich noch mal irgendwann«, sage ich, »und eine Pille genommen vielleicht, eine halbe oder so, Ecstasy, aber das ist schon ewig her, sechs Wochen oder so. Länger.«

»So, so«, sagt Dr. Brose mit gerunzelter Stirn und notiert sich etwas auf einem gelben Karteibogen.

»Eigentlich nehme ich nichts mehr«, sage ich, seufzend, »das ist vorbei, man muss ja auch ein wenig achtgeben auf sich und langsam mal erwachsen werden, nicht wahr?«

Vom Doc habe ich offensichtlich kein Verständnis zu erwarten. Er blickt mit gerunzelter Stirn auf seinen Karteibogen.

»Na ja, ich trinke noch ganz gern, muss ich sagen. Irgendeinen kleinen Rausch braucht ja jeder, oder?«

»Wie viel trinken Sie? Und wie oft?«

Dieser Mensch will es aber wirklich ganz genau wissen. Also erzähle ich ihm detailliert, welche alkoholischen Getränke ich gerne zu mir nehme, wie viel ich davon trinke und wie oft, wo ich sie trinke, mit wem und wozu.

»Hm«, macht der Doktor und wirkt anschließend etwas ratlos. Er kritzelt auf seinem Karteibogen herum, und ich denke nicht, dass es bloß Strichmännchen sind.

»Können Sie mir Ihre aktuellen Erlebnisse bitte noch einmal ganz genau schildern«, sagt er, »so genau, wie es irgend geht, damit ich mir ein stimmiges Bild machen kann?«

Ich nicke und kratze mich am Kopf.

2

Das erste Mal passierte es in meiner Wohnung.

Das ist wie mit den Unfällen, schätze ich, bei denen sich die meisten und die schlimmsten und die dämlichsten sowieso im eigenen Wohnraum ereignen. Sogenannte *Haushaltsunfälle.* Man will nur die Glühbirne auswechseln und macht den einen unachtsamen Schritt vom Hocker zur Seite direkt in den Rollstuhl.

Ich hatte mir mein Frühstück gemacht, zwei Toastbrote lagen auf dem kleinen Holzbrett, eines mit Schmelzkäse und Himbeermarmelade, eines mit Gemüse-Puten-Wurst. Ich wollte sie zum Verzehr aus der Küche mit ins große Zimmer hinübernehmen, stand aber plötzlich mit dem Frühstücksbrett vor einem mit Birnenornamenten verzierten Spiegel, einem bleigefassten, ganzkörpergroßen Jugendstilspiegel, den ich selbst aus Geschmacksgründen niemals erworben hätte. Ich stand in einem Möbelhaus, wie ein Blick auf die Umgebung, Neonröhren und Furnier, ergab. Hinter mir ein großes Ehebett mit Nachttischen, *gebeizte Esche, 399 Euro,* las ich, dahinter ähnliche Schlafzimmer, Betten, Tischchen, Schränke, Gänge und einige wenige vormittägliche Möbelhausbesucher, die mich unverhohlen anglotzten, da mir die Hose fehlte. Ich trug nur Boxershorts und mein grau-verwaschenes Iron-Maiden-Schlaf-T-Shirt am Körper. Die Haare verstrubbelt, mein Frühstücksbrett in der Hand, Badelatschen an den Füßen. Die Neonröhren knackten leise wie Frühstücksspeck in einer Pfanne.

Solche Dinge kann man nicht wirklich objektiv einschätzen, fürchte ich, alles, was einen selbst betrifft, blinder Fleck und so weiter, das heißt, ich fragte mich schon, welches Motiv ich haben könnte, halbnackt mit meinem Frühstück in ein

Möbelhaus gefahren zu sein, ob ich über Nacht irgendeine Perversion ausgebildet hätte, halbnacktes Frühstücken in der Öffentlichkeit, man weiß ja nie. Und was passiert sein musste, damit ich mich an die Hintergründe nicht erinnerte. Ich war auch ein wenig erschrocken. Und die Toastbrote auf meinem Brett waren noch warm. Aber ich glaube, dass dies einer meiner wenigen Vorzüge als Angehöriger der Spezies Mensch ist, dass ich mich immer relativ schnell mit sich ergebenden Situationen anfreunden kann und bestrebt bin, das Komische daran zu sehen.

Das ist schon seit meiner Kindheit so. Als Sechsjähriger habe ich einmal beim Versteckspielen im Gebüsch in Menschenscheiße gegriffen. Ich wusste sofort, dass es Menschenscheiße, keine Hundescheiße war, ich habe es am Geruch und an der Farbe erkannt, ein ultraintensiv leuchtendes Orangebraun. Erst habe ich geweint, die Hand voll Menschenscheiße, aber dann musste ich lachen, weil es so doof war. Menschenscheiße! Das hat sicherlich etwas mit meiner Geschichte zu tun, mit meinem Herkommen, meiner Familie, meinen Eltern usw. Vieles kommt einem witzig vor, wenn man durch die sauber gekachelte Hölle gegangen ist. Im besten Fall hilft es dabei, eine halbwegs anständige Zeit zu erleben. Man hat eventuell mehr Spaß als die anderen, zumindest rennt man öfter mit einem Grinsen im Gesicht herum. Andererseits führt sie im Negativen auch dazu, diese meine Fähigkeit, dass ich im Leben oftmals nicht besonders wählerisch und ambitioniert bin. Ich lasse die Dinge auf mich zukommen. Ich nehme, was und wie es kommt.

Ich saß mit übereinandergeschlagenen Beinen auf der Kante eines Möbelhausbettes für 399 Euro, auf dem Schoß mein Brettchen. Ich ließ es mir schmecken. Ich lächelte.

Das zweite Mal verließ ich gerade den Supermarkt mit einer Einkaufstüte in der Hand und lächelte dem Verkäufer der Obdachlosenzeitschrift zu. Ich hatte die ganze Hosentasche voller Kleingeld und ließ es aufdringlich klimpern. Ich gebe ihm niemals auch nur einen Cent. Ich grüße ihn immer betont freundlich, immer, denn er steht immer da mit seinen Zeitschriften, und er grüßt mich immer zurück mit seinem zahnlosen Gesicht, ein devotes Nicken, bei dem er mir nicht in die Augen, sondern auf den Boden blickt. Aber Geld bekommt er keins von mir, nie. Und seine doofe Zeitschrift will ich auch nicht, nicht mal geschenkt.

Ich mache also den Schritt durch die Supermarkttür hinaus in die Welt, und im nächsten Moment stehe ich zu Hause im Flur mit der Einkaufstüte in der Hand und fühle mich, als hätte ich mich nachmittags eine Stunde hingelegt und würde nach einem unangenehm tiefen Schlaf erwachen und müsste mich erst wieder in der Welt zurechtfinden.

Ich stellte die Tüte mit den Einkäufen neben mich auf die Holzdielen und schloss die Wohnungstür. Dann wunderte ich mich. Wo war der Weg gewesen? Ich ging im Kopf die Strecke vom Supermarkt zu meiner Wohnung nach. Es fiel mir nicht schwer, den Weg virtuell um alle Sinneseindrücke zu ergänzen, die normalerweise dazugehören, die gurrenden Tauben, der kühle Wind, der Geruch nach Hundekot in meinem Viertel, ab und zu das Tuten eines Schiffshorns, das vom Hafen rüberweht. Ich muss mehr schlafen, sagte ich mir. Es kann doch nicht sein, dass ich nur die Hälfte meines Lebens mitbekomme. In der Schlussbilanz fehlen mir hinterher ganze Jahre. Aber irgendwie wunderte ich mich noch immer nicht über die Maßen. Am Abend zuvor hatte ich getrunken. Und von Zeit zu Zeit überkommen mich seit jeher Anfälle zügelloser Zerstreutheit.

Das nächste Mal empfand ich es schon als beunruhigender. Da ging mir das erste kleine Licht auf. Monika und ich waren im *Edelweiß* gewesen, einem Laden für wesentlich jüngere Leute als mich. Monika ist vier Jahre jünger als ich. Es war am Wochenende, am Samstag, und Monika war mit ihrer Freundin Laura unterwegs. Sonst ging Monika eigentlich kaum noch weg, in der Woche, ohne Laura, seit sie den Job im Institut angefangen hatte. Ganz im Gegensatz zu mir. Ich hasse das Wochenendpublikum, ich mag das Gefühl in der Woche, wenn nur Menschen ohne feste Ordnung im Leben unterwegs sind, nicht der ganz große Partymob aus den Vorstädten. Ich stand am Rand der Tanzfläche und schaute den beiden zu, wie sie ihre gut trainierten Arme in die Luft hielten. Wie das Scheinwerferlicht auf der Haut glänzte. Ich kam mir vor wie der Großvater der Partybewegung, *kommt her, Schulmädchen, und tanzt wild für Opa Lazyboy!,* vom Gefühl her hätte ich den halben Laden adoptieren können, ich kam mir fehl am Platze vor, und ich hatte das Gefühl, die kleinen blonden Party-Schulmädchen guckten mitleidig an mir hoch, während ich gierig an ihnen hinunterblickte. Ich hatte ein schwarzes Sweatshirt unter dem Jackett an, auf dem ein Skifahrer in Abfahrtshaltung abgebildet ist, eine Spur zu jugendlich vielleicht. Es lief irgendein Party-House-Unsinn, ich mache mir nicht mehr die Mühe, den Mist auseinanderzuhalten, das Privileg und die Ignoranz des Alters. Ich nuckelte mein aktuelles Lieblingsbier zur Neige, dann kämpfte ich mich durch zuckende Fleischmassen zu meinen beiden tanzenden Grazien vor. Laura kann ich eh nicht leiden, sie ist die größte Spießerzicke auf Erden, von ihrem bebrillten Spasti-Freund Eduardo ganz zu schweigen. Sie mag mich aber auch nicht, und immer, wenn wir uns sehen, lächeln wir einander breit und süß ins Gesicht. Ich drängelte eine Teeniehorde beiseite, damit ich einen besseren Stand hatte, ich brüllte: »Ich geh mal raus, ich muss mal raus hier, frische Luft, bin gleich wieder da!« Ich lächelte und nickte. Ich hatte keine Ahnung, ob sie mich verstanden hatten. Beide tanzten mit geschlossenen Augen, ich meinte bei Monika ein leichtes Nicken wahrzunehmen. Gut sahen sie aus, verrückt und schön, sexy und hingegeben. Ich seufzte im Abdrehen.

Im Vorraum zog ich das Jackett aus, legte es mir über den Unterarm. Dabei schaute ich beiläufig auf meine Armbanduhr.

Dann gab es einen Moment, und im Nachhinein würde ich sagen, es fühlte sich an, als ginge ich durch Gelee, aber das ist eine Rekonstruktion. Als wäre ich kurz, einen schönen, gedehnten Moment lang, zu Gast im transparenten Götterspeisehaus einer Nacktschnecke, in dem die Zeit langsamer tickt, zäh und schwer tropft sie wie dickflüssiger Sirup verhallend ins Nichts. Ich bin von einer Nacktschnecke zum Gelatinetee geladen, wir sitzen auf ihrem unförmigen Wabbelsofa und blicken durch Quallensubstanz hinaus in das triefende, tropfende Leben. Wir seufzen gemeinsam.

Dann stand ich in der Alsterschwimmhalle am Beckenrand.

Ich habe es nicht gleich erkannt. Ich stand am Rand eines nächtlichen 50-Meter-Schwimmbeckens, schwankte leicht hin und her, die Bilder von einem nächtlichen Schwimmbad vor Augen. *Schwimmbad, nächtlich,* etikettierte mein Gehirn, und wieder fühlte es sich an wie ein Erwachen, alles an mir gähnte herzhaft, und es kam mir absurd vor, dass ich gerade aus einem Club gestiefelt sein sollte, das fühlte sich unendlich weit weg an. Die Oberfläche des Wassers kräuselte sich leicht, reflektierte das Licht der Straßenlaternen von draußen. Mein Blick ging zum 10-Meter-Sprungturm hinüber, wanderte sanft an der hohen, kubistisch anmutenden Deckenkonstruktion entlang, und ich hörte mich denken: Alsterschwimmhalle, im Volksmund: *Schwimmoper.* Ich war seit Jahren nicht hier gewesen. Ich stand ganz dicht am Beckenrand, das Jackett über dem Arm, schwankte leicht und hatte plötzlich Angst, ins Wasser zu fallen. Ich schaute hinüber zum gegenüberliegenden Beckenrand, Liegen, Kacheln, Holztäfelung, Uhr.

Erst dachte ich wirklich, ich träume, ich liege schon im Bett und träume vor mich hin. Eigentlich hätte ich auf der nächtlichen Straße vor dem *Edelweiß* stehen sollen, eine Zigarette schnorren, ins gelbe Licht der Tankstelle gegenüber blinzeln, aber jetzt ging ich hier in die Hocke, steckte die rechte Hand ins Wasser und fühlte ganz deutlich das kühle Nass, roch das Chlor. Ich lauschte dem Plätschern, als ich mir etwas Wasser ins Gesicht rieb.

Verrückt, dachte ich. Früher ist man für so was über den Freibadzaun geklettert.

Ich stand einige Minuten einfach nur da und hielt den Atem an. Außer dem Plätschern und dem fernen Summen einer Lüftung konnte ich keine Geräusche hören. Große, nächtliche Schwimmbadstille. Ich blickte mich um, konnte aber nichts Verdächtiges erkennen. Wenn ich schon mal da bin, dachte ich. Ich zog mich aus und legte meine Kleidung auf eine Plastikliege. Dann ließ ich mich ins Wasser gleiten und begann mit leisen, gleichmäßigen Bewegungen zu schwimmen.

Auf dem Heimweg, dem langen Fußweg zurück durch die verlassene Stadt, nachdem ich irgendwann die Notausgangstür geöffnet und damit den Alarm ausgelöst hatte, kam mir das Bild von den beiden Uhren in den Sinn. Meine Armbanduhr im *Edelweiß,* einen Schritt vor dem Verlassen, 2 Uhr 24. Und die große, runde Schwimmbaduhr in der Alsterschwimmhalle auf der anderen Seite des Beckens, als ich mich umgeblickt hatte. 2 Uhr 26. Zwei Minuten. Und geschätzte sieben Kilometer Luftlinie zwischen beiden Orten. Kein Taxi der Welt schafft mich in zwei Minuten von dort nach hier bis an den Beckenrand.

3

Monika habe ich später erzählt, ich sei plötzlich sehr, sehr müde gewesen, was ja auch der Wahrheit entsprach. Und ich entschuldigte mich mehrfach. Ich sei so müde gewesen, dass der Gedanke, eine SMS zu schreiben, mir unerträgliche Qualen bereitet habe, ich hätte sie im Gewimmel nicht mehr finden können und mich bleischwer nach Hause geschleppt. Es täte mir leid. Von der Alsterschwimmhalle erzählte ich nichts. Erst hatte sie noch ein wenig beleidigt geguckt, aber im Grunde kennt sie es nicht anders von mir. Sie hätten mich noch eine Weile im und um das *Edelweiß* herum gesucht, sagte sie, aber dann habe sie sich grimmig ihren Teil gedacht.

Ich fragte mich, wie sie reagieren würde, wenn ich erzählte, ich sei nachts noch ein paar Bahnen in der Schwimmoper geschwommen.

Monika. Ich muss kurz innehalten, um ein paar nette Worte über sie zu sagen, damit man nicht denkt, ich wäre zwar mit ihr zusammen, aber ich würde sie nicht mögen. Damit sie nicht schlecht wegkommt in dieser Geschichte. Man könnte den Eindruck erhalten, ich denke lieblos über sie. Und das ist nicht der Fall.

Oder ich sage vielleicht besser erst einmal ein paar Worte zu mir, über mich. Ein paar Worte zu meiner Arbeit. Ich bin

Journalist. Das heißt, ich schreibe frei für sogenannte Szenemagazine wie *brünett* und *revolver,* dort bin ich sogar Redaktionsmitglied, aber es kommt mir selbst langsam etwas lächerlich vor, es wird immer schwieriger, als 35-Jähriger für Anfang 20-Jährige einen auf hip zu schreiben.

Es gab natürlich Angebote, einen verantwortungsvolleren Job zu übernehmen, Textchef, stellvertretender Chefredakteur, denn schlecht bin ich nicht, wenn ich das in aller Bescheidenheit sagen darf, ich habe eine *heiße Feder.* Aber das wollte ich nicht, ich habe alles abgelehnt, auch und trotz oder wegen der Bezahlung. Was ich will, ist dauerhaft möglichst wenig Verantwortung im Leben.

Ich bin ganz zufrieden mit dem Status Quo, und dabei meine ich nicht die Rockband, die ich nebenbei bemerkt richtig beschissen finde. Normalerweise stehe ich auf die Art von Musik, AC/DC, Iron Maiden, aber eben nicht Status Quo, dieses Band gewordene Anbiedern an den amerikanischen Massengeschmack.

Ich betrachte mich als altmodisch, ich definiere mich so, es hat etwas mit Identität zu tun, *ja, und ich bin stolz darauf,* und altmodisch bin ich in der Tat, unbezweifelbar, ohne mich groß anstrengen zu müssen, obwohl ich gewisse Konzessionen an den aktuellen Geschmack mache, taktisch, um mich besser durchzumogeln.

Aber ich stehe zum Beispiel auf Vinyl, ich lehne CDs grundsätzlich und kompromisslos ab, von MP3s ganz zu schweigen, und ich hasse das Internet und meide es weitgehend, ich habe lediglich berufsbedingt damit zu tun. Als DJ habe ich ein paar Jahre im *Kanal* aufgelegt, in meiner Techno-Phase, aber auch hier: ausschließlich Platten. Pillen und Platten.

Ich bin ein Arschloch, in echt, das muss ich zugeben. Wohlmeinende Menschen, oder Menschen, die etwas von mir brauchen beziehungsweise wollen, sagen: ein charmantes Arschloch. Monika hat mir einmal ein T-Shirt geschenkt, auf dem *Charmantes Monster* steht. Eine Weile habe ich mit jeder Frau geschlafen, die ich traf, sofern es sich realisieren ließ. Es war ein Konzept, es hatte etwas mit Kunst und Langeweile und mit Gier zu tun. Aber das ist eine Weile her. Und die Beziehung zu Monika hat überlebt. Heute *will* ich nur noch mit jeder schlafen, ich unternehme keinerlei Anstrengungen mehr. Und ich habe tatsächlich ein Problem damit, zu bleiben, mich auf etwas, auf jemanden dauerhaft einzulassen. Für fünf Minuten: kein Problem, gib mir die passende Droge. Das gebe ich offen zu. Ich bin der Lazyboy. Ich lebe auf Abruf. Aber ich glaube fest daran, dass es nicht meine Schuld ist. Nichts, niemals, nirgendwo. Dazu bin ich viel zu nett und zu naiv. Es ist alles eigentlich nur eben nicht mein Problem. Ich bin da vielleicht etwas ignorant. Ich glaube fest an das Gute in mir. Bis zur Selbstverlogenheit.

Seit acht Jahren bin ich mit Monika zusammen.

Monika hat dicke, dunkle Locken und ist Arzttochter. Sie möchte mehr Verbindlichkeit, möchte mich am liebsten morgen heiraten. Wir wohnen in zwei getrennten Wohnungen, weil ich behaupte, meine Freiheit zu brauchen, in Wirklichkeit habe ich Angst.

Monika ist wahnsinnig hübsch. Sie hat braungrüne Augen. Sie ist enorm ehrgeizig. Im Beruf und auch sonst. Monika ist Meteorologin. Sie arbeitet für das Max-Planck-Institut. Privat schneidet sie gerne Artikel aus der Zeitung aus, wenn sie glaubt, sie könnten mich interessieren. Dann legt sie die Artikel vor mich auf ihren oder meinen Küchentisch, und ich muss sie mir durchlesen, Artikel über die Melancholie von Ameisen zum Beispiel aus dem Wissenschaftsteil, ich weiß nicht, wie sie darauf kommt, so etwas könnte mich interessieren. Sie schneidet sowieso gerne Dinge aus der Zeitung aus, Bilder, Fotos, Artikel. Sie klebt sie in ein Album und notiert mit dem Bleistift in ihrer unleserlichen Vogelschrift ein paar Worte dazu, ihre Art, Tagebuch zu führen. Monika trägt selbst gestrickte Ringelsocken. Monika und ich essen leidenschaftlich gerne, zu jeder Tages- und Nachtzeit. Wenn ich an Monika und mich denke, sehe ich uns vor ihrem Kühlschrank sitzen und Käsestücke und Schokolade, die sie aus unerfindlichen Gründen im Kühlschrank aufbewahrt, in Serie in uns hineinschieben.

Ich sehe uns nur sehr unscharf miteinander alt werden, dafür umso plastischer miteinander dick werden. Monika ist großzügig, finanziell und Menschen gegenüber. Manchmal ist sie allerdings auch sehr streng, vor allem, was mich anbelangt, das bezieht sich auf meine Art, mich zu kleiden und auf meine Lebensgewohnheiten, aber ich glaube, im Grunde will sie mich gar nicht anders haben, im Grunde will sie, dass ich mich empöre, dass ich mich wehre, wenn ich sie als übergriffig empfinde, wenn sie mich mit ihren schnippischen Meinungen konfrontiert, dass ich sage: *so nicht* und ein beleidigtes Gesicht mache und trotzdem mit meinen sogenannten Freunden trinken gehe.

Manchmal, abends, wenn ich bei ihr bin, sitze ich einfach nur da und sehe zu ihr hinüber, während sie Fernsehen guckt auf dem Sofa und ich auf dem 50er-Jahre-Cocktailsessel vorgebe, etwas zu lesen, irgendein stupides Magazin. Ich schaue sie an, und das reicht mir manchmal schon als perfekte Abendgestaltung.

In den folgenden Tagen passierte es mehrere Male. Einmal kam ich in einem Parkhaus am Stadtrand zu mir, in dem ich noch nie in meinem Leben gewesen bin. Ich öffnete eine Tür und stand in einem Paradies aus grauem Beton, von einer sehr gelben Neonleuchte belichtet, gelbe Fahrbahnmarkierungen auf dem Boden, schwarze Reifenspuren.

Ich versuchte, schnell zurück durch den Spalt zu schlüpfen, aber hinter der Tür befand sich nur noch Treppenhaus. Ich kam viel zu spät in die Redaktion, aber das kennen die da schon.

Das andere Mal stand ich plötzlich, ich hatte auf dem Weg zur Arbeit rasch Wurst einkaufen wollen, in der Schmetterlingsfarm in Aumühle, das fand ich schön, poetisch-zauberisch und ohne Eintritt zu bezahlen. Eben noch beim Bedienen der Ladentür der satte Geruch von Blut und Gewürzen, und plötzlich Sandwege mit Pflanzenwuchs an den Seiten unter einem Glasdach, Holzbrücken über pittoresk angelegte künstliche Wasserwege, und überall in der Luft kleine, große, dicke, dünne, bunte und schwarz-weiße, zart flatternde Falter. Ich schwenkte mein Einkaufsnetz wie einen Schmetterlingskescher.

»Was ist mit dir los?«, fragte mich mein Chefredakteur, als ich endlich im Büro angekommen war. »Du siehst durch den Wind aus. Ich kenne das im Grunde ja von dir, dass du in einem gewissen Rahmen unzuverlässig bist. Aber jetzt treibst du es zu weit. Man kann sich ja gar nicht mehr auf dich verlassen.«

»Ich bin müde«, sagte ich. »Ich bin urlaubsreif. Ich fühle mich nicht gut.«

»Dann geh zum Arzt«, sagte er und ließ mich stehen, direkt vor der Scheibe zum Großraumbüro, wo die anderen gafften.

4

»Ich weiß nicht, ob es Ihnen schon aufgefallen ist«, sagt Dr. Brose und reibt dabei einen gelb-orangefarbenen Bleistift an seiner Ohrmuschel auf und ab, was mich ablenkt und irritiert. Er hat wirklich dumbohaft große Ohren.

»Ihr eigenartiger Gedächtnissprung oder wie auch immer wir es nennen wollen, scheint immer dann einzutreten, wenn Sie im Begriff sind, den Raum zu wechseln. Ist Ihnen das so weit schon aufgefallen?«

»Nein«, sage ich verblüfft. Es ist mir tatsächlich nicht aufgefallen. Wie gut, dass es Mediziner gibt.

»Wenn Sie einen Raum verlassen«, sagt er, »erleben Sie anscheinend manchmal und wiederholt eine Art Bewusstseinstrübung. Vielleicht fallen Sie beim Verlassen in eine Art Trance, von der wir noch nicht wissen, was sie auslöst. Aber das ist nur eine Arbeitshypothese.«

»Jetzt, wo Sie es sagen«, sage ich.

Tatsächlich ist es mir bislang überhaupt nicht aufgefallen. Aber jetzt erscheint es mir augenfällig, dass meine sonderbaren Transfers von Ort zu Ort immer dann eintreten, wenn ich den Raum wechsele, wenn ich eine Tür durchschreite.

Wie ferngesteuert sage ich: »Wenn ich mich an diese Ortswechsel erinnere, dann waren sie stets mit dem Durchschreiten einer Tür verbunden. Ich trete durch eine Tür, allerdings komme ich nicht wie gewünscht im Nebenraum an, sondern ganz woanders. Ich scheine ein Problem mit Türen zu haben. Es sind die Türen. Was denken Sie darüber? Sie sind mein Arzt. Ich denke, Sie sollten darüber Bescheid wissen. Was sagen Sie?«

Dr. Brose sieht etwas eingeschüchtert aus.

»Türen«, sagt er. »Ach so. Nun. Ich fürchte, dass ich auf

diesem Gebiet kein Fachmann bin. Vermutlich muss ich Sie zu einem Spezialisten überweisen.«

»Was für ein Spezialist?«, frage ich.

»Verstehen Sie mich nicht falsch«, er guckt mich entschuldigend aus runden Augen an, »ich bin Experte für das Körperliche – und hier scheint es sich doch mehr um ein geistig-seelisches Phänomen zu handeln, wenn Sie verstehen, was ich meine.«

»Nicht direkt«, sage ich.

Dr. Brose schaut auf seine Unterlagen hinab, vermeidet den direkten Blickkontakt.

»Ich denke, ich sollte Sie zu einem Neurologen oder Psychiater überweisen. Oder einem Psychologen.« Er wirft mir einen raschen Blick zu, schreibt dann weiter auf seinem Block herum.

»Natürlich müsste man von vorneherein ausschließen, dass es nicht doch einen körperlichen Befund gibt, das ist sicherlich der nächste Schritt. Verstehen Sie mich nicht falsch«, sagt er, »ich finde Ihren Fall absolut faszinierend.«

Ich sage nichts, ich schrumpfe still, ich schweige.

»Wir machen als Nächstes eine CT, wir schieben Sie in die Röhre, dann sehen wir sicherlich klarer. Bitte lassen Sie sich vorne einen neuen Termin geben, ja?«

»Sie sind der Boss«, sage ich mit Piepsstimme und erhebe mich in Zwergengröße.

Auf dem Weg durch den Flur zum Empfang überdenke ich das Gesagte: Türen. Am Empfangstresen vereinbare ich bei der serbokroatischen Praxishilfe mit dem harten Akzent, den ich automatisch imitiere, das ist so eine Macke von mir, die einige Menschen als unhöflich empfinden, einen Folgetermin. Ich frage mich, ob es bei jeder Tür aufgetreten ist. Ob ich ein generelles Türenproblem habe. Der Doktor hat mich an eine Röntgenpraxis überwiesen und mir ein angstlösendes Medikament verschrieben, wobei ich vorher nicht den Eindruck hatte, dass Angst mein Hauptproblem darstellte, vorher nicht, jetzt ja. Ich bin gespannt, ob es knallt, das Medikament. Außerdem werde ich mich in einer fremden Praxis einer Computertomografie unterziehen müssen, damit er weiß, ob mit meinem Gehirn alles okay ist. Mir fallen, wenn ich überlege, genug Türen ein, die ich problemlos benutzt habe. Überhaupt Wahnsinn, wenn man sich klarmacht, durch wie viele Türen man jeden Tag so geht. Zum Beispiel diese hier. Ich öffne die Tür des Gebäudes, in dem sich die Arztpraxis befindet. Draußen scheint die Sonne. Durch das Türglas sehe ich einen Linienbus auf der vierspurigen Straße vorbeifahren.

5

Erst weiß ich nicht, wo ich mich befinde. Das ist ärgerlich, denn Monika wartet in ihrer Wohnung darauf, dass ich ihr vom Arztbesuch berichte. Ich habe ihr gesagt, dass ich zum Arzt ginge, weil ich mich in letzter Zeit besonders zerstreut fühlte, ich hätte manchmal regelrechte Blackouts, Gedächtnislücken, ob es ihr aufgefallen sei?

Wir haben abgemacht, dass ich anschließend direkt zu ihr fahre. Jetzt aber stehe ich am Ufer eines Flusses, ein großer Fluss, graugrünes Wasser. Genauer gesagt stehe ich am Fuß einer reich verzierten Fußgängerbrücke, Barock, grauer, alter Stein, Statuetten auf den Balustraden. Am gegenüberliegenden Ufer hoch droben thront eine stattliche Burg auf einem Hügel. Auf der Flanke des Hügels stehen Weinstöcke Spalier. Es sieht irgendwie süddeutsch aus. Ich drehe mich um und stelle fest, dass sich zwei Schritte hinter mir die Tür eines Andenkenladens befindet, wie praktisch.

Ich klaube mein Handy aus der Tasche. »Monika«, sage ich, »ich fürchte, ich schaffe es doch nicht. Ich habe gerade noch von Marcel einen ganz eiligen Auftrag bekommen. Ja, doof, tut mir wirklich leid. Hast du heute Abend schon etwas vor? Ich koche etwas für dich, okay? Hm. Hm. Ach so, ja, der konnte auch noch nicht so richtig sagen, was mit mir los ist. Ich muss noch ein paar Untersuchungen machen lassen usw. Erzähl ich dir alles heute Abend in Ruhe, okay?«

Dann rufe ich in der Redaktion an und sage, dass ich heute nicht komme, weil der Arzt mich krankgeschrieben habe.

Die Sonne scheint, die Burg auf dem Hügel sieht sehr einladend aus.

Am anderen Ende der Brücke ist ein Restaurant mit einer schönen Holzterrasse oberhalb eines alten Wehrs. Ich suche mir einen Platz in der Sonne. Ich werde von einer mittelalterlichen Frau mit weißer Schürze und einem faltigen, grauen Rock über äußerst stramm aussehenden, abgekämpften, harten Waden und Birkenstocks an den tennisbesockten Füßen bedient. Würde man diese Waden verspeisen wollen, bräuchte man sicherlich gutes Besteck und einwandfreie Zähne, so zäh sind sie vom jahrelangen Herumlaufen mit schweren Tabletts geworden.

»Entschuldigen Sie«, sage ich. »Wo sind wir?«

»Wie meinen Sie das?«, fragt sie ohne Gesichtsausdruck.

»Die Stadt«, sage ich, »in der wir uns befinden, wie heißt das alles hier?«

Sie guckt mich an, nichts regt sich in ihrem Gesicht. »Würzburg«, sagt sie.

Ein Lächeln geht auf meinem Gesicht auf wie Urlaubssonne, ich kann es warm und deutlich spüren. Ich meine mich zu erinnern, dass Würzburg an einer ICE-Strecke liegt. Ich kann mir also ordentlich Zeit lassen, alles angucken.

»Toll«, sage ich. »War ich noch nie, in Würzburg. Was isst man denn hier so? Gibt es eine Spezialität?«

»Blaue Zipfel«, sagt die abgezehrte Frau ohne Begeisterung.

»Toll«, sage ich, »nehme ich. Wenn ich schon mal da bin.«

Beiläufig muss ich an Schlumpfhausen denken. Ich schaue der Frau nach, ihre Waden zucken beim Gehen links und rechts, als würden sie mir zuwinken.

Etwas später stellt sie die Blauen Zipfel in einem Teller Brühe vor mich hin. Diese stellen sich als in Essig gekochte Würste heraus. Na ja.

Trotzdem sitze ich mit dem zufriedensten Lächeln der Welt auf der Terrasse oberhalb des Flusses, der jetzt im Sonnenlicht tiefbraun und goldgesprenkelt vor sich hin funkelt. Ich äuge zur Burg hoch. Das Sonnenlicht gleißt auf den alten Schindeln. Still für mich formuliere ich einen erhabenen Gedanken. Innerlich fülle ich mich mit dem goldenen Licht der Zufriedenheit, als ich meinen schönen, gehaltvollen Gedanken denke. Ich denke: Es intensiviert den Aufenthalt an einem Ort, wenn man sich klarmacht, in jedem Augenblick auch woanders sein zu können, durch irgendeine Tür jäh aus dieser Gegenwart in die nächste gerissen zu werden, dass jegliche Anwesenheit schlagartig beendet sein kann.

Für zwei gekochte Blaue Zipfel muss ich 14 Euro bezahlen, das dämpft mein Gefühl von Erhabenheit empfindlich.

Als ich später den Prachtbau der berühmten Würzburger Residenz aus dem 18. Jahrhundert betrete, ein weltbekanntes Fresko von Tintoretto oder so befindet sich darin, halte ich vor der ersten Tür sehr bewusst inne, halte mich am Türrahmen fest und schaue mich noch einmal um. Ich mustere den Parkplatzwächter mit einer nicht gekannten Intensität, er steht keine zwanzig Schritte entfernt, und mir fällt auf, dass sein eines Auge ein künstliches sein muss, es bewegt sich nicht synchron mit dem anderen. Der Himmel trägt eine zerzauste Frisur, dunkelgraue Strähnen hängen wild von einer Seite über die andere gekämmt. Ein kleiner Hund mit rostbraunem Fell macht eine seitliche Bewegung, die aussieht, als habe er sie aus einem Yogalehrbuch für Hunde abgeschaut.

»Nehmen wir einmal an«, sage ich abends zu Monika, wir sitzen an ihrem Küchentisch, ich schäle eine Karotte mit langsamen, tief schürfenden Schnitten, die kaum noch Karotte übrig lassen, »ich würde dir erzählen, dass ich zuletzt sonderbare Erfahrungen mit Türen gemacht hätte, dergestalt, dass mich so manche Tür nicht dort ausspuckt und dorthin befördert, wo es mich eigentlich hinzog, in den Nebenraum, sondern an ganz andere Orte, Plätze. Dass mich Türen unvermittelt und auf wunderbare Weise durch die Gegend teleportieren, beamen quasi.«

»Ja?«, fragt Monika und liest weiter in ihrem Kochbuch, in dem das Rezept dessen steht, was ich eigentlich zubereiten wollte, das wir nun gemeinsam kochen werden, wie immer, wobei sie den Löwinnenanteil der Arbeit erledigen wird und ich nur die Zugehtätigkeiten, wie bei den echten Löwen.

»Nehmen wir also mal an, ich erzählte dir so etwas, würdest du mir Glauben schenken?«

»Nö«, sagt Monika lesend.

»Und was würdest du darüber denken, wenn ich so etwas erzählte?«

»Dass du eine Ausrede für irgendeines deiner Versäumnisse und üblichen Schlamassel gesucht und gefunden hättest, charmant, aber völlig überzogen und unglaubwürdig. Typisch du eben. Niedlich auf eine Art. Aber ich wäre genervt, weil du mir nicht zutrautest, mit der Wahrheit umzugehen.«

»Oh«, sage ich und schnitze, aber da ist keine Karotte mehr zwischen meinen Fingern, ich schnitze an meiner Handfläche herum, was wehtut.

»Was willst du mir denn jetzt eigentlich beichten?«, fragt sie.

»Nichts«, beeile ich mich zu sagen und fische mir eine weitere Karotte aus dem Netz.

»Irgendwie mag ich dich ja schon«, sagt Monika ziemlich unvermittelt, für unsere Verhältnisse eine gewichtige Liebeserklärung.

»Hm«, sage ich und lächele, was sie nicht sehen kann, da ich mich zu den Kacheln gedreht habe, alte Kacheln, auf denen immer ein holländischer Junge ein holländisches Mädchen mit Haube an der Hand hält. Ich weiß, dass ich etwas anderes sagen könnte, es würde sogar stimmen. Ich wende mich Monika zu und beobachte sie, wie sie einfach weitermacht und sich so gar nicht über meine Antwort wundert oder ärgert. Monika ist toll. Ich muss daran denken, wie sie mit ihren Freundinnen telefoniert, manchmal belausche ich sie dabei. Sie hat dann eine fast schon irrwitzig weiche Stimme, stundenlang hört sie zu, so ausdauernd, wie ich es niemals fertigbringen würde. Ich bin dann immer ganz eifersüchtig, weil die so viel Zuneigung und Aufmerksamkeit von ihr erfahren. Ich glaube, Monika ist eine der besten Freundinnen, die man überhaupt haben kann, ich sollte mal Glückwunschkarten verschicken. Sie ist mutmaßlich der liebevollste, treuste Mensch, den ich kenne. Ich denke, dass es ein Glück ist, mit Monika befreundet zu sein, und dass ich ja auch an diesem Glück Anteil habe, denn irgendwie sind wir ja auch befreundet. Ich hoffe nur, dass sie das ähnlich sieht.

6

Mein Telefon klingelt, mein Handy. Ich bin auf dem Weg zum Arzt, Untersuchungsergebnisse abholen. Ich gehe neuerdings zu Fuß, das dauert zwar länger, ist aber auch gesünder, und vor allem meide ich so ein paar Türen, die mich an unvorhergesehene Plätze führen können. Ich vermeide die Autotür oder die Tür des Busses und der U-Bahn. Mein neues Motto: Risiken minimieren, Türen vermeiden. Das ist ohnehin nicht einfach, alleine im Haushalt ist man dem Schrecken ungezählter Türen ausgesetzt. Dort achte ich zumindest darauf, dass ich keine Tür mehr schließe. Man müsste mal einen Horrorfilm drehen, in dem mutierte Horrortüren die Hauptrolle spielen. Das Flügeltürenmassaker, Teil 1–4.

»Hallo?«, sage ich.

»Hallo fauler Junge, hier ist Mirko. Wo steckst du?«

»Ich bin auf dem Weg zur Arbeit. Wo steckst du denn?«

»Ich bin in Portland«, sagt Mirko.

»Aha, was machst du in Portland?«

»Ich nehme ein paar Stücke auf mit Dwarren Zee, kennst du vielleicht.«

»Nee, nicht wirklich.«

»Der hat damals bei den Fugees mit am Pult gestanden, ganz interessanter Mann, könnte sich lohnen.«

»Wow«, sage ich.

Mirko ist Musikproduzent. Seit Kurzem läuft es sogar ganz gut bei ihm, wobei gut ein relativer Begriff ist. Finanziell läuft es nicht schlecht, meine ich, seit er den letzten Hit von DJ Petzi produziert hat. Geschmacklich lässt sich darüber streiten. *Du bist mein Edelweiß.* Er ist selbst nicht gerade stolz darauf. Aber er hat auch schon das neue Album von Robert König abgemischt und eine Weile Geld damit verdient, dass er altbekannte Schlager mit Discobeats unterlegte. Gruselig, aber irgendwie auch mutig. Und er ist noch nicht mal zynisch dabei geworden. Er hat sich so eine sportliche Grundhaltung bewahrt, die ich aufrichtig bewundere. *Ich reiche hier die Kübel mit Scheiße durch und quirle selber ordentlich darin herum, dafür darf ich dann aber auch die eine Perle behalten, die in jedem zehnten Eimer vorbeischwimmt.*

Für mich wäre das nichts. Aber auf meine Art mache ich vermutlich genau das Gleiche. Ständig ist er jetzt in der Welt unterwegs, nimmt hier etwas auf und trifft sich dort mit ein paar Leuten zum Meeting und wieder woanders mit anderen Freaks, um ein paar Lieder zu schreiben. London, Brüssel, Stockholm, Bahamas. Früher haben wir gemeinsam Musik in einer Band gemacht, ich Bass, er Schlagzeug, aber das ist lange her. Und zusammen in der Schule waren wir auch, vor endlanger Zeit, wie wir Berufsjugendlichen sagen.

»Ich wollte dich fragen«, sagt er, »ob wir am Wochenende Joggen wollen. Um die Alster. Ich bin am Samstag in der Stadt.«

»Gute Idee«, sage ich, »ja, klar, wird mir guttun. Melde dich doch noch mal, wenn du zurück bist, dann verabreden wir uns spontan. Ich halte mir Samstag auf jeden Fall frei.«

»Ja, klar«, sagt er. »Mach ich.«

Es klappt sowieso nicht, das wissen wir beide. Wir waren mal um die Alster joggen, aber das ist Jahre her. Wir reden nach wie vor gerne darüber. Und es für die nächsten Tage zu planen, fühlt sich fast schon an wie Sport.

Ich frage mich, wie er es fertigbekommt, eine Beziehung zu führen, so viel, wie er unterwegs ist.

Umständlich zwänge ich das Handy zurück in meine Hosentasche. Ich bin nicht nur Fußgänger geworden, ich trage auch beide Arme in Schlingen, damit es aussieht, als hätte ich eine gravierende Armverletzung. Seit einer Weile versuche ich, Türensprünge zu verhindern, indem ich geschlossene Türen meide. Indem ich die Türen nicht mehr öffne. Ich hatte das Gefühl, dass die Gefahr für mich vor allem dann besteht, wenn ich selbst die Tür geöffnet habe, dass bereits geöffnete Türen risikoärmer sind. Ein Aberglaube vielleicht, aber bislang fahre ich ganz gut damit. Die Leute gucken allerdings pikiert, wenn ich an eine Tür geklopft habe und, nachdem sie *Herein!* gerufen haben, meinerseits rufe: *Hallo? Entschuldigung? Würde es Ihnen vielleicht etwas ausmachen, diese Tür für mich zu öffnen?*

Sie öffnen die Tür, und dann steht statt eines Behinderten ein völlig unversehrter Mensch da. Aus diesem Grund also die Arme in Schlaufen.

Es gibt einfach zu viele Türen in der Welt. Glastüren, Schiebetüren, Fahrstuhltüren, Drehtüren. Ich mag gar nicht an die Leute denken, die mich durch eine Glastür auf sich zukommen sehen, und plötzlich bin ich verschwunden. Ich habe schon überlegt, ob ich eine Weile ins Zelt ziehe.

Das Zelt würde ich auf einer Verkehrsinsel aufbauen. Wenn schon, denn schon. Ich wohnte inmitten einer sechsspurigen Kreuzung, wo sich zwei riesige Ausfallstraßen träfen, in der Mitte, auf einer gar nicht mal so kleinen Fläche Gras, von einigen Birken bewacht. Ich lebte in der stummen Gesellschaft etlicher Kaninchen, die sich in der Dämmerung aus dem Schutz der Büsche wagten. Ein kleines Idyll, ein Naturparadies, das sich in der Abenddämmerung aus dem Nebel des Smog hebt.

Morgens würde ich über die Druckknopfampel zur Shell-Tankstelle hinüberschlurfen, um mich dort unter der Duldung meines minderbemittelten Tankstellenangestelltenfreundes Bernd zu waschen, mir die Zähne zu putzen und

Wasser für meinen Espresso zu holen. Den Espresso bereitete ich auf dem Gaskocher vor meinem Zelteingang hockend zu. Ich würde zufrieden lächelnd dem Berufsverkehr zusehen, wie er sich an mir vorbeischiebt, die ganzen angespannten Gesichter hinter den Lenkrädern, es dämmerte blaugrau, die roten Bremsleuchten leuchteten romantisch, während ich an meinem Shell-Tankstellen-Brötchen knabberte.

»Was hat denn der Arzt gesagt?«, fragt Monika.

Wir sitzen gemeinsam auf ihrem blauen Samtsofa und sehen uns eine Folge der Gilmore Girls an, ihre Lieblingsserie. Ich schalte auf Durchzug, und sie leuchtet dabei irgendwie von innen.

»Der Doktor hat gesagt, er könne nichts feststellen, körperlich fehle mir nichts.«

Monika guckt mich kurz auffordernd an, ihre prachtvollen Locken wippen, sie nickt. Aber ich bin nicht willens, mehr preiszugeben.

Der Doktor hat sich nämlich die Untersuchungsergebnisse nur flüchtig angesehen und dann gesagt, dass ich selbstverständlich gerne den Rat anderer Ärzte, Spezialisten, einholen dürfe, wenn ich dies wünsche. Er empfehle mir allerdings eindringlich, jetzt von einer anderen Seite an das Problem heranzugehen.

Er wolle mir konkret vorschlagen, eine Psychologin zu konsultieren. Er denke dabei an eine junge Psychotherapeutin, sehr gut auf ihrem Gebiet, er habe nur das Beste von ihr gehört, an die er mich gerne überweisen würde.

Ich hatte ihn eine Weile schweigend angesehen und dann einmal kurz genickt. So findet man sich in sein Schicksal. Gucken. Nicken. Er denkt, ich hab sie nicht mehr alle. Dass ich plemplem bin. Na gut.

Ich denke, gut, es ist Monika, meine Partnerin, der Mensch, dem ich die größte Nähe zubillige. Ich sollte sie schon ins Vertrauen ziehen, ein paar Dinge sollte sie schon wissen.

Ich sage: »Er will mich zum Psychologen schicken.«

»Echt?«, fragt sie.

»Ja«, sage ich.

Sie nickt mit grimmigem Gesichtsausdruck. Gut. Das passt anscheinend. Prima.

»Findest du wirklich, dass das angebracht ist? Hast du den Eindruck, ich muss zum Psychologen?«

»Ohne dich verletzen zu wollen«, sie lächelt jetzt sanft, »unbedingt. Du hast echt einen Knall, aber dafür mag ich dich ja so.«

Sie lehnt sich zu mir hinüber und haucht mir einen Kuss auf die Nasenspitze.

»Hm«, brumme ich.

7

Den folgenden Tag verbringe ich vor dem Rechner. Ich recherchiere. Das kann man auch von zu Hause aus tun. Seit das Internet erfunden wurde, braucht man als Journalist im Grunde das Haus nicht mehr zu verlassen, das ist immerhin ein nützlicher Effekt dieser lästigen Erfindung. Zuerst gebe ich im Netz den Suchbegriff *Türen* ein. Danach *Wurmloch, Teleportation, Parawissenschaften* und *Esoterik. Schwarze Magie.* Das aber führt mich ganz woanders hin.

Was in Wikipedia über Türen zu erfahren ist, habe ich durchaus schon vorher gewusst, auch wenn ich nicht in der Lage gewesen wäre, es mit eigenen Worten so präzise auszudrücken, und es interessiert mich nur bedingt: Eine Tür ist eine Einrichtung zum Schließen einer Öffnung in einer Wand. Die Tür erlaubt das Abschließen von Räumen gegen andere Räume oder den Außenbereich bei gleichzeitiger Durchgangsmöglichkeit. Eine Tür besteht aus einem beweglichen Flügel, dem Türblatt, das entweder an zwei oder mehr Scharnieren, den Türbändern, am Türrahmen, der Zarge, auch Türfutter genannt, befestigt ist, oder, bei einer Schiebetür, durch eine Laufschiene oben oder unten in der Führung gehalten wird.

Zu sonderbaren Türentransfers durch den gekrümmten Raum finde ich keine Einträge.

Ich wähle die Telefonnummer von Portax, dem Türenspezialisten. Einfach nur so, vielleicht um Spaß zu haben. Ich weiß, dass es Quatsch ist. Aber es tut bestimmt gut, mit einem Spezialisten zu reden.

Auf der Website habe ich gelesen, dass es für mein Türenproblem ganz sicher eine Portax-Lösung gebe. Und dass sich ganz in meiner Nähe einer von 550 Portax-Fachbetrieben befinde. Irgendwie beruhigend.

Am Telefon meldet sich eine weibliche Stimme. Ich sage ihr, dass ich ein Türenproblem hätte und gerne mit einem Spezialisten darüber spräche. Worum es denn genau gehe, will sie wissen, woraufhin ich ihr bescheide, das lieber gleich mit einem Fachmann spezifizieren zu wollen. Etwas beleidigt bittet sie mich, am Apparat zu bleiben. Es knackt und knarzt, als sie mich verbindet, dann ist eine Weile ein Tonband zu hören, The Doors, *Break on through to the other Side.*

Ein Herr Wischnewski fragt mich unwirsch, was er für mich tun könne. Ich teile auch ihm mit, dass ich unter einem Türenproblem leide.

»Welche Tür?«, fragt er.

»Viele Türen«, sage ich.

»Tür ist nicht gleich Tür«, lässt er mich wissen, und das ist ja schon einmal eine interessante Information. Ich weiß allerdings nicht, ob sie mir im Alltag von Nutzen sein wird.

»Hm«, sage ich, »schwierig zu sagen. Beispielsweise meine Küchentür, da ist es vorgekommen.«

»Alte Tür?«, fragt er.

Und ich bejahe dies, denn ich gehe davon aus, dass es sich bei der Tür meiner Altbauwohnungsküche um eine solche handeln muss. Außerdem fühle ich mich auf eine seltsame Art und Weise von der Bezeichnung gemeint und angesprochen. Irgendwie bin ja auch ich so eine in die Jahre und etwas aus der Mode gekommene, bedauernswerte *Alte Tür,* die wacker versucht, weiterhin gewissenhaft ihren Dienst zu tun, auf und zu, klippklapp.

Er erzählt mir, dass sich hinter dem unansehnlichen Äußeren alter Türen in der Regel ein vollkommen intakter Kern verberge. Bei diesen Worten entwickelt seine Stimme eine gewisse Wärme, und ich sehe ihn vor mir in seinem Blaumann mit einem Bleistift in der Brusttasche, Brille auf der Nasenspitze, graue, etwas in Unordnung geratene Haare, wache, graugrüne Augen, die Zungenspitze zwischen die Lippen geklemmt, wenn er in eine etwas frickelige Arbeit versunken ist, voller Anteilnahme und Wärme den Türen gegenüber, etwas unwirsch gegenüber dem Türenbenutzer Mensch, der diesem Gebrauchsmöbel allzu oft nicht den nötigen Respekt im Alltag entgegenbringt und die Tür beispielsweise zuschmeißt, anstatt das Türblatt liebevoll in den Rahmen zu drücken.

»Er besteht entweder aus Massivholz«, sagt er, »typisch für alte Türen, die vom Schreiner auf Maß angefertigt wurden, oder aus Wabenkonstruktionen, wenn es sich um alte Normtüren handelt. Auf jeden Fall lohnt es sich, den intakten Kern zu erhalten.«

»Das höre ich gerne«, sage ich. Ein warmes, segensreiches Gefühl breitet sich im alten Kern meiner Brust aus.

Er sagt, dass bislang demjenigen, der wieder vorzeigbare und zum Einrichtungsstil passende Türen haben wollte, nur zwei Türen-Renovierungsmöglichkeiten zur Wahl gestanden hätten, nämlich sie entweder immer wieder neu zu streichen oder aber den Einbau neuer Türen und Rahmen vornehmen zu lassen.

Türen immer wieder zu streichen sei aber teuer und zeitaufwendig und vor allem keine dauerhafte Lösung für Türenprobleme. Früher oder später würden mehrere Farbschichten übereinander das Abschleifen der kompletten Tür inklusive Rahmen unumgänglich machen, um ein akzeptables Renovierungsergebnis zu erzielen. Und der Einbau neuer Türen sei von vornherein mit hohen Kosten, Baulärm und Dreck durch Stemm- und Maurerarbeiten verbunden. Aber dafür gebe es ja ihn und die Portax-Lösung. Portax habe die optimale Alternative zu den herkömmlichen Renovierungsmöglichkeiten entwickelt.

Ich unterbreche ihn nur ungern, aber ich tue es. »Sagen Sie, ich nehme an, dass Sie schon länger in Ihrem Beruf tätig sind und über viel Erfahrung verfügen?«

»Das ist richtig«, brummt er mit einem gewissen Stolz in der Stimme. »Das darf ich wohl von mir behaupten.«

»Darf ich Ihnen dann vielleicht eine etwas ungewöhnliche Frage stellen?«

»Sicher«, brummt er. »Nur zu.«

»Ist es Ihnen schon mal untergekommen, dass eine Tür nicht so funktionierte, wie sie sollte, dass sie, genauer gesagt, über eine zusätzliche Funktion verfügte, dass sie also nicht nur von einem Raum in den benachbarten führte, sondern, dass sie, wie ein Wurmloch bei Raumschiff Enterprise, ganz woanders hin, in weit entfernte Räume führte? Ist Ihnen so etwas schon mal untergekommen?«

»Wie?«

»Dass man durch eine Tür zu sonderbaren Raumsprüngen gezwungen ist? Wie bei einem CD-Abspielgerät, bei dem man nicht nur automatisch von einem Lied einer CD zu dem der Nummerierung entsprechend nächsten gelangen kann, sondern das zusätzlich über eine Random-Funktion verfügt, bei der das Gerät scheinbar willkürlich und nach dem Zufallsprinzip entscheidet, welches Stück auf ein beliebiges anderes folgen soll?«

»Ich verstehe nicht«, sagt Herr Wischnewski.

»Haben Sie so etwas schon einmal zu Gesicht bekommen, oder haben Sie von so etwas schon einmal gehört, von Kollegen oder Kunden?«

»Was?«, fragt er. »Was ist eigentlich Ihr Problem, was wollen Sie von mir?«

»Es kommt seit einigen Wochen gehäuft vor«, sage ich, »dass ich, wenn ich eine Tür durchschreite, nicht einfach auf der anderen Seite der Tür ankomme, also im angrenzenden Raum, sondern dass ich ganz woanders lande, wohin ich gar nicht wollte. Erst dachte ich, ich hätte es bloß mit Blackouts oder etwas Ähnlichem zu tun. Ich ging davon aus, ich könne mich lediglich nicht erinnern, wie ich von A nach B gekommen war. Ich habe eine ganze Zeit lang alle möglichen Drogen genommen, müssen Sie wissen. Aber dann habe ich festgestellt, dass überhaupt keine Zeit vergeht, die meinen Ortswechsel rational begründet, verstehen Sie? In einem Moment bin ich noch im Flur meines Zahnarztes in Bahrenfeld beispielsweise, ich öffne die Tür zum Behandlungszimmer und mache einen Schritt, und im nächsten Moment, buchstäblich im nächsten, stehe ich im Wohnzimmer meiner alten Klassenlehrerin Frau

Wübbe, die jetzt in Lüneburg wohnt, obwohl ich seit Jahren nicht an sie gedacht habe. Ein absolutes Rätsel. Sie können sich gar nicht vorstellen, was diese Geschichte für Verwirrungen in meinem Leben bewirkt.«

»Wollen Sie mich verarschen?«, fragt Herr Wischnewski.

»Mitnichten«, sage ich. »Ich benötige wahrscheinlich wirklich und von Herzen die Hilfe eines Fachmanns.«

»Radiotelefonscherz?«, fragt er.

»Nein«, rufe ich, aber er flucht nur brummig. Dann legt er auf.

Ich muss also wohl oder übel auf eine Portax-Lösung für mein Türenproblem verzichten.

Ich sitze eine Weile da und überlege, ob ich mit einem Magier Kontakt aufnehmen soll. Jemandem, der berufsmäßig Erfahrung damit hat, Menschen mittels aus Holz gefertigter Wohnartefakte verschwinden zu lassen. Oder mit jemandem aus der Esoterik-Spiritualitäts-Szene, jemandem, der sich mit Teleportation und abnormen Bewusstseinsleistungen, mit Astralwanderungen und ähnlichem Käse auskennt. Das Problem ist, ich glaube weder an Zauberei noch an Esoterik. Ich glaube im Grunde nicht an das, was mir widerfährt. Was letztendlich und eigentlich, wenn ich etwas länger darüber nachdenke, nur den Schluss zulässt, dass ich auf die eine oder andere Art und Weise verrückt bin. Dass ich mit wachen Augen vor mich hin träume, irgendwie. Dass ich in Behandlung eines Psychiaters oder einer Psychologin gehöre.

Ich rufe also in der Praxis von Dr. Brose an und lasse mich an die Psychologin überweisen.

8

Die Frau, die mir die Tür öffnet, hat kinnlange, dunkelrote Locken und kreisrunde, große, ultramarinblaue, überaus traurige Augen. Sie hat eine markante Nase und einen kleinen Mund mit vollen, sinnlich geschwungenen Lippen. Sie trägt ein gepunktetes Sommerkleid mit Trägern. Man kann durch das Kleid erkennen, dass sie keinen BH trägt und flache, etwas hängende Brüste hat. Ich räuspere mich. Die Praxis befindet sich im vierten Stock eines Altbaus in einem der etwas besseren Viertel der Stadt. Erst denke ich, dass es eine Art Vorzimmerdame ist, es gab keinen Summer oder so, sie hat mir persönlich die Tür geöffnet, dann aber streckt sie mir ihre langfingrige Hand entgegen und stellt sich als Ellen Merbold, die Psychotherapeutin, vor. Sie hat eine sehr tiefe, rauchige Stimme, als wäre sie der Marlboro-Cowboy in grazil.

»Lazyboy«, sage ich und komme mir unsagbar albern vor, aber da muss ich jetzt durch. Kurz stelle ich mir vor, wie ihre Augen einen noch traurigeren Ausdruck annehmen, wenn ich den Schritt über ihre Schwelle mache und plötzlich verschwinde. Ich mache den entscheidenden Schritt und stehe ihr dicht gegenüber, zu dicht, in einem langen Flur, von dem aus sich etliche Türen in unzählige lichtdurchflutete Räume zu öffnen scheinen, ein sonderbarer Eindruck.

Sie führt mich in ein großes Zimmer mit Korktapete an den Wänden und hellblauen Vorhängen vor den Fenstern. Sie setzt sich hinter einen gläsernen Schreibtisch, und ich nehme davor in einem Stuhl von Le Corbusier Platz.

Hinter ihr an der Wand hängt dieses Bild, auf dem ein Löwe nachts in der Wüste an einem schlafenden Tuareg oder etwas Ähnlichem herumriecht, neben dem Turbanträger liegt ein Musikinstrument im Staub.

»So«, sagt sie, »und Sie heißen also tatsächlich Lazyboy, ja? Habe ich da etwas nicht mitbekommen, sind Sie der neue weiße Rapstar oder so was?«

»So ähnlich«, sage ich und merke, dass ich rot werde, was mir nicht oft passiert in letzter Zeit.

»Oder entstammen Sie einer Möbeldynastie, und Ihr Vater hat seinen berühmtesten Sessel nach seinem Sohn benannt aus lauter Liebe?«

Ich stelle fest, dass ich mir Psychotherapeuten anders vorgestellt habe. Feinfühliger, zurückhaltender. Es ist mein erster Besuch, und sie macht gleich Witze über ihren Patienten.

»Genau«, sage ich. »So ist es. Genau wie bei Herrn Benz und seiner reizenden Tochter Mercedes. Aber es fällt mir sehr schwer, über meinen Vater zu sprechen, weil er sehr qualvoll gestorben ist vor gar nicht langer Zeit, ich habe ihn zu Tode gepflegt, er hatte diese schlimme Darmerkrankung, bei der man innerlich an den eigenen Fäkalien zugrunde geht.«

»Oh, das tut mir leid«, sagt sie. »Entschuldigen Sie bitte. Ich wollte nicht ... Ich hatte keine Ahnung, dass ...«

»Ist schon gut, ich mache nur Witze.«

Ich würde sagen, das nennt man einen Traumstart in die vertrauensvolle Therapeuten-Klienten-Beziehung, ich bin gespannt, was jetzt noch kommen kann.

Aber dann lächeln wir beide.

»Sie sind aber noch sehr jung für eine Therapeutin«, sage ich.

»Sind Sie enttäuscht?«

»Im Gegenteil.«

Wir schweigen. Sie sieht auf ihre Schreibtischoberfläche, wo ein Blatt Papier auf dem Klemmbrett liegt, aber sie hat, so weit ich sehen kann, noch nichts darauf geschrieben.

»Und Sie?«, sage ich.

»Bitte?«

»Kann es sein, dass ich Ihren Namen auch schon mal irgendwo gehört habe?«

»Ja, er *ist* mein Vater.«

»Bitte?«

»Ulf Merbold, ja, er ist mein Vater.«

»Der berühmte Astronaut aus den 80er-Jahren? Der erste Westdeutsche im All?«

»Genau.«

»Wow.« Ich pfeife anerkennend durch die Schneidezähne. »Dann haben Sie sicherlich auch nicht viel von Ihrem Vater gehabt. Der Vater auf dem Mond, eine Kindheit ohne Vater, sicherlich nicht einfach.«

»Sie sind zu mir gekommen, um mit mir über meine Kindheitstraumata, meinen Weltraumpapa zu sprechen?«

»Äh, nein.«

»Schön, dann lassen Sie uns von Ihnen sprechen.«

»Okay«, sage ich.

Wir sitzen da und blicken uns an, aber es passiert nichts.

Ich sage: »Wenn ich Ihnen jetzt erzähle, worum es geht, ich meine, so richtig, unverblümt und so, und Sie den Eindruck erhalten sollten, ich hätte sie nicht alle, dann wäre ich ja in gewisser Weise damit bei Ihnen an der richtigen Adresse, stimmt's? Ich muss mich dann nicht schämen oder so.«

»Nein, Sie sagen, was Sie zu sagen haben, und ich sage Ihnen so ehrlich wie möglich, was ich darüber denke.«

»Das ist gut«, sage ich und blicke der Reihe nach die Stifte auf ihrem Schreibtisch an, viele bunte Stifte. Ich atme tief durch.

Sie nickt mir aufmunternd zu und zückt einen sehr schön gestalteten Kugelschreiber. Der war bestimmt nicht billig, dieser Kugelschreiber.

»Es geht um Türen«, sage ich.

»Um Türen?«

»Ja«, sage ich.

»Sie sind hier, um mit mir über Türen zu sprechen.«

»Genau.«

»Hm«, sagt sie. »Und weiter? Wie genau?«

»Tja«, sage ich. Dann gebe ich mir einen Ruck. Irgendwo muss es ja raus. Ich erzähle ihr von meinem Problem mit den Türen. Zwischendrin mache ich eine Pause, in der ich mich traue, sie anzugucken. Ihre großen, blauen, ernsten, traurigen Augen ruhen auf mir, sie saugen mich auf wie Löschpapier.

»Hm«, macht Frau Merbold, als ich geendet habe. »Und das ist gehäuft aufgetreten?«

»Ja«, sage ich.

»Immer, wenn Sie durch eine Tür gehen?«

»Nein, nicht immer.«

»Sind es bestimmte Türen, bei denen es auftritt? Oder sind es bestimmte Situationen innerer oder äußerer Natur, in denen das Phänomen dieses, ja, Raumsprungs auftritt?«

»Nein, es kann überall und nirgends passieren. Ich kann kein Muster feststellen.«

»Hm«, macht sie.

»Und?«, frage ich.

»Spannend«, sagt sie und reibt sich das Kinn.

»Glauben Sie mir?«

»Warum sollte ich Ihnen nicht glauben?«

»Ich meine, halten Sie so etwas für denkbar?«

Sie sagt: »Ich glaube, dass Sie glauben, was Sie mir erzählen, dass Sie es so erleben, wie Sie es schildern, das ist für mich erst einmal das Wichtige. Ich weiß selbst nicht genau, was ich alles für möglich halte.«

»Glauben Sie, dass ich verrückt bin?«

»Schwer zu sagen. Sie machen erst einmal nicht den Eindruck auf mich, aber für so eine Aussage muss man sich eigentlich mehr Zeit lassen und mehr über einen Menschen wissen.«

»Können Sie mir helfen?«

»Wobei soll ich Ihnen helfen?«

»Müssen Sie alles mit einer Gegenfrage beantworten?«

»Wäre es Ihrer Meinung nach besser, dies nicht zu tun?«

»Keine Ahnung«, sage ich.

»Wobei soll ich Ihnen helfen?«

»Das soll aufhören, das mit den Türen. Ich will das nicht, es macht mein Leben kompliziert.«

»Aber auch aufregend, oder?«

»Ja, aber es ist zu verwirrend. Ich will nicht verrückt sein.«

»Tja«, sagt sie. »Das scheint mir nachvollziehbar. Ich muss Ihnen allerdings ehrlich sagen, dass ich Ihnen nichts versprechen kann. Es muss nicht sein, dass Ihr Erleben aufhört, bloß weil Sie hierherkommen und wir darüber sprechen. Ich denke, wir sollten beide erst einmal besser darüber Bescheid wissen, wir sollten versuchen, es zu verstehen.«

»Aha«, sage ich etwas enttäuscht.

»Wissen Sie was, versuchen Sie es doch einmal mit einem Türentagebuch. Schreiben Sie ganz genau auf, wann und wie, in welcher Situation, unter welchen Umständen das Phänomen auftritt oder, noch besser, schreiben Sie, als Hausaufgabe, einmal minutiös auf, durch welche Türen Sie an einem Tag gehen. Notieren Sie jede einzelne Tür, die Ihnen an einem Tag begegnet.«

»Das ist aber aufwendig«, sage ich. »Ständig anhalten zu müssen und irgendwelche Türen aufzuschreiben.«

»Klar, Lösungen sind im seltensten Fall einfach zu haben.«

»Haben Sie diesen Satz im Studium gelernt?«

»Unter anderem, ja. Sehr nützlich, so ein Studium. Haben Sie studiert?«

»Jawohl«, sage ich.

»Und was, wenn ich fragen darf?«

»Kunstgeschichte und Philosophie.«

»Mit Abschluss?«

»Äh, nein«, sage ich.

Sie macht ein Dachte-ich's-mir-doch-Gesicht und notiert sich etwas, zum ersten Mal.

»Gut«, sagt sie und drückt die Fingerspitzen beider Hände vor ihrem Gesicht gegeneinander. »Erzählen Sie mir für den Anfang doch etwas mehr von sich, damit ich einen besseren Eindruck von Ihnen erhalte und ich Ihnen Ihre Fragen, ob ich Ihnen glaube, zum Beispiel, profunder beantworten kann.«

»Wenn es sein muss.«

»Vermutlich ja. Es könnte helfen.«

»Na dann«, sage ich. »Wo fange ich an?«

»Lazyboy ist also nicht Ihr richtiger Name. Vielleicht erzählen Sie mir als Erstes, warum Sie sich Lazyboy nennen, was halten Sie davon? Ist das okay?«

»Okay«, sage ich, und dann erzähle ich vom Lazyboy.

9

»Geil«, sagt Mirko und grinst mich an. Wind bewegt die beiden Strähnen, die er sich zu Hause sorgsam über seine verlängerte Stirn gekämmt hat. Mirko ist Brillenträger und wie kein Zweiter in der Lage, einnehmend breit zu grinsen. Das liegt an der Lücke zwischen seinen Schneidezähnen. Ich nehme an, dass sich deshalb immer und überall die fantastischsten Frauen der Erde für ihn interessieren, auch wenn seine Frisur mehr als zweifelhaft ist. Mirko hat immer noch lange Haare wie früher, als wir beide Iron-Maiden-Fans waren, obwohl er seit Jahren zunehmend eine Glatze entwickelt. Es sieht lustig aus. Fluffig irgendwie. Er sieht aus wie ein kleines, zauseliges Ding. Bei den Frauen ruft es offensichtlich Liebe oder sexuelles Begehren hervor. Vielleicht ist es aber auch sein Beruf, der ihn zum männlichen Magneten prädestiniert. Ich nehme an, es wirkt als Aphrodisiakum, wenn man als Antwort auf die Frage nach dem Beruf *Musikproduzent* sagen kann. Außerdem ist er sehr breit gebaut. Auch jetzt stelle ich fest, dass sich bedeutend mehr Frauen mit iPod-Stöpseln in den Ohren und Stirnbändern nach ihm umdrehen. Wenn sie sich nach ihm umdrehen, gucken sie eindeutig sexuell interessiert. Wenn sie sich nach mir umdrehen, gucken sie mitleidig, oder sie versuchen sich ihr Grinsen nicht anmerken zu lassen. Allerdings trägt er auch sein Muscle-Shirt, auf dem *Ich habe DJ Petzi produziert* steht. Meine Wenigkeit hat extra normale Kleidung angezogen, Zivilkleidung, ich habe komplett auf Joggingwäsche verzichtet, damit es nicht zu peinlich aussieht. Wir walken gebückt unter Weidenzweigen hindurch, links von uns auf dem bleigrauen Wasser der Alster dümpelt ein dümmlich blickendes Schwanenpaar, White Trash, das Schwanenproletariat. Zwar bewegen wir uns tatsächlich wie abgesprochen um die Alster, das alleine taugt eigentlich schon zum Wunder, allerdings joggen wir nicht, das hält sein Knie nicht aus, behauptet Mirko. Er habe aus Übersee Kniebeschwerden mitgebracht. Wir halten unsere Ellbogen schön hoch und schwingen die Ärmchen, machen große, weit ausholende Schritte. Am Telefon hat er gesagt, man würde auf diese Art genauso viel Fett verbrennen wie beim Joggen, ich würde mir schon keinen Zacken aus der Krone brechen. Klar, Großmutter, habe ich gesagt. Jetzt hoffe ich bloß, dass wir niemanden treffen, den ich kenne, während wir um dieses Binnengewässer wackeln, das wäre ganz und gar nicht gut fürs Image. Man weiß, dass man die besten Zeiten hinter sich hat, dass die eigene Sonne in den Sinkflug übergegangen, dass der eigene Stern ins Taumeln geraten ist, wenn man sich plötzlich zu gelenkschonenden Sportarten hingezogen fühlt.

»Das ist doch geil«, sagt er jetzt, und er meint meine Geschichte mit den Türen. Ich habe mich entschlossen, ihm gegenüber offensiv mit dem Problem umzugehen. Diesmal habe ich die spektakulärere Geschichte zu erzählen, auch wenn ich nicht Grace Jones privat kennengelernt oder mit Ingrid Maisel gekokst habe. Er grinst über beide Ohren.

»Geil. Das ist wie mit dem Wurmloch bei Raumschiff Enterprise. Geil!«

»Wie man's nimmt«, sage ich. »Das letzte Mal stand ich plötzlich in Bonn am Rhein in einer Seitenstraße, es dauerte eine Weile, bis ich herausgefunden hatte, wo ich war, die Leute reagieren immer sehr zurückhaltend, wenn ich frage, in welcher Stadt ich mich befinde. Und dann ausgerechnet Bonn. Da wollte ich wirklich noch nie im Leben hin. Obwohl, schön ist es da schon, weißt du, ich schaute mir die Altstadt an, den Langen Eugen am Rhein, und natürlich das alte Kanzleramt, diese sonderbar pragmatische 60er-Jahre-Architektur mit der klobigen Moore-Bronze davor. Aber du kannst dir vielleicht vorstellen, dass es sich kompliziert gestaltet, Monika ständig akzeptable Entschuldigungen aufzutischen.«

»Geil!«, sagt er, in meinen Augen langsam eine etwas unpassende Reaktion. Ich schaue eine Weile still und ungläubig meinen Schuhen beim Walken zu.

»Wenn ich das richtig sehe«, sagt er vollkommen unempathisch, »bist du ein Superheld. Mann! Das müssen wir feiern! Wir werden das groß aufziehen und vermarkten! Du brauchst ein Kostüm, du brauchst einen Namen, *Doorman* oder so. Du gehst durch eine Tür und bist verschwunden. Du bist der Reisende, oder: *Der Eskapist!* Du bist der Lazyboy. Unvermittelt tauchst du auf und kannst so unglaubliche Wirkungen entfalten, darüber musst du dir nur noch Klarheit verschaffen. Du musst die Möglichkeiten ausloten. Oder du nennst dich den *Geher*, weil du ja durch die Türen gehst und weil du endlich deine ideale Sportart gefunden hast.«

Ich drehe mich nach einer dunkelhaarigen Frau mit einem hübschen Po in einem grauen Jogginganzug um, die mich keines Blickes würdigt.

»Hast du den Film *Jumper* gesehen, wo einer durch den puren Willen von Ort zu Ort springen kann?«

»Nee«, sage ich.

»Fantastisch«, sagt Mirko.

»Mirko«, sage ich, »Superhelden zeichnen sich dadurch aus, dass sie spezielle Fähigkeiten haben, die andere Leute nicht haben. Diese setzen sie ein, gezielt und kontrolliert.«

»Siehst du«, sagt er, weil er sich einmal im Monat gegen Ironie impfen lässt.

»Ja, schön«, sage ich, »aber ich kann die Fähigkeit nicht gezielt einsetzen, ich kann sie nicht kontrollieren. Was ist denn das für ein Superheld, der immer überall dort auftaucht, wo er nicht sein will, und wenn er mal gebraucht wird in einer Situation, unfreiwillig durch die nächste Tür verschwindet?«

Mirko denkt nach, man erkennt es an zwei Denkwulsten auf seiner Stirn. Dann fängt er an zu grinsen. »Du bist ein Antisuperheld. Das ist etwas ganz Neues. Wir gründen die Liga der Antisuperhelden.«

Wieso wir, denke ich, aber ich sage nichts.

»Vielleicht kannst du ja noch an der Kontrolle arbeiten. Sag mir Bescheid, wenn du so weit bist. Dann ziehen wir diese

Antisuperheldengeschichte ganz groß auf, ich schreibe dir einen Song auf den Leib, dein eigenes Antisuperheldenthema.«

»Ja«, sage ich, »toll.«

Ich denke darüber nach, welche Möglichkeiten sich ergäben, wenn ich tatsächlich die Kontrolle hätte. Wenn ich meine Superheldenbestimmung fände. Auf eine mir noch völlig unklare Art und Weise wüsste ich immer, wo ich gebraucht würde, und ich könnte durch die nächste Tür dort auftauchen, völlig überraschend. Ich hätte sonst zwar keine Superkräfte, aber im Kampf gegen das Böse oder was auch immer den Überraschungseffekt auf meiner Seite. Kurz durch die Tür rein, die sehr, sehr hübsche junge Frau aus den Händen der Entführer winden, und ab durch die nächste Tür ins Freie, die grenzenlose Dankbarkeit genießen. Ich könnte das Phänomen natürlich auch für egoistische Zwecke nutzen, Einbrüche in Banken, Damenumkleideräume usw., aber ich habe nun mal diesen völlig irrationalen, hoffnungslos romantischen Zug zum Guten.

»Ich denke, dein Kostüm müsste braun sein«, sagt Mirko, »mit so einer Maserung wie bei einer Holztür, kein Cape, höchstens eine Art Vorhang, aber auf jeden Fall ein Griff in Bauchnabelhöhe. Und wenn du wie aus dem Nichts aus der nächstbesten Tür trittst, rufen die Leute: He, macht Platz, da kommt die menschliche Tür!«

»Ich glaube, dass es schwer werden könnte, die Filmrechte an mir zu verkaufen.«

»Ach was«, sagt Mirko, »das kriegen wir schon hin.«

»Und du?«, frage ich nach einer Weile. Wir sind beide ins Schnaufen geraten, ich habe tatsächlich Seitenstechen vom Rumgehen.

»Ariane und ich ziehen im Herbst raus aufs Land. Sie hat ein Häuschen dort geerbt in der Nähe von Glückstadt. Im

Keller richte ich ein Studio ein.«

»Oha«, sage ich.

»Sie ist schwanger.«

»Oh«, sage ich.

Wir walken beinahe in eine Gruppe chinesischer Touristen hinein, die einen rot gestrichenen Abfalleimer fotografiert. Zwei Omas in engen Laufhosen überholen uns zügig.

10

Bislang habe ich noch gar nicht erzählt, dass ich verlobt bin. Dass wir verlobt sind, Monika und ich. Schon seit eindreiviertel Jahren. Verlobt haben wir uns bei einer Autofahrt zu ihren Eltern. Eigentlich kein wirklich gutes Gespräch, das zur Verlobung führte.

Ihre Eltern wohnen in einem Stadtteil namens Volksdorf, das ist dort, wo die Villen und Einzelhäuser so groß sind, dass sie die Leere der Leben ihrer Bewohner umfassen. Monikas Mutter ist sehr streng, streng mit sich selbst, streng mit ihrer einzigen Tochter, auch mit ihrem Mann, und vor allem mit mir. Sie hasst mich, weil ich ein Nichtsnutz und ein Versager bin, ich verberge es geschickt, das heißt, ich gebe mir Mühe, aber sie hat die richtige Brille auf der Nase und kann das schnurstracks durch meine aufwendig konstruierte Fassade hindurch erkennen.

Sie sieht äußerlich schon sehr streng aus, mit zurückfrisierten Haaren und kargen Wangen, sehr fein und faltig braun gebrannt, mit kleinen, funkelnden Augen und farblich abgestimmten Kostümen. Der Vater ist irgendwie konturarm, auf eine verschlungene Art depressiv und zurückgezogen. Dabei hat er einmal viel Geld verdient als Führungskraft einer

Logistikfirma im Hafen. Alle zwei Wochen fahren wir am Wochenende zum Essen zu den Eltern, das wird von uns, von mir erwartet. Ich murre vorher viel, und es klappt auch nicht immer, aber das hat die altbekannten Gründe, für die ich mich nicht verantwortlich fühle.

Der das Haus umgebende Garten ist ein verkappter Golfplatz, eine stattliche Anlage mit englischem Rasen, diversen Rhododendrenarrangements und mehreren Garagen. Innen öffnet sich ein Museum des Bildungsbürgertums. Da gibt es geschmackvolle Antiquitäten und im Flur einen Wandteppich, an den mit Stecknadeln Zeitungsausschnitte gepinnt sind, die über sämtliche relevanten Kulturereignisse der Stadt Auskunft geben, als Mitglied der Familie arbeitet man sie sukzessive ab. Etwas misstrauisch hat mich von Anfang an gemacht, dass die Jalousien auf der Vorderseite des Hauses sämtlich dauerhaft dreiviertel heruntergelassen sind. Von außen erhält man dadurch den Eindruck, das Haus stehe permanent unter Valium, es sei verpennt, befinde sich in konstantem Halbschlaf, die Fenster die Augen des Hauses. Drinnen lebt man ein Dämmerleben. Das habe etwas mit den Nachbarn zu tun, erklärte mir Monika, aber ich glaube, es verdeutlicht die Denkmuster der Bewohner.

Bei dieser Fahrt hielt Monika plötzlich auf einem Streckenabschnitt, auf dem sich die Stadt schon ländlich gibt, auf der einen Seite der Hauptstraße ein Waldgebiet, auf der anderen Seite eine Pferdekoppel. Sie fuhr rechts heran, ließ ihren Mini quer über einem asphaltierten Fahrradweg anhalten, zog sogar den Schlüssel aus der Zündung.

»So«, sagte sie.

»Ja?«, fragte ich.

»Bevor wir da sind, möchte ich gerne einmal etwas mit dir klären.«

»Okay«, sagte ich voll schlimmer Vorahnungen, es war deutlich, dass jetzt das strenge Erbe ihrer Mutter zum Vorschein kommen würde.

»So geht es mit uns nicht weiter«, sagte sie völlig aus dem Zusammenhang gerissen. »Jetzt muss bald mal der nächste Schritt kommen. Irgendwie muss ich einmal das Gefühl bekommen, dass es voran, dass es nach vorne geht. Jede Beziehung braucht ein Ziel, braucht ein Projekt, auf das sie sich zubewegt.«

»Ja?«, fragte ich, denn der Gedanke war mir völlig neu. Für mich war Beziehung ein Zustand, ein angenehmer Zustand zumeist, den man sich nach Feierabend überstreift wie einen flauschigen Pullover, wenn es kühl wird.

»Und unser Projekt wäre?«, fragte ich mit verzagender Stimme, wobei mir völlig klar hätte sein sollen und vermutlich war, unterbewusst, worauf das Gespräch hinauslief. Ich meine, welche Projekte für Mann und Frau kommen denn im Großen und Ganzen in Frage? Sie wollte wohl kaum gemeinsam mit mir am Horn von Afrika mit Spendengeldern ein Lazarett für an Lepra erkrankte Kinder aufbauen.

»Wir sind jetzt sechs Jahre zusammen.« Sie schob sich mit energischer Geste, eine Geste, als trüge sie Autofahrhandschuhe, die Haare über das linke Ohr. »Aber wir leben getrennt in zwei Wohnungen, was nicht besonders ökonomisch und auch darüber hinaus nicht besonders schön ist. Alle meine Freundinnen, die in langjährigen Partnerschaften leben, wohnen schon seit geraumer Zeit gemeinsam, und es hat ihnen meines Wissens nicht geschadet. Auch den Männern nicht wirklich, diese haben meines Wissens durchaus von dieser Veränderung profitiert. Wir leben in einer Form ungezwungener Freundschaft, als wären wir zwei Teenager, nur dass wir als Teenagerpaar wesentlich mehr Sex hätten. Wir leben wie ein altes Ehepaar, ohne die wesentlichen Vorteile der Ehe jemals in Erwägung gezogen zu haben. Denn, wenn es auch nur im Entferntesten um diese Themen gehen könnte zwischen uns, Zusammenziehen, Heiraten, Kinder bekommen, überzieht sich dein Gesicht augenblicklich mit diesem unglaublich qualvollen, fast panischen Gesichtsausruck, den ich ehrlich gesagt nicht besonders schmeichelhaft für mich finde, und im nächsten Augenblick bist du immer irgendwie verschwunden.«

»Das finde ich nicht besonders fair«, sagte ich, »wie du das darstellst, einseitig finde ich das, nicht ausgewogen.«

Ich merkte, wie sich bei diesen Worten mein Gesicht augenblicklich mit einem qualvollen, fast panischen Gesichtsausdruck überzog.

»Schon klar. Pass auf, ich will auch gar nicht lange darüber diskutieren, ich habe mir ganz einfach Folgendes überlegt, du kannst es akzeptieren oder eben nicht.«

»Okay?« Ich traute mich nicht, sie anzusehen, zu viel Schärfe in der Stimme. Ich schaute lieber das Pferd an, das an das Gatter getrabt gekommen war, um zu uns ins Auto zu schauen, solche Attraktionen gab sein Leben an der Hauptstraße normalerweise nicht her. Ein dunkelbraunes, fast schon schwärzlich schimmerndes Pferd mit weißen Flecken oberhalb der Hufe.

»Also, die eine Möglichkeit ist, dass du mir hier auf der Stelle einen Heiratsantrag machst und wir uns also quasi auf der Stelle verloben und meinen Eltern das auch heute noch verkünden mit anschließender Feier in nicht allzu baldiger Ferne und Hochzeitsplanung und Pipapo, auch über Kinder sollten wir in der Folge reden, Verhütung sein lassen und so weiter.«

»Ja?«

»Und die andere Möglichkeit ist, dass wir uns hier auf der Stelle trennen und auch dieses gleich bei meinen Eltern bekannt geben, dann kannst du dich noch einmal in aller Form von ihnen verabschieden.«

»Oh«, machte ich.

»Es ist quasi ein Ultimatum, wenn du so willst, und ich meine es ernst.«

Ich räusperte mich und sah Monika nun doch an. Sie war sehr bleich und starrte nach vorne. Ihre Hände waren um das Lenkrad geschlossen, die Fingerknöchel leuchteten weißlich.

»Äh ja«, sagte ich.

»Nun?«

»Gibt es irgendwelche Joker, darf ich jemanden anrufen?«

Sie sagte: »Kannst du es bitte ernst nehmen, das ist es nämlich, ernst, es ist mir ernst, ganz oder gar nicht, du verstehst schon.«

»Schon klar.«

»Überlege es dir bitte gründlich. Und, was mir wichtig ist, ich will, dass du es wirklich so meinst, wie du es sagst, ich will, dass du dich wirklich freiwillig entscheidest.«

»Okay«, sagte ich. Freiwillig, alles klar.

Eine gestreckte Minute verging, in der etwas unendlich Zähes sich langsam durch die Wirklichkeit bewegte, wobei schwer zu sagen war, ob von rechts nach links oder von oben nach unten. Etwas Unsichtbares, aber substanziell Gewichtiges riss und zerrte und schob sich lautlos durch die Dimensionen.

Ich sagte: »Ich wähle Antwortmöglichkeit A.«

»Aha, kannst du bitte noch einmal in deinen eigenen Worten sagen, wofür du dich entscheidest?«

»Klar«, sagte ich. »Antwortmöglichkeit A. Verlobung, Hochzeit, Familie gründen.«

»Okay«, sagte sie.

»Ja«, sagte ich.

»Dann sind wir jetzt also verlobt und können es gleich freudig und feierlich meinen Eltern mitteilen. Oder kannst du dich vorher noch zu einem formellen Antrag aufraffen?«

»Später. Nicht hier. Wart's ab.«

»Auch gut.«

»Ja«, sagte ich.

»Schön«, sagte sie. »Schön, dass wir das geklärt haben.«

Wir sahen einander in die Augen, ohne zu lächeln. Das Pferd jenseits des Gatters wandte sich schnaubend ab.

Später, bei ihren Eltern, saß ich schweigend mit steifen Schultern da, als ihr Vater im Keller verschwand, um eine Flasche von dem teuren Champagner zu holen, mehr aus Pflichtgefühl denn aus Freude, nehme ich an. Niemand am Tisch lächelte, alle trugen verkniffene Gesichter, die von der Farbe her an geplättete Damast-Tischdecken erinnerten. Auch das Beglückwünschen fiel eher steif aus. Aus dem Mund von Monikas Mutter klang es wie Kondolieren. Ich blickte auf meinen Teller herab, auf dem sich zu diesem Zeitpunkt Rote Bete befanden. Rote Bete, rot wie Blut.

11

Ich trete aus einer Art Stall oder Scheune. Ich schließe die weinrote Holztür hinter mir, Stroh unter den Füßen. Ich gehe über einen asphaltierten Hof, der hie und da von Strohhalmen und anderem Dreck bedeckt ist. Ich wende mich zum abseits liegenden Haus hin, rote Schindeln, Fachwerk, eine graue Katze sitzt in einem geöffneten Fenster im Erdgeschoss. Schön hier. Ich klopfe die Innentasche meines Parkas ab, ob ich genug Geld dabeihabe, um nach Hause zu fahren. Vom Hof gelange ich zu einer einspurigen, asphaltierten Straße, links geht es den Hang hinunter, rechts hinauf. Am Straßenrand saftige Grasbüschel mit strahlend blühendem Löwenzahn. Zu beiden Seiten Fachwerkhäuser und grau verputzte Mietsklötze, zweistöckige Wohnkästen mit Garagentüren neben den Eingängen, Geranien vor den Fenstern. Zwischen den Häusern meterbreite Lücken, durch die ich in der Ferne andere Hügel sehen kann. Landstraßen, Baumgruppen, Häuser, Höfe. Traktoren, Kühe und Pferde. Ich fühle mich wie in einem von diesen Ali-Mitgutsch-Wimmelbilderbüchern, mit denen man die Kleinkinder traktiert. Hier möchte ich keine zwei Tage verbringen müssen. Ländliche, süddeutsche Idylle, die einen irgendwie schwindelig macht. Ich entschließe mich, bergabwärts zu gehen, es scheint mir wahrscheinlicher, dass ich in dieser Richtung einen Bahnhof oder etwas Ähnliches finde. Nach einer Weile begegne ich zwei mageren, ein Meter achtzig großen Mädchen mit Zöpfen, die ein gelbliches, schielendes Pferd an mir vorbei hügelaufwärts führen. Alle drei sichtlich Inzestprodukte. Sie blicken mich an, als hätten sie eine Erscheinung. Ich starre ebenso zurück.

Auf meinem Weg bergab die Straße herunter komme ich an einem Vorgarten vorbei, in dem ein Mädchen in einem Liegestuhl sitzt. Ein noch nicht geschlüpftes Teeniemädchen mit einem Haarreif im Haar. Es hält sich einen Aluschirm unter das Gesicht, der ihm das Sonnenlicht bräunungsintensiv reflektiert. Es reckt die nackten Füße auf einem 50er-Jahre-Cocktailtischchen in die Sonne. Zwischen den Zehen stecken Wattebäusche. Die Zehennägel leuchten kobaltblau. Das dazugehörige Nagellackfläschchen liegt neben dem Liegestuhl im Gras. Sonst ist das Mädchen vollständig angezogen, graue Jeans, violettes T-Shirt. Auf dem T-Shirt ist ein großes Peace-Zeichen abgebildet, darunter steht in Horrorfilmschrift *Assgrabbers.* Es hat dunkelblonde, lange Haare, die es streng zu einem Pferdeschwanz zurückgebunden trägt. Anscheinend will es gezielt Gesicht und Füße bräunen. Das Haus hinter ihm ist eine kleine Gründerzeitvilla mit braunem Anstrich, das hübscheste Haus weit und breit. Das Mädchen hat die Augen geschlossen, aber als ich vorbeischlurfe, lässt es den Reflektorschirm sinken und blinzelt mich mit einem Auge an. Es folgt mir mit Blicken. Hinter ihm plustern sich zwei Rhododendren auf.

Ich bleibe stehen. »Gibt es in diesem Kaff einen Bahnhof?«, frage ich.

»Wie sind Sie denn hergekommen?«

»Bitte?«

»Na ja. Einen Flughafen haben wir hier nicht gerade. Sie sind also wohl kaum hergeflogen. Und wenn Sie ein Auto hätten, würden Sie ja wohl hier nicht so herumschleichen und Fragen stellen.«

»Mein Auto kann ja auch kaputtgegangen sein. Vielleicht musste ich es eben gerade irgendwo dort oben stehen lassen.«

»Oben auf dem Hügel?«

»Warum nicht?«

»Das stimmt«, sagt es und macht ein nachdenkliches Gesicht.

Es wackelt mit den Zehen, es sieht aus, als würden die meine Gegenwart erst jetzt zur Kenntnis nehmen und mir zuwinken.

»Also«, sage ich, »gibt es hier einen Bahnhof?«

»Hallo? Das ist ein *Dorf* hier! Bahnhof! Ein Bus fährt zwei Kilometer weiter, immerhin. Viel Spaß beim Wandern.«

»Kacke«, sage ich.

»Wie sind Sie denn nun hergekommen eigentlich?«

»Durch die Tür.«

»Wie bitte?«

»Du bist ziemlich neugierig.«

»Klar, hier passiert ja auch nicht so furchtbar viel. Ich wittere eine *Geschichte*.« Das sagt es in einem Ton, als würde es irgendetwas oder irgendwen zitieren. »Also, wie?«

»Was?«

»Wie sind Sie hergekommen?«

»Kannst du die Wahrheit vertragen?«

»Ich denke schon. Kommt drauf an. Sie sind ein Scout für einen osteuropäischen Kinderpornoring.«

»Ich wurde hierher gebeamt. Jetzt sitze ich fest.«

»Oh. Das ist hart. Können Sie sich nicht zurückbeamen lassen?«

»Nein«, sage ich. »Einbahnstraße.«

»Rückschrittliches System. Wollen Sie eine selbst gemachte Limonade?«

»Bitte?«

»Wollen Sie was zu trinken, kann ich Ihnen etwas zu trinken anbieten? Selbst gemachte Limonade?«

»Wo gibt es denn noch so was, selbst gemachte Limonade?«

»Hier«, sagt es.

Es humpelt auf den Fersen durch den Vorgarten mit der Watte zwischen den Zehen. Im Fortgehen wirft es mir einen Blick mit gerunzelter Stirn und gehobener Augenbraue zu, ein wirkliches Komikertalent. Es verschwindet im Haus, kehrt mit zwei Gläsern zurück und nimmt wieder im Liegestuhl Platz.

»Wo bin ich hier überhaupt gelandet, wie heißt das Kaff?«, frage ich mit einem Limonadenglas in der Hand.

»Egal«, sagt es.

»Okay«, sage ich beeindruckt.

»Sie haben das ernst gemeint mit der Tür, oder? Dass Sie durch eine Tür hergekommen sind, stimmt's?«

»Ja«, sage ich. Die Limonade schmeckt erstaunlich gut.

»Was für eine Tür?«

»Da drüben.« Ich gestikuliere vage den Hügel hoch. »Aus irgendeiner Scheunentür.«

»Und wie sind Sie in die Scheune hineingekommen?«

»Keine Ahnung.«

»Zu viel getrunken? Drogen? Einfach so verwirrt?«

»Schwierig zu sagen.«

»Dann machen Sie's einfach. Na los, erzählen Sie. Ich langweile mich.«

»Ist nicht eigentlich Schulzeit?«, sage ich. »Haben wir nicht Vormittag?«

»Ich hab Ferien.«

Was soll's, denke ich, es ist ja nur ein Mädchen. Ich setze es also ins Bild, was mein Problem mit den Türen anbelangt. Es schaut mich mit echtem Interesse an. Als ich geendet habe, nickt es intensiv und befriedigt.

»Glaubst du mir?«, frage ich.

»Klar«, sagt es. »Warum sollten Sie lügen? Es kann ja nicht in Ihrem Interesse sein, dass man Sie für einen Spinner hält.«

»Stimmt«, sage ich.

»Außerdem haben wir selbst so eine Tür im Keller.«

»Ach Quatsch«, sage ich. »Du willst mich verarschen.«

»Nee, in echt, die Reisekammer.«

»Die Reisekammer«, wiederhole ich.

»Klar, im Keller. Wollen Sie sie sehen? Vielleicht dürfen Sie sie sogar benutzen, wenn Sie ganz lieb sind.«

»Wirklich?«, frage ich und komme mir unbehaglich vor,

wie ein einfältiger Pädophiler, der aus der Klapse ausgebrochen ist. Reisekammer.

Es führt mich ins Haus. Es erzählt mir dabei von seinem Urgroßvater. Er habe das Haus um die letzte Jahrhundertwende herum gebaut. Er sei Kapitän gewesen. Ab einem gewissen Punkt in seinem Berufsleben, nach zu vielen Reisen, habe er urplötzlich den Anblick des Meeres körperlich nicht mehr vertragen, eine extreme Form von Seekrankheit. An Deck habe er sich ständig übergeben müssen. Schon der Anblick der Wellen von Land aus, auf der Deichkrone stehend, habe ihn schließlich würgen lassen. Beim Anblick von Wasser in größeren Mengen sei er weiß im Gesicht geworden. Darum habe er beschlossen, sich in den Bergen zur Ruhe zu setzen, in maximaler Entfernung zum Meer. Er habe sich also seinen Alterssitz hier am Rand der Schwäbischen Alb errichtet.

Ein ziemlich mitteilsames Mädchen.

»Ich kannte mal eine Friseurin«, sage ich, »die hat mit den Jahren eine Haarallergie entwickelt. Immer, wenn sie fortan mit Haaren in Berührung kam, entwickelte sie Ausschlag an den Händen. Selbst beim morgendlichen Kämmen. Hart für sie, aber sie musste den Beruf wechseln.«

»Das ist natürlich auch Scheiße«, sagt das Mädchen.

»Und wie«, sage ich. »Sie ist jetzt Dermatologin.«

»Ich heiße übrigens Daphne.«

»Schöner Name«, sage ich. »Angenehm, Lazyboy.«

»Im Ernst?«

»Mittelernst. Aber stimmt schon, der Name. Willst du meinen Pass sehen?«

»Nee, lass mal stecken.«

Sie duzt mich plötzlich, als wäre mein Name eine Aufforderung.

»Wie alt bist du?«, frage ich.

»13.«

»Oha«, sage ich.

»Und du?«

»35.«

»Oha«, sagt sie.

Sie erzählt, dass sie mit ihrem Onkel im Haus wohne. Ihre Eltern seien beide bei einem Unfall verstorben, ihr Onkel passe seither auf sie auf, allerdings sei er beruflich viel unterwegs, und de facto lebe sie alleine hier, was schon okay sei, sie genieße die Freiheit. Sie käme gut alleine zurecht, sie sei seit frühester Kindheit sehr selbstständig und bekäme das alles so weit sehr gut hin, Schule, Alltag usw.

Entweder ein besonders mitteilsames oder ein außergewöhnlich einsames Mädchen.

Nur das Jugendamt dürfe davon nicht zu viel mitbekommen, die schauten hier manchmal vorbei.

»Du bist nicht zufällig vom Jugendamt, oder?«, fragt sie. »Dann wäre ich jetzt nämlich ziemlich unvorsichtig gewesen.«

»Ziemlich«, sage ich, »nein, ich kann dich beruhigen.«

Das Haus ist mit schweren Möbeln vollgestellt, eine muffige, dunkle, fremde, alte Welt. Afrikanische Masken hängen über umfangreichen Kommoden, Speere neben angegilbten Götzendarstellungen. Federn, Kisten, Gemälde von Seeschlachten. Ein ausgestopfter Affe starrt von einem riesigen Schrank auf mich herab.

Sie führt mich eine steinerne Kellertreppe hinunter. Wir kommen in einen Vorraum, von dem vier Türen abgehen, drei gleichen einander, solide, weiß lackierte Bretter, aber eine Tür ist anders, aus einem massiven, schwarzblau glänzenden

Stück Holz gefertigt, mit einem kleinen Knauf aus türkisfarbenem Glas in der Mitte. Eine nackte Glühbirne hängt unter der Decke. Ich hätte auch ohne Hinweis gewusst, um welche Tür es geht.

»Das ist sie«, sagt sie und rollt mit den Augen.

»Wow«, sage ich. »Darf ich sie öffnen? Darf ich sie ausprobieren?«

Sie sagt: »Am besten führe ich sie dir einmal vor. Dann könnt ihr euch aneinander gewöhnen. Die Tür sollte dich erst einmal kennenlernen.«

»Okay«, sage ich. »Wohin führt sie denn gewöhnlich?«

Sie scheint das wirklich ernst zu meinen.

»Das ist immer anders. Ich trete durch die Tür und bin verschwunden. Ich komme irgendwo an. Und der Witz ist ja, dass ich selbst keine Ahnung habe, was sich wirklich hinter dieser Tür verbirgt, ob dort wirklich ein weiterer Kellerraum liegt und wie er aussieht. Ich gehe durch die Tür und denke an den Ort, an dem ich sein will. Dort komme ich an, durch eine Tür trete ich ein.«

»Das ist wie bei mir«, sage ich. »Kannst du es kontrollieren?«

»Wie?«

»Kommst du tatsächlich immer genau dort an, wo du hinwillst? Funktioniert diese Tür jedes Mal verlässlich?«

»Klar!«

»Und bei anderen Leuten?«

Sie zuckt mit den Achseln.

»Wer weiß davon?«

»Ich, jetzt du. Mein Großvater, er hat mir die Tür gezeigt. Bei meinem Onkel bin ich nicht sicher, wir haben nie darüber gesprochen.«

»Ehrlich?«

Irgendwie fasst sie zu leicht und zu schnell Zutrauen zu mittelalten Männern, denke ich, das könnte ja auch gefährlich sein.

»Das Holz zu der Tür hat mein Urgroßvater aus der Südsee mitgebracht. Mein Opa hat mir erzählt, sein Vater habe ihm erzählt, er habe es bei einer Wette gewonnen, ursprünglich sei es ein Einbaum gewesen, mit dem die alten Medizinmänner auf der Jagd nach Meeresschildkröten mit einem irgendwie speziell leuchtenden Panzer wochenlang durch die Südsee paddelten.«

»Klar«, sage jetzt ich.

»Magisches Holz, eine magische Tür.«

»Offensichtlich«, sage ich.

»Ich führe dir die Tür gerne einmal vor, aber du musst mir etwas versprechen.«

»Okay?«

»Wenn ich durch die Tür gehe, darfst du mir nicht hinterherkommen, auch wenn ich lange Zeit verschwunden bleibe. Du darfst dich erst wieder regen, wenn ich zurückgekommen bin. Die Tür könnte dir sonst gefährlich werden. Sie hat so etwas wie einen eigenen Willen.«

»Kommst du durch die gleiche Tür wieder zurück?«

»Mhh«, macht sie und lächelt.

»Das klingt fortschrittlich«, sage ich.

»Versprochen, dass du nicht hinterherkommst, was auch geschieht?«

»Versprochen«, sage ich.

Wir geben uns die Hand, und sie blickt mir ernst in die Augen.

»Großes Türenehrenwort«, sage ich. »Aber bring mir ein Beweisstück mit, damit ich dir glauben kann. Bring mir ein Andenken oder so etwas mit!«

Sie verschwindet nach oben, um den Schlüssel zu holen, der in der Wandtäfelung im Erdgeschoss versteckt sei. Sie kehrt mit einem sicherlich sechzehn Zentimeter langen Ding aus Bronze zurück. Sie fummelt es in das Schloss der Südseetür hinein und dreht dreimal mit einer vorsichtig rührenden Bewegung zeitlupenlangsam um, wie man Eischnee unter einen Teig hebt. Dann öffnet sie die Tür und schlüpft so schnell durch den Spalt, dass ich nichts vom Raum dahinter erkenne.

Ich stehe im Keller eines fremden Hauses und warte auf die mythenumwehte Rückkehr eines 13-jährigen Mädchens namens Daphne aus dem angrenzenden Kellerraum. Ich stelle sie mir vor, wie sie an die Wand gelehnt hockt, die Tür im Auge, wie sie auf den richtigen Augenblick wartet, um durch dieselbe Tür zurückzukehren. Ein Mädchen, das ich gerade erst kennen gelernt habe, dem ich mich trotzdem seltsam verwandt fühle, als hätte ich eine Türenpatenschaft übernommen. Eine kleine Türenschwester irgendwie. Auch wenn sie bloß so ein Kind sein sollte, das sich aus Einsamkeit oder Langeweile wichtigmacht.

Ich muss an ein anderes Mädchen denken, an das sie mich unscharf erinnert. Dabei sehen sie sich nicht einmal ähnlich. Ein Mädchen von früher, Tanja, aus der Schule. Tanja war die, in die sich alles verliebte, die Jungen, die Mädchen, die Lehrer, der Elternrat. Sie ging irgendwo vorbei, an einem Busch, an einer Bank, und schon war alles hoffnungslos verdörrt und versengt und verliebt. Sie trug damals Wildlederminiröcke und Kniestrümpfe, schwarze Herrenhalbschuhe, blassblaue Blusen und einen Ethnobeutel an einer Kordel über der Schulter. Und ihr Haar wehte blond und stolz im Wind, auch wenn Windstille herrschte. Und sie hatte diesen Blick voller Verachtung, alles war ihr vollkommen egal, es wirkte, als würde sie die ganze Zeit Zigaretten rauchen und einem den Rauch ins Gesicht pusten und die Asche auf den Teppich schnipsen, dabei rauchte sie gar nicht und es gab auch keinen Teppich. Natürlich war ich in sie verliebt, aber sie hat mich nie zur Kenntnis genommen. Ich presse mein Ohr gegen das taube Holz, nichts. Ich lausche in das fremde Haus hinauf, ein Eindringling. Leider habe ich das Rauchen bis auf gelegentliche Ausnahmen aufgegeben. Ich muss grinsen, weil ich das Spiel mitspiele. Was mache ich hier?

Nach einer Weile wird es mir zu viel. Ich kann nicht den ganzen Tag hier vertrödeln. Vielleicht wartet sie nur darauf, dass ich die Geduld verliere und diese Tür öffne, um nach ihr zu sehen, ein Machtkampf. Aber den Gefallen tue ich ihr nicht.

Ich sage laut: »Tut mir leid, ich kann nicht länger warten, ich schreibe dir meine Telefonnummer auf, du kannst mich anrufen, wenn du zurückgekehrt bist von deiner Reise. Wir sollten in Kontakt bleiben, denke ich.«

Ich bekomme keine Antwort. Also schreibe ich meine Telefonnummer auf den Rand einer alten Zeitschrift, die ich im Keller finde, lege sie vor die ominöse Tür. Anschließend klettere ich wieder empor ans Licht. Ich widerstehe dem Drang, eine Weile herumzuschnüffeln. Ich werfe noch einen Blick auf das Haus. Dann mache ich mich auf den Weg, zwei Kilometer bis zum Bus.

12

»Was haben Sie eigentlich studiert?«, frage ich.

Frau Merbold guckt mich an, ihre runden, hübschen

tiefblauen Augen werden noch größer, so groß, dass ich Lust bekomme, einen Stein oder etwas Ähnliches in sie hineinplumpsen zu lassen, um zu sehen, ob die tiefen Wasser ihrer Augen Wellen schlagen. Ihre Finger verkrampfen sich um einen gut angespitzten Bleistift, ich habe einen wunden Punkt getroffen, scheint mir.

Heute trägt sie ein gelbes Trägerkleid, auf dem rote und violette Tropenvögel abgebildet sind. Eine Propellermaschine ist soeben über dem Dschungel abgestürzt und in die Tropenhölzer gekracht, hat eine Schneise geschlagen, und die vielen tropischen Vögel fliegen kreischend und wild mit den Flügeln schlagend auf, so eine Art Kleid ist das. Sie verengt ihre Augen zu Sehschlitzen, Zeit für den Gegenangriff.

»Warum ist das wichtig für Sie?«

»Moment«, sage ich, »ich habe gerade Sie etwas gefragt.«

»Und ich habe mit einer Gegenfrage geantwortet. Ich stelle fest«, sie blickt mir fest in die Augen, »dass es für Sie von Bedeutung zu sein scheint, was ich für eine Ausbildung absolviert habe. Etwas scheint Sie unsicher zu machen. Ich scheine Sie zu verunsichern. Ist das richtig? Verunsichere ich Sie?«

»Ja«, sage ich, »nicht zu knapp, aber können Sie nicht einfach meine Frage beantworten? Ich habe gefragt, was Sie studiert haben.«

Sie schaut mich eine Weile schweigend an. Man hört die Gedanken hinter ihrer hohen Stirn ticken.

»Gut«, sagt sie kleinlaut und blickt auf ihre Finger, die sich reiben. Ich bin mir sicher, dass sie ihre Nägel kaut, sie lackiert sie pink und kaut sie dann bis auf das Fleisch herunter.

»Soziologie. Ich bin Diplom-Soziologin.«

»Und dann dürfen Sie als Therapeutin arbeiten?«

»Ich habe eine Zusatzausbildung.«

»Na dann«, sage ich, aber es beruhigt mich nur wenig.

»Zweifeln Sie an meiner Kompetenz? Fühlen Sie sich bei mir nicht gut aufgehoben?«

»Doch, doch«, beeile ich mich zu sagen.

»Soll ich Sie an einen Kollegen überweisen?«

»Nein.«

»Na gut, dann hätten wir das ja geklärt. Wo waren wir stehen geblieben?«

»Kontrolle«, sage ich. »Ich sagte gerade, es gäbe nur diese zwei Möglichkeiten, scheint mir. Ich muss die Kontrolle darüber gewinnen. Oder ich muss es loswerden. Eins von beiden. Dabei sollen Sie mir helfen.«

»Okay«, sagt sie. »Sie können natürlich versuchen, die Kontrolle über Ihre Eigenheit zu gewinnen. Was glauben Sie selbst, wie realistisch ist dieser Versuch?«

»Keine Ahnung«, sage ich.

»Und ich weiß es auch nicht. Wir wissen es beide nicht. Nicht zu diesem Zeitpunkt. Sammeln Sie weiter Informationen über das, was Sie erleben. Vielleicht finden Sie über das Wissen den Schlüssel zur Kontrolle. Oder vielleicht auch zur Veränderung. Nehmen Sie an, was Ihnen widerfährt. Das Annehmen, das Sich-drauf-einlassen hat sich schon in mehr als einem Fall als der Schlüssel erwiesen. Das biete ich Ihnen an, daran können wir konkret hier arbeiten.«

»Das ist, was Ihnen dazu einfällt? Dazu raten Sie mir? So etwas lernen Sie im Studium?«

»Nicht nur das, noch viel, viel mehr. Sie werden staunen.«

»Ich soll es annehmen?«

»So ist es.«

»Das hört sich ja schön an«, sage ich, »aber Sie müssen ja auch nicht damit klarkommen, plötzlich in Worms zu stehen, obwohl Sie eigentlich pünktlich bei einem Arbeitsmeeting zwei Türen weiter hatten sein wollen.«

»Trotzdem«, sagt sie, »ich fürchte, Ihnen bleibt gar nichts anderes übrig, als sich darauf einzulassen. Derweil können wir hier versuchen, die Hintergründe aufzudecken, sollten diese lebensgeschichtlicher Natur sein.«

»Können Sie mich nicht einfach in eine geschlossene Psychiatrie überweisen?«

»Ist das Ihr Ernst?«

»Wenn ich es schaffe, aus einer geschlossenen Psychiatrie zu verschwinden«, sage ich, »dürfte zumindest bewiesen sein, dass ich nicht spinne. Und wenn ich nicht rauskomme, habe ich wenigstens eine Weile meine Ruhe. Ich würde mich dort zumindest sicherer fühlen.«

Sie sagt: »Die behalten Sie ja gar nicht dort, die schicken Sie einfach wieder nach Hause. Was glauben Sie denn? Es wäre viel zu teuer, wenn auf jeden, der Lust auf geschlossene Unterbringung bekommt, ein gemachtes Bett wartete.«

»Hm«, mache ich.

Nach der Sitzung bei Frau Merbold steige ich in ein Taxi. Ich lasse mich zur psychiatrischen Station des Universitätskrankenhauses chauffieren. Irgendwie ist ein schales Gefühl übrig geblieben, diese ganze Annehmen-Sache befriedigt mich überhaupt nicht. Ich wünsche mir eine Art psychologisches Skalpell, mit dem ein echter Fachmann kurz einmal in meinem Gehirn herumschweift, schnipp, und schon ist wieder alles in Ordnung.

Im Flur der psychiatrischen Aufnahme muss ich fast anderthalb Stunden warten, ehe sich mir jemand zuwendet. Ich gucke währenddessen zwei Männern in Jogginghosen zu, die miteinander Tischtennis spielen. Beide bewegen sich extrem verlangsamt. Sie sind die meiste Zeit mit Ballaufheben beschäftigt. Einer schlägt den Ball, der andere hebt ihn auf.

Sie haben unbewegte Mienen, keine Spuren von Mimik zu erkennen. Im Krankenhaus scheint sich Spaß anders zu definieren als in meiner Welt.

Endlich ruft mich eine Ärztin zu sich in ein winziges Behandlungszimmer. Sie sieht sehr jung aus. Ich erzähle ihr, warum ich gekommen bin, dass mich Türen verschlucken und an fremden Orten ausspucken, ich finde, das klingt verrückt genug, um einen monatelangen Aufenthalt an der Tischtennisplatte zu rechtfertigen. Ich erzähle ihr, dass ich gerade ein Mädchen in der Schwäbischen Alb kennengelernt habe, das ebenfalls mit Türen reisen kann, aber irgendwie besser als ich. Sie stellt mir eine Menge Fragen, aber sie kommt nicht zum Punkt, finde ich. Sie fragt mich, ob ich Stimmen höre, die ich nicht mit einer sichtbaren Person in Zusammenhang bringen kann, die mir Befehle geben oder mein Handeln kommentieren. Sie fragt mich, ob ich in letzter Zeit über die Türen hinaus ungewöhnliche Beobachtungen mache, die ich bislang in meinem Leben so nicht gekannt habe. Sie fragt mich, ob den Personen in meiner Umgebung solche Sachen oder andere markante Veränderungen an mir aufgefallen seien. Sie fragt mich, ob ich mich mit dem Gedanken beschäftige, mir etwas anzutun oder gar aus dem Leben zu scheiden.

»Nein, nein, nein, nein«, sage ich wahrheitsgemäß, »da ist nur die Sache mit den Türen. Ich bin eindeutig verrückt, Sie müssen mich aufnehmen, Sie können mich nicht laufen lassen, ich bin eine Gefährdung für die Allgemeinheit.«

»Den Eindruck habe ich ja nun nicht«, sagt die Ärztin mit einer sehr sanften Stimme. »Sie zeigen ganz deutlich Zeichen von Krankheitseinsicht, Sie können sich deutlich von Ihrem wahnhaften Erleben distanzieren, und wenn ich Sie richtig verstehe, haben Sie auch nicht vor, sich oder anderen etwas anzutun.«

Ich schweige grimmig.

»Ich kann Ihnen lediglich anbieten, Sie an einen niedergelassenen Nervenarzt zu überweisen, damit Sie es mit einer Medikation versuchen. Oder Sie begeben sich in eine ambulante Psychotherapie, das könnte auch den Versuch wert sein. Hatten Sie außergewöhnlich viel Stress in letzter Zeit?«

»Es geht so«, nuschle ich, »danke«, und stecke den Überweisungsschein ein, den sie mir hinhält. Anschließend werde ich wieder in die Freiheit entlassen, finde mich in der Zufallsgesellschaft eines Krankenpflegers in einem Fahrstuhl wieder. Der Fahrstuhl ist riesig, der Krankenpfleger klein und höchstens achtzehn. Er balanciert einen dünnen Schnurrbart auf der Oberlippe und hält einen Stoffelefanten im Arm.

Kurz spiele ich mit der Vorstellung, ein kapitales Verbrechen zu begehen, blutbespritzte Fahrstuhlwände, die beim Gefängnis stellen sich sicherlich nicht so zimperlich an.

Kaum auf der Straße, wähle ich eine Nummer, die ich schon ewig nicht mehr gewählt habe. Die ich eigentlich nie wieder hatte wählen wollen. Aber wie das so ist, besondere Zeiten verlangen besondere Entscheidungen. Warum soll ich an mich glauben, warum soll ich mich ernst nehmen, wenn mich sonst keiner ernst nimmt?

»Hallo Dirk«, sage ich. »Kann ich vorbeikommen?«

»Erzähl«, sagt Dirk, überhaupt nicht überrascht, meine Stimme zu hören. Wahrscheinlich war ihm die letzten zwei Jahre lang nicht nur klar, dass ich mich wieder melde, sondern auch wann.

Ich sage: »Ich soll dich herzlich von Bettina grüßen.«

»Alles klar. Kannst vorbeikommen.«

»Wann?«

»Komm vorbei«, sagt er. »Alte Adresse.«

Dirk wohnt in Langenhorn. Da wird wohl wieder ein Taxi fällig. Fast zwei Jahre sind vergangen, aber der Code hat sich anscheinend nicht verändert. Am Telefon kann man natürlich nicht klar sagen, was man will. Als ich Dirks Nummer gerade bekommen hatte von irgendjemandem, hatte ich keine Ahnung, ich sagte geradeheraus, was ich wollte. Dirk war sehr kurz angebunden. Ich solle in einer Dreiviertelstunde im Wendehammer der und der Sackgasse auf ihn warten. Ich wartete eine halbe Stunde, und dann hielt endlich ein Opel Ascona neben mir, und ein unsympathisch aussehender Mensch mit dünnen Haaren und einer Bomberjacke herrschte mich an, dass ich einsteigen und dass ich das nie wieder machen solle, am Telefon einfach so zu sagen, was ich brauche, ob das klar sei? Ich hatte mich noch nicht einmal angeschnallt, und wir kannten einander gar nicht. Damals setzte er mir den Code auseinander. »Wenn du mich anrufst, dann denkst du dir einen Namen einer Person aus, von der du mich grüßen sollst. Ist es ein Name mit A, dann weiß ich, dass du ein Gramm oder eine Pille brauchst. Ein Name mit B zwei Gramm oder zwei Pillen, Name mit C drei Gramm und so weiter. Hat der Name eine Silbe, geht es um Koks, zwei Silben Pillen, drei Silben MDA, vier Silben Marihuana, alles klar? Frauenname heißt, du zahlst bar, Männername, du willst anschreiben lassen. Alles klar?«

»Alles klar«, stotterte ich beeindruckt. Erst später fiel mir auf, dass das Wort Marihuana fünf Silben besitzt.

»Also, was willst du?«, sagte er.

»Ich soll dich von Heiko grüßen«, sagte ich, ich hatte keine Ahnung, was es bedeutete, mir fiel bloß nichts anderes ein.

»Bist du bescheuert?«, sagte er. »Hier kannst du natürlich Klartext sprechen, Mann, du Flachpfeife. Von wem hast du die Nummer noch mal?«

Jetzt habe ich also zwei Einheiten MDA bestellt, eine Droge, die den Kopf weich macht, ein Halluzinogen, das auch in Ecstasy enthalten ist, aber ohne die Speed-Komponente. Man geht still und friedlich den Dingen auf den Grund. Man wird nicht hibbelig und braucht nicht zu tanzen. Ähnlich wie beim Kiffen, aber wacher, nicht so breiig, und viel, viel tiefer.

Ich steige ins Taxi und rufe Monika an.

»Minka«, sage ich. »Heute Abend wird es leider doch nichts. Ich habe mir gerade den Mittelfinger gebrochen und fahre jetzt ins Krankenhaus. Nein, du musst mich nicht begleiten, so schlimm ist es auch nicht. Geklemmt, ich wollte etwas zu schwungvoll das Küchenfenster schließen.«

Ich weiß nicht, wo ich die Lügengeschichten immer hernehme. Das heißt natürlich, dass ich auch noch einen Verband besorgen muss.

Bei Dirk angekommen, wundere ich mich wieder einmal, wie lieblos junge Männer ihre Wohnungen einrichten. Ich bin allerdings nicht sicher, ob für Dirk die Bezeichnung junger Mann noch gilt. Er ist ein, zwei Jahre jünger als ich. Er lebt in einer Zweizimmerwohnung in einem Rotklinkermietshaus um die Ecke vom Flughafen, das habe ich schon immer als passend empfunden, die räumliche Nähe zum Abheben. Die Wände seiner Zimmer sind beide gelb gewischt. Er besitzt eine Madagaskarpalme und ein Ledersofa zum Ausziehen, außerdem einen Flachbildfernseher. Man sitzt dumm mit ihm da und schweigt. Ich bin immer froh, das heißt, ich war es, wenn ich wieder aus der Wohnung hinaus darf. Wir haben uns ungefähr so viel zu sagen wie ein Cockerspaniel einem Rhinozeros.

»Was geht?«, fragt er mich noch in der Tür.

»Nicht viel«, sage ich, »und selbst?«

»Willst du?«, fragt er und hält mir seine Bong hin, sobald

er in einem mit Cord bezogenen Sessel Platz genommen hat und ich auf dem Sofa versunken bin. Dirk ist einer der wenigen Dealer, die die ganze Zeit hemmungslos vor sich hinkiffen und denen man nie etwas davon anmerkt. Das Klischee ist sonst ja eher, dass sich diese Typen aus allem sauber heraushalten.

»Nee, lass mal«, sage ich. »Ich muss gleich noch arbeiten.«

»Alles klar«, sagt er, »dazu die Ladung.«

»Genau«, sage ich.

Er lässt mich etwas zappeln, er lässt mich noch eine Weile nett zu sich sein, dann reicht er mir schließlich das Gefriertütchen mit dem Pulver herüber, das ich in mehrfacher Hinsicht teuer bezahle.

Zu Hause mache ich die Lavalampe an, die ich mir auf dem Flohmarkt für solche Zwecke gekauft habe. Ich schütte etwas von dem Pulver in ein Glas Cola. Ich entspanne mich schon vor dem ersten Schluck. Ich habe es mir verdient, finde ich. Kein Grund, mich schuldig zu fühlen oder ein schlechtes Gewissen zu haben. Wenn ich schon neben der Kappe bin, dann bitte richtig.

In mir breitet sich gemächlich sanftes Licht aus. Ich sitze auf dem Teppichboden und schaue mir mein Wohnzimmer an. Wohlwollen ergreift mich. Hier wohnt aber eine besonders geschmackvolle Person. Mein Blick bleibt an der Tür hängen, er rastet regelrecht ein. Ich kann meinen Blick leise klicken hören. Dass mag daran liegen, dass die Tür selbst milde zu leuchten begonnen hat. Sie strahlt leise ein sanft pulsierendes Licht aus, sie schimmert und glänzt wie Perlmutt. Dann macht die Tür einen Ruck und hebt sich selbsttätig aus den Angeln. Sie schwebt leuchtend in der Luft. Um sie herum werfen die Dinge weiche Schatten. Mir ist, als würde die Tür lächeln. Sie lächelt mir zu. Sie möchte etwas mitteilen, das nur für mich bestimmt ist. Nur ich kann es verstehen. Also lächele ich zurück. Sie glimmt und strahlt und bewegt sich langsam auf mich zu. Ich empfinde zärtliche Gefühle für diese Tür. Komm und verschluck mich. Ich kann das jetzt annehmen. Ich kann jetzt alles annehmen, meine leichteste Übung. Ich bin kilometertief entspannt, ich bin die menschliche Entspannung. Ich bin voller Licht. Ich bin voller Liebe. Betrachtet mich als geheilt.

13

»Das haben wir aus der *Gerberei* rausgeschleppt«, sagt Eduardo. »Das war natürlich nicht gerade billig, aber Laura wollte es unbedingt haben. Sie hat einfach keine Ruhe gegeben und unentwegt herumgequengelt, da habe ich schließlich gesagt, he, Schatz, ach komm, was soll's, schlecht geht es uns ja nun gerade nicht. Ihre glücklichen Augen hättet ihr sehen sollen.«

Der Gesprächsgegenstand ist ein weiß glänzendes Sideboard, das bei Eduardo und Laura im Esszimmer steht. Das Esszimmer: graue Wände, weiße Möbel, violette Vorhänge. Das angesprochene Sideboard wird von den anwesenden Frauen ausgiebig bewundert. Anwesend sind: Ich, Monika, Laura, Eduardo und ein weiteres Paar, Pärchenabend, Freunde von Laura und Eduardo, sie ist klein, dick, schwanger und heißt Marianne, er heißt Thomas und besitzt ein schwäbisches Restaurant im Viertel, obwohl er, wie er sagt, aus Hameln stammt. Alle sind ganz außer sich angesichts des fantastischen, neu angeschafften Möbels, ein echter Coup, den Eduardo da gelandet hat. Seit anderthalb Stunden wird ausschließlich über Möbel und Kinder, Kinderkriegen und alles, was damit zusammenhängt, gesprochen. Für diese Menschen bietet das eine unermessliche Variationsbreite. Man kann sich ewig und mit einer verblüffenden Euphorie verbal in diesen Themenkreisen suhlen. Mein Gehirn hat sich stark zusammengezogen, es ist im Begriff zu vertrocknen, ich fühle es. Es füllt meinen Schädel nicht mehr aus, gefährliche Hohlräume sind entstanden. Es kollert im Schädel umher wie eine Nuss. Ich fühle auch, dass mein Mund offen steht. Meine Augen haben einen verblödeten Ausdruck angenommen. Ich habe seit einer Dreiviertelstunde keinen zusammenhängenden Satz geäußert, in den letzten zehn Minuten habe ich noch einmal *Hm* gemacht und zuletzt einfach *Hngh.* Anfangs hatte ich sogar einen Angelhaken im Gespräch, als dieser Thomas von seinem Restaurant erzählte und ich nachfragte, welche Musik er dort laufen ließe. Aber jetzt: Möbel und Kinder. Und ich spüre deutlich, dass mein Gehirn gewässert werden muss und frische Luft benötigt oder Auslauf.

Ich habe bestimmt schon alleine anderthalb Flaschen Rotwein geleert, das trägt sicherlich nicht zu einem intelligenten Gesichtsausdruck bei. Andererseits sehe ich auch nicht ein, mir hier noch Mühe zu geben. Menschen, die in Gesprächen übers Kinderkriegen und Einrichtungsgegenstände volle Befriedigung erfahren, sind es nicht wert, die Kruste dieses schönen Planeten mit ihrer Existenz zu beschmutzen.

Wir treffen uns neuerdings in loser Folge reihum, und das gastgebende Paar verwöhnt die anderen mit kulinarischen Köstlichkeiten, ein richtiger kleiner Pärchen-Kochzirkel. Nett, habe ich gesagt, als Monika mich fragte, richtig nett, ist doch toll, sagte ich, damit sie nicht wieder einen Anlass hat, über mich zu schimpfen. Aber die Aussicht, diese Kreaturen jetzt regelmäßig in dieser Konstellation sehen und gelegentlich auch noch für sie kochen zu müssen, macht mich fertig.

Ich lächele starr vor mich hin. Ich fürchte, mein Unbehagen hat eine stinkende Aura um mich herum gebildet. Kochen ist ohnehin das Letzte. Ich bereite selbst nur Nahrung zu, wenn es unbedingt sein muss, wenn alle Restaurants im Umkreis von 20 Kilometern niedergebrannt sind oder aus hygienischen Gründen geschlossen werden. Aber ich weiß, dass Monika so etwas wichtig ist, dass wir auch einmal gemeinsam etwas unternehmen, dass ich Interesse an ihren Freunden zeige. Ich wette, dass die beiden anderen Männer es genauso schrecklich finden wie ich und dass es nur der Alkohol ist, der es ihnen erträglich macht, wie bei mir. Allerdings können sie wesentlich besser schauspielern, oder sie können sich besser von ihren primären Grundbedürfnissen, Selbstwerterhalt usw., unabhängig machen. Sie sind opferbereiter, scheint mir.

Ich bin heute auch nur ein ganz klein wenig zu spät gekommen, ein winziges bisschen, so winzig und unscheinbar, dass Monika gar nicht richtig böse gewesen ist, sondern nur etwas verkniffen gelächelt hat, als ich als Letzter zum Essen dazukam, sie hatten gerade erst mit der Vorspeise angefangen, irgendetwas mit Mangold und irgendeinem fremdländisch klingenden Getreide. Eigentlich hatte ich sie abholen wollen, aber was soll man machen, wenn einem ständig irgendwo eine Tür dazwischenklappt?

Die sogenannte *Gerberei* übrigens ist der Horror, ein hippes Einrichtungshaus auf mehreren Etagen für junge oder jung gebliebene Besserverdiener oder solche, die es werden wollen, mit Gourmetstationen und ähnlich faschistoidem Unsinn, überall stehen gut gekleidete DJs im Weg herum mit ihren Decks und legen angesagte Tracks für die glamourösen Yuppiemütter auf, pump, pump, pump, schillernde House- und Disco-Einkaufsfantasien. Und am Wochenende wird abgefeiert bis in die Puppen, ich kenne das, weil ich mit Monika da war, sie hat es kolossal glücklich gemacht, ihre Augen sprühten Funken angesichts der herrlichen, teuren Möbel, die ich mir nicht leisten kann, und ich hatte anschließend drei Tage lang schlechte Laune, aber das war es natürlich wert.

»Ich habe Kopfschmerzen«, sage ich, benetze meine Lippen würdevoll mit der gestärkten Serviette, »entschuldigt mich bitte.«

Dann begebe ich mich mit leidendem Gesicht in den Bauch der Wohnung, um nach irgendeiner für mich einschlägig benutzbaren Tür zu suchen.

14

Mein Mobiltelefon klingelt.

»Das war aber nicht besonders galant, einfach abzuhauen ohne ein Wort«, sagt das Mädchen, das ich als Daphne kennengelernt habe und das ich zuletzt in einem Kellerraum verschwinden sah.

»Ich wäre gerne noch geblieben«, sage ich, »aber ich hatte keine Zeit mehr. Ich musste zurück in meine Stadt. Im Gegensatz zu dir stand für mich nicht einfach eine Tür offen.«

»Ich wäre ja sofort zurück gewesen.«

»Aber das konnte ich ja schlecht wissen, du hättest ja auch ewig wegbleiben können. Wie war es denn, und wo warst du?«

»Auf Borkum. Es hat geregnet. Aber irgendwie trotzdem ganz schön, so ein Strandspaziergang.«

»Stimmt«, sage ich, »das geht auch im Regen. Nordsee geht immer.«

»Können wir uns sehen?«, fragt sie. »Ich habe etwas mit dir zu besprechen.«

»Klar«, sage ich. »Komm durch die Tür!«

»Jetzt gleich kann ich nicht.«

»Warum nicht?«

»Ich habe Verpflichtungen.«

»Oh«, sage ich, »klar.« Ich versuche mir vorzustellen, welche Verpflichtungen ein 13-jähriges Mädchen haben kann.

»Du glaubst mir nicht, oder? Du glaubst, ich bin bloß eine hysterische Teenagerin, der es Spaß macht, sich im Keller hinter eine Tür zu hocken. Du glaubst, dass ich mich bloß interessant machen will, stimmt's?«

»Komm jetzt gleich, komm jetzt hierher in meine Küche, dann glaube ich dir«, sage ich.

»Ich kann jetzt nicht, das sage ich doch.«

»Wieso?«

»Ich muss auf meinen Onkel aufpassen.«

»Du musst auf ihn aufpassen?«

»Ja.«

»Wieso?«

»Das erzähle ich dir, wenn wir uns sehen. Darüber sollte ich nicht am Telefon sprechen.«

»Oh«, sage ich. Nein, natürlich nicht. Natürlich klingt sie nicht einfach wie ein Mädchen, das sich interessant machen will. »Wann kannst du denn?«

»Morgen, morgen Nachmittag. Aber nicht bei dir, in einem Café.«

»Gut«, sage ich, und dann beschreibe ich ihr das Café, in das sie kommen soll.

Ich sitze im Café Spitzweg am Fenster und blicke durch die Scheibe auf die Straße. Ich denke über die Bedienung nach, eine groß gewachsene 20-Jährige mit langen, seidig braunen Haaren und allerhand sackartigen lila und rosa Stoffen, die sie um sich herum drapiert trägt. Sie bildet sich offensichtlich ein, den Laden mit ihrer Anwesenheit zu adeln. Sie hält sich für wer weiß wie schön. Leider ist sie in der Tat wer weiß wie schön. Die Kunsthochschule ist um die Ecke, und vermutlich studiert sie irgendeine Art der Gestaltung. Ich sitze jetzt seit zwanzig Minuten da. Es ist nicht besonders voll. Sie hat mich noch keines Blickes gewürdigt, schon gar nicht, als ich hereinkam. Ich frage mich, wie lange sie es aushält. Ob sie einen neuen Rekord schafft. Sie unterhält sich am Tresen mit zwei charmanten Künstlertypen um die 25, die sie während ihrer Schicht besuchen kommen, um gratis Kaffee zu trinken.

So ist das in dieser Art von Etablissements. Man sitzt erst einmal eine Dreiviertelstunde herum und wartet, und dann kommt die Bedienung schließlich, wenn man Glück hat, schlecht gelaunt und seufzend an den Tisch, weil man sie mit seinen Ansprüchen aus einem total interessanten Gespräch gerissen hat. Und das Schlimmste ist, wenn man ungeduldig wird und sie an den Tisch winkt, ein Affront. Sie guckt einem nicht in die Augen, sie lächelt und grüßt nicht, sie sagt nicht *Bitte* oder *Danke.* Vermutlich macht sie neben ihrem Kunst- oder Designstudium nur lauter wichtige und aufregende Dinge in ihrem wirklich wahren richtigen Leben, und sie ist immer auf eine Art zehnmal besser als man selbst und über diesen Job sowieso erhaben. Dann frage ich mich, warum Daphne mitten in der Woche in eine fremde Stadt kommen kann. Und ob es unverantwortlich von mir ist, sie so durch die Gegend reisen zu lassen. Ich stelle mir vor, wie Monika reagiert, wenn sie zufällig vorbeikommt und mich mit einem 13-jährigen Mädchen sitzen sieht und ich ihr erkläre, dass dies meine Nichte sei, von der ich noch nie erzählt habe und die noch nie aufgetaucht ist bislang. Ich sitze so, dass ich die Scheibe und die Straße davor und die Tür gut im Blick habe.

Und insofern alarmiert es mich schon, als das Mädchen plötzlich in der Tür des Cafés steht, ohne dass ich sie vorher die Straße habe entlangkommen sehen. Und ich habe wirklich aufgepasst.

Ich saß da mit dem gläsernen Aschenbecher in der Hand, um wenigstens irgendetwas in der Hand zu halten, den Blick auf die Tür gerichtet.

Plötzlich, ansatzlos, steht sie da in der geöffneten Tür und schaut sich suchend im Raum um. Ich scheine der Einzige zu sein, dem dies als bemerkenswert auffällt, es gibt keinen Aufruhr, niemand schmeißt entsetzt seinen Tisch um, es ist nicht wie in den Filmen, wenn Godzilla plötzlich durch Tokio stapft oder Spiderman sich von Fassade zu Fassade schwingt. Da steht sie in der Tür, meine 13-jährige Superheldin, und kann mich nicht gleich orten, sie blickt unsicher umher, aber keiner findet es in irgendeiner Form bemerkenswert. Außer mir. Ich winke ihr zu, lächele, winke sie an den Tisch. Sie lächelt erstaunlich schüchtern zurück.

»Wie funktioniert eigentlich dein Rückweg?«, frage ich, als sie sich zu mir an den Tisch gesetzt hat. Sie trägt eine sehr enge Jeans, Turnschuhstiefel, einen Schlabberkapuzenpulli und einen Koalateddyrucksack auf dem Rücken, die Haare wieder zum Pferdeschwanz gebunden. Diesmal ist sie geschminkt, die Augen sind schwarz umrandet. Nussbraune Augen.

»Wie kommst du wieder nach Hause? Oder benutzt du dann auch die Bahn, so wie ich?«

»Na«, sagt sie. »Ich kehre durch genau die Tür zurück, durch die ich hierhergekommen bin, die Cafétür.«

»Also gibt es da so eine Art magisches Gedächtnis der Tür, oder wie? Jede Tür kann von deiner magischen Kellertür aktiviert werden?«

»Genauso ist es. Und es ist an mich gebunden. Ich komme

einmal hinein und einmal hinaus, nicht mehr und nicht weniger, und zwischendrin, davor und danach ist es eine Tür wie jede andere auch.«

Wir gucken einer nicht mehr ganz so jungen Großstadtmutti mit Strickstulpen dabei zu, wie sie mühsam versucht, ihren äußerst voluminösen Kinderwagen durch die Tür zu bugsieren. Das ganze Café guckt. Natürlich springt ihr niemand helfend zur Seite, ich schon gar nicht.

»Was den Nachteil hat«, sagt sie, »dass ich durch das Toilettenfenster ins Freie klettern muss, sollten wir noch irgendwo hinwollen. Es ist mitunter nicht ganz frei von Komplikationen. Sonst steh ich sofort wieder bei mir im Keller.«

»Führt es nicht manchmal zu Aufläufen, wenn du so durch die Glastür ins Freie trittst und dich anschließend in Luft auflöst?«

»Ach, die Leute sind so sehr mit sich beschäftigt, das fällt denen gar nicht auf, außerdem sehen sie eh bloß, was sie sehen wollen.«

»Wie in dem Gedicht von Ringelnatz.«

»Kenne ich nicht. Wie geht das?«

»Weiß ich nicht mehr genau, irgendwie so: Man sieht nur das, was man kann oder soll, vergessen.«

Eine Weile rutschen wir auf unseren Stühlen herum und erinnern uns ungut daran, dass wir eigentlich zwei Fremde füreinander sind.

»Musst du nicht in die Schule?«, frage ich.

»Ehrlich gesagt bin ich von der Schulpflicht befreit. Ich bekomme Privatunterricht von meinem Onkel. Sie sagen, ich sei zu klug für die Schule, ich habe einen IQ von 176.«

»Oha«, sage ich und denke, dass ich meinen eigenen IQ lieber nicht wissen will. »Was ist denn nun mit deinem Onkel, warum musst du auf ihn aufpassen?«

Sie blickt sich nach links und nach rechts um, aber anscheinend ist niemandem zu trauen hier.

»Ich erzähle es dir später«, flüstert sie. »Das ist nicht so einfach.«

»Okay«, raune ich.

»Aber jetzt zum geschäftlichen Teil«, sagt sie. »Ich habe mich gefragt, was es zu bedeuten hat, dass wir uns getroffen haben. Denn das ist doch schon ein merkwürdiger Zufall, dass du durch meinen Vorgarten latschst und mir dann deine Geschichte über Türen erzählst und ich das arme, verlassene Mädchen bin, das eine geheimnisvolle Tür im Keller beherbergt, über die es sonst eigentlich mit niemandem sprechen kann. Ich frage mich, was es zu bedeuten hat. Ob eine Art Auftrag dahintersteckt. Ob wir zusammenarbeiten sollen.«

»Du meinst, wie Geheimagenten, wir bilden ein Türen-Einsatzteam?«

»Ja, genau das meine ich. Findest du es nicht eigenartig, dass wir uns treffen?«

»Schon«, sage ich und lächele, weil die Situation mir gefällt. »Und was könnte unser erster Auftrag sein?«

»Tja, darüber habe ich jetzt lange nachgedacht.«

Sie greift nach ihrem Koalarucksack und holt einen Block und einen Hello-Kitty-Bleistift hervor. Der Block scheint vollständig mit dem Bleistift vollgekritzelt zu sein.

»Entweder muss ich dir dabei helfen, dir über deine Situation klar zu werden, denn deine scheint mir irgendwie noch bescheuerter als meine, du stolperst da ja nur irgendwie vor dich hin. Vielleicht musst du dafür durch meine Tür gehen, und wir gucken, was dann passiert.«

»Okay«, sage ich. Ein interessanter Gedanke.

»Oder wir versuchen herauszubekommen, ob es noch andere gibt wie uns. Wenn es uns gibt, zwei Menschen, die auf eine nicht ganz alltägliche Art und Weise durch Türen gehen können, auch wenn mein System natürlich weiter entwickelt ist als deins, bei dir kann man wohl kaum von einem System sprechen, eher von einer Kette fortgesetzter Unfälle, und wir uns auch noch begegnen, dann fragt sich doch jeder halbwegs intelligente Mensch sofort, ob es a) noch mehr Türen-Leute wie uns gibt oder b) was sonst noch für Freaks mit außergewöhnlichen Eigenschaften oder Fähigkeiten da draußen herumlaufen. Wir müssen sie bloß suchen und finden.«

»Du hast recht«, sage ich und staune. Auf den Gedanken bin ich noch gar nicht gekommen. Vermutlich bin ich irgendwie zu ichbezogen.

»Okay, wir inserieren«, sage ich, »wir schalten Anzeigen in der Zeitung, wir twittern und machen diesen ganzen Internet-Blödsinn, wir suchen großflächig nach Gleichgesinnten.«

»Ja«, sagt sie, »genau.«

»*Leiden Sie unter paranormalen Phänomenen?*«, sage ich.

»Ach Quatsch, das ist doof«, sagt sie, »das ist zu sehr *Ghostbusters*.«

»Woher kennst du denn *Ghostbusters*? Das ist doch 80er.«

»Fernsehen? Schon mal gehört, ganz modern?«

»Oh«, sage ich. »Schon klar.«

»Vermutlich gibt es direkt um uns herum noch viel verrücktere Phänomene«, sagt sie, »die wir bloß nicht mitbekommen in unserer Borniertheit.«

»Irgendwie unheimlich«, sage ich.

Sie setzt sich zurück, verschränkt die Arme und betrachtet mich aufmerksam.

»Wie alt bist du noch einmal?«

»35«, sage ich kleinlaut. »Warum?«

»Wie läufst du eigentlich rum? Das solltest du nicht tragen, das Sweatshirt da. Das ist wohl eher etwas für Mädchen in meinem Alter.«

»Tss«, mache ich. Ich trage ein sehr schönes, ausgewaschenes Sweatshirt, lila, mit einem Pu-der-Bär-Motiv.

»Das verstehst du nicht«, sage ich. »Das ist der Großstadtcode. Wie sollst du das auch verstehen, du kommst ja vom Dorf.«

»Ich wachse mit Facebook und Youtube auf, alter Mann. Als Kleinkind habe ich zum Einschlafen MTV geguckt. Und ob ich etwas davon verstehe. Ich bin das Produkt einer durchglobalisierten Jugendkultur, du bist wohl eher vom Dorf, so wie ich das sehe.«

»Du solltest aber auch nicht so rumlaufen.«

»Wie?«

»Na, mit der Schminke und so. Du bist doch fast noch ein Kind.«

»Alles klar«, sagt sie. »Du musst es ja wissen, Papa.«

Ich lächele vor mich hin, weil mir der Gedanke gefällt, die anderen Gäste im Café könnten denken, sie sei meine schnippische Tochter und ich ihr verantwortungsloser Vater, der mit ihr Kaffee trinken geht, anstatt sie Hausaufgaben machen zu lassen. Dass die Leute denken könnten, ich hätte schon so etwas Gutes in meinem Leben zustande gebracht.

»Warum glaubst du mir eigentlich noch mal?«, frage ich.

»Wie?«

»Na, die ganze Geschichte mit den Türen, ich könnte ja auch verrückt sein oder mich wichtigmachen.«

»Es ist eine Entscheidung.«

»Was für eine? Das verstehe ich nicht.«

»Ich finde es eben besser, so etwas für möglich zu halten. Die Welt ist sonst zu eng. Ich will es glauben, also glaube ich es. Das funktioniert erstaunlich gut. Es ist eine gute Geschichte, wie in den Büchern.«

Ich sehe sie mir eine Weile an, ein Mädchen mit Pferdeschwanz. Ich sehe mir ihren Rucksack an, den Block, den Bleistift. Ich sehe mir das Café an, die Gäste. Ich blicke durch die Scheibe, vor dem Fenster parkt ein Alfa Romeo. Ich sehe mir die Bedienung an, die lachend ihren Kopf in den Nacken wirft.

»Okay«, sage ich, »das verstehe ich.«

»Und warum betrachtest du es dann als Problem, dass du durch die Türen verschwindest, und nicht als Fähigkeit, als Glücksfall?«

Sie blickt mich scharf an.

»Weil ich es nicht kontrollieren kann. Weil ich den Schlüssel dazu nicht in der Hand halte. Weil ich mich hilflos fühle. Weil ich immer zu spät komme. Weil ich Menschen enttäusche. Ich bin so, aber so will ich nicht sein.«

»Dann müssen wir das ändern«, sagt sie. »Aber nicht mehr heute, beim nächsten Mal.«

Wie kann man mit 13 Jahren schon so abgeklärt und klug sein?

»Wann erzählst du mir eigentlich das ganze Geheimnis deines Lebens?«, frage ich beim Weg zur Cafétür, nachdem ich mich am Tresen persönlich bei der Bedienung verabschiedet und bedankt habe. Sie ist nicht an unseren Tisch gekommen. Nach fast einer Stunde Aufenthalt, das ist persönlicher Rekord. Ich gehe übrigens davon aus, dass eine clevere Einstellungspolitik des Café-Betreibers dahintersteckt, der weiß, dass Leute wie ich gerne schlecht behandelt werden, dass man den verborgenen Masochisten kitzeln muss. Die Bedienung hat nichts gesagt und bloß wortlos über unsere Köpfe hinweggeguckt.

»Das nächste Mal«, sagt Daphne mit generöser Miene. »Beim nächsten Treffen unserer kleinen Arbeitsgruppe.«

»Kommst du wieder her, oder muss ich mal die richtige

Tür erwischen?«

»Ich komm vorbei, scheint mir einfacher. Außerdem kannst du mir dann die Stadt zeigen.«

Sie hält die Tür in der Hand und schaut mich mit einem melancholischen Mädchenblick an. In mir wird es kurz still und traurig. Dann macht sie den Schritt durch die Tür und löst sich in Luft auf.

15

»Ich möchte heute wie abgesprochen ein Verhaltensexperiment mit Ihnen machen«, sagt Frau Merbold.

Es ist ein windiger Tag, der Wind drückt ihr geblümtes Kleid gegen ihren Körper, jeder Passant kann sehen, dass sie nicht mehr Nahrung zu sich nimmt, als unbedingt nötig ist. Ihre Hände und Füße und Handgelenke wirken mitleiderregend groß im Wind, wie ruppige Ölbohrplattformen im windumtosten, einsamen Herzen der Nordsee. Sie hat mein ganzes Mitgefühl. Ihre Locken werden durch die halbe Stadt geweht, und ihre großen dunkelblauen Augen ruhen traurig auf mir.

Wir haben uns in der Fußgängerzone verabredet, unweit des Bahnhofs. Ich weiß, dass Therapeuten manchmal so etwas machen, das hat sie mir beim letzten Mal erklärt. Expeditionsbehandlung oder so. Links und rechts von uns ragen die Fassaden uralter Kontorgebäude neun Stockwerke hoch in den Himmel. Der Himmel ein alter, schmaler Schlauch hoch droben, aus dem man lichten Wein saugen könnte, wäre man nur groß genug.

»Ich möchte mir selbst ein Bild machen«, sagt sie. »Sie haben mich gefragt, ob ich Ihnen glaube, und was ich auch sage,

Sie werden immer das Gefühl haben, dass ich mich um eine klare Antwort herumdrücke, dass Sie alleine mit dem Erlebnis bleiben. Deshalb sind wir hier. Ich schlage vor, dass wir uns einfach so durch die Stadt bewegen und dabei gemeinsam durch so viele Türen wie möglich gehen, Zeit spielt keine Rolle, wir lassen uns treiben, bis die erste Tür nach Ihnen zuschlägt. Mal sehen, was dann passiert.«

»Okay«, sage ich wenig überzeugt. »Aber was ist, wenn die Tür bei mir eine Passage darstellt, Sie aber bloß durch eine ganz normale Tür gehen und anschließend, was weiß ich, bei Karstadt vorm Lippenstiftregal stehen?«

»Dann gucke ich mir Lippenstifte an. Es gibt Schlimmeres. Und wir treffen uns morgen wie verabredet wieder. Außerdem ...«

Sie greift nach meiner Hand. »Vielleicht können Sie mich mitnehmen. Ich lasse Sie jedenfalls nicht so einfach los.« Sie legt unsere Handgelenke auf ihr angewinkeltes Knie und bindet ein grünes Seidenband mit einer Schleife drum herum.

Ich muss grinsen.

»Okay?«, fragt sie. »Sind Sie bereit?«

Ich nicke. »Dann los«, sagt sie.

Ich komme mir vor wie beim Wandertag in der Grundschule. Immer in Zweierreihen, und ich gehöre zu den ganz Verwegenen oder hoffnungslos Verliebten, die ein Mädchen an der Hand halten. Frau Merbolds Handfläche fühlt sich feucht an, ein zarter Feuchtigkeitsfilm, wie ein kleines Geheimnis, aber es ist überhaupt nicht unangenehm. Ich stelle mir vor, wie ich zu Hause meine Hand trockne und das Salz auf ein Blatt Papier abschabe und anschließend in ein Fläschchen fülle, das ich in Schreibschrift etikettiere: Merbold-Salz. Und an ganz besonderen Tagen salze ich mein Frühstücksei damit.

Es ist ein normaler Vormittag in der Woche, und ich muss mich doch sehr wundern, wie viele Leute durch die Innenstadt bummeln. Hand in Hand betreten wir die Filiale der Sparkasse, nichts Ungewöhnliches so weit, wir schlurfen ein wenig durch den Innenraum unter dem Sirren von Neonröhren, Frau Merbold steckt mit der freien Rechten ein Überweisungsformular ein. Wir wenden uns wieder nach draußen, keine ungekannten Sensationen, um mich herum Fußgängerzone, neben mir Frau Merbold. Wir betreten die Filiale eines großen Buch-Supermarktes. Das bringt Spaß, finde ich. Frau Merbolds Hand ist warm geworden, ich kann spüren, wie die Wärme aus ihrer Hand in meine hinüberfließt, wie sie meinen Arm hinaufkriecht. Beim Gehen reibt ihre Hüfte gelegentlich an meiner. Ich habe ihren Geruch in der Nase, der leise Hauch eines schweren, eher männlich herben Parfüms, und darunter die Idee von Schweiß, überhaupt nicht unangenehm, eher im Gegenteil. Eine subtile Schweißnote. Ich stelle mir ein feines Schweißbad vor, in dem römische Kaiser einst badeten. Für eine Wannenfüllung mussten 200 für ihren süßen und aromatischen Schweiß bekannte Sklavinnen schwitzen. Meine rechte Körperseite kribbelt. Ich stelle fest, dass es zweifelsfrei intim ist, Hand in Hand mit einem fremden Menschen herumzulaufen, auch oder gerade wenn es sich dabei um die Psychotherapeutin handelt. Ich kann es nicht vermeiden, dass sich unangebrachte Gedanken in meine Hirnwindungen schmiegen. Ich drücke ihre Hand fester.

Wieder passieren wir eine Tür, aber die einzige außergewöhnliche Sensation ist jetzt in meiner Körpermitte festzustellen, glücklicherweise sieht man mir nichts an. Frau Merbold hat mich irgendetwas gefragt, ich habe es nicht richtig mitbekommen. Wir betreten ein großes Textil-Kaufhaus, die warme Luft am Eingang fönt mir die Haare, Frau Merbold weicht nicht von meiner Seite. Ich denke an Umkleidekabinen.

Dann steht sie plötzlich vor mir. Monika. Ich lasse Frau Merbolds Hand los, unsere Hände baumeln lose nebeneinander, durch ein Seidenband verbunden. Monika ist sprachlos. Wir befinden uns in einem Schuhgeschäft, Monika steht vor einem hüfthohen Regal, sie hält einen sehr hübschen Schuh mit Riemchen und Absatz in den Händen, der ihr bestimmt besonders gut stehen würde. Sie starrt erst mich, dann Frau Merbold an.

»Hallo«, sage ich mit belegter Stimme.

»Das ist eine Bekannte«, sage ich, »Monika, aber es ist nicht, was du denkst.«

Frau Merbold schaut mich mit zusammengekniffenen Augen von der Seite an. Monikas Mund steht offen.

»Mein Name ist Merbold«, sagt Frau Merbold und streckt Monika die ungebundene Hand hin. »Ich bin die Psychotherapeutin von Herrn – äh, Lazyboy, wir machen heute eine Expositionsübung.«

Monika sieht aus, als wäre sie kurzfristig in eine Saftpresse geraten.

»Wie?«, sagt sie.

»Äh ja«, sage ich und kratze mich am Kopf. Ich sage: »Minka.«

Sie stellt den Schuh energisch zurück ins Regal.

»Also, das ist mir jetzt echt zu doof.« Sie schaut vom einen zur anderen, dann verlässt sie entschlossen das Geschäft.

»Monika«, rufe ich läppisch hinter ihr her. »Mo! Minka!«

Ich weiß, dass es Geduld und Geschick benötigen wird, diese Sache zurechtzulügen. Ich erwäge, kurzerhand den Schuh für sie zu erwerben. Nur bin ich nicht sicher, ob sie sich wirklich darüber freuen würde.

»Das nenne ich mal eine kompromittierende Situation«, sage ich, als wir wieder auf dem Pflaster vor dem Laden stehen. Immerhin hat die Tür einwandfrei funktioniert. »Was hat sie eigentlich um diese Uhrzeit in einem Schuhgeschäft zu schaffen? Sie sollte arbeiten wie andere Leute auch.«

Frau Merbold blickt mich interessiert an. Sie hat mich nicht wieder an die Hand genommen.

»Tolle Idee, das mit dem Händchenhalten«, sage ich.

»Sie haben ihr nicht erzählt, dass Sie in psychotherapeutischer Behandlung sind?«

»Doch«, sage ich entrüstet, »natürlich, wofür halten Sie mich?«

»Ja, aber wo ist dann das Problem?«

»Na ja, ich habe ihr erzählt, dass Dr. Merbold ein 60-jähriger, dickbauchiger, weißhaariger Vollbartträger ist.«

»Tss«, macht sie.

»Na ja«, sage ich.

»Darüber werden wir sprechen müssen«, sagt sie mit mehr sorgen- als vorwurfsvollem Blick.

»Wollen wir noch eine Runde drehen?«, frage ich.

Sie zuckt die Schultern. »Wenn wir schon mal da sind. Ich habe jetzt wirklich ein bisschen ein schlechtes Gewissen.«

»Das brauchen Sie nicht zu haben. Das kriege ich schon wieder hin. Monika ist Kummer gewohnt.«

»Sie scheinen ja richtig stolz darauf zu sein.« Sie sagt es streng, aber gleichzeitig ergreift sie meine Hand.

»Das täuscht«, sage ich.

Wir gehen durch die Tür eines Geschäfts, in dem ausschließlich Produkte der Firma Lego verkauft werden. Wir treten durch den Luftstrom. Ich lächele dümmlich, ich spüre dieses Lächeln wie einen fremden Vogel im Gesicht. Es dauert einen Moment, bis ich feststelle, dass ich alleine bin.

Ich befinde mich in einem dämmrigen, lang gestreckten Flur, von dem etliche Türen abgehen. Etwas weiter eine Sitzgruppe mit altrosafarbenem Bezug. Es riecht nach Altenheim. Ich schaue meine Hand an. Von Frau Merbold keine Spur. Das grüne Seidenband flattert wie in Zeitlupe in Richtung des grauen Linoleums.

16

Ich trete aus dem Schatten der Tür und blicke mich um. Ich stehe in einer Wohnsiedlung. Kasten- und wabenartige Mietshäuser, eine Art moderner Pueblostil, würde ich als Architekturlaie so sagen, allerdings in Rot und nicht in Siennagelb wie bei den Indios. Dunkler, roter Backstein, große Fenster ohne Vorhänge mit grau lackierten Rahmen. Die Laternenmasten und die Masten am Bushaltestellenhäuschen sind blau. Die Autos haben gelbe Nummernschilder mit schwarzen Ziffern und Buchstaben darauf. Auf dem Gehweg kommt mir eine dicke schwarze Frau mit zwei Plastiktüten und einem um die Haare geschlungenen Tuch entgegen. *Albert Heijn,* lese ich auf den Plastiktüten. Ich mache Platz, um die Frau an die Eingangstür heranzulassen. »Dank u wel«, sagt sie mit kehliger Stimme und lächelt mich an.

»Graag«, nuschle ich und lächele schüchtern zurück, das Wort bedeutet *gern,* wenn ich mich richtig erinnere. Vielleicht heißt es aber auch etwas anderes, denn sie guckt mich an, als hätte ich sie nicht alle. Ich scheine in Holland gelandet zu sein. Toll, denke ich, ganz umsonst.

Dann schlendere ich los.

An einer Kreuzung folge ich dem Schild Richtung *Centrum, Oost Haven* steht da und auch *Zoo* und *Deventer.* Ich bin jetzt ziemlich überzeugt, mich in Amsterdam zu befinden. Einige Straßen weiter, die Gegend sieht allmählich pittoresk aus, immer noch grauroter Backstein, aber mittlerweile im Stil der Jahrhundertwende, mit riesigen Fensterflächen, die Fensterläden weiß, steige ich ohne Fahrschein in eine Tram, deren Ziel mit *Centraal Station* angegeben ist. Der Hauptbahnhof ist in meiner Lage immer ein gutes Ziel. Ich muss an einen ehemaligen Professor von mir denken, einen Altachtundsechziger mit dickem, bis in die Kniekehlen hängendem Schlabberstrickpulli. Er sagte einmal im Rahmen einer Vorlesung, er plane seine Reisen immer in Teilabschnitten, die man notfalls auch zu Fuß bewältigen könne, also etwa 30 Kilometer pro Tag, damit die Seele hinterherkomme. Die Seele reise nämlich zu Fuß. Dabei zwinkerte er uns zu. Als archaisches menschliches Organ sei sie auf Fußgängergeschwindigkeit geeicht. Unternehme man hingegen eine Flugreise, sei man für Tage ein seelenloser Zombie, weil die Seele so schnell nicht hinterherkomme. Jeder Mensch spüre das, wenn er ehrlich mit sich sei. Ich frage mich, was eigentlich mit meiner Seele ist und wo die gerade mit wunden Hacken herumhängt.

Ich überlege, wann ich das letzte Mal in Amsterdam gewesen bin, das muss locker zehn Jahre her sein, und was der Schlüssel zu dem Ganzen ist. Manchmal bringt mich so eine Tür an Orte, die ich glatt angekreuzt hätte auf meiner Wunschzielliste, und Amsterdam hätte ohne Zweifel dazugehört. Dann wieder finde ich mich irgendwo, wo ich noch niemals hingewollt hatte oder nie wieder hinwill. Ich verstehe es nicht, aber jetzt habe ich Glück. Früher sind wir oft hergekommen. Wir quetschten uns zu dritt oder viert in irgendein geliehenes Fahrzeug und bretterten die Autobahn hinunter Richtung Westen, jeder ein zerfleddertes Exemplar eines Jack-Kerouac-Romans in der Innentasche seiner Jeansweste.

Das letzte Mal musste ich noch Gulden tauschen.

Ich betrachte die Fahrradfahrer, die engen Gassen, die Grachten, über die wir auf Brücken fahren, unter denen sich flache Touristenboote durchschieben. Ich lausche den kehlig-weichen Lauten der Sprache in der Tram, die ich schon immer besonders gemocht habe, hinter, vor und neben mir.

Am Hauptbahnhof schlendere ich die Hauptstraße hinunter und biege bald in eine der kleinen Gassen ab. Ich betrete einen Coffeeshop, der sich *The Best* nennt, aber der Name ist eine Lüge. Von dem bleichen Rastamann hinter dem Tresen lasse ich mir aus Gewohnheit die Gras-Karte zeigen. Ich wähle ein Gras mit dem Namen *Northern Lights* aus. Ich lasse mir auch Tabak und Papers geben.

Ich setze mich ins Halbdunkel einer Nische und betrachte aus dem Schutz meines Nestes das Treiben auf der Straße. Automatisch, fast unfreiwillig beginne ich damit, einen Joint zu bauen, das ist wie mit dem Fahrradfahren, man verlernt es nie.

Ich muss daran denken, wie ich einmal mit Bert um fünf Uhr morgens ins Auto seiner Mutter gestiegen bin, die davon nichts wusste, um einen Tag in Amsterdam zu verbringen, die Idee war uns über Nacht gekommen. Um elf liefen wir schon mit großen, verstrahlten Augen durch die Straßen, fraßen alles gierig mit Blicken, die banalsten Dinge schimmerten in heiliger Fremdheit.

Das ist über 15 Jahre her. Und ich sitze da und kiffe wie früher, und ich bin nicht glücklich dabei. Plötzlich fühlt es sich schal an, ein Anachronismus. Was mache ich hier? Was will ich hier? Ich bin nicht freiwillig in der Stadt. Und es wird Zeit, dass ich hier rauskomme. Das ist Vergangenheit, das liegt hinter mir. Ich nehme einen letzten, langen Zug vom Joint, der sich dampfend in meiner Hand befindet. Der

Rauch schwingt sich zur schwarz getäfelten Decke empor wie ein Drache in Flandern. Dann mache ich mich mit dem Beutel Gras in der Tasche auf den Weg zum Hauptbahnhof, um mir einen Zug Richtung Heimat zu suchen.

Im Hauptbahnhof überlege ich es mir anders. Aus Gründen der Nostalgie. Ich frage am Mietwagenschalter nach einem Fahrzeug, einmal wieder bekifft über die Autobahnen segeln. Die niederländischen Autobahnen sind die zivilisiertesten der Welt, vielspurig, modern, 50 Prozent der Fläche des Landes einnehmend, jeder Meter großzügig durch orange Lampen ausgeleuchtet. So sauber, dass ich ohne Bedenken eine Mahlzeit direkt vom Asphalt zu mir nehmen würde. Mit der Dame am Mietwagenschalter vereinbare ich teils auf Englisch, teils in einwandfreiem Niederländisch oder was ich dafür halte, dass ich das geliehene Fahrzeug bei der Zweigstelle des Unternehmens in meiner Heimatstadt zurückgebe. Sie hat weder an meinen Papieren noch an meiner Kreditkarte noch an meinem Äußeren etwas auszusetzen. Sie drückt mir die Autoschlüssel zu einem Ford Focus widerstandslos in die Hand.

Es ist noch hell, es ist noch Nachmittag, und ich denke, dass ich vielleicht mal einigen Leuten Bescheid sagen sollte, wann sie wo mit mir zu rechnen haben. Dann widme ich mich im Vondel Park dem restlichen Marihuana.

Auf dem Weg zur Autobahn sehe ich eine Anhalterin am Rand der Ausfallstraße mit einem gemalten Schild in der Hand: Deutschland. Eine etwas vage Ortsangabe, aber die Richtung stimmt. Sie ist blond, schlank, hochgewachsen, die Beine in enge Jeans gezwängt, Turnschuhe an den Füßen. Ich schätze sie auf Anfang 20. Kurz prüfe ich mein Gewissen: Ist es verantwortbar, in meinem Zustand fremde Menschen zu transportieren? Natürlich nicht, also halte ich an.

Sie heißt Silke, sagt sie, und sie hat wirklich keine fester umrissene Idee, wohin in Deutschland genau sie will. Sie wohnt in Heilbronn, aber dahin will sie noch nicht zurück. Sie ist 21 Jahre alt, und sie lässt sich treiben, sie war drei Tage in Amsterdam, vorher in Brüssel und in Antwerpen und in Montpellier und vorher in Spanien unterwegs. Aber jetzt will sie wieder zurück nach Deutschland, wo man ihre Sprache spricht. Das alles sagt sie zur Begrüßung.

Ich sage ihr, dass ich nach Hamburg fahre, in meine Heimatstadt.

»Aha«, sagt sie, aber sie sieht nicht begeistert aus.

»Ist Hamburg in Ordnung?«

»Ist okay«, sagt sie. »Sie können mich ja sonst auf dem Weg rauslassen.«

Sie steigt zu mir in den Wagen, schiebt ihren Rucksack auf die Rückbank, und ich schaue mir ihr Gesicht an. Sie sieht hübsch aus, nicht überwältigend, aber hübsch, sie hat ein paar Sommersprossen auf der Nase, sie hat volle Lippen, die Nasenspitze zeigt nach oben.

»Du kannst gerne du zu mir sagen«, sage ich. »Damit fühle ich mich irgendwie wohler.«

»Wie alt sind Sie denn?«, fragt sie.

Ich sage ihr, dass ich 35 Jahre alt bin.

»Stimmt«, sagt sie, »geht.«

»Ja, kann man aushalten. Warst du schon mal in Hamburg?«

»Nö. Wozu auch?«

»Na ja. Immerhin ist es nach Berlin die einzige deutsche Großstadt von Format.«

»Hamburg ist keine Großstadt«, sagt sie, ohne mich anzusehen, »Hamburg ist Provinz.«

»Ja?«

»Klar«, sagt sie entschieden.

»Und was ist dann deiner Meinung nach eine Großstadt?«

»Frankfurt ist eine Großstadt und Köln und vielleicht noch München, da ist auch etwas los, aber Hamburg ist total provinziell.«

»Ich denke, du warst noch nie dort?«

»War ich auch nicht. Aber alle sagen das. Man muss ja nicht überall gewesen sein, um zu wissen, wie es da aussieht. In New York oder in Rio war ich auch noch nicht, und ich weiß trotzdem, was mich da erwartet.«

Wir schweigen eine Weile, ich fädele auf die Autobahn Richtung Amersfoort ein.

»Das einzig Gute an Hamburg ist«, sagt sie nach einer Weile, »dass es am Meer liegt.«

»Hamburg liegt nicht am Meer«, sage ich.

»Wie?«, sagt sie. »Klar liegt es am Meer, es hat doch diesen Hafen.«

»Es hat den zweitgrößten Hafen Europas nach Rotterdam, und es ist nach Berlin die zweitgrößte Stadt Deutschlands, annähernd 1,8 Millionen Einwohner. Es liegt an einem Fluss, der Elbe heißt, dort wo sich Alster und Elbe treffen. Zum Meer sind es noch etwa 60 Kilometer in beide Richtungen, Hamburg liegt nicht am Meer.«

Ich bin ernsthaft beleidigt, stelle ich fest, vermutlich ist das meine provinzielle Einstellung.

»Echt nicht? Dachte ich immer.«

»Tja«, sage ich.

»Dresden liegt doch an der Elbe«, sagt sie.

»Hamburg auch«, sage ich, »kannst du mir glauben, ich habe es mit meinen eigenen Augen gesehen, ich habe schon Steine in die Elbe geworfen in Hamburg, ich schwöre beim Leben meiner Mutter.«

»Kein Grund, gleich laut zu werden.«

»Ich denke, du heißt Silke, das ist doch ein norddeutscher Name, da muss man doch wissen, dass Hamburg nicht am Meer liegt.«

»Ich bin aber nicht norddeutsch«, sagt sie, »das ist bloß mein Name, meine Mutter stammt aus Dittmaischen oder wie das heißt.«

»Dithmarschen«, sage ich. »Magdeburg liegt übrigens auch an der Elbe. Das ist ein langer Fluss, die Elbe.«

Wir schweigen, nach einer Weile unternehme ich einen zweiten Versuch.

»Was machst du denn so?«

Sie guckt aus dem Seitenfenster, wo jetzt die weiteste Fläche der Erde vorbeizieht, unendlich gedehntes Grün bis zum Horizont und dahinter klitzklein ein gotisches Türmchen. Sie sagt: »Ich überlege, ob ich irgendetwas studieren soll. Vermutlich wäre es das Beste. Ich denke schon.«

»Und was überlegst du zu studieren?«

»Kunstgeschichte oder Germanistik. Oder Romanistik. Oder Slawistik, was mit Sprache auf jeden Fall. Oder Soziologie.«

»Ah«, sage ich.

»Du siehst gar nicht aus wie über 30, sagt sie. »Du siehst noch richtig jung aus.«

»Ich bin noch richtig jung«, sage ich. »Alt ist man ab 40, meine Meinung.«

Aber an ihrem Blick kann man sehen, dass sie mir nicht glaubt, dass sie das für völligen Quatsch hält. Einer 21-Jährigen kann man nicht glaubhaft machen, dass für einen 35-Jährigen ihr Alter wie vorgestern ist. Gerade eben war ich 21, ich weiß noch genau, wie es sich anfühlt. Alleine schon der Versuch des Erklärens ist lächerlich.

»Was ist?«, fragt sie.

»Schon gut«, sage ich.

Wir schweigen. Nach einer Weile sagt sie: »Ich war noch nie am Meer.«

»Echt nicht?«

Ich schaue sie mit großen Augen an. Selten, so ein Exemplar, ein Mensch, der noch nie am Meer war. »Warum das denn?«

»Meine Eltern haben früher immer Urlaub in den Bergen gemacht, als ich klein war, in Unterach am Attersee, immer im gleichen Ort, in der Pension von Frau Roither. Und danach hat es sich irgendwie nicht ergeben. Ich mag eben Städte gerne, ich gehe gerne ins Museum und so. Und nach dem Abitur bin ich in Indien gewesen für vier Monate, im Landesinneren.«

»Das müssen wir ändern«, sage ich und blicke in den Rückspiegel, ob ich hier auf der Autobahn einen U-Turn hinlegen kann, aber es sind zu viele Autos unterwegs. Außerdem gibt es da noch die Leitplanke.

»Jeder Mensch muss einmal in seinem Leben am Meer gewesen sein«, sage ich, »mindestens einmal. Hast du es eilig, nach Deutschland zu kommen?«

»Nö«, sagt sie, »nicht unbedingt.«

»Ich auch nicht«, sage ich und stelle fest, dass es der Wahrheit entspricht.

Es dämmert, als wir in Zandvoort unter Laternenmasten an der Strandpromenade entlangfahren. Zandvoort liegt 30 Kilometer von Amsterdam entfernt an der Nordsee. Vermutlich ist es mal ein hübsches Strandbad gewesen. Jetzt wird die Strandpromenade von einem hässlichen 60er-Jahre-Hochhaus überragt, und rechts die Küste entlang kann man die

Rohre und Lampen und Schlote der Raffinerien leuchten sehen, und draußen auf dem Meer glimmt eine Bohrinsel. Wenn man in Zandvoort am Strand spazieren geht, muss man aufpassen, dass man nicht in Teerklumpen tritt, die mit den Wellen angespült werden, ich habe mir schon einmal ein Paar Turnschuhe versaut.

Ich stelle den Wagen ab, wir klettern die Düne Richtung Meer hinunter, rennen durch den Sand zum Strand hinab. Die Luft riecht salzig, die Sonne hängt wie ein rotes Jo-Jo über der Horizontlinie. Man kann gar nicht anders, als augenblicklich zu entspannen. Silke lächelt, ihr Gesicht glänzt orange, sie sieht hübsch aus, ich greife ihr unwillkürlich in die Haare. Ich ziehe sie zu mir heran.

»Jetzt bist du am Meer«, sage ich. Wir stehen direkt am Strand, ich halte ein fremdes Mädchen im Arm.

»Ja«, flüstert sie, und damit ist alles ausgetauscht, was es zu sagen gibt. Der Rest ist Duft und Mund und Zunge.

Später sitzen wir im Sand und schauen dem Nachglühen, dem Auslöschen des Himmels zu.

»Du hast nicht zufällig etwas zu kiffen dabei?«, fragt sie.

»Nein, ich kiffe nicht, da halte ich überhaupt nichts von.«

Ich lache vor mich hin, und sie weiß nicht, warum, aber sie sagt nichts.

Ich muss an Monika denken und daran, dass ich jetzt gerne in ein Pensionszimmer gehen würde mit diesem Mädchen, um es am nächsten Morgen möglichst schnell wieder loszuwerden. Denn mir schwant schon, dass es mir dann langweilig geworden sein wird. Ich lächele, und der dunkler werdende Himmel fasst mir grimmig ins Gesicht, betastet meine Nase und die Wange, er überlegt, wohin er mich am besten schlagen soll, seine Ohrfeige platzieren, damit es möglichst nachhaltig wehtut.

Mein Telefon klingelt. Es ist Monika, das kann ich auf dem Display erkennen. Ich bin mutig und drücke sie nicht weg.

»He«, sage ich.

»Kannst du mir mal sagen, wo um Himmels willen du steckst?! Ich warte seit einer geschlagenen Stunde auf dich!«

Man hört Monikas Stimme an, dass sie schon einmal besserer Laune war. Wahrscheinlich hört man es bis ins oberste Stockwerk des Hochhauses hinauf.

»Monika«, sage ich beschwichtigend und gehe ein paar Schritte von dem fremden Mädchen weg.

»Wo bist du?! Kannst du mir das bitte mal erklären!«

»Mir ist etwas dazwischengekommen. Ich kann jetzt schlecht sprechen.«

»Dir kommt ständig etwas dazwischen. Du kommst dir ständig dazwischen. Das ist doch auf Dauer kein Zustand. In letzter Zeit fallen dir noch nicht einmal mehr gute Entschuldigungen ein.«

Ich setze mich in den Sand und schaue einem Fischkutter zu, der parallel zur Küste vorbeizieht. Ich frage mich, was er hier zu fangen hat mit seinen Netzen, Teerklumpen?

»Mo«, sage ich, »ich wurde spontan von Holger nach Holland an die Küste geschickt, um über die niederländischen Erdölraffinerien und die Folgen der Ölplattformen für die Wattenmeerfauna zu schreiben. Ich bin morgen wieder in der Stadt, versprochen. Du weißt doch, dass das alles immer wahnsinnig schnell geht, dass ich nur Yes oder Hopp sagen kann und dann losmuss. Ich – ach, es tut mir leid, ich habe versucht dich zu erreichen. Und ich liebe dich, das sollst du unbedingt wissen.«

Es ist eine Weile still, dann sagt sie: »Ich dich auch, aber so geht es nicht weiter.«

Ein Pärchen joggt synchron schnaufend vor mir im Sand

vorbei, mit Trippelschritten, zwei dicke, kleine Personen in identischen Kunststoffanzügen, bei denen unmöglich zu sagen ist, wer Männchen und wer Weibchen ist.

»Ich weiß«, sage ich.

»Ärger?«, fragt sie. Sie lässt Sand von einer Handfläche in die andere rieseln.

»Jupp«, sage ich.

»Frau?«

»Freundin. Verlobte.«

»Ich habe auch einen Freund.«

»Weiß er, dass du hier bist? Warum ist er nicht da?«

»Hatte ich keine Lust zu. Ich brauchte mal Luft zum Atmen, ich wollte einfach mal wieder länger einfach nur mit mir zusammen sein.«

»Jetzt bist du mit mir zusammen«, sage ich.

»Das ist ja fast das Gleiche, wir kennen uns ja gar nicht.«

»Stimmt.«

»Wollen wir uns jetzt ein Zimmer suchen?«

Ich schaue sie interessiert an. »Findest du das nicht schäbig, wir reden über unsere Partner, und dann suchen wir uns gemeinsam ein Zimmer?«

»Ach«, sagt sie, »es ist doch bloß Sex, das tut doch keinem weh, wenn es keiner weiß.«

»Was ich nicht weiß, macht mich nicht heiß.«

»Genau«, sagt sie.

»Hm«, mache ich.

»Du solltest nicht zu viel nachdenken.« Sie legt ihre Hand in meinen Nacken. Ich nehme ihre andere, die freie Hand in meine und betrachte sie im blauer werdenden Dämmer. Ihre Finger sind lang und schlank, fast übernatürlich lang, so lang, dass es fast schon nicht mehr hübsch ist.

Wir liegen auf der Wolldecke des Bettes, und ich habe ihr das Hemd und den Pullover hochgeschoben, ein breites Doppelbett, wir sind in einer winzigen Pension mit nur drei Zimmern gelandet, eine steile Holztreppe in den ersten Stock, eine Dame mit grauen Haaren, die uns gut gelaunt angefunkelt hat und erstaunlich gut Englisch und Deutsch spricht. Ich habe versucht, mit ihr Englisch zu sprechen, ich schäme mich immer für mein Deutsch im Ausland, das ist der Nachklang und Fluch der 80er-Jahre-Nationalscham, aber Silke hat sie völlig skrupellos auf Deutsch zugetextet und impertinente Fragen nach der Zusammensetzung des Frühstücks usw. gestellt. Toilette und Dusche befinden sich auf dem Flur, dafür gibt es in diesem Zimmerchen ein Waschbecken. Ich betrachte die Brüste, die wirklich sehr eigenartig aussehen, zwei Schläuche, zwei schlaffe, fleischfarbene Auberginen, die an ihrem Körper herabbaumeln.

»Wir werden heiraten, bald«, sage ich, »in drei Monaten.« Vor dem Fenster hängen gereffte Rüschengardinen, man kann das Fenster bis zur Hälfte hochschieben. Wenn man sich aus dem Fenster beugt und nach links sieht, bekommt man eine Ahnung vom Meer, man hört es zumindest vor sich hin atmen, dieses dunkle, alte Tier. Gegenüber dem Fenster kommt nach drei Metern das nächste Haus, man blickt frontal auf eine beige eingedeckte Wand.

»Dann muss man ja gratulieren«, sagt sie und streicht mir mit Fingernägeln durch die Haare. »Freust du dich darauf?«

»Klar«, sage ich.

Ich ziehe sie an mich und wir küssen uns. Sie fummelt an meiner Jeans herum, ich ziehe ihr den Pullover über den Kopf. Mein Handy klingelt, aber ich lasse es klingeln.

Dann erhebe ich mich mit rotem Kopf, weil ich noch einmal auf die Toilette gehen will. Ich verharre vor der Zimmertür und lausche in das Haus hinab, kann von draußen aber kein Geräusch vernehmen. Ich öffne die Tür einen Spalt, nichts.

Ich husche in den Flur. Das heißt, ich habe es vor.

Ich schließe die Tür hinter mir. Ich stehe ohne Schuhe, mit heißen Wangen und im T-Shirt in einem Raum, der verblüffend meinem Wohnzimmer gleicht. Ich sehe mich eine Weile ausführlich um. Es kann keinen Zweifel geben: mein Wohnzimmer. Ich stehe zu Hause in meinem Wohnzimmer, die Hand noch auf der Türklinke. An der Wand das Bild eines sehr bunten, im All schwebenden Fisches, das ein Freund von mir in Öl gemalt und mir vor 14 Jahren geschenkt hat.

Ich öffne die Tür wieder, aber hinter mir liegt nur noch der Flur meiner Wohnung, keine Chance, zurück nach Holland zu schlüpfen. »Mist«, sage ich.

Ich denke an das Mädchen namens Silke, das halbnackt auf einem Pensionszimmerbett auf mich wartet, ich sehe sie vor mir, ich rieche sie noch, fühle sie noch zwischen meinen Fingern. Ich denke an meine Jacke, mein Portemonnaie, mein Handy, meine Schuhe, meine Schlüssel, die in ebenjenem Zimmer auf dem Stuhl liegen.

»Kacke«, sage ich.

Und ich denke an den Mietwagen vor dem Haus in Zandvoort, den ich eigentlich in Hamburg abgeben soll. Ich höre mich dem Menschen von der Autovermietung schon sagen, dass der Wagen vor einer bestimmten Pension in Zandvoort geparkt ist, am besten google ich ihm gleich die Telefonnummer, weil der Autoschlüssel sich ebenfalls dort befindet. Kurz denke ich darüber nach, jetzt gleich die Telefonnummer ausfindig zu machen und mich vor Ort für mein Verschwinden zu entschuldigen. Aber dann habe ich doch keine Lust dazu. Ich schätze, dass ich morgen eine Weile werde telefonieren müssen.

Ich könnte auch Monika anrufen und fragen, ob ich noch vorbeikommen soll. Aber vermutlich macht es sie misstrauisch.

Ich setze mich in den alten Sessel, den ich von meinem Vater geerbt habe. Ich schaue die Socken an meinen Füßen an.

17

Frau Merbold guckt mich ausdruckslos an. Sie sitzt hinter ihrer Tischplatte und hat die Hände flach vor sich ausgestreckt. Es ist kein Funken von Geist oder Seele in ihrem Blick, als sei sie selbst gerade von einer ausgedehnten Flugreise zurückgekehrt. Sie blickt mich stumpf an wie irgendein Ding, eine Sache, ein hübsches Holzkästchen zum Beispiel oder eine raffiniert geschneiderte Stola. Sofern diese Dinge blicken können.

»Sie waren also im Begriff«, hat sie gerade gesagt, »Ihre Partnerin handfest zu betrügen. Stimmt das so?«

Vielleicht ist da doch eine Art Ausdruck jetzt, ein Anflug von Strenge, von Missbilligung.

»Und nur die Tür hat Sie davon abgehalten?«

»Jawohl«, sage ich, »Euer Ehren, so war es, so trug es sich zu.«

»Kommt das öfter vor?«

»Dass ich meine Freundin betrüge?«

Sie nickt streng.

»Na ja, nein«, sage ich nach kurzem Zögern. Ich denke an die unzähligen Male, in denen ich Monika in Gedanken hintergangen und betrogen habe, in der U-Bahn, auf der Tankstelle, bei der Arbeit, in der Freizeit, ständig eigentlich. Ich denke an das eine Mal, als ich mit Laura geschlafen habe, ihrer besten Freundin immerhin, was bestimmt doppelt oder dreifach wiegt, im Stehen, das Kleid hochgeschoben, den Slip heruntergezerrt, es war Silvester, und es war Kokain im Spiel, aber das soll nichts entschuldigen, es geschah auf der Toilette, und Monika und Eduardo waren nur wenige Meter Luftlinie entfernt in derselben Wohnung. Schon damals hatten wir uns eigentlich scheiße gefunden, Laura und ich. Aber sexuell kann so etwas ja durchaus anziehend wirken.

»Sind Sie sicher?«

»Jein«, sage ich.

»Und Sie wollen bald heiraten, Ihre Verlobte und Sie, ist das richtig?«

»Ja«, sage ich, »richtig.«

»Glauben Sie, dass Sie dafür innerlich und äußerlich bereit sind?«

»Schon. Glauben Sie nicht?«

»Um mich geht es da ja nicht. Ich werfe nur die Frage auf.«

»Hm«, sage ich. Wir schweigen. Mein Eindruck ist, dass sie zornig ist, weil wir es unausgesprochen mit einem Fall von Frauensolidarität zu tun haben.

»Was hat das mit meinem eigentlichen Problem zu tun?«

»Ha«, sagt sie mit strengem Blick. »Ich frage mich, ob es sein kann, dass Sie eventuell noch nicht wirklich bereit sind, sich auf etwas, auf einen anderen Menschen, auf die Verantwortung für ein gemeinsames Leben, wirklich und vollkommen verbindlich einzulassen, ob Ihre Erlebnisse mit den Türen so etwas wie Fluchtbewegungen sind, um sich den Festlegungen, die ein alltägliches Leben im normalen Verlauf nun einmal zunehmend bedeutet, noch eine Weile zu entziehen.«

»Wie tiefsinnig«, sage ich. »Da hätte ich im Notfall auch noch alleine draufkommen können. Können wir nicht wieder konkret über die Türen reden? Das ist es doch eigentlich, warum ich hier bin. Mit meinen persönlichen Beziehungen ist doch alles normal, damit bin ich eigentlich zufrieden.«

»Sie wollen also nur konkret, wie Sie sagen, über die Türen reden. Okay, wenn Sie meinen, dass das sinnvoll ist.«

»Glauben Sie mir jetzt eigentlich«, frage ich, »glauben Sie mir die Geschichte mit den Türen?«

Sie knetet ihre Hände und schaut eine Handbreit über meinen Kopf hinweg die Wand an.

»Hm«, macht sie, »tja. Natürlich glaube ich Ihnen, dass Sie erleben, wovon Sie mir berichten.«

»Aber glauben Sie mir auch, dass es real ist? Glauben Sie daran, dass so etwas existieren kann?«

»Ach, das ist so schwer zu sagen, wirklich. Sie bringen mich da in ein wirkliches Dilemma. Ich möchte gerne ehrlich mit Ihnen sein. Ich empfinde durchaus Sympathie für Sie, und ich fürchte, es könnte Sie verletzen, wenn ich sage, dass ...«

»Was?«

»Dass mein Geist große Schwierigkeiten damit hat, als Wirklichkeit anzuerkennen, wovon Sie mir berichten. Ich möchte Ihnen wirklich gerne glauben, aber es läuft allem entgegen, was mein sogenannter gesunder Menschenverstand mir einflüstert, verstehen Sie?«

»Aber Sie haben es doch mit eigenen Augen gesehen, in der Fußgängerzone bei dieser Expeditionsbehandlung.«

»Expositionsübung, wie auch immer. Es war sehr voll da, verstehen Sie?«

»Was haben Sie gesehen?«

»Ach, es war so voll, eben noch hielten wir uns an der Hand, dann waren Sie auf einmal, als wir das Geschäft betraten, verschwunden. Da waren viele andere Leute neben mir, und ich habe Sie nicht mehr gesehen. Ich weiß nicht, wohin

Sie verschwunden sind. Vielleicht sind Sie durch einen dieser magischen Durchlässe geschlüpft, vielleicht aber spielen Sie auch ein Spiel mit mir und haben sich im Gewusel verborgen. Ich weiß es nicht.«

Sie schaut mich hilflos an.

»Was ich weiß, ist, dass es wichtig für Sie ist, dass es Sie beschäftigt, dass es Sie quält. Und dass Sie verstehen wollen, was da genau mit Ihnen passiert. Und dass Sie darüber hinwegkommen wollen, so unverbindlich zu sein, so geworfen, so unstet, Spielstein zu sein im Spiel von Kräften, die Sie nicht verstehen.«

Ich sitze da und sehe sie an.

»Deshalb scheint es mir wichtig, dass wir uns das Muster dahinter anschauen, dass wir gucken, warum Ihr Problem da ist und ob es nicht doch mit Ihnen und Ihren persönlichen Umständen und Beziehungen zu tun hat. Wir können uns gemeinsam auf die Suche nach dem Schlüssel zu diesen Türen machen, das kann ich Ihnen immer noch ehrlich und mit offenem Herzen anbieten.«

Ich sitze da und sehe sie bloß an.

»Es ist und bleibt ja faszinierend, wenn wir es als Symptom betrachten, und ich sage Ihnen ehrlich, dass es mir noch nicht untergekommen ist und dass es auch in der Literatur so direkt nicht beschrieben steht. Und deshalb schlage ich vor, dass wir uns darauf einigen, es als Symptom eines außergewöhnlichen Geisteszustands anzusehen.«

Ich komme mir vor, als stünde ich mit Eselskappe in der Ecke des Raumes vor der Schulklasse, ich bin in mich hineingesunken, mir fehlen sicherlich mal wieder vier Zentimeter zu meiner sonstigen Körpergröße.

Ich sage: »Können Sie nicht wenigstens so tun, als würden Sie mir glauben?«

»Ich glaube Ihnen ja auf eine Art.«

Ich sage: »Nein, richtig.« Ich sage: »Ich wünsche es mir so.« Ich sage: »Ich wünsche mir, dass ich vor einem erwachsenen, kritischen, normalen Menschen nicht alles verbiegen muss, was ich erlebe und woran ich glaube, dass ich einmal nicht ständig herumlügen muss, damit man mich für einen gesunden, normalen, funktionierenden Erwachsenen hält. Es würde mich erleichtern, wenn da jemand wie Sie wäre, der einfach sagt, gut, es klingt wie der letzte Müll, aber ich nehme es jetzt erst einmal hin. Wir waren auf so einem guten Weg, wir beide, ich hatte wirklich den Eindruck, Sie bewerten den Mist nicht, den ich von mir gebe.«

Jetzt schaut sie mich schweigend und mit offenem Mund an. Ihre Augen schwimmen, man könnte Bötchen in ihnen fahren lassen. Sie strahlt ein trauriges, betroffenes Licht aus. Sie sieht schön dabei aus.

Dann sagt sie: »Es ist kein Mist, den Sie von sich geben. Ich möchte mich bei Ihnen entschuldigen. Sie haben recht. Sie haben ein Anrecht darauf, dass Ihnen jemand Glauben schenkt. Und ich werde mich bemühen, dieser Jemand zu sein. Ich versuche, Ihnen zu folgen, versprochen. Darauf können Sie sich verlassen. Haben Sie Nachsicht, wenn es nicht immer gelingt, ja?«

»Danke«, sage ich.

Als ich die Praxis verlassen habe und wieder auf der Straße stehe, komme ich mir irgendwie schmaler vor als sonst. Als wäre mir etwas abhandengekommen, ein Teil meiner Masse, mein Schatten oder mein Lachen, vielleicht auch meine Seele. Ich kann gar nicht sagen, wo ich diesen Teil verloren habe. Ob eben dort oben im Gespräch, ob Frau Merbold mit dem Verlust in Zusammenhang zu bringen ist. Oder ob er schon vorher fehlte, vielleicht eine ganze Weile schon, und ich habe bloß nie etwas davon mitbekommen. Ich schleiche dicht an der Wand entlang, an den Hauseingängen, an den Geschäften vorbei, meine Hand schleift über den roten Backstein, und ich werde das Gefühl nicht los, dass etwas grundsätzlich falschläuft in meinem Leben, dass ich etwas ganz und gar falsch angehe. Dass ich mich betrüge, dass ich ein Betrüger bin und gleichzeitig mein größtes Opfer. Ich kann es nicht genauer ausdrücken, es ist ein diffuses Gefühl, und es würde mich überhaupt nicht wundern, wenn jetzt irgendwo über mir ein Fenster aufginge und ein Usambaraveilchen hernieder auf meinen Kopf sauste.

18

Wir sitzen im Kreis auf Stühlen. 14 erwachsene Personen in Strümpfen. Die Schuhe musste man im Eingangsbereich ausziehen. Eigentlich ziehe ich in Anwesenheit fremder Personen nie meine Schuhe aus. Es fühlt sich an, als würde ich auf einem öffentlichen Platz auf einem türenlosen Klo sitzen. Schuhe als Schutz vor den Anmaßungen des Lebens. Man weiß ja seit der Antike, dass der durchschnittliche Held an der Ferse verwundbar ist. Ich gehe auch grundsätzlich nicht auf Partys, bei denen man die Schuhe ausziehen muss. Aber hier befinde ich mich in Gegenwart Monikas, und ich wollte keine Szene machen. Ich weiß nicht, womit ich gerechnet habe. Hier gibt es Strickpulloverträger. Zwei Frauen tragen weinrote Walle-Walle-Kleider. Es gibt aber auch Menschen, die ganz normal aussehen. Wie ich. Monika sitzt zu meiner Linken. Ihr verdanke ich das Ganze. Sie hat gesagt, dass ich an mir arbeiten muss. Sonst trennt sie sich. Ich müsse eine Idee davon bekommen, warum ich mich verhalte, wie ich mich verhalte, damit ich mich verändern könne. Meine Psychotherapie mit dieser Frau da bewirke in der Richtung offensichtlich nichts oder nicht schnell genug.

Monika war schon öfter hier. Sonst betont sie immer ihre nüchterne, naturwissenschaftliche Seite, ihre pragmatische Sicht auf die Welt. Aber hier befindet sich offensichtlich das Refugium, in dem ihr Verstand einmal Pause machen darf. Dies ist ihr Kopfkindergarten. Meinetwegen. Ich tue ihr gerne den Gefallen. Schließlich bin ich Journalist. Vielleicht kann ich diese Erfahrung noch einmal hemmungslos verbraten.

Der Raum ist von Kerzen und Teelichtern erleuchtet, die in kleinen, mit Wasser gefüllten Näpfen vor sich hin blaken. Die Leiterin, ein weiblicher Menschenadler namens Hilke, große Nase, Ponchoschwingen, hat ein paar Tropfen einer Essenz in eine Duftlampe geträufelt. Dann hat sie einen sehr kleinen, fast filigran zu nennenden Gong angeschlagen, der einen erstaunlich tiefen Ton erstaunlich lange nachhallen ließ. Alle Anwesenden schlossen die Augen, bis auf mich und eine debil wirkende, grauhaarige Frau. Dann wurde sich drei Minuten besonnen. Eben hat eine sehr hagere Frau mit eindrucksvoll dunklen Augenringen ihre handtellergroßen, mit Vulkanasche oder Vogelkot angefüllten, runden, verschiedenfarbigen Kissen angepriesen. Die Kissen sind bestimmten Körperchakren zugeordnet. Sie näht die Dinger selbst. Diese Kissen haben eine magische Heilkraft, sagt sie. Man muss sie bloß an die Körperzonen halten, die einem Probleme bereiten, schon geht es einem spürbar besser. Ich habe mir so ein selbst genähtes Kissen gekauft. Für 28 Euro. Um mich von Anfang an beliebt zu machen. Ein kloakenbraunes Schlammkissen, das ich mir auf den Kopf gelegt habe. Ich fühle mich deutlich besser. Ruhig. Fast friedlich. Irgendwie geerdet.

Es läuft die Vorstellungsrunde, bei der man sagt, ob man ein Anliegen hat oder nicht. Ob man aufstellen will oder bloß zugucken oder ob man sich als Platzhalter für ein Familienmitglied zur Verfügung stellt.

Monika ist dran. Sie sagt: »Mein Name ist Monika, ich bin ja schon mehrfach hier gewesen. Die Aufstellung beim letzten Mal hat vieles bei mir bewegt und ins Fließen gebracht. Dafür bin ich sehr, sehr dankbar. Einiges beginnt jetzt wirklich klarer zu werden für mich.« Sie guckt sich liebevoll lächelnd in der Runde um. Als wir den Raum betraten, wurde sie umarmt, als hätten Monika und diese Leute gemeinsam einen Schiffsuntergang überlebt.

Sie sagt: »Ich habe heute meinen Partner mitgebracht. Und ich weiß, dass es eigentlich nicht üblich ist, hier für andere zu sprechen, dass jeder selbst tun muss, was ihm entspricht, aber ich wünsche mir sehr, dass er heute seine Herkunftsfamilie aufstellt. Er hat ein großes Problem damit, sich einzulassen und Dinge ernst zu nehmen und verlässlich zu sein. Und ich glaube, dass er blind für sich selbst ist und einfach zu gut darin, sich verbal aus der Affäre zu ziehen. Deshalb möchte ich sehen, wie er heute sein System aufstellt.«

Alle Blicke wenden sich mir zu. Meine Kehle verengt sich signifikant. Gerade befindet sich der Kehlkopfapparat eines vierjährigen Mädchens in meinem Hals.

»Guten Abend«, piepse ich. »Mein Name ist Lazyboy. Ich bin zum ersten Mal und eigentlich nur zum Zugucken hier. Ich stelle dann beim nächsten Mal auf. Der Nächste bitte.« Ich gucke den kahlköpfigen Mann mit Brille zu meiner Rechten auffordernd an.

»Nein, nein«, sagt der Frauenadler namens Hilke mit tiefer Stimme. »Das geht mir zu schnell. Verweilen wir beim Lazyboy. Du wirst hier heute Abend aufstellen, Lazyboy, du wirst uns hier nicht entgleiten, zu deinem eigenen Vorteil nicht.«

Ich räuspere mich, ich höre mich ein »na gut, okay« piepsen. Ich zucke ergeben die Schultern. Wie sollte ich dem großen Totemtier auf dem Stuhl da widersprechen können? Allein der Größenunterschied: sie Adler, ich Maus?

»Was kannst du uns über deine Herkunftsfamilie erzählen?«, befiehlt der Adler mit Menschenstimme.

Also erzähle ich diesen wildfremden Leuten Dinge über meine Herkunftsfamilie, warum auch nicht?

Ich erzähle von meinem gleichzeitig dominanten und fast schon abwegig distanzierten Vater, der das große Sanitär-Einrichtungshaus von seinem Vater übernommen und zu einer in Europa führenden Kette ausgebaut habe. Ich erzähle von meiner überemotionalen, Gin trinkenden Mutter und ihren als Fürsorge getarnten Übergriffen und Ansprüchen an mich. Ich erzähle von meiner jüngeren Schwester, die sich mit 16 die Pulsadern aufgeschnitten habe, aber in einem Waldgebiet nahe Tostedt gefunden worden sei. Ich erzähle von meinem Onkel, dem zwölf Jahre älteren Bruder meiner Mutter, der KZ-Aufseher gewesen sei und dafür ein paar Jahre im Gefängnis gesessen habe. Ich erzähle von Oma und Opa und der Schweinefarm, und ich fühle mich richtig gut beim Erzählen. Ich kann den ganzen Mist kombinieren, wie es mir gefällt, weil Monika tatsächlich so gut wie nichts über mich und meine Geschichte weiß. Ich weiß eigentlich auch nicht, wieso. Es hat sich halt nie ergeben. Und meine Eltern kennen gelernt hat sie bis heute nicht, ich habe immer einen guten Grund erfunden. Und also kann sie auch nichts sagen, weil sie im Grunde nicht weiß, ob ich die Wahrheit erzähle oder nicht.

Hilke, der strenge Adler, funkelt mich an. »Man merkt«, sagt sie langsam und mit Bedacht, »dass du nicht so viel seelisches Gewicht auf die Waage bringst wie zum Beispiel

Edwin neben dir.« Sie funkelt und durchbohrt mich, sie wiegt mich mit Blicken. »Der hat zwei Kinder und ist mit ihnen und seiner Frau durch dick und dünn gegangen, nicht wahr, Edwin?«

Edwin neben mir nickt nachdenklich vor sich hin. Dann lächelt er mich mitfühlend an.

»Ich meine das gar nicht wertend oder beleidigend, sondern einfach beschreibend, ganz sachlich und nüchtern. Bei dir sehe ich sofort, dass du dir die Finger nicht schmutzig machen willst. Du willst nicht hinein ins Leben. Dabei muss man wie ein Kamel durch das Nadelöhr gehen.«

Ich starre sie an, so fest ich kann, so fest, dass mir etwas Feuchtes zwischen die Wimpern gerät, und sie starrt gelassen zurück, eine Art von Armdrücken mit Blicken, das ich irgendwann verliere.

Denn etwas später stehe ich in der Mitte dieses Kreises, und irgendwelche Leute werden von Hilke als Mutter und Vater und Schwester und Oma und Opa ausgewählt. Und Hilke fragt mich: »Ist das hier der richtige Platz für deinen Vater?« Und ich möchte es witzig nehmen und damit weitermachen, mit meinem Spiel, und es sabotieren und meinen Spaß haben und meinen sogenannten Vater irgendwohin schieben, wo er nun wirklich nicht hingehört, mein armer Vater, aber irgendwie geht es nicht, irgendwie fühle ich mich wie im Film, alles schimmert wie durch einen Schleier, alles bekommt eine fast unerträgliche, fast schmerzhafte Schwere, und ich spüre tatsächlich, ja, das ist mein Vater, und nein, da kann er unmöglich stehen, das ist zu dicht an mir dran, er muss fort, er muss weiter weg, am besten dort an die Seite von dem ungeborenen Kind meiner Tante Amalie, das starb, weil die Tante auf der Flucht aus dem Osten vom Wagen fiel, als die Tiefflieger kamen.

Und dann werde ich ausgetauscht gegen einen blassen, schmächtigen Mann, der meine Stelle einnimmt, damit ich mir das Ganze mit etwas Abstand anschauen kann. Und eine Frau, die meine Schwester darstellt, die ganz dicht vor meinem Stellvertreter steht, sagt: »Ich gucke dich an, aber ich sehe dich nicht. Ich gucke dir mitten ins Gesicht, aber du bist ja gar nicht da, das kann ich deutlich erkennen.« Sie wendet sich der Anleiterin zu: »Darf ich ihn berühren, darf ich etwas verändern?«

»Nur zu«, sagt Hilke.

Und sie nimmt mich, nimmt den falschen Lazyboy am Arm und dreht ihn von sich weg, und dann schiebt sie ihn in die hinterste Ecke des Raumes, wo sich die Tür befindet. Sie schiebt diesen Lazyboy vor die Tür mit dem Rücken zum Raum. Und die Anleiterin Hilke schaut mich aus großen, bohrenden Augen an und fragt: »Schau dir das einmal in Ruhe an, Lazyboy, stimmt es so, das Bild deiner Herkunftsfamilie? Stehen alle am gefühlt richtigen Platz, so?«

Und ich merke, dass ich nicke, und immer noch hängt da etwas Nasses in meinen Augen, das den klaren Blick trübt. Ich nicke und schaue. In der Ecke vor der Tür ein abgewandter Lazyboy. Der Vater weit entfernt und mit sich selbst beschäftigt. Die Mutter irgendwo nach ihren Kindern in unterschiedliche Richtungen schauend. Die Schwester in der Mitte des Raumes mit hängenden Armen, im Zentrum, hilflos, alleine.

»Dann zeige ich dir mal, was die Lösung ist«, sagt Hilke. Und dann gruppiert sie die Platzhalter um, als wären Menschen Playmobilfiguren, zack, zack, zack. Und immer wieder fragt sie: »Was fühlst du? Ist diese Position besser so?« Bis alle Statthalter nicken. Und dann sagt sie meinem Platzhalter, dass er niederknien soll vor einer der Figuren, und sie legt ihm die Sätze in den Mund, von denen sie behauptet, dass sie Lösungssätze seien, demütige, klein machende Sätze, von denen sie verspricht, dass sie Linderung, dass sie Veränderung bringen. Und ich höre die Sätze auf meinem winzigen Playmobilstuhl und blicke auf meine Socken hinab und spüre, dass in mir nur wieder eine Tür aufgeht.

19

Ich sitze an meinem Küchentisch vor einem Dosenbier. Ich halte zärtliche Zwiesprache. Ich habe mich zum Nachdenken zurückgezogen. Wenn mich alle sowieso für verrückt halten, denke ich, dann brauche ich mich ja für niemanden verantwortlich zu fühlen. Wenn mich keiner so will, wie ich wirklich bin oder wie ich mir zumindest erscheine, dann kann ich mich ja auch von der nächstbesten Tür durch die Welt schubsen lassen. Dann brauche ich nicht mehr zu versuchen, reibungslos und schnell zurückzufinden. Dann brauche ich den Anschein des Funktionierens nicht mehr aufrechtzuerhalten. Das ist mein neues Konzept. Ab jetzt bin ich Forscher. Ich bin der ultimative Reisende. Ich reise mit den Türen. Ich lasse mich dauerhaft krankschreiben und laufe ziellos durch die Gegend, bis mich eine Tür verschluckt und an irgendeinem Ort ausspuckt. Dort bleibe ich genau so lange, bis die nächste Tür zuschlägt. Ich unternehme keinerlei Anstrengungen, willentlich zu reisen, weder in die eine noch in die andere Richtung. Ich versuche nicht, vor der Zeit nach Hause zurückzukehren, keine Bahn- oder Busreisen, keine Mietwagen oder hektischen Flüge, um irgendwo einigermaßen pünktlich zu erscheinen. Keine Ausreden, keine Lügen. Ich lasse mich treiben. Von Ort zu Ort, von Tür zu Tür. Ich bleibe, wohin die Türen mich schicken. Ich achte auf die Zeichen. Ich versuche, die Botschaft zu verstehen, die mir das Leben in Form von Türen eröffnet. Mal sehen, was passiert, wohin es mich verschlägt, was irgendwo auf mich wartet. Mal sehen, ob ich irgendwo dauerhaft lande. Welche glutäugige Frau wartet hinter welcher Tür auf mich? In Rio? Kalkutta? Worpswede, wo ich einen Laden für Künstlerbedarf eröffne? Mal sehen, wie sehr ich hier vermisst werde und von wem.

»Trotzphase reloaded, Lazyboy«, murmelt eine Stimme in mir, die mich ganz gut kennt, die mich eine Weile begleitet.

»Halt's Maul«, antworte ich.

Ich mache mich daran, auf einem Blatt Papier meine Reise- und Grundausstattung zu konzipieren. Was werde ich alles benötigen? Ich proste meinem anderen Ich in der Küchenfensterscheibe zu. Ihr werdet euch noch alle wundern.

Ich stelle mir vor, wie ich zufällig durch eine Tür nach Japan gerate, wo ich die ersten Wochen in jener Art von Hotel übernachte, in dem man eine Röhre zugewiesen bekommt, weil es besonders preisgünstig ist. Tagsüber klappere ich die unterschiedlichen Tempel und heiligen Stätten ab, folge den Spuren mittelalterlicher Zurückgezogenheit und Spiritualität. In mir wird es still und stiller, ich beginne von innen zu leuchten, und die japanischen Mönche lächeln, wenn ich an ihnen vorüberschwebe.

Nach vier Wochen denke ich erstmals darüber nach, womit ich mein Geld verdienen soll. Soll ich mich im Supermarkt um die Ecke bewerben, der kälteste, weißeste, perfekteste Ort, den ich jemals zu Gesicht bekommen habe, um die Regale aufzufüllen? Oder wird das schon vollautomatisch erledigt? Ich beginne mich zu fragen, was ich überhaupt kann. Was ist meine Befähigung? Und was meine Berufung? Soll ich wieder beginnen, Artikel für die üblichen Magazine zu schreiben, via Internet? Einen Blog über mein Leben in Japan?

Nach fünf Wochen fällt mir auf, dass ich seit Tagen kein Wort mit einem lebendigen Wesen gesprochen habe. Ich habe mich vor zwei Tagen kurz mit einem Saubermachroboter in einem öffentlichen Gebäude verständigt, aber das zählt wohl kaum als Gespräch. Japanisch spreche und verstehe ich noch immer nicht. Wenn ich nachts in meiner Röhre liege, denke ich zunehmend an die einfache, aber sehr schöne Japanerin, die mir vor einiger Zeit am Fluss begegnet ist, wie sie mich mit in ihre praktische Einzimmerwohnung nimmt, wo wir gemeinsam Bier trinken und ohne Worte erst den Sonnenuntergang durch das Fenster im 18. Stockwerk und anschließend die Übertragung eines Baseballspiels im Fernsehen angucken. Ich beginne mich zu langweilen. Ich beginne, meine Heimat zu vermissen. Plötzlich denke ich wieder an Monika, an verpasste Chancen. Ich beginne verzweifelt, Türen zu probieren. Leider gibt es in Japan überproportional viele Schiebetüren, ich frage mich, ob es daran liegt, dass mich noch keine verschluckt hat. Als ich kurz davor bin, die Hoffnung aufzugeben, ich lebe mittlerweile unter einer Brücke, ich spreche ein passables Hobo-Japanisch, ich habe unter den anderen Obdachlosen durchaus so etwas wie Freunde gefunden, wandelt sich plötzlich die Tür einer öffentlichen Toilette, in der ich mich wasche, für deren Benutzung man sieben Yen bezahlen muss und die sich selbsttätig reinigt, zu der ersehnten Passage.

Es dauert eine Weile, bis ich mich orientiere. Dann aber wächst in mir die Sicherheit, durch die Tür eines Austerngeschäfts am Bassin von Arcachon getreten zu sein, wie ich es kennenlernte, als ich als Schüler einmal sechs Wochen in Südfrankreich verbrachte. Die ersten Nächte schlafe ich in den Dünen, die das Bassin vom Ozean trennen, berauscht vom Duft der Pinien, dann breche ich in ein leer stehendes

Ferienhaus ein, nachdem ich es tagelang observierte. Das Haus gehört einer deutschen Familie, das verraten mir die Küchengeräte von Miele und eine ausgelesene Nummer des *Stern* auf dem Kaminsims. Wochenlang ernähre ich mich von Fischkonserven. Ich traue mich nicht aus dem Haus, obwohl mein Französisch nicht schlecht ist.

Ich sitze am Küchentisch und mir dämmert, dass die Vorstellung gut ist. Dass die Wirklichkeit aber hart werden könnte, wenn man zu ewigen Ferien, zu ununterbrochener Reise gezwungen ist, ohne Einfluss auf die Auswahl der Ziele und die Länge des Aufenthalts. Man benötigt mehr Gleichmut, als ich mein Eigen nenne. Dazu bin ich zu schnell zu frustrieren. Was soll ich in Kairo, nachdem ich mir die Pyramiden und den restlichen Scheiß angeguckt habe, wenn ich zuvor noch nie nach Ägypten hatte reisen wollen? Und was mache ich, wenn mich die nächste Tür nach Paderborn ausspuckt? Oder nach Bielefeld? Ich kann mir bessere Schauplätze für ein erfülltes Leben vorstellen als Orte, von denen Menschen verzweifelt wegziehen im Sinne einer Befreiung, eines Schrittes zu sich selbst.

Ich klopfe gegen das Blech meiner Dose, der treuen Gefährtin. Die Dose ist leer. Es kann nicht schaden, eine Grundausrüstung zu besitzen, für den Fall der Fälle, wenn ich jetzt losgehe, um mir ein weiteres Bier zu holen.

Oder zwei.

Ich packe mir ein Täschchen und mache mich entschlossen auf den Weg. Den Schlüssel zu meiner Wohnungstür drehe ich zweimal um. Als ich auf der Straße bin, klingelt mein Handy. Auf dem Display steht *unbekannter Anrufer.* Aus einer Laune heraus nehme ich das Gespräch an.

»Hallo?«, frage ich.

»Daphne?«, fragt eine männliche Stimme.

»Äh«, mache ich. Ich glaube kaum, dass unsere Stimmen für irgendein Ohr auch nur im Entferntesten ähnlich klingen können.

»Wer spricht da?«, sage ich.

»Ist das Mädchen bei Ihnen?«, fragt die Stimme.

»Sagen Sie mir Ihren Namen«, sage ich.

»Wir müssen uns treffen«, sagt die Stimme, aber dann wird das Gespräch unterbrochen.

20

Ich trage ein weißes Oberhemd, Jeans, in der Hand halte ich die Jeansjacke. Meine Füße stecken in schwarzen, italienischen, einigermaßen eleganten Ledersandalen. Meine Sonnenbrille ist ins Haar gesteckt.

Ich lasse den Blick schweifen, bis zum Horizont bewaldete Hügel, in der Ferne blau, hie und da ragen kahle Hügelkuppen wie Glatzköpfe aus der Walddecke. Felsformation, wo sich die Hügel in die Wolken schmiegen.

Es weht ein lauer Wind. Es ist sehr still um mich herum.

Ich stehe vor einer mit Teerpappe bespannten Holzhütte, aus deren Tür ich getreten bin. Ich habe versucht, wieder ins Innere der Hütte hineinzukommen, aber jetzt ist sie verschlossen, sonderbar. Zu meinen Füßen dichtes, nasses Gras, in der Ferne der Waldrand. Soweit ich sehen kann, gibt es kein Zeichen der Anwesenheit von Menschen, kein Merkmal von Zivilisation um mich herum. Bis zum Horizont nur die Natur, ich und diese Holzhütte. Gerade wollte ich in einem Café in meiner Nachbarschaft die Toilette betreten. Glücklicherweise hatte ich zumindest meine Jacke anbehalten und trage meine Papiere und mein Geld bei mir, auch wenn das

Täschchen mit der Grundausrüstung sinnigerweise zu Hause in der Küche liegt. Ich habe auch keine Ahnung, wo ich sein könnte, diese Landschaft könnte quasi überall sein, in jedem Land, Nadelbäume am Waldrand, ein paar Laubbäume, deren Kronen aus dem Wald ragen, aber es grenzt mir die Zugehörigkeit in keinster Weise ein.

Ich habe zwei Möglichkeiten, denke ich. Ich kann hier stehen bleiben und darauf warten, dass der Besitzer oder Nutzer dieser Hütte sich blicken lässt. Aber wann wird das sein? Oder ich setze mich in Bewegung und hoffe, dass ich nicht in wirklicher Wildnis, in den Weiten Sibiriens oder dergleichen, gelandet bin. Immerhin gibt es einen ausgetretenen Pfad, der vom Waldrand über die Wiese bis zur Hütte führt. Vermutlich ist es das Klügste, diesem Pfad zu folgen.

Ich erreiche den Waldrand, der Pfad ist auch im Schutz der Bäume noch gut zu erkennen und frei von Bewuchs, was ich als gutes Zeichen werte. Anscheinend wird der Pfad ausreichend oft genutzt. Links und rechts von mir wogt ein dichtes, von Büschen durchsetztes Meer aus Farnen. Ich passiere einen Busch mit großen, doldenartigen Früchten dicht am Pfad. Für diese Früchte fehlt mir jeglicher Begriff oder Name. Da sie essbar aussehen und ich nicht weiß, was noch auf mich wartet, pflücke ich drei davon und wickele sie in meine Jeansjacke, als Notration. Es ist schwül, stickig zwischen den Pflanzen, die Luft ist schwer zu atmen, als würde man ein dickflüssiges Gas einatmen. Der Schweiß läuft mir am Oberkörper hinunter, mein Hemd ist nass. Ein pflaumenkerngroßes Insekt, das mich entfernt an eine Fliege erinnert, umschwirrt mich. Ich bekomme Durst.

Vielleicht sollte ich glücklich sein, dass ich nicht durch die Tür einer Antarktisforschungsstation getreten bin, dann wäre ich geliefert mit meinem Oberhemd.

Der Pfad gabelt sich, ich nehme ohne lange nachzudenken die linke Abzweigung, weil links das Herz sitzt und weil Frodo im Herrn der Ringe das in so einem Fall auch gemacht hätte. Plötzlich stehe ich einem Tier auf dem Pfad gegenüber. Es steht dort mit leicht gespreizten Beinen und irgendwie provozierend mitten auf dem Weg, als hätte es auf mich gewartet. Es blickt mich aus leuchtend grünen Augen an, eine sehr magere Art von Schwein, kniehoch, mit gelbem, strähnigem Fell und gelben Hauern, die ihm aus dem Unterkiefer ragen. Ich bleibe stehen und ziehe mir die Sonnenbrille auf die Nase, wie ein Ritter, der sein Visier herunterklappt.

»Hallo«, sage ich, »Schwein. Würdest du mich bitte vorbeilassen?«

Das Schwein scheint zu überlegen, jedenfalls bewegt es sich nicht. Nach einer Weile, in der mir alle Flüssigkeit der Erde in die Schuhe gelaufen ist, erklingt aus dem Wald ein Schrei, eine melancholische Stimme, ein melodischer Ruf, der sowohl tierischer als auch menschlicher Natur sein kann. Mir zieht sich die Rückenhaut zusammen. Das Wesen auf dem Weg wendet den Schädel, dann schlägt es sich ins Unterholz, um der Stimme zu folgen. Ich fasse einen Farn rechts von mir an. Ich ergreife den Stängel, der mir nicht wirklich Halt gibt. Ich folge dem Pfad ohne eine weitere Begegnung durch das Unterholz hügelauf und hügelab. Ich bekomme Durst. Innerlich bin ich trockengelegt. Ich fühle mich wie ein Sandpapiergeschäft, vollgestopft bis unter das Dach mit Regalen voll von Sandpapieren in den unterschiedlichsten Ausführungen und Größen.

Nach gefühlten vier Stunden treffe ich auf einen Bach. Ich hatte es schon eine Weile gluckern hören. Ein dunkel glitzerndes Band, das das infernalische Grün durchschneidet.

Natürlich weiß ich nicht, ob das Wasser belastet ist, ob nicht 200 Meter weiter um die Ecke eine Phosphorfabrik ihre Abwässer in den Bach leitet oder virenverseuchte Halbaffen in das Wasser pinkeln, ob ich sterbe, wenn ich davon trinke. Allerdings fühle ich auch, dass ich sterbe, wenn ich nicht davon trinke. Eigentlich ist es schon keine Entscheidung mehr. Ich lasse mich ins Wasser fallen und trinke, alles an mir, was Öffnung ist, nimmt Wasser in sich auf. Anschließend sitze ich in der Böschung des Baches, die Füße mit den Sandalen im Wasser, und höre den Geräuschen um mich herum zu, ein Rauschen und Rascheln, Gesang von Vögeln, Stimmen, die ich zum ersten Mal in meinem Leben höre, das Knacken von Holz und das Schnaufen eines großen Säugers, der am Wasser sitzt. Ich überlege, was sinnvoller ist. Dem Bachlauf zu folgen, um ausreichend Trinkwasser zur Verfügung zu haben, oder weiter dem Pfad, in der Hoffnung, dass er mich in absehbarer Zeit zu Menschen führt. Mein Telefon klingelt. Das Geräusch erschreckt mich so, dass meine Füße im Wasser des Baches herumzappeln. Ich befinde mich im Arsch von Nirgendwo, und trotzdem hat mein Mobiltelefon Empfang. Es ist so absurd, dass ich grinsend vor mich hin schnaube.

»Ja?«, frage ich.

»Wo steckst du?«, fragt Daphne.

»Keine Ahnung«, sage ich, »in der Scheiße. Wo steckst du denn?«

»Ebenfalls«, sagt sie.

»Das heißt?«

»Ich wurde entführt.«

»Haha«, sage ich.

Mit gepresster Stimme sagt sie: »Ehrlich!«

Im Hintergrund höre ich eine männliche Stimme in rüdem Ton etwas sagen.

»Daphne?«, frage ich.

»Ich wurde entführt, Lazyboy, bitte«, sagt sie mit flehender Stimme, der Stimme eines kleinen Mädchens. »Ich brauche deine Hilfe.«

»Wo bist du?«

»Ich habe keine Ahnung, weil ich etwas Schwarzes auf dem Kopf habe.«

»Und dann kannst du telefonieren?«

»Lazyboy, ich meine es ernst! Du musst etwas unternehmen, ich ...«

Dann ist das Telefonat unterbrochen.

Ich sitze da in irgendeinem Nirgendwo mit meinem Telefon in der ausgestreckten Rechten und meinen Füßen im Wasser. Ich frage mich, was wahr ist. Ich brauche Hilfe.

Mein Handy ist ein Gerät von 2001, fast so groß wie ein Ziegelstein. Man kann damit weder ins Internet gehen noch hat es ein eingebautes Navigationsgerät. Toll, denke ich. Jemand braucht meine Hilfe, und ich brauche ganz dringend ebenfalls irgendjemandes Hilfe. Ich finde es überhaupt erstaunlich, dass ich hier Telefonempfang habe. Vermutlich sitze ich 20 Meter von einem hinter Büschen verborgenen Sendemast entfernt, und einen halben Kilometer weiter befindet sich eine Ikea-Filiale, ich bräuchte bloß rüberzugehen, um mich im Bällebad zu erfrischen und anschließend schwedische Hackhappen im Instantrestaurant zu verspeisen. Wahrscheinlich laufe ich schon seit Stunden scharf parallel zur Zivilisationsgrenze.

Ich wähle die internationale Vorwahl von Deutschland und dann halb automatisch die 110, die Polizei, dein Freund und Helfer. Komisch, dass mir in diesem Moment nur das einfällt, darauf hätte ich früher keine zwei Pfennig gewettet. Ich rufe die Polizei an, am Ufer eines Bachs im Nirgendwo sitzend.

Erst knackt es nur, dann ist das vertraute Tuten zu hören. Schließlich meldet sich eine männliche Stimme auf Deutsch, die mir mitteilt, dass ich mit der Polizei spreche.

Ich sage: »Guten Tag, ich habe ein etwas ungewöhnliches Anliegen, fürchte ich, es ist etwas komplex, und ich möchte Sie schon einmal bitten, nicht aufzulegen, auch wenn es seltsam klingt und Sie den Eindruck erhalten könnten, es würde sich um eine Verarsche handeln, das ist definitiv nicht der Fall.«

»Och«, sagt die Stimme, die erstaunlich nah und gegenwärtig klingt, beruhigend und surreal gleichzeitig angesichts meiner Situation. »Wissen Sie, wir sind hier einiges gewohnt. Dann schießen Sie mal los.«

»Ich möchte eine Entführung melden.«

»Wer oder was wurde entführt?«

»Ein Mädchen namens Daphne, ich weiß den Nachnamen nicht, sie ist 13 und lebt auf der Schwäbischen Alb.« Mir fällt auf, dass man mich für den Entführer halten könnte.

»Ich weiß nicht, wer sie entführt hat«, sage ich rasch, »sie rief mich gerade an und sagte, dass sie meine Hilfe brauche, sie werde entführt, und das sei kein Spaß.«

»Okay«, sagt die Stimme, »wer ruft denn eigentlich an?«

»Mein Name ist Lazyboy, kein Scheiß, es handelt sich dabei nicht um einen Decknamen, und ich bin nicht der Entführer, falls Sie das jetzt glauben.«

»Und wo befinden Sie sich gerade, Herr Lazyboy?«

»Das ist schwer zu sagen, und das ist mein zweites Anliegen. Vielleicht verfügen Sie über die entsprechende Technik, anhand der Strahlung meines Handys feststellen zu lassen, wo ich mich befinde. Sie müssen mich unbedingt orten, denn ich befinde mich an einem Ort, den ich gar nicht kenne, ich bin völlig verloren gegangen hier und auch nicht entsprechend ausgerüstet, ich habe große Angst, dass ich hier vor die Hunde gehe, das ist mein voller Ernst. Ich würde sagen, dass es nicht in Europa ist, Afrika würde ich vielleicht sagen, aber sicher bin ich nicht. Ich habe ehrlich gesagt keine Ahnung, auch wenn das vielleicht etwas sonderbar klingt.«

»Sie wurden auch entführt, nehme ich an?«

»Nein«, sage ich, »zumindest nicht direkt. Ich weiß, dass das richtig bescheuert klingt, was ich sage, aber Sie müssen mir bitte glauben, bitte, ich bin nicht verrückt. Sie müssen mir helfen! Bitte suchen Sie mich und helfen Sie mir heraus, ich habe mich auf eine Art im ganz, ganz großen Stil verlaufen, und bitte helfen Sie dem Mädchen, es ist ernst, es ist ein Notfall, bitte.«

»Bleiben Sie mal bitte in der Leitung«, sagt die Stimme, und ich denke, was mich so ein Telefonat aus dem Nirgendwo mitten ins Herz des bürokratischen Nichts wohl kosten mag.

Dann ist die Stimme wieder da. »Hören Sie?«

»Ja«, schnaufe ich.

»Wir haben Sie jetzt orten können.«

Mein Herz macht den sprichwörtlichen Satz.

»Ja?«

»Sie befinden sich mit ziemlicher Sicherheit auf der Oberfläche des Planeten Buka Buka, das zeigt uns unser Hochfrequenztransmitter an.«

Ich brauche eine Weile, um zu verdauen, dass sich dieses Arschloch einen Scherz mit mir erlaubt.

»Ich möchte Ihren Vorgesetzten sprechen«, sage ich.

»Buka Buka«, sagt der Mann und lacht, und im Hintergrund höre ich einen weiteren Mann dreckig lachen.

»Sehr witzig«, sage ich beleidigt, »es handelt sich um einen Notfall.«

»Den Eindruck habe ich auch«, sagt der Mann. Dann schweigen wir beide, sieben Sekunden lang.

Die Nacht verbringe ich im Baum, weil ich das einmal in einem Film von Heinz Sielmann gesehen habe. Auf einem Baum ist man am sichersten vor wilden Tieren, vor kletternden Schweinen mit zerzaustem Fell zum Beispiel. Allerdings blenden sich jetzt auch die Bilder von Leoparden aus anderen Tierfilmen vor mein inneres Auge, die ihre Beute zum Verzehr auf die hohen Äste stattlicher Bäume zerren. Ich denke daran, wie ich mit Monika einmal eine Kanureise über die finnischen Seen unternommen habe und wir auf einem bereits überfüllten Rastplatz das Zelt in einer Mulde aufbauten, weil ich erst in jener Nacht, als ein gewaltiges Unwetter auf die Welt niederprasselte, verstand, dass es sich nicht empfiehlt, Zelte in Mulden aufzustellen. Ich denke auch daran, wie wir einmal zwei Wochen an der Ostseeküste in Heiligenhafen in einer gemieteten Hochhauswohnung verbrachten, mit täglichen Spaziergängen an die fast naturbelassene Steilküste und zum Minigolfplatz. Das war schon eher etwas für mich.

Die Dunkelheit ist tatsächlich wie ein Schwertstreich vom Himmel gefallen, eben war es noch hell, dann war es dunkel. Ich sitze steif da, voller Angst, vom Ast zu rutschen. Ich lausche in die tintenschwarze Umgebung hinein, die ein einziges Knacken und Zirpen ist.

Später in der Nacht träume ich, dass es hell geworden ist und ich mich vom Baum fallen lasse, weil mein taub gewordener Körper eine andere Art des Hinabsteigens nicht hergibt, es dauert eine Weile, bis ich alle Körperteile funktionsgerecht in Betrieb genommen habe. Ich träume, dass ich mich wieder auf den Weg mache und der Pfad rasch in eine breite Piste mit

Reifenspuren im orangeroten Schlamm einmündet. Gleich nach der nächsten Pistenbiegung warten zwei Männer auf mich, Männer von ungefährer, dunkler Hautfarbe, unmöglich, ihre Herkunft einzuschätzen. Der eine Mann trägt einen Holzprügel, der andere Mann eine schwarze, sehr altmodisch wirkende Pistole, eine Art Revolver.

Beide Männer tragen weiße Oberhemden, der eine Khakishorts, der andere eine dunkelblaue Anzughose, sie sind beide barfuß mit roten Zehen vom Schlamm. Der Mann mit dem Knüppel spricht mich mit rasselnder Stimme an und ich verstehe, dass er mein Geld und meine Armbanduhr will. Aber er hört nicht auf zu sprechen, auch, als ich ihm das Geforderte ausgehändigt habe. Er zeigt auf meine Jacke und auf meine Jeans, also ziehe ich mich vor ihm aus, immer weiter deutet er, ich reiche ihm die Sachen hin, bis ich nackt vor den beiden Männern stehe.

Der zweite Mann lacht und zeigt mit seinem Revolver auf meinen Penis, der sehr klein und verwelkt aus mir herauslugt und sich sichtlich lieber ganz in den Körper zurückziehen würde. Der Knüppelmann holt mit seinem Prügel aus und schlägt mir hart und trocken gegen die Brust, er holt erneut aus und zieht mir den Holzknüppel über den Schädel, der Schmerz malt mir ein leuchtendes Bild hinter die Augen, ich bekomme vor Schreck und Angst die Arme nicht mehr rechtzeitig vor mein Gesicht. Der Revolvermann schlägt mir mit dem Pistolenkolben ins Gesicht, ich spüre, dass etwas mit meinen Zähnen nicht stimmt, Flüssiges im Mund, ich sinke auf die Knie, und der eine lässt weiter seinen Knüppel sprechen und der andere die Faust und seine Pistole, und schließlich liege ich ausgestreckt da im Schlamm, nackt, mit dem Mund voll stiller, träger, müder roter Erde. Dann verändert sich das Bild, zwar bin ich immer noch nackt und schlammverschmiert, aber jetzt halte ich den Revolver in der Hand, der eine Mann ist verschwunden, und der andere Mann, der verbliebene, kniet vor mir im Schlamm und ich setze den Revolver an eine ganz besondere, mit Bedacht ausgewählte Stelle auf seinem Hinterkopf. Dann schließe ich die Augen, lege den Kopf zurück in den Nacken und krümme genussvoll seufzend den Finger.

Das ist der Moment, in dem ich aufwache. Und es dauert eine Weile, bis ich begreife, wo ich bin, von einem Baum gefallen, und dass ich geträumt habe, dass ich in Wahrheit keinen Menschen getötet habe, zumindest noch nicht.

Zum Frühstück esse ich eine von den Doldenfrüchten, die wie rohe Aubergine schmeckt. Ich denke an Daphne und wo sie wohl sein mag, wie es ihr wohl geht. Ich folge dem Pfad. Nach einer Weile mündet dieser auf eine asphaltierte Straße. Dunkler, fast schwarzer Asphalt, in der Mitte sorgfältig in sattem Weiß mit Linien versehen.

Ich gehe am Rand der Straße entlang, bis ich einem Mann auf einem Fahrrad begegne. Der Mann ist mittelgroß, seine Hautfarbe ist weiß, das Fahrrad von der Marke Olympia, und auch seine Kleidung entspricht mitteleuropäischen Bekleidungsgewohnheiten. In Schlangenlinien kommt er mir auf der Straße entgegen. »Excuse me«, rufe ich ihm entgegen.

Er verlangsamt und kommt mit einiger Mühe schwankend vor mir zum Stehen. Er hat sichtlich Mühe, mich zu fokussieren. Seine Iris ist grau, schwimmt in allerlei gelblichem Weiß mit Geäder. Hurra, denke ich. Ich bin gerettet. So sieht er aus, mein Retter.

»Do you speak English, where does this road lead to, can you take me anywhere, I need your help. Please.«

»Nix verstehen«, sagt der Mann und will sich wieder auf sein Fahrrad schwingen.

»Warten Sie«, sage ich. »Wo sind wir? Wohin führt die Straße?«

»Watt denn nu«, sagt er, und sein Fahrrad rutscht ihm aus der Hand. »Englisch oder Deutsch oder watt?«

»Wohin führt diese Straße?«, sage ich und deute die Straße hinauf, die er herunterkam, die ich plötzlich in anderem Licht betrachte.

»Drei Kilometer bis Bargfeld-Stegen.«

»Wie?«

»Leben Sie dort in der Anstalt?« Sein Blick wirkt eine Spur wacher. Bargfeld-Stegen liegt keine zehn Kilometer vor den Toren der Stadt, in der ich lebe. Die Gemeinde beherbergt das größte psychiatrische Landeskrankenhaus der nördlichen Hemisphäre.

»Danke«, sage ich.

Dann sehe ich dem Mann nach, wie er unsicher und trotzdem voll unschuldiger Anmut dem Vormittag entgegen radelt.

21

Ich prüfe mit einem raschen Blick meine Grundausrüstung, die zum ersten Mal zum Einsatz kommt: Kreditkarte, Bargeld, Mobiltelefon samt Aufladegerät, Schweizer Armeetaschenmesser mit 36 Funktionen inklusive USB-Stick mit wichtigen, persönlichen Informationen, Reisepass, kleine Notfallapotheke, lange Thermounterwäsche, Mütze, Sonnenbrille. Ohne diese Grundausrüstung mache ich keinen Schritt mehr. Ich trage sie ständig am Körper. Ohne gehe ich nicht mal mehr auf die Toilette. Und wenn ich dusche, liegt meine Grundausrüstung in einem Plastiksack zu meinen Füßen. Ich fühle mich wie ein Höhlenforscher mit Lampe am Helm, bereit, in den schwarzen Schlund hinabgeseilt zu werden.

Ich drücke auf den Klingelknopf. Keine Reaktion.

Monika habe ich erzählt, dass ich eine Popmusikgeschichte in Worms recherchiere. Offiziell besuche ich den Mann mit der größten James-Last-Plattensammlung der Welt, der ein privates James-Last-Museum unterhält. Schöne Geschichte eigentlich. Aber immer diese Lügen. Irgendwann muss ich Monika wirklich reinen Wein einschenken und mich gemeinsam mit ihr besinnungslos daran besaufen. Irgendwann, nicht heute. Monika. Minka. Minoka. Gleichzeitig vertraut und trotzdem so fremd, fremder, ferner Stern. Sollte man vor dem Menschen, den man vorgeblich liebt, den man glaubt zu lieben, Angst haben?

Ich drücke erneut auf den Klingelknopf unterhalb des Schildes, auf dem *Brettschneider* steht. Ich bin unangekündigt hier, ganz ohne Türen, einfach so mit Bus und Bahn, um die Entführungsspur Daphnes aufzunehmen. Ich hoffe, dass sie noch heiß ist. Wenn ich Pech habe, ist niemand da, dann bin ich umsonst hergekommen. Ich trete einen Schritt zurück und betrachte die Villa.

Daphne selbst öffnet die Tür einen Spalt und äugt hinaus, sie hat die Sicherheitskette vorgelegt. Mir fällt ein mittlerer Berg vom Herzen.

»Ich bin es«, sage ich, »Lazyboy«, obwohl anzunehmen ist, dass sie es auch so erkennt. Daphne hantiert an der Kette herum.

»Kannst du nicht anrufen?«, raunzt sie.

»Was für eine Begrüßung«, sage ich. »Ich freue mich auch sehr, liebe Daphne, dich zu sehen.«

Daphne trägt einen Bademantel, um den Kopf hat sie ein Handtuch geschlungen. Ihre Füße stecken in Wollsocken.

»Komm rein«, sagt sie mürrisch.

»Daphne«, sage ich, »alles in Ordnung mit dir?«

»Klar«, sagt sie.

»Wurdest du nicht entführt?«

»Hä?«

»Du hast mich doch angerufen, weil du entführt worden bist.«

»Ach so, das ...«

»Hast du mich nicht angerufen?«

»Doch, doch, klar. Stimmt, ich wurde entführt. Na und? Halb so wild, ich habe dich angerufen, ich wurde entführt. So what?«

Sie wendet sich ab. Im Flur stelle ich sie, ich fasse sie an der Schulter. »Verarschst du mich, oder was? Komm, sag mir die Wahrheit!«

»He, warum sollte ich lügen?« Ihre Augen funkeln, und ich beschließe, ihr zu glauben, jetzt und für immer.

»Was ist passiert, was haben die gemacht, konntest du dich aus eigener Kraft befreien?«

»Sie haben mich freigelassen.«

»Wer?«

»Vier Männer in Anzügen, ich konnte die Gesichter nicht erkennen. Schwarzer Kastenwagen.«

»Und? Was wollten sie? Die haben dich einfach so freigelassen?«

»Ach Mann, du machst aber einen Wind. Die wollten bloß ein paar Sachen wissen, die mit dem Haus und meinem Onkel zu tun haben. Also habe ich ihnen ein paar Sachen erzählt, mit denen sie nichts anfangen können.«

»Haben sie dir etwas angetan?«

»Nö.«

»Und jetzt? Bist du bei der Polizei gewesen?«

Daphne schüttelt den Kopf und blickt auf ihre Wollsocken.

»Nicht?«

Sie guckt mich an.

»Sie haben mich auf die Tür angesprochen, okay? Vermutlich wissen sie darüber Bescheid. Ich kann den Polizisten ja schlecht erzählen, dass mich Männer verfolgen, die in den Besitz meiner magischen Tür im Keller gelangen wollen.«

»Hm«, sage ich und lasse sie los.

»Diese Entführungsgeschichte klingt beunruhigend«, sage ich, als wir in einem altdeutsch eingerichteten Wohnzimmer in tiefen Ohrensesseln Platz genommen haben. Um uns herum hohe Bücherregale, tausend Jahre alte Bücher mit steifen Lederrücken, ein Klavier, Beethovenbüste, ein Schiffsmodell einer spanischen Galeone, viel dunkles Holz. Auf dem Fußboden ein Bodenbelag, der aussieht wie nachlässig gegerbtes Wildschweinfell.

»Und ob.« Daphne schnaubt. »So wie ich das sehe, solltest du dir möglichst schnell ein eigenes Bild machen. Du musst die Tür benutzen, solange es noch geht.«

»Wie?«, frage ich.

»Na ja, wenn die Typen wirklich hinter der Tür her sind. Nicht, dass du dich hinterher beschwerst, wenn sie für uns verschlossen bleibt.«

»Meinst du, es ist in dieser Situation das Richtige, dass ich durch deine Tür verschwinde?«

»Na klar, du musst!«

»Wieso?«

»Das liegt doch auf der Hand: Vielleicht kann sie dich heilen. Vielleicht bist du anschließend wieder ein normaler Mensch, so weit dir das möglich ist. Vielleicht kann sie die

Wirkung aufheben, irgendetwas in der Art. Das ist es doch, was du wolltest. Wir müssen wissen, ob ein Zusammenhang zwischen unseren Geschichten besteht. Irgendetwas muss passieren. Jetzt.«

»Aber vielleicht ist es gefährlich«, sage ich. »Vielleicht löse ich mich in Luft auf.«

»So ein Quatsch.«

»Naja, ich bin ja gar nicht darauf vorbereitet.«

»Wie alt bist du noch mal?«

»Es ist nicht direkt Angst«, sage ich.

Ich denke: Wahrscheinlich ist es nichts anderes als eine außergewöhnlich hübsche Tür in den angrenzenden Fahrradkeller. Eine Tür, die versteht, mehr aus ihrem Typ zu machen.

»Du hast schon recht«, sage ich. »Ich bin es leid, wie irre durch die Gegend geschubst zu werden. Mein Leben gerät aus den Fugen.«

»Dann komm, worauf warten wir.«

Daphne umfasst mit der Hand ihre Zehen.

»Aber ich kann dich doch unmöglich hier alleine lassen.«

»Wieso das denn auf einmal?«

»Ich habe mir Gedanken über dich gemacht. Du bist 13 Jahre alt und lebst alleine in diesem Haus, da macht man sich doch Gedanken. Du gehst nicht in die Schule, du sitzt hier den ganzen Tag herum oder reist mittels einer Kellertür durch die Gegend. Das kann doch nicht richtig sein für ein in der Entwicklung befindliches Wesen. Überhaupt, wer kocht für dich, wer wäscht deine Wäsche, wer passt auf dich auf und liest dir nachts Geschichten vor?«

Sie guckt mich an, als hätte ich sie nicht alle.

»Warum sollte mir irgendwer nachts Geschichten vorlesen? In welcher Welt lebst du denn? Nachts schlafe ich, du Träumer!«

»Du weißt schon, was ich meine«, sage ich sanft.

»Ich kann kochen«, sagt sie. »Und meine Wäsche wasche ich ebenfalls selbst. Ich kann auf mich aufpassen.«

»Das sagst du. Ich kann dich doch nicht hier alleine lassen, wenn irgendwelche dubiosen Männer hinter dir her sind. Gibt es diesen Onkel eigentlich wirklich?«

»Willst du ihn sehen?«

»Wenn das geht, ja«, sage ich.

»Dann komm!«

Sie steigt vor mir eine ebenfalls mit Wildschweinfell bezogene Treppe in den ersten Stock hoch. Beim Treppensteigen kann ich sehen, dass sie unter dem Bademantel vollständig bekleidet ist, sie trägt eine Jeans usw., keine Ahnung, warum sie diese Show nötig hat. Sie öffnet leise, aber mit Nachdruck die schwere Tür aus dunklem Holz zu ihrer Linken. Dahinter liegt ein Raum mit getäfelten Dachschrägen. In der Mitte unter einem Dachfenster steht ein Krankenhausbett, links und rechts vom Bett an der Wand Regale mit Büchern. Der Eindruck von sehr viel Weiß überwiegt, weiße Bettwäsche, weiße Laken, und neben dem Bett ein gerahmtes Foto auf dem Nachtschrank, das einen Mann mit sehr weißem Gesicht und geschlossenen Augen zeigt. Die Wangen sind eingefallen, die Augenhöhlen tief. Ich stelle mir vor, dass der Mann auf dem Foto Daphnes Onkel ist. Aber warum stellt jemand sein eigenes Foto neben sich auf den Nachtschrank? Mit geschlossenen Augen noch dazu? Jedenfalls ist das Bett leer. Auf dem Nachtschrank liegt ein mit einem Lesezeichen versehener Roman, *Die Attitüde* von Paul Scherzlein, in 50er-Jahre-Schrift und -Design, nie davon gehört.

»Er ist weg«, flüstert Daphne.

Ich meine es unter den geschlossenen Lidern auf dem Foto zucken zu sehen.

»Was hat er denn eigentlich, dein Onkel?«

»Das möchte ich nicht sagen.«

»Aha«, sage ich. »Und wo ist er jetzt?«

»Keine Ahnung«, brummt Daphne, »das wüsste ich selbst gern.«

»Glaubst du, dass sein Verschwinden mit dem Auftauchen der Männer in Zusammenhang steht?«

»Ist mein Name Kassandra? Kann sein.«

»Kommst du auch wirklich alleine klar? Bist du da wirklich sicher? Hast du keine Angst alleine?«

»Klar bin ich sicher«, sagt sie. »Außerdem bist du ja bald zurück, und dann kannst du zusätzlich nach Herzenslust auf mich aufpassen. Komm, ich öffne unten die Tür für dich.«

»Na gut«, sage ich. Wir blicken uns in die Augen, bis sie lächelt. Für einen Moment bin ich unsicher, ob ich wirklich will, dass es aufhört. Aber dann folge ich ihr in den Keller.

»Gute Reise«, sagt Daphne, als sie die magische Tür ihres Urgroßvaters für mich öffnet. »Pass auf, wir machen es so, wenn du in einer Stunde nicht zurück bist, komme ich hinterher, um dich zu holen.«

»Wie willst du das denn anstellen?«

»Frag nicht. Ich weiß, dass es geht. Ich finde dich, mach dir keine Sorgen.«

»Ich mache mir keine Sorgen um mich«, sage ich. »Sorgen macht mir schon eher der Gedanke, dass irgendwelche Männer in Anzügen dir nachstellen und du irgendwo auf der Suche nach mir durch das Ungewisse irrst.«

»Nun mach«, sagt sie. »Mal gucken, was passiert. Wird schon schiefgehen.«

»Ich sollte nicht gehen«, sage ich. Ich lege die Hand auf das Bauchtäschchen, in dem sich die Grundausrüstung befindet.

Ich denke an Monika und hoffe, dass es nicht zu lange dauert. Ihre Geduld war in letzter Zeit reichlich strapaziert.

»Quatsch«, sagt Daphne. »Die warten da auf dich.«

»Bitte?«, frage ich, mit einem Bein schon in der Tür.

»Hör zu«, sagt Daphne. »Ich bin nicht in Borkum gewesen, okay? Ich weiß, wohin die Tür führt. Ich bin selbst dort gewesen, aber das weiß keiner, auf beiden Seiten. Was ich weiß, ist, dass es wichtig ist. Los, geh, mach dir selbst ein Bild.«

»Bitte?«, sage ich. »Ich verstehe nicht.«

»Muss du auch nicht«, sagt sie und gibt mir einen Stoß, ich taumel ins Dunkel. Sie schließt die Tür hinter mir.

Zweite Tür

I

Ich stoße mit den Armen gegen etwas Weiches. Es ist dunkel. Ich rieche Frauenparfüm. Es klackert, wenn ich die Arme bewege. Kleidung auf Bügeln. Das ist immerhin mal etwas Neues. Bislang hat noch keine Tür direkt in einen Schrank geführt. Es ist eng. Es ist stickig. Ich frage mich, ob das schon Daphnes Geheimnis ist. Aber hat sie nicht gesagt, man warte auf mich? Und warum werde ich in einem Schrank gebraucht?

Etwas Licht dringt durch Ritzen von außen zu mir herein. Da draußen scheint sich jemand zu bewegen. Gedämpfte Schritte. Ich höre eine Person summen, ohne Frage eine Frau. Es kostet mich Mühe, meine Umgebung nicht knarzen zu lassen, als ich mein Gewicht verlagere. Ich frage mich, ob es nicht besser ist, mich einfach bemerkbar zu machen. Ich habe keine Ahnung, warum ich so vorsichtig bin. Irgendwie fühle ich mich wie ein Eindringling.

Na ja, denke ich, vermutlich ist man das auch, wenn man einfach so im Schrank einer Frau steht.

Nach einer Weile hört das Summen auf, es ist still jetzt da draußen. Ich drücke gegen die Schranktür, die sich leise knarzend öffnet. Neben mir schaukelt ein Kleid aus einem chiffonartigen, durchsichtigen Stoff mit orangefarbenen, grünen und gelben Formen, die ich nicht weiter benennen kann. Ich schiebe ein paar Bügel zur Seite und trete aus dem Möbel in das Zimmer. Ich halte den Atem an: nichts mehr zu hören, kein Geräusch. Dem Schrank gegenüber hängt ein ovaler Spiegel über einer einfachen Kommode. Der Spiegel zeigt einen äußerst gut aussehenden Mann mit einem uneindeutigen Gesichtsausdruck, der mit offenem Mund vor einem geöffneten Frauenschrank steht.

Rechts ein Bett, unbehandeltes Holz, Holzfußboden. Ein Flickenteppich. Links ein Fenster mit einem kleinen, weiß lackierten Schreibtisch davor. Der Blick aus dem Fenster geht auf eine Gasse mit Kopfsteinpflaster. Häuser aus rotem Backstein. Schnee. Draußen liegt Schnee, auf den Dachziegeln hält er sich, auf dem Gehweg ist er zur Seite gefegt. Keine Autos zu sehen. Ich schaue nach links und nach rechts aus dem Fenster. Es sieht sonderbar aus, wie eine geräumte Filmkulisse, eine ganze Straße ohne Autos. Habe ich einen Zeitsprung gemacht? Und es sieht deutsch aus, ich weiß nicht, woran es liegt. Woher nimmt man so einen Eindruck? Und woher kommt plötzlich der Schnee? In den Rinnsteinen häuft er sich weiß, nicht schmutzig grau wie zu Hause. Ich denke, dass ich nicht passend gekleidet bin. Für einen Pelzmantel war kein Platz in der Grundausrüstung.

Ich trete erneut vor den Schrank, blicke auf Kleider. Geschmack scheint die Person keinen zu besitzen. Ich untersuche ein Oberteil, das aus orangefarbenem und braunem Samt zusammengesetzt ist und mit einem Blütenblätterkragen versehen ist. Ich versuche mir die Frau vorzustellen, die so etwas trägt. Sie ist sehr blond und sehr groß, mindestens einsneunzig, hat ein rotes, fleischiges Kinn. Abends mixt sie sich Blue-Curaçao-Oranges an der Hausbar. Sie hört gerne Schlager, Tony Marshall und Costa Cordalis. Sie ist Single, aber in ihrem Bett wartet jeden Abend ein Kuscheltier auf sie, ein Schaf namens Mopsi, das sie seit der Vorschule begleitet. Beim Herumfummeln fällt mir auf, dass sich in den Kleidungsstücken keinerlei Etiketten befinden. Merkwürdig. Ich sehe meine monströse Blondine mit der Nagelschere auf den Dielen vor dem Schrank hocken und aus einem nebelverhangenen Grund sorgfältig die Etiketten aus ihrer Kleidung entfernen, vielleicht aus Sozialneid.

Ich schiebe die Bügel zur Seite und betrachte die Rückwand. Das sieht massiv aus so weit, nicht wie eine Tür, eine Passage. Ich besteige den Schrank und schließe sorgfältig die Tür hinter mir. Ich greife energisch ins Dunkel. Und zum ersten Mal funktioniert es. Ich stoße die schwere Kellertür auf und schaue in Daphnes Gesicht. Ich lache, Daphne lacht ebenfalls.

»Verrückt«, sage ich, »es funktioniert. Ich kann da hinein und auch wieder hinaus, einfach so.«

»Wie bei mir«, sagt Daphne. »Erzähl, wo bist du gewesen?«

»Im Schrank«, sage ich. »Ich war im Kleiderschrank einer Frau.«

Daphne nickt zufrieden.

»Du auch?«, frage ich.

»Hast du jemanden getroffen?«

»Da war eine Frau vor dem Schank, glaube ich, aber ich habe gewartet, bis sie weg war. Da liegt Schnee, Daphne, verrückt, und es gab keine Autos, glaube ich. Was hat das zu bedeuten?«

»Geh zurück«, sagt sie. »Das musst du herausfinden. Im Grunde weiß ich auch nicht mehr als du, geh.«

»Ist gut«, sage ich. »Mache ich einen Zeitsprung, oder was?«

»Quatsch«, sagt sie. »Komm, husch, durch die Tür.«

Daphne greift nach der Tür.

»Warte«, sage ich, »hast du vielleicht etwas Warmes zum Anziehen?«

Ich trage einen zu großen Wildledermantel von Daphnes Onkel, als ich mich in dem Zimmer umsehe, darunter einen ebenfalls zu großen Wollpulli, die Ärmel habe ich umgekrempelt. Ich konnte keine Geräusche hören, also bin ich aus dem Schrank geklettert. Ich befinde mich in einem kleinen Haus, einem Häuschen, und ich bin alleine, so weit ich das feststellen kann. Im oberen Stockwerk gibt es zwei kleine Zimmer, das Schlafzimmer mit dem Schrank und ein noch kleineres Zimmer mit Bücherregalen und einem Sofa darin. Eine äußerst steile Treppe führt in das Erdgeschoss hinab. Schritt für Schritt taste ich mich so leise wie möglich die Treppe hinunter. Unten erwartet mich eine offene Küche und ein einigermaßen geräumiges Wohnzimmer, ebenfalls mit Holzfußboden. Der Blick aus dem rückwärtigen Fenster: verschneite Wiese, links und rechts von Backsteinhäuschen begrenzt. Auf der kleinen Terrasse Vogelspuren.

In der Küche gibt es einen Gasofen und einen altertümlichen Schrank, der mich an das Amerika der 50er-Jahre erinnert. Ich sehe keinerlei elektrische Geräte, nicht auf den Arbeitsflächen, ich finde auch keine in den Hängeschränken. Ich sehe keine Steckdosenleisten. Ich erwäge erneut die Zeitsprunghypothese. In welchem Haus, bitte schön, mitten in der Kleinstadt gibt es heute keinen elektrischen Strom? Da muss man es schon mit einer äußerst nostalgischen oder überspannten Person zu tun haben, oder mit einer ausgesprochen armen. Oder hier lebt jemand mit einem extrem ausgeprägten Stilbewusstsein, alles Elektrische ganz besonders gewitzt versteckt, ultramodernes Design.

Beide Außentüren sind verschlossen, die nach vorne auf die Straße, auch die rückwärtige auf die winzige, eingeschneite Terrasse. Ich blicke mich noch einmal um, sehe mir die Zierkürbisse auf einem Bord an, die Clownsfigur, die mit einer aufgeschminkten Träne auf der Wange in sich zusammengesackt in einem Korbstuhl sitzt. Alles ganz schön so weit, aber ich will mehr sehen. Ich bin nicht durch Daphnes

Tür gegangen, um weiblichen Kitsch zu bewundern. Wo ist das Geheimnis? Wo ist meine Lösung? Ich öffne das Küchenfenster und klettere über die Anrichte, springe in den Schnee. Das Fenster lehne ich hinter mir an. Die Straße ist glücklicherweise menschenleer.

Auch in den anliegenden Straßen stehen keine Autos, kein Verkehrslärm ist zu hören. Es ist sonderbar still, so still, dass man meint, den Schneeflocken beim Fallen zuhören zu können, ein äußerst irritierendes, unangenehmes Geräusch.

Der erste Mensch, dem ich begegne, ist ein Mann um die 50 mit einem Hut auf dem Kopf, derben Stiefeln an den Füßen. Auch er sieht aus wie aus der Zeit geschnitten. Vielleicht bin ich in ein DDR-Museum geraten, denke ich. Oder Drittes Reich, obwohl, es wehen keine Hakenkreuzfahnen. Es gibt doch diese Museumsdörfer, wo die Leute für authentisches Herumhängen Gehälter beziehen. So ein Job wäre eigentlich wie für mich gemacht. Auf die 20er-Jahre hätte ich Lust, Charleston, Pomade, Kokain. Der Mann bleibt stehen und glotzt mich an, sein Mund klappt auf. Eine etwas übertriebene Reaktion, scheint mir. Gut, der Mantel ist etwas zu groß. Der Mann steht sechs Meter vor mir und macht runde Augen. Er blinzelt, seine Finger bewegen sich, er öffnet und schließt die Fäuste, ansonsten ist er offensichtlich erstarrt. Ich sage: »Guten Tag.« Ich meine mich zu erinnern, dass man das in einer Kleinstadt voneinander erwartet. Er bleibt stumm und blickt mir staunend zu, wie ich mich auf dem Gehweg an ihm vorbeidränge. Unheimlich, finde ich. Er blickt mir mit offenem Mund nach, stelle ich fest, als ich mich umzudrehen wage. Vielleicht sollte ich doch einfach wieder umkehren in den Schrank? Als Nächstes treffe ich eine Frau in Jeans, das ist doch mal zeitgemäß. Sie scheint Mitte, Ende 30 zu sein, derselbe Effekt. Auch sie erstarrt und glotzt mich stumm an. Eine hübsche Frau. Wallend rote Haare. Ich hätte mich gerne mit ihr unterhalten. In dieser Stadt aber habe ich offensichtlich die Fähigkeit, die Passanten in Wachsfiguren zu verwandeln. Irgendwie beherrsche ich den sozialen Code nicht. Was ist das hier? Irgendein verspielt muslimisches Land mit sehr strengen Regeln, in dem die Einwohner bloß zufällig deutsch aussehen? Ich probiere auf Verdacht zwei Türen. Das eine Mal finde ich mich in einem dunklen Flur einem getigerten Kater gegenüber, das zweite Mal blicke ich in eine leere Schneiderwerkstatt, Stoffbahnen und mechanische Nähmaschinen. Ich versuche noch ein paar Türklinken an den schmucken, kleinen Backsteinhäusern, Türen aus bunt bemaltem Holz mit kunstvollen Verzierungen, und keine führt zurück ins Vertraute. Keine stellt eine Passage dar. Dann fallen mir einzelne Gebäude aus Beton auf, die zwischen den Backstein gewürfelt sind, fremde, kalte Findlinge, ein seltsamer Effekt.

Ich gelange auf eine Art Dorfplatz, in dessen Mitte ein vereister Brunnen steht. Ein mächtiger Bronzeadler kämpft darauf mit einer riesigen, fleischigen Schlange, die ihrerseits einen silbernen Fisch im Maul hält. Der Platz ist gesäumt von Backsteinfassaden, in den unteren Stockwerken Läden, Handwerksbetriebe, *Schuhmacher Brinn* steht da zum Beispiel, man scheint also Deutsch zu sprechen, ein Bäcker nebenan.

Ich bleibe ratlos stehen, schlage die Hände in den Wollhandschuhen ineinander, schaue meinen Atemwolken hinterher, wie sie in den strahlend blauen Winterhimmel aufsteigen. Interessant, diese Atemwölkchen, man beschäftigt sich gemeinhin viel zu selten mit ihnen. Gerade könnte ich es ewig tun. Denn auf dem Platz wimmelt es von Menschen, allerdings alle erstarrt, und alle starren mich an. Wenn ich nicht eh schon dächte, ich hätte sie nicht alle, wäre das jetzt der Moment. »Hallo«, sage ich in die Runde. Mit einem zaghaften und dennoch heiteren Stimmchen. Als Kind habe ich mal eine Weile davon geträumt, die Zeit und die Bewegung der Menschen und Dinge um mich herum mit einem Fingerschnipsen anhalten zu können. In meiner Fantasie war ich für die anderen unsichtbar, das heißt, sie hatten keine Wahrnehmung, sodass ich herumgehen und unbemerkt beobachten und manipulieren konnte. Ich konnte zum Beispiel einfach so dem Mädchen, in das ich verliebt war, das T-Shirt hochziehen. Das hier muss ungefähr der Effekt sein. Allerdings können mich die Leute ganz deutlich sehen. Es spiegelt sich synchron in ihren Mienen, als ich einen zaghaften Schritt in Richtung des Brunnens unternehme. Das Knirschen des Schnees tönt infernalisch laut durch die Stille. Vielleicht ist das eine Art Signal. Einige fangen miteinander zu murmeln an. Ein Mann mit einer Salatgurke in der Hand macht einen Schritt auf mich zu.

Das ist mir zu gruselig. Ich will zurück in den Schrank, sofort. Ich drehe mich um und gehe.

Ich renne. Die Menschen hinter mir rennen ebenfalls. Ich werde verfolgt. Ich höre ein irritierend hochfrequentes Heulen, das mich zu nerven beginnt, bis ich begreife, dass es meiner eigenen Kehle entströmt. Ich renne beinahe eine alte Frau um, die mir entgegenkommt. Ich erwarte, dass sie mir mit roten Pupillen und angespitzten Zähnen entgegenspringt, aber sie hebt nur die Hände in Fingerlingen zum Himmel. Der Eindruck, den ich mitnehme, ist das Blitzen von Gold aus ihrem geöffneten Mund und das Quieken, das ihr entfährt, als ich ihr den Ellbogen in die Seite ramme.

In finde das Küchenfenster, und es ist noch einen Spalt geöffnet, so wie ich es verließ. Ich klettere in die fremde Küche.

Ich schließe mit zitternden Fingern das Küchenfenster hinter mir. Die ersten Menschen bleiben atemlos vor dem Küchenfenster stehen und gucken mich irgendwie enttäuscht durch das Glas an. Ein vielleicht siebenjähriges Mädchen mit Zöpfen probiert die Haustürklinke. Ich stolpere durch den Raum Richtung Treppe, nehme drei Stufen auf einmal. Ich platze in das Schlafzimmer mit nur einem Gedanken im Kopf, von mentalen Scheinwerfern scharf konturiert aus dem Dunkel meiner Welt gerissen: Schrank! Aber vor dem Schrank steht jemand. Die Schranktür ist geöffnet und eine Person, eine weibliche Person, hält ein Kleidungsstück, einen Hosenanzug aus rotem Jeansstoff, in der einen Hand und einen geschwungenen Bügel in der anderen. Die weibliche Person schaut mir mit offenem Mund entgegen, der bekannte Effekt in diesen Breiten. Aber was mich jetzt verdutzt, ist, dass sie rote Locken besitzt und aus runden dunkelblauen Augen starrt und dass es sich alles in allem um Frau Merbold handelt, meine Psychotherapeutin. Wir starren uns mit offenen Mündern an.

»Frau Merbold«, keuche ich, »Sie?«

»Ha«, macht sie und springt mit dem Hosenanzug in der Hand einen halben Meter rückwärts, als hätte jemand einen Mechanismus betätigt. Hinter ihr befindet sich der Schrank.

»Was machen *Sie* hier?«, keuche ich.

Ich halte Frau Merbold die Hand hin, die sich von diversen Kleidungsstücken befreit. Sie krabbelt aus dem Schrank und beäugt mich misstrauisch. Unten wird hektisch an die Haustür geklopft.

»Was machen Sie hier«, sagt sie nun ihrerseits, »wer sind Sie?«

»Frau Merbold«, sage ich, »Gott sei Dank, Sie müssen mir helfen.«

»Warum nennen Sie mich Frau Merbold?«

Von draußen hört man eine Stimme: »Daniela, alles in Ordnung bei dir?«

»Moment«, sage ich, »Sie heißen Daniela?«

Sie nickt stumm mit ihrem Frau-Merbold-Gesicht. Mir fällt ein, dass meine Psychotherapeutin noch kürzlich mit Vornamen Ellen geheißen hatte.

»Sie heißen nicht Ellen?«, frage ich.

Sie schüttelt mit runden Augen, halb im Kleiderschrank sitzend, den Kopf, die roten Locken. Sie hat sich den Hosenanzug schützend auf den Bauch gepresst.

»Wissen Sie, wer ich bin?«, frage ich. »Kennen Sie mich?«

Sie schüttelt wieder den Kopf.

»Na toll«, sage ich.

»Das heißt«, sagt sie, »ich kann es mir denken.«

»Wie«, sage ich, »was denn jetzt?«

»Sie sind der Mittler. Sie müssen es sein. Aber was machen Sie in meiner Wohnung?«

Ich schaue ihr so tief in die Augen, wie es geht. Mein Prüfblick, dem normalerweise kein Mensch auf dem Planeten standhalten kann. Sie scheint mich wirklich nicht zu kennen. Es scheint sich wirklich nicht um Frau Merbold zu handeln. Es sei denn, sie leidet plötzlich unter Gedächtnisverlust oder steht unter Drogen, was ich irgendwie sympathisch fände.

»Mein Name ist Lazyboy«, sage ich also und komme mir dabei bescheuert vor. Wenn sie doch Frau Merbold ist, lacht sie sich innerlich scheckig. »Es tut mir leid, dass ich hier einfach so eingedrungen bin, aber eine Menschenmenge verfolgt mich und ich wusste mir nicht anders zu helfen.«

Die Frau, die Frau Merbold zum Verwechseln ähnlich sieht, scheint sich etwas zu fangen. Sie legt den Hosenanzug über einen Bügel und hängt ihn in den Schrank zurück. Sie wischt sich eine Strähne aus dem Gesicht.

»Sie heißen wirklich nicht Frau Merbold? Sie veranstalten nicht irgendein Experiment? Sie treiben keine Späße mit mir?«

Sie schüttelt stumm den Kopf und mustert mich interessiert.

»Mein Name ist Kern«, sagt sie dann, »Daniela Kern.«

Ich schüttele ebenfalls den Kopf. Wie soll ich das noch alles verarbeiten? Ich brauche dringend mal wieder eine gute Stunde Psychotherapie.

Sie tritt an das Fenster ihres Schlafzimmers und betrachtet die Menschenmenge vor dem Fenster. Sie winkt fahrig zur Straße hinunter. Dann öffnet sie einen Fensterflügel, beugt sich hinaus und sagt: »Es ist in Ordnung, ich rede mit ihm. Ich berichte euch später.«

Ich setze mich auf ihr Bett, ich fühle mich erschöpft. Ich habe nicht gefragt, aber es scheint mir auch schon egal. Ich sitze auf dem Bett einer offenbar fremden Frau, obwohl diese meiner Therapeutin gleicht wie ein Zwilling dem anderen.

»Haben Sie zufällig eine Schwester?«

Die Frau, die sich mir als Daniela vorgestellt hat, schüttelt den Kopf.

»Was hat das alles zu bedeuten?«, frage ich.

Sie setzt sich neben mich und betrachtet ihre Hände.

»Wo bin ich? Was ist hier los? Was wollen all diese Leute von mir?«

Sie fährt sich mit den Händen durch die Haare. Sie sagt: »Ich hatte ehrlich gesagt gehofft, das könnten Sie mir sagen.«

»Nein«, sage ich. »Ganz bestimmt nicht. Was ist das hier? Wer sind Sie? Es liegt Schnee, obwohl Sommer sein sollte. Sie sprechen Deutsch. Und wildfremde Leute rennen wie besessen hinter mir her, das verstehe ich nicht. Es tut mir leid, wenn ich hier eingedrungen bin, wenn ich irgendetwas fundamental falsch gemacht habe, aber das ist mir zu heftig, das habe ich nicht verdient.«

»Sie müssen die Leute verstehen«, sagt sie. »Sie kennen Sie nicht. Das bedeutet viel für diese Leute.«

»Ja, aber man rennt doch nicht hinter wildfremden Leuten her, gerade wenn man sie nicht kennt. Das gehört sich doch nicht.«

»Na ja, Sie sind halt der Erste, den sie sehen. Sie haben auf Sie gewartet.«

»Was heißt das, sie haben auf mich gewartet, was erzählen Sie denn da?«

»Sie wissen wirklich nicht Bescheid, oder? Sie haben nicht die Antworten, die wir brauchen?« Sie guckt mich besorgt an, mit leicht gerunzelter Stirn. Ihre großen Augen schwimmen merboldinisch in Enttäuschung.

»Ich habe keinen blassen Schimmer«, sage ich. »Ich sollte jetzt vielleicht besser gehen. Mir scheint, hier liegt eine Verwechslung vor. Ich habe auch echt noch eine Menge zu erledigen. Es warten noch ganz andere Leute auf mich.«

Dann fällt mir ein, dass ich die Frau jetzt bitten muss, mich in ihren Kleiderschrank steigen zu lassen. Das kommt mir irgendwie auch nicht richtig vor, eine Spur zu fetischistisch.

Sie sagt: »Es gibt hier keine Leute wie Sie, die einfach auftauchen. Sie sind der Erste. Wir haben auf Sie oder auf einen wie Sie gewartet. Deshalb sind die Leute hinter Ihnen her.«

»Ich verstehe kein Wort«, sage ich.

Sie sagt: »Wir kennen Sie nicht. Normalerweise kennt hier aber jeder jeden. Das heißt also, Sie kommen nicht von hier. Sie sind irgendwie von außen gekommen. Das ist noch nie passiert, das ist noch keinem gelungen, verstehen Sie?«

»Ist das hier eine Gefängnisstadt, oder wie? Der Gefängnisplanet, tief im Universum?«

Sie guckt mich irritiert an. Sie hat wohl den Film nicht gesehen.

»Ein 13-jähriges Mädchen muss kürzlich hier gewesen sein«, sage ich. »Das weiß ich zufällig sicher.«

Dann denke ich, weiß ich das wirklich? Was weiß ich denn wirklich sicher?

Sie schüttelt den Kopf. »Nicht, dass ich wüsste.«

»Und Sie haben auf mich gewartet, wirklich auf mich?«

»Vielleicht«, sagt sie. »Wir erwarten den Mittler. Er ist uns angekündigt worden in einer Geschichte.«

Toll, denke ich, Märchenstunde. Ich sage: »Und Sie sind sich sicher, dass ich das bin, auf den Sie warten?«

»Sicher bin ich mir nicht, nicht mehr.«

Sie wirft mir einen Seitenblick zu.

»Wir tun hier schon auch noch andere Dinge, wir sitzen hier nicht nur die ganze Zeit herum und warten.« Sie lächelt und wird rot dabei. »Sie sind bloß der Erste und der Einzige bislang, der von außen hierher gefunden hat.«

»Von außen«, sage ich. Was heißt das? »Wissen Sie über die Sache mit den Türen Bescheid?«

Etwas flackert in ihrem Blick. »Meinen Sie die Tür in der Wand?«

»Daphnes Tür«, sage ich. »In der Wand war die schon.«

»Ich kenne keine Daphne.«

»Daphne, das 13-jährige Mädchen, Pferdeschwanz?«

»Kenne ich nicht.«

»Wo bin ich? Wo bin ich denn hier gelandet?«

»Sie sind in Beek«, sagt sie und steht auf. »Herzlich willkommen.«

»In Beek«, sage ich. »Noch nie gehört. Wo liegt das?«

Sie sagt: »Wollen wir hinuntergehen? Möchten Sie einen Tee trinken?«

Ich sitze auf dem Bett einer fremden Frau und fasse mir an den Kopf. Ich bin in Beek, was immer das auch bedeuten mag.

»Warum nicht, wenn ich schon mal da bin«, sage ich, als sie schon die Treppe hinuntergegangen ist.

Wir sitzen an einem runden Holztisch, von dem aus man sowohl die Terrasse als auch das Küchenfenster im Blick hat. Wir halten dicke Tonbecher mit heißem Tee in den Händen. Am Küchenfenster drücken sich immer noch Kinder und alte Leute die Nasen platt. Meine Gastgeberin erzählt, dass die Beeker isoliert und abgeschieden lebten. Es gebe hier keine Fremden. Jeder kenne hier sprichwörtlich jeden, seit ewigen Zeiten schon. Und wenn ein fremdes Gesicht auftauche, sei das eben eine Sensation und müsse etwas mit Bestimmung zu tun haben, gerade vor dem Hintergrund der Prophezeiung.

»Prophezeiung«, wiederhole ich.

Ich blicke die Gesichter an der Scheibe an und komme mir vor wie der blonde Besucher des letzten unerforschten Regenwaldweilers. Wären wir nicht durch Scheiben getrennt, würden die Kreaturen da in meinen Haaren herumzupfen. Daniela erzählt, sie arbeite seit Ewigkeiten in der hiesigen Seilmanufaktur.

»Seilmanufaktur«, wiederhole ich.

»Darf ich Sie etwas fragen?«, sagt sie.

»Klar«, sage ich.

»Sie haben mich für jemand anderes gehalten, nicht wahr? Sie dachten, Sie würden mich kennen und ich würde Sie ebenfalls kennen, oder?«

»Ja«, sage ich, »stimmt.«

»Darf ich fragen, für wen Sie mich gehalten haben?«

»Für, äh, meine Psychotherapeutin.«

»Ihre was?«

Ich nehme die Hand vor meinem Mund fort.

»Meine Psychotherapeutin.«

»Was ist das?«

»Sie wissen nicht, was eine Psychotherapeutin ist?«

Sie schüttelt mit großen Augen den Kopf. Sofort ist mir schon die Frage unangenehm.

»Eine Psychotherapeutin ist so etwas wie eine Ärztin.«

Sie nickt, mit der Antwort scheint sie zufrieden.

»Stehen Sie ihr nahe?« Sie schaut in ihren Becher hinein und nicht mich an.

»Nein«, sage ich, »nicht besonders.« Ich muss wehmütig lächeln, wenn ich an Frau Merbold denke. »Ich mag sie schon. Sie ist bloß eben so etwas wie meine Ärztin.«

»Verstehe«, sagt sie.

Wir lächeln uns über unsere rustikalen Teebecher an.

»Ich habe noch eine Frage«, sagt sie.

»Bitte«, sage ich.

»Wie sind Sie hierhergekommen?«

»Tja.«

»Sie wollen es nicht verraten, oder?«

»Es ist mir unangenehm, darüber zu sprechen.«

»Das ist okay«, sagt sie, »vielleicht erzählen Sie es mir ja später. Wissen Sie, ich war noch nie außerhalb Beeks. Niemand hier war das. Es gibt für uns keinen Weg hinaus. Außerhalb Beeks gibt es nur die Einöde. Und trotzdem steht in der Prophezeiung, dass jemand von außerhalb kommen wird, seltsam, oder?«

»Niemand findet den Weg heraus aus Beek? Es gibt für Sie nichts außerhalb?«

»Nein«, sagt sie, »nur Beek.«

»Verwirrend«, sage ich.

Die Frau, die aussieht wie meine Psychotherapeutin, schaut mich mitfühlend an. »Und Sie haben den Weg zu uns gefunden.« Sie pustet in den Tee. »Ich habe einmal versucht, Beek zu verlassen. Aber weit bin ich nicht gekommen.«

»Beek«, sage ich. Ich schmecke das Wort ab wie eine Zutat zu einem Kuchenteig. Ob es etwas mit mir zu tun hat? Ob es bei der Türensache helfen kann? Auf jeden Fall scheine ich in der Hauptstadt der Verrückten gelandet, für mich schon mal keine schlechte Adresse. Und diese Verrückte scheint mir eigentlich ganz nett zu sein.

»Was ist das für eine Prophezeiung?«, frage ich.

»Wollen Sie sie hören?«

»Klar«, sage ich unverbindlich.

»Ach, dann lassen Sie uns doch den Lehrer besuchen. Ich würde Sie ihm gerne vorstellen. Er versteht so viel mehr von diesen Dingen als ich.«

»Gut«, sage ich. Der Lehrer. Warum nicht.

Ich überlege, wie lange ich wohl schon hier bin und wann Daphne auftaucht und ob sie auftaucht, um mich zu holen.

»Da draußen?«, frage ich und zeige auf das Küchenfenster, an dem immer noch die Backe einer alten Frau klebt.

»Ja, aber ich werde Sie beschützen, versprochen. Vertrauen Sie mir?«

Ich blicke in ihre tiefen dunklen Merboldaugen. Ich tauche hinein, ziehe schwimmend meine Runden darin.

»Unbedingt«, sage ich, »vorbehaltlos, ja.«

2

Draußen vor dem Haus schirmt sie mich gegen die verbliebenen Beeker ab. Ich komme mir vor wie ein Prominenter, der gerade seine erste Agentin oder Pressesprecherin engagiert hat, die von nun an professionell die Öffentlichkeit abwimmelt. Mein neues Leben als Celebrity. Herr Lazyboy, wie gefällt Ihnen Beek? Was sind Ihre ersten Eindrücke?

Sie führt mich durch enge Gassen an Backsteinfassaden entlang. Der Schnee unter meinen Füßen knirscht fast romantisch zart. Leise ringeln sich Flocken durch die stille mittägliche Luft.

Ich trage zwar den dicken Mantel von Daphnes Onkel, aber immer noch meine Turnschuhe an den Füßen. Füße, die ich seit einer Weile nicht mehr spüre. Erst war da noch Schmerz, jetzt ist der Kontakt abgebrochen. Ich staune stumm. Diese Häuser irritieren mich. Die sehen nicht einfach nach deutscher Kleinstadt aus. Zwar erinnert das Ganze von der Anlage her an ein mittelalterliches Städtchen, Altstadt mit engen Kopfsteinpflastergassen, aber viele Gebäude könnten der klassischen Moderne entstammen, den 20er- oder 60er-Jahren, große Fenster, klare, eckige Formen. Immer noch: keine Autos. Nicht einmal ein Fahrrad bekomme ich zu Gesicht. Meine Begleiterin ist im Gespräch mit den Einwohnern, die sich nach mir erkundigen. Sie ist plötzlich zur Expertin geworden.

Das Haus, zu dem sie mich führt, steht etwas abseits auf einem freien Platz, umgeben von Linden, auf deren Ästen alter Schnee hockt. Ein Kleinstadtschulgebäude, ein lang gestrecktes, eingeschossiges Backsteinhaus mit einer großen Tür und vier Stufen davor.

»Lasst uns bitte alleine mit ihm sprechen«, bittet meine Begleiterin die anderen.

Den Mann, der uns auf Danielas Klopfen hin die Tür öffnet, schätze ich auf Anfang 50. Er hat kurz geschnittene, dunkelblonde Haare mit vielen grauen Strähnen. Es sieht aus, als habe er sich die Frisur selbst mit der Bastelschere verpasst. Er blickt uns aus kleinen, grau funkelnden Äuglein scharf an. Er besitzt eine eindrucksvoll große Nase und einen überdimensional breiten Mund. Als sei dem Zeichner beim Zeichnen des Mundes der Bleistift nach links zur Seite weggerutscht. Und er erinnert mich an jemanden, ich komme bloß nicht drauf.

In seinen Augen steht erst das ortstypische Fragezeichen, das kurz darauf von einem sanften Ausrufezeichen abgelöst wird. Er betrachtet mich intensiv, mit mildem Interesse.

»Ich bin der Lehrer«, sagt er.

»Lazyboy«, sage ich.

»Kommt herein«, sagt er und zieht Daniela am Ärmel.

Durch einen holzgetäfelten Flur mit zahlreichen Kleiderhaken, in unterschiedlichen Höhen angebracht, führt er uns in ein großes Klassenzimmer. Vorn befindet sich die obligatorische Tafel. Im Raum stehen überall Regale, an den Wänden, aber auch mitten im freien Raum, sodass das Ganze mehr wie eine Bibliothek wirkt. In einigen Regalen lagern ausgestopfte Tiere, Eule, Uhu, Wiesel, aber die meisten enthalten Bücher.

Der Lehrer packt mich an der Schulter und sieht mir eine Weile prüfend direkt in die Pupillen.

Er wendet sich zu Daniela um, er sagt: »Der ist es nicht. Das sehe ich sofort.«

Daniela sieht bestürzt aus. »Wie willst du das so schnell wissen? Er hat als Einziger bislang den Weg zu uns gefunden.«

»Da ist nicht genug Tiefe. Ich sehe nicht genug Licht in seinen Augen.«

Danke, denke ich. Bin ich eine Leselampe, oder was?

»Aber er hat von einer Tür gesprochen«, sagt Daniela.

Der Lehrer durchbohrt mich mit Blicken.

»Sie wissen von der Tür?«

»Daphnes Tür?«, frage ich.

»Ich weiß nicht, wie Sie sie nennen. Unsere Tür, die Tür in der Wand.«

Ich zucke die Achseln. Das wird mir zu doof hier. Zeig mir mal einer eine Tür, die nicht in der Wand ist. Was wollen die bloß immer mit ihrer Wand?

»Wie sind Sie hergekommen?«, fragt der Lehrer.

»Na ja, eben durch die Tür«, sage ich. Was soll ich lügen?

»Hm«, macht er. »Vielleicht sind Sie es doch.«

»Vergessen Sie's«, sage ich. »Ich bin nicht der Mittler.«

Sollen die ihren Scheiß doch alleine machen.

Der Lehrer wirft Daniela einen raschen Blick zu.

»Hat sie Ihnen davon erzählt? Was wissen Sie über den Mittler? Was wissen Sie über seine Aufgabe und Bestimmung?«

»Noch nicht viel«, sagt Daniela und legt nun ihrerseits eine Hand auf meine Schulter. »Deshalb sind wir da. Komm, erzähl ihm davon, vielleicht bringt es uns weiter.«

Wir setzen uns an einen großen Tisch in der Mitte des Raumes. Der Stuhl, auf dem ich sitzen muss, ist so klein, dass meine Knie beim Beugen knacken.

»Erzähl ihm von Beek«, sagt Daniela, »erzähl ihm, wer wir sind. Worauf wir warten. Erzähl ihm von der Prophezeiung.«

»Na schön«, sagt er, legt den Kopf in den Nacken, seufzt, verschränkt die Finger und lässt sie knacken. So ein Wichtigtuer. Ich habe Lehrer noch nie leiden können. Ich meine, wer verbringt schon sein ganzes Leben freiwillig in der Schule? Was sagt das bitte über einen Menschen aus, dass er sich nie rausgetraut hat aus seinem Bau?

»Beek«, sagt der Lehrer. »Ja, wo fange ich an?«

Bei sich fängt er an, natürlich.

»Ich bin der Lehrer, aber eigentlich sollte ich mich eher den Bibliothekar nennen, denn ich lehre nicht mehr im eigentlichen Sinne. Da ist niemand, den es zu unterrichten lohnte. Alles, was ich zu lehren habe, habe ich gelehrt, alle Schüler dieses Ortes sind durch meine Schule gegangen, und neue kommen nicht nach. Das ist eines der Charakteristika Beeks. Ich verwalte das Wissen, hier stehen die Bücher, und wenn jemand sein Wissen auffrischen will oder etwas nachschlagen möchte, kommt er zu mir und wir suchen gemeinsam die Informationen. Manchmal schicken die Eltern ihre Kinder hierher, vormittags, damit sie sich zu Hause nicht langweilen. Aber es gibt nichts Neues, das ich ihnen beibringen könnte, und sie beschäftigen sich selbst, oder wir stellen uns gemeinsam Wissensaufgaben, die wir mit den Büchern lösen. Wir spielen Spiele, Sachen in der Art. Der Haken ist: Sie altern nicht. Niemand altert in Beek. Man ist und bleibt so alt, wie man ist. Ja, es gibt Kinder, ja, es gibt Adoleszente, es gibt Erwachsene und alte Menschen, aber niemand wird geboren, niemand stirbt und niemand altert. *Die Zeit steht. Niemand kommt, niemand geht. Kein Kind wird geboren. Einer ist auserkoren.* Das Wissen darüber, dass so etwas wie Zeit existiert, dass es den Prozess des Alterns gibt oder gab, dass Menschen auch älter werden können und ihr Aussehen, ihre Erscheinung signifikant verändern, wissen wir aus den Büchern und aus der Zeit vor der einschneidensten Veränderung in der Geschichte Beeks, der großen Zäsur. Aus der Zeit, bevor die Wand errichtet wurde. Die Wand. Unser Schicksal. Denn Beek ist eine geteilte Stadt. Sie befinden sich bloß in dem einem, vielleicht dem besseren Teil. Es gibt eine Wand, die die Stadt in der Mitte durchschneidet. Wir wissen nicht, was im anderen Teil der Stadt geschieht, es gibt keinerlei Kontakt oder Verbindung, das verhindert die Wand. Die Wand ist nicht zu erschüttern oder zu zerstören, so wurde sie gebaut, so solide ist sie damals angelegt worden. Man kann so tief graben, wie man will: Immer stößt man auf die Wand. Man kann auf die höchste Leiter steigen und noch höher, nie überwindet man die Wand oder erhascht einen Blick auf die andere Seite. Man kann so weit man will in die eine oder andere Richtung an der Wand entlangwandern, niemals verliert man seinen Begleiter, die Wand. Dass dort drüben immer noch Beeker leben, Beeker wie wir, wenn auch die der anderen Seite, schließen wir daraus, dass wir noch hier sind. Wenn wir noch da sind, müssen auch die noch da sein. Können Sie mir so weit folgen?«

Ich nicke, mich in seinen ernsten Augen spiegelnd, dabei ist es eine glatte Lüge, denn ich verstehe rein gar nichts. Nur das mit der Teilung kommt mir bekannt vor.

»Vielleicht interessiert es Sie, warum die Wand errichtet wurde?«

Ich schüttele versehentlich mit offenem Mund den Kopf, aber er erzählt trotzdem weiter.

»Es gab einen Krieg. Beeker gegen Beeker, die eine gegen die andere Seite. Der Kampf zog sich von Gasse zu Gasse und von Haus zu Haus. Neffe gegen Onkel. Schwager gegen Schwager. Freund gegen Freund. Es ging um die Ufer des Sees und darum, wer die Wasser für sich nutzen durfte. Die Bewohner der anderen Seite Beeker wie wir, aber während hier die armen Menschen in einfachsten Verhältnissen hausten, die bescheidensten Beeker, die man sich nur vorstellen kann, protzten sie drüben mit prächtigen Villen, lebten die von der anderen Seite von jeher verschwenderisch und im Überfluss. Und sie beanspruchten den See für sich, mit ihren goldlackierten Kähnen zogen sie schwere Schleppnetze durch die Fluten und verwehrten den Unseren den Zugang zur Beek.«

»Die Beek?«, frage ich.

»Die Beek, der Fluss. Durch das Zentrum der Stadt fließt ein Fluss, die Beek. Ein Flüsslein. Ein Bach eigentlich. Er kommt aus der Einöde und fließt bis zum Zentrum der Stadt, dort wird er zum Beeksee. Zum See gestaut wurde der Bach einst durch einen eigennützigen Müller, der die Kraft der Beek für seine Mühle nutzen wollte, in den alten Tagen schon, lange vor dem Bau der Wand. Er staute die Beek und erschuf so den See und gab der Spaltung der Stadt in das eine und das andere Ufer landschaftliche Gestalt. Und mitten durch den See führt heuer die Wand. Sie können im See so tief tauchen, wie Ihr Atem Sie tauchen lässt, stets erreichen Sie mit dem Grund die Wand. Es gibt in dem ganzen imposanten Bauwerk nur einen einzigen winzigen Durchlass für das viele Wasser, aber der ist vergittert und für den Menschenkörper ohnehin viel zu klein.«

Er guckt mich fragend an, ich nicke, alles ja ganz schön so weit, schöne Geschichte.

»Als der Krieg in seinem Wüten nicht zu enden wusste und die Zahl der Toten die Zahl der Lebenden zu übersteigen drohte, beschlossen die Beeker, Beek von Beek zu trennen und eine Wand zu errichten, aus einem Schicksal zwei zu machen, auf dass jede Hälfte der Stadt ihren ganz eigenen Frieden finde. Der Bau der Wand zog sich lange hin, und während an einem Ort die von der einen und die von der anderen Seite gemeinsam Stein auf Stein schichteten, gingen anderorts die Kämpfe aus Tradition und Gewohnheit weiter. Doch schließlich war es so weit. Die Wand war mitten durch den Beeksee errichtet, und in der Mitte des Sees auf der kleinen Insel hatte man eine Tür in die Wand gebaut. Die Tür von der einen auf die andere Seite oder umgekehrt. Die einzige Verbindung von einer Hälfte der Stadt zur anderen.«

Der Lehrer schaut mich eindringlich an, und mir wird deutlich, dass jetzt ich ins Spiel komme, der Türenexperte. Das ist mein Stichwort. Ich bemühe mich um ein wacheres Aussehen.

»An jenem besonderen Tag hatte sich ganz Beek auf der Insel zu beiden Seiten der Wand versammelt, um voneinander Abschied zu nehmen. Mit gemischten Gefühlen, wie man sich denken kann. Jede Seite erhielt einen bleiernen Schlüssel, den der jeweilige Bürgermeister aufzubewahren hatte. Man reichte sich ein letztes Mal die Hände und vereinbarte, dass genau in einem Jahr, heute nennen wir diesen Tag das *Fest des Mittlers,* die Tür mittels der Schlüssel geöffnet werden sollte und die Bürgermeister jeweils den anderen Teil der Stadt besuchen. Dann wurde die Tür für ein Jahr verschlossen.«

Daniela, die still und gebannt neben dem Lehrer gesessen hat, erhebt sich und geht ein paar Schritte zu einem der Fenster hinüber. Dabei reibt sie sich die linke Schulter.

»Als aber der Bürgermeister unserer Seite auf den Tag genau ein Jahr nach der Zeremonie feierlich die Tür in der Wand öffnete, war nichts zu sehen als ein milchig weißes Nichts. Kein Laut war zu hören, keine Antwort auf die fragenden Rufe. Es war, als wäre die andere Seite in dichtem Nebel verschwunden. Doch jener Bürgermeister war ein mutiger Mann, und so ließ er es sich nicht nehmen, trotzdem in den Nebel einzutauchen und persönlich das Schicksal der geteilten Stadt zu erforschen.«

»Und?«, frage ich.

»Wir haben ihn nie wieder zu Gesicht bekommen. Er trat durch die Tür und war verschwunden. Er ging in den Nebel und blieb für immer unauffindbar. Natürlich machten wir sofort die von der anderen Seite für das Verschwinden verantwortlich. Wir glaubten, sie hätten eine Falle konstruiert.

Aber schon bald verließ uns die Sicherheit. Vielleicht war etwas schiefgelaufen beim Bau der Tür? Vielleicht vermissten zeitgleich die anderen ebenfalls ihren Bürgermeister? Wir würden es nur herausbekommen, dachten wir, wenn wir versuchten, dem Geheimnis weiterhin auf den Leib zu rücken. Wir mussten einen neuen Bürgermeister bestimmen. Und es wurde zur Sitte, einmal im Jahr an jenem Tag einen Mann, einen jungen Mann zumeist, durch die Tür in das Nichts zu schicken, in der Hoffnung, dass ihm die Rückkehr gelinge und er uns Kunde vom Schicksal seiner Gefährten und des anderen Teils der Stadt bringen werde. Aber bislang ist noch keinem die Rückkehr gelungen. Natürlich haben wir es mit allen möglichen Experimenten versucht, Menschen an Seile gebunden zum Beispiel, es hat immer wieder Mutige gegeben. Letztlich aber blieben all diese Forscher verschwunden. Seit langer, langer Zeit feiern wir nun schon einmal im Jahr dieses Fest, bei dem die Tür geöffnet wird und einer den Gang in das Ungewisse antritt, ein Beeker opfert sich und ist fortan verschwunden.«

Der Lehrer seufzt und streicht sich durch die Haare.

»Und seither steht also in Beek die Zeit still. Seither wurde niemand geboren und niemand ist verstorben. Erst alterten wir lediglich langsamer, aber irgendwann schien es allen, als sei der Fluss des Lebens zum Stillstand gekommen. Niemand war mehr in der Lage, die Stadt zu verlassen. Und kein Besucher von außen hat uns seither erreicht. Die Prophezeiung verheißt, dass von nun an nur noch ein Mann von der einen und eine Frau von der anderen Seite ein Kind zeugen können. Und gerade deshalb warten wir auf den Mittler. Niemand weiß bis heute, was mit der Tür geschah, warum sie nicht ihre Funktion erfüllt wie vorgesehen. Manch Tischler hat sich die Tür beschaut und konnte keine Auffälligkeit entdecken.

Und niemand weiß auch, wie schließlich die Prophezeiung vom Mittler entstand, wann zum ersten Mal die Erzählung umging, ein Mensch von außen werde kommen und die Dinge erneut in Fluss bringen. Irgendwann wurde die Geschichte aufgeschrieben, und die Verschriftlichung wurde aufgefunden, hier im Schulgebäude war es. Es heißt, der Mittler könne durch die Tür treten. Er werde von einem Teil Beeks in den anderen hinübertreten und eine Mittlerrolle übernehmen. Er werde die Tür für uns öffnen und uns dadurch das Leben, die Freiheit und den Frieden bringen. An seiner Hand könnten wir endlich durch die Tür treten.«

Der Beeker und die Beekerin sehen mich an.

»Darf ich mal etwas fragen?«, sage ich.

»Natürlich.«

»Das Ganze kommt mir etwas unlogisch vor.«

»Wie?«, sagt der Lehrer unwirsch.

»Wieso brauchen Sie denn eine schriftliche Prophezeiung, um sich an die angeblichen Ereignisse zu erinnern, wenn niemand gealtert ist? Sie müssten demnach doch alle noch da sein, die sich damals am Bau der Wand beteiligten, das müssen Sie doch keinem erklären und erzählen und vermitteln. Sie sind doch alle Augenzeugen hier, oder nicht? Sie erzählen das so, als wäre das alles schon Jahrtausende her und stünde nur in alten, verstaubten und vergilbten Schriftrollen, dabei waren Sie doch persönlich dabei, wenn ich Sie richtig verstehe. Irgendwie komme ich da nicht mit, irgendwie vermisse ich da die Logik, mit Verlaub. Und wenn Sie diese Wand gebaut haben, dann reißen Sie sie doch einfach wieder ab.«

»Hören Sie«, sagt der Lehrer, »ich fürchte, Sie verstehen das überhaupt nicht. Seither ist tatsächlich *unendlich viel Zeit* vergangen, unendlich lange schon sind wir hier und leben unser Leben, tagein, tagaus. Wir versuchen, unsere gute Laune zu behalten. Wir sind noch dieselben, physisch gesehen, aber trotzdem sind wir vollkommen andere Menschen. Ich kann nicht behaupten, dass ich noch der Lehrer wäre, der damals in der Vorzeit selbst mit dem Dolch in der Hand und Mordlust im Blick herumgelaufen sein soll. Ich war damals der Lehrer, und später wurde ich der Lehrer, und wieder später der Lehrer, und dann erst der Lehrer, um anschließend der Lehrer zu werden. Und heute sitze ich vor Ihnen, und ich bin der Lehrer und könnte mich im Grunde an nichts erinnern, wenn es nicht die Aufzeichnungen und die Prophezeiung gäbe, obwohl ich alles noch weiß und nichts vergessen habe. Es ist paradox, es ist etwas kompliziert, vielleicht zu kompliziert für schlichter gestrickte Gemüter, wir sind noch da, und wir sind wir selbst und doch die anderen, die Nachfolger, zu viel Zeit ist durch uns hindurchgeweht. Wir sind viele, viele Generationen geworden. Wir sind wir selbst und trotzdem ganz andere. Und wenn Sie das nicht verstehen können oder wollen, dann tut es mir leid, dann sind Sie auf jeden Fall definitiv nicht der Mittler.«

Der Lehrer räuspert sich und ist sichtlich bemüht, seinen Unmut unter Kontrolle zu bekommen. Ich schlucke. Er wendet sich an Daniela. »Kann ich bitte ein Glas Wasser bekommen? Mir scheint, ich habe eine ganze Weile, vielleicht unnütz, gesprochen.«

Sie steht auf und geht folgsam in eine Ecke des Klassenzimmers hinüber, in der ein kleines Waschbecken hängt. Mit einem Zahnputzbecher voll Wasser kehrt sie an den Gruppentisch zurück. Ich muss lächeln. Das hier ist vollkommen irreal. Ein Märchen. Der Lehrer nippt einen Vogelschluck von seinem Tuschwasser.

»Ich möchte gerne diese Wand sehen«, sage ich nach einer Weile.

Denn die Sache mit der Tür in der Wand finde ich schon interessant. Wenn es Tür und Wand wirklich geben sollte. Die kann ich ja noch mitnehmen, bevor ich mich heimlich zurück zum Schrank schleiche. Was habe ich schon groß zu verlieren? Vielleicht hat Daphne das gemeint, als sie mich in diese Stadt schickte. Überhaupt Daphne. Warum traue ich der eigentlich? Vielleicht haben die sich das Ganze auch ausgedacht, Daphne, Monika und Frau Merbold, eine Frauenverschwörung, um mich zu bestrafen oder zu erziehen. Wie in der Truman-Show. Vielleicht werde ich die ganze Zeit gefilmt. Vielleicht haben sie sorgfältig die Schauspieler gecastet. Ich lächele unverbindlich, aber siegesgewiss einmal in die Runde, was mir irritierte Blicke vom Lehrer und Daniela einbringt.

»Natürlich möchten Sie die Tür sehen«, sagt Daniela. »Sie sind der Mittler, bestimmt, ich weiß es. Sie müssen es einfach sein.«

»Mich sollte es wundern«, sagt der Lehrer. »Ich habe mir den Mittler immer anders vorgestellt.«

Er schaut mich mit erheblicher Geringschätzung an. »Erzählen Sie mal ein bisschen von sich, bevor wir zur Wand gehen, was ist mit Ihnen?«

»Ach, na ja«, sage ich bescheiden. »Da gibt es eigentlich nicht viel zu erzählen. Ich war mal DJ, weil ich mich lange für Musik interessierte. Jetzt bin ich sozusagen hauptberuflich Journalist. Ich schreibe frei für ein, zwei Magazine, Plattenkritiken, aber auch Reportagen. Diese ganzen Lifestylegeschichten. Ja, und ich kann auf eine ganz bestimmte Art durch Türen gehen, die außer mir vermutlich nicht viele Menschen beherrschen, eigentlich fällt mir nur eine Person ein, bei der es ähnlich ist. Ich sollte bei Gelegenheit übrigens auch mal zurück in meine Welt, ich habe eine gewisse Verantwortung für bestimmte Personen übernommen, die das nicht so witzig finden könnten, wenn ich mich superlange hier bei Ihnen verlustiere.«

Daniela sieht irgendwie irritiert aus. Der Lehrer lässt sich nichts anmerken.

»Was ist das für eine Welt, aus der Sie stammen?«

»Ach«, sage ich. »In meiner Stadt werden jedenfalls Kinder geboren, wenn auch nicht mehr so viele wie früher. Das ist in der Tat auch bei uns ein Problem, sagt man zumindest. Mir ist es eigentlich egal. Es hat etwas mit der Rente zu tun und wer irgendwann einmal die Lasten des Sozialsystems tragen soll und so weiter. Aber da ich eh nicht beabsichtige, Kinder in die Welt zu setzen, ist es mir eigentlich vollkommen gleichgültig, wer für mich den Rücken krumm macht, wenn man mir die Bettpfanne unterschiebt. Ich gehe eh davon aus, dass ich dann in seliger Demenz vor mich hin dämmere, so viele Drogen, wie ich in mich hineingestopft habe, das ist dann wohl der Preis. Was war noch mal die Frage? Ach so, ja, meine Welt kann man verlassen, Autobahn, Landstraße, Bus, Bahn, Flugzeug. Ich habe sie allerdings durch eine Tür verlassen, was mich ohne Frage in der Tat zu einem für Sie nicht uninteressanten Mann machen dürfte.«

Ich fühle, dass meine Worte ein besonderes Gewicht besitzen, ein goldenes Gewicht. Welch schönes Gefühl. Die müssen mich hier einfach erst nehmen. Die können gar nicht anders. Im Club der Verrückten ist der Verrückteste König. Ich fühle, wie mich etwas von innen sanft auffüllt, als wäre ich der sich füllende Teil einer Sanduhr, die zum ersten Mal umgedreht wurde. Es rieselt in mich hinein, Eitelkeit, Bedeutung, Größe. Herrlich.

»Witzig«, sage ich, »in dem Land, aus dem ich stamme, Sie vermutlich auch, schließlich sprechen wir dieselbe Sprache, aber egal, gibt es eine Stadt, die ebenfalls lange in zwei Teile getrennt war, einen Ost- und einen Westteil, auch durch ein Bauwerk, allerdings sagen wir Mauer.«

Ich sehe die beiden erwartungsvoll an, sie betrachten mich angespannt, es zuckt kein Erkennen durch ihre Gesichter. »Berlin«, sage ich. »Schon mal gehört, Berlin, Berliner Mauer?«

Die beiden schütteln die Köpfe.

»Und in der Stadt, aus der ich stamme, gibt es jedes Jahr ein großes Schachturnier, in dem Schülerinnen und Schüler aus dem westlichen Teil der Stadt, die übrigens durch einen See in der Mitte, von einem Bäcker aufgestaut, in zwei antagonistische Ufer geteilt wird, gegen solche aus dem östlichen Teil antreten, linkes gegen rechtes Alsterufer? Schon mal gehört?«

Die beiden sehen etwas ratlos aus.

Mann, Mann, Mann, denke ich. Wenn ich es nicht besser wüsste, würde ich glatt davon ausgehen, dass ich mir das hier ausgedacht habe. Wo soll das noch hinführen?

Einer Eingebung folgend greife ich in meine Hosentasche, in der sich mein Mobiltelefon befindet. Ich habe keinen Empfang.

»Sollen wir uns diese Tür mal anschauen?«, sage ich.

3

Ich lege meine Hand auf die Wand. Als könnte ich dort etwas fließen oder pulsieren spüren. Große Show. Ich bin der Mittler, der Schamane der Wand. Trüge ich einen weißen Kittel, ich würde mein Stethoskop jetzt auf die Oberfläche pressen und lauschen. Und es wäre, als würde die Wand zu mir sprechen, zu mir allein. Leider aber höre ich gar nichts, und ich spüre auch nichts, alles, was ich spüre, ist Stein. Wir sind durch die Gassen der Stadt gegangen. Die Leute haben mich mit stillen, runden Augen angesehen. Immer mehr haben sich unserer kleinen Prozession angeschlossen. Zuletzt sind wir durch einen Park spaziert, der bis an die Wand reicht. Etwas weiter in der Ferne schillert der Beeksee. Jetzt steht sie grau verputzt vor mir. Wenn ich den Kopf in den Nacken lege, sehe ich darüber den blauen Himmel. So hoch sieht sie eigentlich gar nicht aus. Ich stemme die Hände in die Hüften. Schwierig, die Höhe zu schätzen. 3 Meter 80? 8 Meter? 6 Meter? Eigentlich bin ich sogar ein wenig enttäuscht, wenn ich ehrlich bin. Ich habe sie mir imposanter vorgestellt. Das ultimative Weltwunder. Der große Bruder der Chinesischen Mauer, den sie immer dann holt, wenn sie von anderen Bauwerken in die Enge getrieben wird. Man steht davor und schwankt in der brausenden Energie, die von den gigantischen Quadern ausgeht. In alle Richtungen nichts als das atemberaubende Monument. Tja. Hier ist bloß alles nett verspachtelt und sieht nach Heimwerkermarkt aus, alles Obi und so weiter, Biber mit Werkzeug in der Hand. Es sieht so aus, als könnte man mit den richtigen Stelzen drüberspazieren.

»Kann ich bitte die Tür sehen«, sage ich.

»Natürlich«, sagt der Lehrer, und es gefällt mir wirklich, dieses Expertengefühl.

Am Ufer des Beeksees bleiben wir stehen. Ich sehe einem Schwanenpaar zu, das auf der teilweise zugefrorenen Oberfläche steht. Das Tageslicht gleißt über die weiße Fläche in meine Augen. Am Ufer entlang erstreckt sich eine Wiese, auf der sich einige dick eingemummelte Bewohner versammelt haben und scheu herüberblicken, dahinter der rote Backstein, das Dächergewimmel. Es gibt eine hübsche, schmal geschwungene Holzbrücke, die über den See zur Insel führt.

Die Insel schmiegt sich an die Wand. Auf der Insel nichts als Gras und Wand und die Tür.

Sie ist kleiner, als ich gedacht habe. Als sei sie von Zwergenmeistern gefertigt. Ich werde den Kopf einziehen müssen, wenn ich hindurchsteige. Eine schöne, alte Tür, der Portaxmann hätte seine helle Freude an ihr.

Der Lehrer, Daniela und ich schreiten bedeutungsvoll und ernst über die Brücke. Sie liegt mir, diese Rolle. Das Würdevolle steht mir. Ich hätte Schauspieler werden sollen. Die Klinke glänzt golden, sie lächelt mich an, sie flüstert mit Nachdruck: Drück mich, tu es.

Eine Tür, was soll schon sein? Wovor soll ich Angst haben? Davor, dass ich irgendwo anders zu mir komme, dass ich verschluckt werde? Haha, meine leichteste Übung.

»Ich gehe dann mal«, sage ich.

»Nein, nein.« Der Lehrer legt mir die Hand auf den Unterarm.

»In zwei Tagen erst ist das Fest des Mittlers, so lange müssen wir unbedingt warten. Die Tradition will es so.«

»Ach Quatsch«, sage ich.

»Außerdem müssen Sie den Bürgermeister kennenlernen«, ergänzt Daniela.

Ich richte mich wieder zu voller Größe auf. Ich winke den Kindern zu, die am Fuß der Brücke stehen. Ich mag das. Ich muss an diesen Typen denken, der in Amerika als Einziger die in Brand geratenen Bohrinseln und Ölquellen löschen kann. Ein Popstar des Ingenieurwesens, genau wie ich. Warum hat man nie Autogrammkarten dabei, wenn man sie mal braucht?

»Hören Sie«, sage ich leise zu Daniela, als wir uns im Pulk Richtung Rathaus bewegen. »Ich glaube nicht, dass ich noch sehr viel länger hierbleiben kann. Können wir das nicht irgendwie abkürzen? Können Sie dieses Fest nicht ausnahmsweise vorverlegen? Ich finde schon, dass man sich auch ein bisschen nach seinen Gästen richten sollte.«

Sie schaut mir ausdrucksarm ins Gesicht.

»Ich muss los«, sage ich. »Ich habe da drüben Sachen zu erledigen. Ich bin ein gefragter Mann.«

»Bitte bleiben Sie«, sagt Daniela. »Es ist so wichtig für uns. Bitte nehmen Sie uns diese Chance nicht.« Sie legt mir die Hand auf den Unterarm. Sie blickt mir mit großen Augen direkt bis ins Herz oder tiefer. »Bitte bleiben Sie, für mich.«

»Hm«, brumme ich. Ich lasse mich von weiblichen Personen immer schnell überreden, wenn sie gut genug aussehen.

Der Bürgermeister ist ein kleiner Mann, der zur Tür passt. Als sei sie eigentlich für ihn gemacht. Er steht in einem schwarzen Anzug und mit goldener Amtskette vor dem Rathaus. Das Rathaus ist ein nüchterner Funktionsbau, große Glasflächen, viel Beton. Der Bürgermeister hat blonde, schulterlange Haare mit einer Fönwelle, die ihm verwegen ins Gesicht hängt. Er sagt kein Wort, er lächelt bloß sehr beredt und ironisch und packt zum Ausgleich für das Fehlen von Worten meine Hand mit beiden Händen und schüttelt sie kräftig.

Neben ihm steht eine viel zu blonde Frau mit zurückgestecktem Haar in einem grauen, körperbetonenden Kostüm. Sie mag Mitte 20 sein, mit zu rot geschminkten Lippen, ein Klemmbrett auf dem Unterarm. Sie besitzt einen enorm großen Busen. Die Frau überragt den Bürgermeister um einiges. Mir blinzelt sie anzüglich zu.

Ich werde in einen Raum im Rathaus geführt, in dem einige schwere Ledersessel und ein voluminöses Ledersofa stehen. Die blonde Frau bugsiert mich auf das Sofa und nimmt sehr dicht neben mir Platz. Der Bürgermeister setzt sich in einen Sessel gegenüber, Daniela und der Lehrer werden ebenfalls in Sessel gesetzt. Die Blonde flüstert in mein Ohr, dass zu meinen Ehren ein Bankett abgehalten werde. Momentan liefen die Vorbereitungen auf Hochtouren, die Speisen würden vorbereitet, die Gäste herbeigeschafft. Das Ganze sei ja wahnsinnig spontan. Bis zur Erledigung der Vorbereitungen könnten wir uns hier ausgiebig austauschen und gegenseitig kennenlernen.

Der Bürgermeister lächelt, sagt aber nichts.

Ich seufze.

Wir sitzen und schweigen. Mir gegenüber hängt ein großes Gemälde, das Beek vor dem Bau der Wand zeigt, nehme ich an. Der See scheint noch nicht aufgestaut. Einfach eine Kleinstadt mit Flüsschen. Die hässlichen Betonklötze scheint es auch damals schon gegeben zu haben. Eine Dreiviertelstunde sitzen wir so. Daniela rollt mit den Augen. Der Lehrer scheint eingeschlafen. Während des Banketts schweigt der Bürgermeister weiter beharrlich. Er lächelt die meiste Zeit ironisch in die Runde oder lässt seine Augenbrauen ausdrucksstark zucken und Ungesagtes artikulieren wie ein paar schwarze, auf Kommunikation gedrillte Raupen. Wir sitzen im Festsaal des Rathauses an einer langen Tafel. Auch hier moderne Nüchternheit, glatte Marmorwände, Kassettendecke. Ich lerne die Apothekerin und ihren Gatten kennen, den Schwimmlehrer, den Nachtwächter, den Polizisten samt Ehefrau sowie den Chorleiter, die Honoratioren des Ortes. Alle sind eifrig in Gespräche verwickelt, hin und wieder äugt man mich vergnügt an, nur Daniela betrachtet mich sorgenvoll, wie mir scheint. Ich unterziehe den braunroten Inhalt des tiefen Tellers vor mir auf dem Tisch mit der kleinen, scheinbar dafür vorgesehenen Gabel einer ausführlichen Untersuchung. Es scheint sich um Gemüse zu handeln, das in einer gräulichen Flüssigkeit zu liegen gekommen ist, die nach schwermetallgesättigtem Eiter riecht.

Ich hebe den Pokal mit der roten Flüssigkeit, der vor mir steht, und proste lächelnd in die Runde, weil jetzt alle die Gläser gehoben haben, anscheinend hat der Bürgermeister doch noch ein paar Worte gesprochen, zumindest schaut er mich erwartungsfroh an.

Nach dem nächsten Gang, halbgare Alge mit einer Soße von gummiartiger Konsistenz, wird eine Pantomime von einer blau gekleideten Gruppe von Frauen und Kindern mit leuchtend geschminkten Gesichtern aufgeführt. Man hört nur das Atmen und Schnaufen bei den Bewegungen sowie das Quietschen der Gymnastikschuhsohlen auf dem Parkett. Es scheint um etwas sehr Bedeutsames zu gehen, was ich dem ständigen Augenrollen und Händeringen entnehme.

Kulinarisch folgt eine turnbeutelgroße, gedämpfte Teigtasche, gefüllt mit irgendetwas Muffigem, dabei ergötzt uns ein Gesangstrio älterer Herren in smaragdgrünen Neopren-Anzügen. Sie variieren zwei sehr hohe, im Falsett herausgeschriene Töne, wobei sie Lautstärke und Intensität ziemlich eindrucksvoll zu steigern wissen. Ansonsten gibt es für mich Laien keine irgendwie erkennbare Entwicklung, keine sich ablösenden Melodien oder Themen, keine Strophen oder gar Refrains. Die Gesichter der übrigen Gäste sehen träumerisch verzückt aus.

»Wo werde ich eigentlich schlafen?«, wende ich mich nach links, wo mir der Lehrer zur Seite gestellt ist, mein persönlicher Führer durch die Kapitale des Irrsinns.

»Es gibt ein Haus, eine Hütte in der Nähe der Wand, die seit jeher für den Mittler vorgesehen ist. Sie können aber erst einziehen, wenn wir Klarheit haben, wenn Sie erfolgreich durch die Tür gegangen und zurückgekehrt sind, so will es die Prophezeiung.«

»Klar«, sage ich.

»Er kann vorerst bei mir übernachten«, sagt Frau Merbold, die quer über den Tisch unser Gespräch verfolgt hat. Sie schaut mir nicht in die Augen dabei.

»Das wäre mir sehr recht«, sage ich und tupfe meine Lippen mit der zu sehr gestärkten Serviette ab.

Ich lehne mich zurück und mir fällt ein, an wen mich dieser Lehrer die ganze Zeit erinnert. Auch das noch. Er erinnert mich an den späten Hermann Hesse, den vogelähnlichen Hesse, der auf den Knien durch die Tessiner Gartenarbeit robbte, nur dass der hier nicht so eine niedliche Vogelbrille mit Drahtgestell auf der Nase trägt.

Daniela hält mir einen dampfenden Becher Tee hin. »Sie können mich Daniela nennen«, hat sie vor fünf Minuten gesagt. »Lazyboy«, habe ich gesagt, und sie hat nicht mit der Wimper gezuckt. Vermutlich denkt sie, dass dort, wo ich herkomme, die Hälfte aller kleinen Kinder so heißt. Wir haben uns kurz verschämt angelächelt, dann hat sie sich wieder der Küchenzeile zugewandt. Ich sitze auf dem Sofa im Erdgeschoss, das sie für mich bezogen hat, und betrachte die schwarze Scheibe hinter ihr, in der sie sich doppelt und verschwommen spiegelt. Ich betrachte ihre schmale Silhouette, den Schwung ihrer Schultern, den schmalen Rücken, die sanften Hüften. Ich gucke ihren Po an, trinke einen Schluck Tee und verbrenne mir den Gaumen. Ich gucke auf ihre Hose, eine Jeans, und ich frage mich, ob sich im Gegensatz zu den Kleidungsstücken oben im Schrank an dieser Hose ein Markenetikett befindet. Welche Marken man wohl trägt in Beek? Ich erhebe mich, um das eigenhändig zu prüfen. Gut, ich könnte auch fragen. Aber nachgucken scheint mir die bessere Lösung. Ich stelle den Becher auf einen kleinen, schwarz lackierten Tisch und nähere mich Daniela vorsichtig von hinten. Ihr grob gestrickter Pullover lappt über den Hosenbund. Vorsichtig hebe ich den Pulloverbund über ihren Gürtel. Kein Etikett, kein Markenemblem, nichts zu entdecken, lediglich Hose und Po. Daniela dreht sich um.

»He«, sagt sie.

Ich richte mich auf. Ihr Gesicht ist sehr dicht vor meinem, sie lächelt.

»He«, flüstert sie noch einmal sanft, vorsichtig.

Sie pflückt meine Hand vom Saum ihres Pullovers und legt sie sich auf die Schultern. »Nicht so stürmisch.«

Ein unwiderstehlicher Duft geht von ihr aus. Sie duftet. Nach Fell und Katze. Eine Katze, die lange in der Sonne gelegen und ihr Fell mit der Zunge geputzt hat. Feines blondes Haar vibriert im Wind, der über ihre Oberlippe streift. Ich räuspere mich.

Ich trete einen Schritt zurück, obwohl ich einen Schritt nach vorne machen möchte, die Tür öffnen, eintreten, die Treppe hinuntersteigen, die tief hineinführt in diesen anderen Menschen, in diese fremde Höhle von einem Menschen, um mich wieder irgendwo zu Hause zu fühlen. Es zuckt in ihrem Gesicht, ein Knäuel von Gefühlen, das weder ich noch sie zu fassen bekommen. Ich greife nach ihrer Hand, halte ihre Finger, die etwas feucht sind, warm und feucht und salzig, ihre kleinen, runden Fingerkuppen.

Ich räuspere mich erneut, ich frage: »Gibt es einen Mann in deinem Leben?«

Daniela seufzt. Sie zieht mich zum Sofa hinüber, wo wir nebeneinandersitzen. Unsere Knie berühren sich.

»Es gab einen.« Sie schaut mir von dicht unten in die Augen. »Er ist durch die Tür in der Wand gegangen.«

»Oh«, sage ich. »Das tut mir leid.« Sie lächelt schwach.

»Und bei dir?«

Ich weiß nicht, was ich sagen soll, was ich sagen will. »Nein, niemand«, sage ich dann. Ich wundere mich immer wieder. Ich weiß nicht, wie so etwas geschieht. Die Lust an der Lüge.

»Ich bin bloß etwas, ich weiß nicht, du erinnerst mich an jemanden.«

»Es ist okay«, sagt sie, »wir haben Zeit.«

»Ja«, nicke ich.

Dabei haben wir das vermutlich nicht. Ich wünsche mir sehr, in diesem Augenblick in ihr verloren zu gehen, mich aufzulösen und dabei anzukommen im schwarzen Nichts auf dem Grund der Dinge.

»Warum bist du zu mir gekommen, warum standest du plötzlich in meiner Wohnung?«

»Ich weiß es nicht«, flüstere ich, und das entspricht ausnahmsweise der Wahrheit. Wir sitzen da, ihre Hand in meiner, und irgendwo singt ein Vogel ein dümmliches Lied, das von Vermählung und Verschmelzung handelt, ein bohrendes Lied, ein dämlicher Singsang, der Vogel sitzt auf einem Ast in mir, der seitlich aus meinem Herzen ragt, das kann ich deutlich fühlen, und innerlich summe ich mit, ich lehne meinen Kopf gegen ihre Locken und habe gleichzeitig Angst, dass sie mithören kann, was in meinem Inneren vor sich geht.

Ich sage: »Vielleicht kann ich deinen Mann ja mitbringen, wenn ich durch die Tür in der Wand gegangen bin. Vielleicht kann ich ihn für dich aus dem Nebel fischen.«

»Ja, vielleicht«, sagt sie. »Das wäre schön. Vermutlich. Es ist schon so lange her.«

So sitzen wir da, bis es spät wird.

Später liege ich im von ihr gewaschenen Bettzeug auf dem Sofa. Ich sauge den fremden Waschmittelgeruch ein, und ich betrachte den Raum im Licht, das durch die Fenster ins Zimmer fällt. Ich beobachte schon seit einiger Zeit eine Vase, die auf einer Anrichte steht, den scharfen Schatten, den sie zeichnet, aber er bewegt sich nicht. Ich denke an Monika. Monika, Daphne, Frau Merbold. An Schlaf ist nicht zu denken. Leise lege ich die Decke beiseite und schlüpfe in meine Hose. Ich suche nach etwas Papier und einem Stift. Dann schreibe ich: *Ich muss in meiner Welt ein paar Dinge ordnen. Ich werde wiederkommen, das verspreche ich. Zum Fest des Mittlers bin ich zurück.*

Ich frage mich, warum ich mich verpflichtet fühle. Ich schulde ihr nichts, dieser Doppelgängerin, dieser Rätselwelt. Den Zettel lege ich trotzdem auf den Küchentisch. Dann schleiche ich vorsichtig die Treppe hinauf, versuche ein Knarren des Bodens zu verhindern. Daniela schläft tief, sie atmet gleichmäßig. Ich stehe da und betrachte ihr Gesicht im Halbdunkel, den geöffneten kleinen Mund, die hübsch aufgeworfene Oberlippe. Dann reiße ich mich los und öffne die Tür des Schranks, die leise quietschend nachgibt. Ich schiebe ihre Kleidung zur Seite, werfe noch einen Blick in den Raum. Es ist und bleibt albern, denke ich, ein erwachsener Mann, der in den Schrank steigt. Ich schließe die Tür hinter mir und taste ins Dunkle.

4

»Wie lange war ich weg?«

»Keine Ahnung«, sagt Daphne.

Sie erhebt sich von der weiß lackierten Kiste vor der Kellertür, auf der ich auch schon gewartet habe. Als ich aus der

Tür getreten bin, war sie dabei, eine Kellerassel zu betrachten, die sich am Boden einer leeren Weinflasche befindet. »Noch nicht so lange«, sagt sie, »ich wollte gerade mal hochgehen aufs Klo, zwanzig Minuten vielleicht?«

»Echt?«, frage ich. »Komisch, kam mir länger vor.«

»Tja«, sagt sie, »so kann es gehen.«

»Schräg«, sage ich.

»Und, wie war's?«

»Schräg. Diese Stadt da. Beek.«

»Ach, Beek heißt das da?«

»Ich denke, du bist da gewesen. Das hast du doch gesagt, oder?«

»Kann schon sein.«

»Bist du auch im Schrank angekommen?«

»Jupp.«

»Und dann bist du unbemerkt rausgeschlichen?«

»Jupp.«

»Führt diese Tür immer nach Beek, ich meine, dich auch?«

»Wer weiß?«

»Daphne!«, sage ich.

»Nicht immer.«

»Daphne?«

»Ich war nur kurz da. Ich habe mit niemandem gesprochen. Ich habe nur ein paar Leute belauscht, die sich über einen anstehenden Event und ihren Messias unterhalten haben.«

»Den Mittler«, sage ich.

»Genau«, sagt Daphne.

»Das scheine ich zu sein, wie es aussieht.«

Oder du, denke ich, aber ich sage nichts in der Richtung. Nicht, dass sie ihn mir noch wegschnappt, den Job.

»Was weißt du sonst über Beek?«, frage ich.

»Nichts. Was hast du denn erlebt, was genau wollten die von dir?«

»Kennst du den Film *Die sieben Samurai*? Der, wo dieses Dorf immer wieder von Räubern überfallen wird und sie schließlich diese sieben berühmten, aber auch abgehalfterten Samurai anheuern, um die Räuber endgültig zu vertreiben? Es ist genau wie in *Die sieben Samurai,* so musst du es dir vorstellen.«

»Was muss ich mir so vorstellen?«

»Na, die Stadt, Beek. Diese Mittler-Geschichte. Nur dass ich eben alleine bin und nicht sieben, ich bin quasi sieben auf einen Streich, verstehst du?«

»Das ist dann allerdings *Das tapfere Schneiderlein,* und vielleicht passt das auch besser zu dir insgesamt.« Sie zieht den Kaugummi lang, den sie im Mund hat.

»Häh?«, sage ich.

»Sieben auf einen Streich stammt aus dem Märchen *Das tapfere Schneiderlein.*«

»Ja, ist okay, klar.«

»Und nun?«

»Ich muss wohl bald dahin zurück und für diese Leute durch die Tür gehen. Da wartet wirklich eine Aufgabe auf mich in dieser Stadt. Ich muss den Leuten helfen, anscheinend kann nur ich das tun.«

»Klingt aufregend.«

»Ja, und ich soll dort in einer Hütte leben, du musst mich unbedingt besuchen kommen.«

Daphne schaut mich zweifelnd an. »Okay?«

»Mann, was ist das da bloß«, sage ich. »Kannst du mir das sagen? Man geht durch diese Tür und kommt da in einem Nest von Spinnern an. Das ist doch völlig unglaubwürdig.«

Und als wäre ich acht Jahre alt und nicht 35, sage ich: »Schwör, dass du auch da gewesen bist!«

»Ich schwöre«, sagt Daphne.

Wir stehen eine Weile mit hängenden Armen voreinander und sehen uns ausdruckslos an. Irgendwann müssen wir lachen. »Verrückt«, sage ich.

»Und ob«, sagt Daphne. Wir schütteln die Köpfe.

»Komm mit hoch. Ich mache uns Kakao.«

Daphne und ich sitzen in der großen, alten Küche und sehen der Nacht zu, wie sie sich zunächst schwarz verdichtet und anschließend langsam verblasst. Sie hat heiße Schokolade gekocht und Leberwurstbrote geschmiert. Keine Männer in Anzügen so weit, die um das Haus herumschleichen, allerdings auch kein Onkel, der sich blicken lässt.

Später, als der Morgen graut, nehme ich den Bus, der mich in die Kreisstadt bringt. Dort steige ich in den Zug.

Stunden später komme ich zu Hause an, in meiner Heimatstadt.

Ich betrachte alles mit den Augen eines Fremden. Alles kommt mir sonderbar vor. Die Dinge, die Häuser, die Menschen tragen einen unwirklichen Glanz.

Zu Hause sitze ich lange auf dem Stuhl und sehe das Telefon an, das vor mir auf der Tischplatte liegt. Das Telefon, meine Verbindung zu Monika. Monika hat sich schon länger nicht gemeldet, das ist kein gutes Zeichen. Keine Nachricht auf dem Anrufbeantworter. Es bedeutet, dass sie beleidigt oder verletzt ist. Und ich kann sie gut verstehen, so oft, wie sie von mir hingehalten wurde. Ich selbst würde mir das nicht durchgehen lassen. Ich würde mir das seit einer Weile schon nicht mehr verzeihen.

Dann frage ich mich, ob ich meinen Chef anrufen muss. Ich zähle langsam bis 48, dann wähle ich die entsprechende Nummer. Mein Chef setzt mir in sonderbar freundlichem Ton auseinander, dass meine Krankschreibung seit zwei Wochen abgelaufen sei. Dass ich ihm eine achtseitige Strecke zur

Metropole Mailand schulde, die ich gemeinsam mit dem Fotografen Schorsch hätte abliefern wollen. Dass ich ihm diverse Kurzkritiken neuer Platten sowie die allseits beliebten Musikhoroskope, Vorhersagen in Songtextzitaten, für den nächsten Monat versprochen hätte. Ich sage zu allem, was er sagt, ach ja, ah ja, ja und hm, hm, hm, ich verspreche ihm alles, was er will, er soll das alles bekommen in allerkürzester Zeit. Ich werde nichts davon jemals abliefern, so viel ist klar, es sei denn, die nächste Tür klappt mich zufällig nach Mailand und mit fertigem Text zurück an den Schreibtisch.

Stattdessen werde ich gleich zum Arzt laufen oder zur Therapeutin, um mir die nächste Krankschreibung abzuholen. Überhaupt, ich sollte mir einen neuen Beruf suchen. Oder zumindest ein anderes Thema. Ich hasse Musik. Ich hasse Bands. Ich verachte Plattenkritiken und ihre Schreiber, immer neue nichtssagende Bands, oder noch schlimmer, die ewig alten, und immer dieselbe durchgenudelte Musik, die sich bloß immer anders nennt.

Ich kann keine Musik mehr hören. Schon seit Jahren höre ich privat keine Musik mehr. Es ist nicht so, dass ich eine Allergie entwickelt hätte, aber es fehlt nicht mehr viel. Ich gehe auch nicht mehr zu Konzerten. Ich stehe doch nicht freiwillig doof da in einem Meer von Debilen vor einer Wand aus Krach, in einem brachialen Schwall meist drittklassiger Geräusche, mit einem schwabbeligen Plastikbecher in der Hand, aus dem ich mich bekleckere, und lasse mich von Vollidioten anrempeln oder mir in den Nacken atmen.

Wenn ich über Konzerte schreiben muss, gucke ich mir das zwei Sekunden lang auf Youtube an. Privat höre ich höchstens noch Musik, wenn ich mich einmal in der Woche rasiere, und auch dann nur uralte Platten, die mir nicht wehtun. Glücklicherweise habe ich einen äußerst spärlichen

Bartwuchs. Und meine Plattenkritiken funktionieren so, dass ich andere Kritiken mit eigenen Worten kopiere, dann die Tendenz ändere und zwei, drei originelle Verweise auf Bands einbaue, die keiner kennt oder die ich mir ausgedacht habe. Die abschließende Bewertung einer CD erwürfele ich. Ein faires und objektives Verfahren.

Ich hasse meine Arbeit. Ich kann Leute nicht verstehen, die über 22 sind und trotzdem noch glauben, sie müssten sich über ihre Musikvorlieben eine Identität zusammenklauben. Armselig, hilflos. Ich bin froh, dass ich das hinter mir habe, jetzt, da ich krank bin.

»Was haben Sie in der Zwischenzeit erlebt?«

Frau Merbold thront hinter ihrem Schreibtisch mit verschränkten Armen. Frau Merbold, die nicht Daniela heißt, verrückt. Schön sieht sie aus. Es zieht in meiner Brust, als ich sie angucke.

»Das möchte ich lieber nicht alles im Detail erzählen«, sage ich, »sonst überweisen Sie mich gleich auf die geschlossene Station. Vor ein paar Wochen hätte ich das ja begrüßt, aber jetzt nicht mehr. Darf ich Sie etwas fragen?«

»Logo«, sagt sie.

»Sie spielen keine Spielchen mit mir, oder? Wir haben uns nicht gerade an einem anderen Ort gesehen, oder? Das würden Sie nicht machen, oder, sich mir mit einem anderen Namen vorstellen und so tun, als wären Sie jemand anderes als Sie selbst?«

Frau Merbold sieht verwirrt aus, besorgt, ihre dunkelblauen Augen sind noch größer und runder als sonst, ihre Stirn zieren viele kleine Falten, wie zarte Wogen auf einem Waldsee, wenn leicht der Wind darüberstreicht.

»Worauf wollen Sie hinaus? Ich verstehe nicht?«

»Nichts«, sage ich. »Vergessen Sie's, egal.«

»Herr Lazyboy«, sagt sie. »Ich habe in der Zwischenzeit viel über Sie nachgedacht und mich auch in meiner Supervisionsgruppe über Ihren Fall beraten, und ich möchte es einmal mit einer Deutung versuchen, wenn es Ihnen recht ist. Ich bin nicht sicher, ob Sie etwas damit werden anfangen können. Es sind allein meine Gedanken und meine Schlüsse, okay?«

Ich nicke stumm mit aufeinandergepressten Lippen. Eine Deutung ist vielleicht wirklich nicht schlecht momentan.

»Ich habe noch einmal all die Szenen und Situationen Revue passieren lassen, von denen Sie mir erzählt haben, in denen es zu diesem geheimnisvollen Bewusstseins- und/oder Raumsprung gekommen ist. Und ich komme zu dem vorläufigen Schluss, dass Sie diese Phänomene immer dann erleben, wenn Sie von bestimmten Gefühlszuständen umgetrieben sind. So habe ich es zumindest verstanden. Konkret: Sie verschwinden immer dann durch eine Tür, wenn Sie sich einsam und verlassen fühlen. Kann das sein? Können Sie etwas damit anfangen? Einsamkeit, Verlassenheit, kommen Ihnen diese Gefühle vertraut vor?«

»Äh«, sage ich nach einer gebührend langen Bedenkzeit. Was für eine Frage.

Wir schauen uns schweigend in die Augen, bis es mir zu unangenehm wird und ich zur Seite blicke. Ich muss an die Frau denken, mit der ich gestern Nacht Händchen gehalten habe. Mit der ich mich kein bisschen einsam oder verlassen gefühlt habe. Mein Blick fällt auf ein neues, gerahmtes Foto an der Wand. Das kenne ich noch nicht. Ein etwa dreijähriges Mädchen mit mittelbraunen Zöpfen in einer roten Latzhose ist darauf abgebildet, das einem sichtlich betagten Clown den Mittelfinger entgegenstreckt.

Auf dem Weg nach Hause steige ich zu früh aus dem Bus. Wie der Zufall es will, treibt mich der Wind in die Nähe von Monikas Wohnung.

Ich beziehe Posten vor dem Gründerzeitbau, in dessen dritter Etage sich die Zweieinhalbzimmerwohnung Monikas befindet, und gerade jetzt fühle ich mich tatsächlich im Merboldschen Sinne einsam und verlassen. Ich sollte besser keine Türklinke in die Finger nehmen. Ich stehe da und traue mich nicht zu klingeln.

Nach einer wirklich langen Zeit geht mit einem Klacken die Treppenhausbeleuchtung an und ich trete rasch in den Schutz eines parkenden Lieferwagens. Monika, die aus dem Eingang ihres Hauses tritt und sich nach rechts die Straße hinabwendet. Sie trägt einen Trenchcoat, und ich sinne dem kurzen Augenblick nach, in dem ich nicht auf ihre Präsenz vorbereitet gewesen war, in dem ich sie noch nicht als das vertraute Objekt erkannte. In dem ich nur eine fremde Frau mit dunklen Locken zu Gesicht bekommen habe, die aus einem Hauseingang trat, der kurze Moment, in dem mein selbsttätiges Gehirn mir spontan die Botschaft übermittelte: Obacht, schöne Frau.

Ich folge der Frau im Trenchcoat, die es offensichtlich nicht eilig hat. Sie schlendert die Straße hinunter und lässt die Hand dabei über die Blätter der Hecke neben sich streifen.

Wohin geht sie? Darf ich ihr folgen? Was kann jetzt passieren? Ob Monika ein Geheimnis hat wie ich? Will ich es wirklich wissen?

Sie betritt den Park, der sich am Kanal entlangzieht. Morgens dreht sie hier im Jogginganzug ihre Runden. Sie geht sehr langsam. Beim Gehen schaut sie die meiste Zeit auf ihre Füße hinunter. Sie streicht die Schöße des Trenchcoats glatt. Dann setzt sie sich auf eine Bank direkt am Wasser und schaut den Enten zu, die von einer Frau in Pantoffeln aus einer Alditüte heraus gefüttert werden. Ich bleibe im Schutz der Zweige einer Eibe so stehen, dass ich ihr Gesicht erkennen kann, ohne mich selbst zu offenbaren. Wolken ziehen über einen schweren grauen Himmel wie eine Schule Nashörner durch die Serengeti. Ich wähle ihre Mobilnummer. Ich kann sehen, wie sie in die Manteltasche fasst und erst eine Weile das Display ihres Telefons betrachtet, wie sie zögert, bevor sie auf den Knopf drückt und das Gerät an ihre Locken hält.

»Minka«, sage ich.

»Hm«, sagt sie und schluckt.

»Entschuldige bitte«, sage ich.

Wir schweigen eine Weile einvernehmlich.

»Ich glaube, ich kann jetzt eigentlich gar nicht telefonieren«, sagt sie sehr leise. »Ich glaube, ich habe dir gerade gar nichts zu sagen, ich glaube, ich habe gerade niemandem etwas zu sagen.«

»Ja, ich weiß«, sage ich, weil ich es in ihrem Gesicht, in ihrer Gestalt lesen kann.

»Es tut mir leid, aber es geht nicht«, sagt sie.

»Okay«, sage ich.

Eine Weile sind wir nichts als zwei getrennte und gleichzeitig verbundene Wesen mit kleinen Geräten an den Ohren, alleine auf der Welt, mit ein wenig Schmuck, der sie umgibt: Enten, Park, Wolken, Wetter.

Ich kann hören, wie perlengroße Tränen ihre Wangen hinunterrollen, sehen kann ich es nicht, dazu bin ich zu weit entfernt. Monika schnieft elegant, sie zieht die Nase hoch.

»Ich weiß«, sage ich. »Ich bin ja immerzu nicht da. Ich bin bloß immer weg, das hast du nicht verdient.«

»Hm«, macht Monika, und ich weiß, dass sie jetzt losschluchzen würde, wenn ich bei ihr wäre, um sie in den Arm zu nehmen. Dass sich dann der kleine goldene innere Hebel lösen würde, der sie zurückhält.

Ein Mittzwanziger in einem Lodenmantel mit einem Dackel an der Leine passiert die Bank und betrachtet die schöne, fremde Frau eingehend und mit unverhohlenem Interesse. Ich trete aus meiner Eibe hervor, immer noch mit dem Telefon am Ohr.

»Ach Heiner«, sagt Minka mit so viel zärtlicher Resignation in der Stimme, dass meine Knie schwach werden und ich das Gefühl bekomme, dass ich mich an etwas festhalten muss.

»Ich kann das so alles nicht mehr«, sagt sie. »Ich glaube, ich muss eine Weile alleine sein, für mich.«

Ich stehe hinter der Bank. Ich betrachte ihre Schultern, ihre Haare, ihren Rücken. Wir schweigen. Ich sehe zwei Möwen zu, die über dem Kanal vom Wind erfasst und hochgerissen und weit, weit weg in einen riesigen, giftigen Himmel geblasen werden, aus dem sie niemals mehr zurückkehren können.

»Monika«, sage ich und trete um die Bank herum, setze mich neben sie. Sie ist überhaupt nicht überrascht, sie erschrickt nicht, sie blickt mich nicht einmal an. Schweigend sitzen wir nebeneinander auf der Parkbank mit unseren Telefonen am Ohr und lauschen in uns hinein und spüren beide sehr deutlich den gewichtigen Raum, der sich in jedem Augenblick zwischen uns bildet.

5

Mit meiner Reisetasche in der Hand komme ich im Kleiderschrank an. Ich kämpfe kurz gegen den Impuls an, in die Hände zu klatschen, wie es Pauschaltouristen nach der Landung ihrer Chartermaschine tun, weil diese Passage sich als so zuverlässig herausstellt. Ich trage jetzt meine eigene Winterkleidung, die weinrote Daunenjacke von *Ralph Lauren*, die ich einmal heruntergesetzt gekauft habe, ein Schnäppchen. Den Wintermantel von Daphnes Onkel habe ich über das Geländer der Kellertreppe gehängt.

Daniela sitzt auf dem Bett und starrt den Schrank an, es dauert eine Weile, bis das Erkennen in ihre Pupillen sickert, als habe sie schon eine ganze Weile den Schrank observiert.

»Hi«, sage ich und stelle meine Tasche auf den Holzfußboden.

Sie sagt: »Ich habe mir schon gedacht, dass es der Schrank ist, verrückt.«

»Bin ich pünktlich?«, frage ich.

»Jaja«, sagt sie.

»Möchtest du es selbst einmal ausprobieren?« Ich öffne die knarrende Schranktür einen Spalt weiter.

»Ich weiß nicht. Vielleicht später.« Sie sieht müde und nachdenklich aus.

»Hör mal«, sage ich. »Ich musste wirklich ein paar Dinge klären, ein paar Leuten Bescheid geben und so weiter. Es tut mir leid, dass ich es dir nicht persönlich gesagt habe, aber so war es irgendwie einfacher.«

»Ja, klar«, sagt sie müde. »Jetzt bist du ja wieder da.«

»Hast du daran gezweifelt?«

»Im Grunde nicht«, sie lächelt mich schwach an. »Aber wir kennen uns ja kaum. Mach das bitte nicht wieder, ja? Gib mir wenigstens vorher Bescheid, wenn du verschwindest, okay?«

Ich spüre, wie mein Blick flackert. Ich lächele dagegen an.

»Bin ich denn noch rechtzeitig?«

»Das schon«, sagt sie.

Ich setze mich neben sie aufs Bett und lege eine Hand auf ihre Schulter.

»Ich muss zur Arbeit«, sagt sie. »Du kannst mitkommen, wenn du willst. Für dich geht es erst heute Nachmittag los.«

Die Straßen sind mit Wimpeln und Girlanden geschmückt. Und es ist Sommer geworden in Beek. Ein wenig zu schnell für meinen Geschmack, so von einem Tag auf den anderen und ohne Umweg über den Frühling. Sattgrünes Laub glänzt in der Sonne, ein warmer Wind weht Staub über die Straßen.

»Wie lange war ich denn weg?«, frage ich und öffne den Reißverschluss der Daunenjacke.

»Zwei Tage.«

»Ah«, sage ich und blicke verdutzt den Schwalben hinterher, die sich wie auf Amphetaminen in die Luft werfen.

»Was ist das mit den Jahreszeiten hier, wechseln die immer so rasant?«

»Was meinst du?« Daniela schaut mich verdutzt an.

»Ja, so von Tag zu Tag, oder wie?«

»Ich verstehe nicht?«

»Äh, das Wetter, an einem Tag ist es eiskalt und verschneit und der See ist zugefroren, und dann ist es plötzlich warm geworden und es hängen Blätter an den Bäumen.«

»So ist nun einmal das Wetter, es ist etwas unbeständig.«

»Gibt es denn da kein Muster, keine geregelte Reihenfolge?«

»Also, ich konnte bislang keine erkennen.«

»Gibt es denn keine Jahreszeiten in Beek?«

»Was meinst du mit Jahreszeiten?«

»Winter, Frühling, Sommer, Herbst?«

»Was meinst du?«

»Na ja, in meiner Welt gibt es eine verlässliche Reihenfolge, in der die Natur mit wechselnden Wetter- und Wärmekonstellationen aufwartet, einen Wetterkreislauf sozusagen. Erst ist es kalt, wir nennen das Winter, manchmal schneit es, die Bäume tragen keine Blätter. Dann wird es wärmer, die Pflanzen beginnen zu sprießen, das Leben kehrt zurück. Diese Phase nennen wir Frühling. Zur Mitte eines Jahres hin ist am wärmsten, es ist Sommer, die Sonne scheint jetzt idealerweise oft, die Menschen tragen leichte Kleidung und essen Eiscreme. Dann wird es Herbst, es regnet vermehrt, die Blätter an den Bäumen werden gelb und rot, bevor sie abfallen, die Früchte reifen. Zum Ende kehrt der Zyklus zu seinem Ursprung zurück. Die Temperaturen fallen, die Gewässer frieren zu.«

Wir kommen an einem lang gestreckten Gebäude vorbei, in dem anscheinend die Feuerwehr untergebracht ist. Vor dem geöffneten Tor steht ein großer Handwagen mit einem Schlauch und einer Spritze darauf. Schlauch und Spritze sind blau angemalt. Zwei Kinder in blauen Uniformen stehen auf dem Hof und unterhalten sich.

»Interessant«, sagt Daniela. »Das klingt wunderschön und auch wirklich sehr geordnet, aber auch ein wenig langweilig, findest du nicht?«

Die nächsten drei Stunden sehe ich Daniela bei der Arbeit zu. Ich sitze auf einem Schemel, den mir einer der Arbeiter gegeben hat, und träume vor mich hin. Die Seilmanufaktur befindet sich in einer riesigen Halle. Aus Oberlichtern fällt Licht auf die große Maschine, schwarzer Stahl, Zahnräder und Riemen, blinkendes Chrom. Die Luft ist drückend. Aus dem einen Ende der Maschine tritt der gewundene Hanfstrang heraus, der von den Arbeiterinnen und Arbeitern, die lange Schürzen aus festem braunem Stoff und passende Kappen tragen, in die Länge der Halle gezogen wird, wobei jeder Arbeiter nur vier Schritte geht und dann auf seinen Platz zurückkehrt. Das werdende Seil wandert von einer Hand in die nächste. Ein Arbeitsprozess, der an einen rituellen Tanz erinnert und sich in förmlicher Stille vollzieht. Hat das Seilende das Ende der Halle erreicht, tritt eine Arbeiterin mit einem macheten-artigen Messer an die Maschine heran und kappt den Strang. Gemeinsam wird das fertige Seil aufgerollt und zur Seite geräumt. Nach jedem achten Seil schärft die Arbeiterin ihr Messer an einem mächtigen Wetzstein, der nahe der Hallenwand permanent leise grummelnd vor sich hin rollt.

Ein friedlicher Anblick, der mich mit dem Dasein versöhnt. Ich sitze da und schwitze vor mich hin, sehe Daniela und ihren anmutigen Bewegungen zu, dann wieder schaue ich durch so ein Oberlicht in das blässliche Blau des mittäglichen Himmels hinauf.

Am Ufer des Beeksees werden wir vom Lehrer abgefangen. Er greift mich am Daunenjackenärmel, ich kann seine Finger deutlich durch die dicke Polsterung fühlen. Er kneift mich, der Lehrer. Ich trage immer noch die Daunenjacke, ich kann das wertvolle Ding ja schlecht irgendwo liegen lassen. Er sagt: »Das können Sie nicht machen, einfach so abzuhauen, so kurz vor dem Fest. Was glauben Sie, was hier los war?«

Ich schaue ihn schweigend an.

»Erst taucht nach endloser Zeit endlich der Mittler auf, auf den alle gewartet haben, oder zumindest einer, der sich dafür ausgibt, die Erlösung scheint greifbar nahe. Und plötzlich ist er spurlos verschwunden und lässt uns alle wie versteinert zurück. Was glauben Sie, wie schwer es war, die Ängste und die Enttäuschung unter Kontrolle zu halten? Wir standen hier kurz vor einer Katastrophe. Sie haben jetzt auch eine Verantwortung übernommen, ja?«

»Jetzt ist er ja wieder da«, sagt Daniela und macht mich sanft vom Lehrer los, sie biegt einen Finger nach dem anderen von meinem Arm weg.

Im Park am Seeufer wartet eine Blaskapelle in schwarzen Uniformen mit schwarzen Schutzmannmützen auf dem Kopf. Eine Menge mit Fähnchen ist versammelt. Außerdem steht dort ein Mädchenchor in rosa Kleidchen mit weißer Spitze, aufgereiht wie die Orgelpfeifen. Enten quaken auf dem Wasser des Beeksees, keine Spur mehr von dem Eis, das sich vor zwei Tagen noch an die Ufer schmiegte. Eine Holztribüne ist aufgebaut. Die Honoratioren der Ortschaft haben sich darauf versammelt.

»Was machen eigentlich die auf der anderen Seite?«, frage ich den Lehrer, der sich dicht an meiner Seite hält, als könne ich jeden Augenblick wieder davonschleichen. »Feiern die zeitgleich auch so ein Fest?«

»Wir wissen es nicht«, sagt er und blickt mich dumpf an. »Da steht eine unüberwindliche Wand, die solche Einblicke verhindert, ist Ihnen das schon aufgefallen? Sie Schlauberger.«

Ich blicke die Tür auf der Insel an.

Das Türblatt steht jetzt offen. Es gibt den Blick auf milchiges Nichts frei.

Ich werde auf das Holzpodest geführt. Ich muss an filmische Darstellungen mittelalterlicher Hinrichtungen denken. Genau so sieht das aus. Genau so fühlt sich das auch an. Glücklicherweise ist niemand mit einer großen Axt oder einem Schwert in der Nähe.

Oben nimmt mich der Bürgermeister mit repräsentativer Geste in Empfang. Er trägt dem Anlass entsprechend einen schicken, schwarzen Anzug. Ein Mann in einem grauen Anzug steht daneben und spricht leise auf ihn ein. Die blonde Frau mit dem Klemmbrett steht im Hintergrund.

»Sie müssen unsere Friedensbotschaft auf die andere Seite bringen«, sagt der Bürgermeister zerstreut in meine Richtung. »Es ist wichtig, dass das alles glatt über die Bühne geht. Ziel ist es, zu einer Aussöhnung mit denen zu kommen. Wir stellen uns einen regen Austausch durch die Wand vor, eine Handelskooperation, verkörpert durch Sie gewissermaßen.«

Der Mann im grauen Anzug reicht dem Bürgermeister eine riesige Flüstertüte. Die Blaskapelle spielt auf sein Zeichen hin einen Tusch. Erwartungsvolles Schweigen macht sich unter den versammelten Beekern breit.

»Mittler«, sagt der Bürgermeister mit salbungsvoller, wohlklingender Stimme durch die Flüstertüte, an die Allgemeinheit gewandt. »Richte unseren Brüdern und Schwestern jenseits der Wand aus, dass wir an sie denken, dass wir im Herzen bei ihnen sind. Sag ihnen, dass wir an die denken, denen wir familiär oder freundschaftlich verbunden sind. In dieser Stunde fühlen wir uns als Teil eines Beeks und sind voller heißer Freude beim Gedanken an den Tag, an dem diese Wand endgültig überwunden sein und es nur noch ein einziges, großes, ungeteiltes Beek geben wird. Daran glauben wir, und dieser Tag ist der Anfang. Frieden und Einheit, das ist, wonach wir streben. Es ist nur ein kleiner Schritt für den Mittler, aber es ist ein großer Schritt für uns, für Beek.«

Dann lässt er sich eine mit einem goldenen Band umwickelte Schriftrolle geben und reicht sie mit einem feierlichen Gesichtsausdruck an mich weiter.

Auf ein Zeichen des Lehrers hin beginnt die Kapelle so etwas wie Musik zu spielen, schräg und schief und unrhythmisch stampfend und rollend, und der rosafarbene Mädchenchor beginnt in hohen Tönen zu jaulen und zu fiepen, und in den Gesichtern der versammelten Beeker ist dasselbe einheitliche Entzücken eingegraben, hie und da wischt man sich die

Tränen aus den Augenwinkeln. Ich suche Danielas Gesicht in der Menge, aber ich kann sie nicht ausmachen.

Ich stakse mit seltsam steifen Beinen die Holztreppe hinunter.

In staubdicker Stille bin ich alleine über die Brücke gegangen. Alleine stehe ich vor der Tür, gerade wie noch nie in meinem Leben, das Gras Beeks unter den Füßen, eine Hand auf den Türrahmen gelegt.

Ich blicke in konturloses, undurchdringliches Weiß. Menschen sind nicht für ein solches Weiß gemacht. Wenn ein Nebel jemals so dick wird, bleiben wir stehen und greifen nach etwas, um uns daran festzuhalten, so wie ich jetzt nach dem Türrahmen greife. Ich spüre die Blicke Hunderter Beeker in meinem Rücken, ich spüre die gebündelten Erwartungen, aber trotzdem bin ich in diesem Augenblick vollkommen alleine mit dem Weiß, weder zieht es mich zu sich hinein noch stößt es mich von sich weg, es ist dort auf der anderen Seite und ich bin hier, und im Grunde haben wir nichts, aber auch gar nichts miteinander zu tun. Ich bin hier, ich bin das Leben, und dort ist alles das, was Leben ausschließt.

Andererseits, was soll schon passieren?

Ich bin so oft durch Türen gegangen. Ich bin schon so oft irgendwo angekommen, wo ich nicht hinwollte. Ich höre das Getöse wieder, die Anfeuerungen, meine Aufmerksamkeit pegelt diese Geräusche langsam wieder über die Schwelle des Wahrnehmbaren, den erwartungsvollen Jubel in meinem Rücken. Ich seufze. Ich strecke meine Glieder. Ich schüttele meine Beine aus. Ich bin der Mittler. Es ist meine Aufgabe. Und ja, ich habe auch eine Verantwortung übernommen, Herr Lehrer.

Ich schiebe mein Gesicht über die Schwelle und blicke auf die andere Seite der Wand, ganz einfach. Ich befinde mich auf einer Insel im Beeksee. Am anderen Ufer hängen Weiden ihre langen Zweige in den warmen Wind, auch hier ist es Sommer. Die Rosen blühen, Gänseblümchen sprenkeln die Wiesen des Parks hinter den Weiden. In der Ferne erkenne ich weiße Villen, weiter hinten einen hohes, modernes Bauwerk, an einen Funkturm erinnernd. Menschen spazieren durch den Park, zwei Jogger laufen nebeneinanderher, eine Frau geht mit einem Cockerspaniel Gassi, niemand bemerkt mich. Mein Gesicht befindet sich auf der einen, mein Körper noch auf der anderen Seite.

Ich überdenke die Möglichkeit, dass die Menschen in diesem Teil der Stadt vielleicht nach wie vor ganz zufrieden mit dem Vorhandensein der Wand sein könnten. Dass ein Mittler wie ich gar nicht so gerne gesehen ist. Dass für sie immer noch Krieg ist. Dass ich um die Unversehrtheit von Leib und Seele fürchten muss. Ich trete auf die Insel auf der anderen Seite der Wand hinaus, zwischen zerrupftes Gras und Gänsescheiße. Ich betrachte den Park am anderen Ufer.

Und jetzt? Ist irgendetwas anders an mir?

»Ich bin der Mittler«, sage ich versuchsweise, tatsächlich, ich bin einfach so durch die Schicksalstür der Stadt gegangen.

»Hallo«, rufe ich einem alten Mann in einer beigen Jacke zu, der unter einem Baum steht und die Blätter betrachtet. »Ich komme von drüben! Ich komme in friedlicher Absicht! Ich soll hier eine Friedensbotschaft ausrichten!«

Der Mann reagiert nicht. Eine Joggerin mit Pferdeschwanz verlangsamt ihren Lauf und bleibt mit hängenden Armen stehen. Ihr Mund klappt auf. Sie sieht aus wie eine angebrochene Milchtüte.

»Ich bin von drüben«, rufe ich. Sie scheint eine Weile nachzudenken, wobei Luft durch ihren weit geöffneten Mund strömt, um das überlastete Gehirn zu kühlen.

»Schön für Sie«, ruft sie dann, schüttelt den Pferdeschwanz und joggt weiter.

Ich blicke mich um, kann aber weit und breit keine Brücke und kein Boot auf der Insel oder am anderen Ufer erkennen. Es wird mir nichts anderes übrig bleiben, als meine Kleidung auszuziehen und durch die Beek ans andere Ufer hinüberzuschwimmen, einarmig, ein Bündel Kleidung und eine Papierrolle auf meinem Kopf über der Wasserlinie balancierend.

Als ich mich am anderen Ufer mit meinem T-Shirt abtrockne und meinen Wollpulli überziehe, spricht mich das rothaarige Kind an, dass schon eine Weile an der Hand seiner Mutter da steht und mich fasziniert betrachtet.

»Was machst du da?«

Die Mutter lächelt schüchtern, sie weiß anscheinend nicht, ob ihr das fragende Kind peinlich sein soll.

»Ich bin durch den See geschwommen«, sage ich. »Jetzt ziehe ich mich an.«

»Warum?«, fragt mich das Kind

»Warum ich durch den See geschwommen bin, oder warum ich mich anziehe?«

»Ja.«

»Äh. Ich bin durch die Tür da drüben auf der Insel gekommen. Ich komme von der anderen Seite der Wand. Ich komme von der anderen Seite von Beek.«

»Warum?«

»Ich bin der Mittler, ich übermittele eine Friedensbotschaft.«

Ich deute auf die Papierrolle hinab, die zwischen seinen Füßen im Gras liegt.

»Warum?«

»Weil ich plötzlich in einem Kleiderschrank stand, und weil ich als Einziger in der Lage dazu bin, scheint es, durch diese Tür da zu gehen.«

Bis auf Daphne vermutlich, denke ich.

»Ach so«, sagt das Kind, es guckt noch eine Weile zu, wie ich versuche, in meine nassen Socken hineinzuturnen, schließlich aber bin ich ihm langweilig geworden und es zieht seine Mutter an der Hand.

»Entschuldigung«, lächelt mich die Mutter über die Schulter noch an. »Sie sind durch die Tür da gekommen?«

»Genau.«

»Ich habe immer gedacht, dass sei bloß Kunst.«

«Nee, nee. Die ist echt, die Tür.«

Sie lächelt mir zu.

Ich verlasse den Park und folge einer breiten Allee, die links und rechts von weißen Villen gesäumt ist. Die Passanten beäugen mich neugierig und nicht unfreundlich. Aber man lässt mich in Ruhe. Die Menschen wirken viel distinguierter als im anderen Teil der Stadt, zurückhaltender, besser gekleidet. Ich sehe Nadelstreifenanzüge, Businesskostüme, Pelzkragen, geputzte Schuhe.

»Entschuldigen Sie«, spreche ich schließlich einen Mann an, der mir in einem grauen Anzug mit einem Aktenkoffer in der Hand auf dem Trottoir entgegenkommt. »Können Sie mir bitte helfen? Ich bin nicht von hier.«

»Offensichtlich«, sagt der Mann nach einem raschen Blick auf meine Garderobe. »Was kann ich für Sie tun?«

»Ich suche jemanden, an den ich mich wenden kann, irgendeine offizielle Stelle oder etwas ähnliches. Ich überbringe eine Botschaft von drüben.«

»Wie, drüben?«

»Na, von der anderen Seite der Wand.«

»Wirklich?«

»Äh, ja.«

»Interessant. Sie sind von der anderen Seite der Wand?«

»Ja, von drüben.«

»Toll! Wie haben Sie es geschafft?«

»Na, durch die Tür.«

»Welche Tür?«

»Da ist doch eine Tür in der Wand.«

»Wirklich?«

»Ja.«

»Das wusste ich nicht. Interessant. Also, was kann ich für Sie tun?«

»Ich möchte gerne wissen, an wen ich mich wenden kann, um meine Botschaft zu überbringen. Ich bin der Mittler.«

»Oh, da bin ich überfragt. Vielleicht wenden Sie sich einmal an die Polizei?«

»Ja, gut«, sage ich, »und wo finde ich die?«

»Da kann ich Ihnen jetzt leider auch nicht weiterhelfen. Da müssen Sie noch einmal jemand anderes fragen, ja?«

»Okay«, sage ich.

Er schaut mich eine Weile leise lächelnd mit schief gelegtem Kopf an, als würde er einer geheimen, verspielten Melodie lauschen.

»Sieh an, sieh an«, sagt er. »Ich wünsche Ihnen auf jeden Fall noch einen guten Aufenthalt hier bei uns im schönen Beek.«

»Danke«, sage ich. Ich fühle mich ausgelaugt. Meinen Auftritt habe ich mir anders vorgestellt. Heimweh nach der anderen Seite ergreift mich. Ich blicke dem Mann nach, der sich noch mehrfach lächelnd und sanft den Kopf schüttelnd umblickt.

Ich komme an einer gepflegten Tennisanlage vorbei. Die meisten Plätze werden von der Sprinklereinrichtung gewässert, nur auf einem Platz mühen sich zwei ältere Damen mit hellblau gefärbten Haaren in aufwendigen Tenniskostümen ab, dreschen sich mit verkniffenen Mündern die Bälle um die Ohren.

Nach einer geraumen Weile, in der ich erfolglos versuche, mich zur Polizei oder einer anderen offiziellen Stelle durchzufragen, finde ich den Gedanken immer attraktiver, einfach zurückzukehren hinter die Wand. Mir fällt ein, dass ein Beweisstück nicht schlecht wäre. Sonst denken die von meiner Seite noch, ich hätte bloß ein bisschen im Türschatten gestanden und dächte mir jetzt die schönsten Geschichten aus. Ich betrete eine Bäckerei, die mit einer großen goldenen Brezel über der Ladentür wirbt. Der Bäcker oder der Bäckereifachverkäufer oder was auch immer ist ein hagerer Mann mit auffallend kleinen Ohren.

»Guten Tag«, sage ich, »ich bin Tourist, falls Sie wissen, was das bedeutet. Ich möchte gerne eine ortstypische Spezialität erwerben. Gibt es irgendein Backwerk, das Sie eine Spezialität nennen würden?«

Der Bäcker guckt mich an wie eine Backspezialität.

»Nehmen Sie ein Brot«, sagt er dann.

»Ein Brot?«

»Ein Brot.«

»Was für ein Brot?«

Er schüttelt den Kopf und dreht sich zu seinem Regal mit Backwaren um.

»Nehmen Sie das hier.« Er legt ein Brot mit heller Kruste zwischen uns auf den Tresen.

»Ist das eine Spezialität?«

»Sicher.«

»Eine hiesige Spezialität, etwas, das es nur auf dieser Seite der Stadt gibt?«

»Ja.« Er nickt eindringlich.

»Wie heißt dieses Brot?«

»Brot.«

»Bloß Brot? Ich habe mir etwas, ich weiß nicht, Klangvolleres vorgestellt.«

»Na schön, es heißt Beekbrot.«

»Hm.«

»Also, wollen Sie nun das Brot? Ich habe nicht den ganzen Tag Zeit.«

»Gut«, sage ich, »können Sie es für mich einpacken?«

Der Bäcker wickelt das Beekbrot seufzend in graues Papier ein.

»Das macht sechs Frahm.«

»Bitte?«

»Sechs Frahm.«

Stimmt, an Geld hatte ich noch gar nicht gedacht.

»Nehmen Sie auch Euro? Oder EC-Karte?«

Der Bäcker guckt mich an, als wäre ich irgendwo entlaufen.

»Oder haben Sie vielleicht Interesse an dieser Schriftrolle? Es ist eine Original-Friedensbotschaft von drüben.«

»Wie, drüben?«, fragt der Bäcker. Er sieht nicht aus, als hätte er einen großen Vorrat an Geduld. Also knete ich spontan meinen Verlobungsring vom Finger und lege ihn neben das Brot.

»Geht das?«, frage ich.

Der Bäcker schmunzelt. Er nickt. Seine kleinen Ohren zucken.

Ich schlendere ziellos umher. Ich folge wahllos den Straßen, immer neue weiße Villen, unterschiedliche Schattierungen von Weiß, Eierschalenweiß, Altjungfernweiß, Meerschweinchenweiß, Schwanenweiß, Zitroneneisweiß, Alte-Männerhaare-Weiß. Mit Brot und Rolle unterm Arm habe ich weitere Personen angesprochen. Man hat mir freundlich erklärt, es gebe gar keinen Bürgermeister, man operiere seit Langem mit flachen Hierarchien. Vielleicht gebe es sogar keine Polizei mehr, das sei lange im Gespräch gewesen, diese habe sich möglicherweise überlebt. Ich betrachte die immer gleichen gepflegten Vorgärten, blühende Rhododendren und Hortensien, Goldregen kurz vor dem Abblühen. Die immer gleichen freundlichen, unverbindlichen Gesichter der entgegenkommenden Passanten, das immer gleiche federleichte Erstaunen, das mit viel Distinguiertheit kaschiert wird.

Als ich die Beek am Ende einer Gasse aufschillern sehe, biege ich von der Hauptallee ab. Ich folge dem Fluss. Die Beek ist hier ein sanfter Flusslauf, fast schon mehr ein Bach, eine grüne Böschung, ein Sandweg am Ufer. Hin und wieder lädt eine Bank zum Verweilen ein. Weiden neigen sich über das Ufer, die Zweige kämmen die Wasseroberfläche. Ich setze mich auf eine Bank und atme. Was wäre mit meinem Ausflug bewiesen? Ich rolle das mitgebrachte Schriftstück auseinander und lese die nichtssagenden Worte, blablabla. Dann falte ich daraus ein Papierschiffchen und lasse es auf dem Wasserlauf fahren. Ich wandere nachdenklich in dieselbe Richtung.

Nach einer Weile werden die Villen spärlich. Ich habe sogar schon zwei blassgrüne Doppelhäuser gesehen, deren Gärten sich an den Lauf der Beek schmiegten. Links und rechts des Flusses ist jetzt mehr Platz, die Gärten wachsen sich aus, Wiesen erstrecken sich, vereinzelt stehen Holzhütten, Werkzeugschuppen am Rand. Am gegenüberliegenden Ufer erstreckt sich ein Golfplatz. Nach einer Weile komme ich an einer Weide vorbei, auf der grotesk kleine Ponys weiden, groß wie Cockerspaniel, ich habe so etwas noch nie gesehen. Menschen begegne ich nicht mehr.

Irgendwann wird mir klar, dass ich in der Einöde gelandet bin. In jener Landschaft, die die Bewohner Beeks die Einöde nennen. Es gibt keine Bäume mehr. Da sind nur noch niedrige Büsche, Gräser, Sträucher, so weit das Auge reicht. Und die Beek, die sich durch dieses gelbliche Nichts windet. Die Landschaft scheint endlos, ohne Variation, ohne Abwechslung. Der Anblick macht mich zunehmend durstig. Ich setze weiter Fuß vor Fuß, doch ein Gefühl der Schwäche breitet sich in mir aus. Es beginnt in den Beinen, kriecht in meine Knie. Meine Waden fühlen sich teigig und taub an.

Irgendwann mache ich eine Silhouette aus, die abseits des Baches in den Gräsern steht. Eine weibliche Silhouette, wie mir beim Näherkommen klar wird. Die Person macht sich am Boden zu schaffen. Sie füllt einen Korb, den sie mit einem Arm hält. Die Frau hat dunkle Locken. Sie wendet mir den Rücken zu. Als ich nur noch ein paar Meter entfernt bin, will ich rufen, etwas sagen, aber mir stockt die Stimme. Weil ich sie erkenne. Weil sie mich an jemanden erinnert, die ganze Gestalt, die Anmutung.

»Was machst du hier?«, frage ich.

Sie zuckt zusammen, fast lässt sie den Korb fallen. Sie richtet sich auf, wendet sich mir zu. Es gibt keinen Zweifel.

»Ich sammle Kräuter«, sagt sie. »Die wachsen nur hier draußen, und du?«

»Wieso sammelst du Kräuter?«

»Ich bin Ärztin. Ich brauche diese Kräuter für einige Arzneien.«

»Wieso bist du Ärztin?«, frage ich.

»Es war mein Traum, seit ich ein Mädchen war. Vielleicht spielt es auch eine Rolle, dass mein Vater Arzt war. Ich habe es geliebt, in der Praxis zu spielen, unten im Haus, im Souterrain der Villa, wenn keine Patienten da waren. Ich habe es geliebt, auf seinem Schoß zu sitzen und mit dem Stethoskop die Herztöne abzuhören oder ihm mit der Stablampe in den Rachen zu leuchten, seine Zunge mit dem Holzplättchen niederzudrücken.«

»Dein Vater war Arzt?«, frage ich, Schwäche im Kopf.

»Hm«, macht sie und lächelt. »Und was machst du hier draußen?«

»Ich weiß nicht«, sage ich.

Es ist ein Traum, aus dem es kein Erwachen gibt. Die Wolken streichen beschleunigt durch den Himmel, als wäre da oben alles aus Metall, und ein riesiges, ungeduldiges Kind, das hinter allem sitzt, würde seinen Magneten über die große Metallplatte führen.

»Monika«, sage ich.

»Stimmt«, sagt sie, »so heiße ich, woher weißt du meinen Namen?«

Und zum ersten Mal sieht sie erstaunt aus. Sie blickt auf das Brot unter meinem Arm.

»Wer bist du?«

6

Als Kind war ich empfänglich für Wunder. Alltägliche Wunder. Das Wunderbare konnte überall auf mich warten. Überall öffnete es plötzlich seine Pforten und bat mich hinein zu sich. Es war ein Gefühl, ein Zustand. Einmal hatte ich mehrere Wochen in einem Krankenhaus verbringen müssen, ich war noch sehr klein, und nachts wurden die Betten im Zweibettzimmer zu Raumgleitern, in denen ich und mein Zimmergenosse stundenlang einsam, nur verbunden durch den Funkverkehr, Patrouillen durch ein kaltes, leeres, unbelebtes Planetensystem flogen. Diese Reisen fühlten sich echt an. Aus dem Krankenhaus nach Hause zurückgekehrt, fädelte ich bunte Plastikperlen, die ich aus einem Schränkchen meiner Schwester entnommen hatte, auf einen Faden. Diese Perlschnur pinnte ich mit einem Reißnagel über mein Bett an die Zimmerdecke. Am Abend lag ich in meinem Bett, durch das Fenster flutete die Abendsonne jene Ecke des Raumes, in der das Bett stand, und ich lag da und gab mich dem wohlig traurigen Gefühl hin, wieder zu Hause zu sein, das Dasein war sehr groß, es fasste mich an und hielt mich, ich atmete bewusst, und das hatte auch etwas damit zu tun, dass ich liegend zusah, wie das Licht der untergehenden Sonne mit meinen Plastikperlen spielte, die etwas unsagbar Kostbares waren, weil sie glühten im Licht, weil ihre Farben loderten, weil gleißendes Gold sie umgaukelte, bunte Lichtpunkte sich an der Zimmerdecke und der Wand neben dem Bett tummelten, sie hüpften herum, und weil sich in diesem Tanz bunter Punkte mein Inneres öffnete und in die Welt ergoss. Die Welt war groß und wild und voller ernstem, tiefem Zauber.

Und wenn ich weitergrabe, stoße ich auf eine weitere Erinnerung, ich bin zwei Jahre alt oder annähernd drei. Und es scheint, dass ich alleine im Haus bin, zum allerersten Mal. Ich stehe in meinem Zimmer, das sehr groß und sehr weit ist. Ich lege die enorme Strecke bis zu der Zimmertür zurück, die noch eine wirkliche Grenze darstellt. Und ich sehe noch meiner Hand dabei zu, wie sie sich zur Türklinke emporreckt. Und dann öffnet sich langsam die Tür, aber hinter der

Tür ist nicht das, was dort sein sollte: Flur, Teppichboden, die weiß lackierten Stangen des Treppengeländers, die bis ins Erdgeschoss hinabführen. Sondern ein abstraktes, schreckliches, absolutes Toben, ein Furor, ein Brausen und Stöhnen, ein Taumel, der mich in sich hineinzieht, der sich meiner bemächtigt und in mir wogt, Farben, Formen, Feuer und ein Tosen, das ich viel später, erst im Nachhinein, mit dem Lärm von Formel-1-Motoren assoziiere. Die sichtbare Welt ist in Unordnung geraten, ist Chaos, sie hat ihr wirkliches Wesen enthüllt. Ich öffne die Tür und sehe das ganz Andere. Ich bin ihm wehrlos ausgeliefert. Ich schreie. Ich stehe dort in der Tür, Rotz und Wasser laufen mir aus dem Gesicht, und so findet mich meine Mutter und befreit mich von diesem Anblick, der mich mehr erschüttert als manch anderes danach.

Ich liege im Bett, die Arme hinter dem Kopf verschränkt. Ich betrachte das kleine Haus, in dem ich jetzt untergebracht bin, das Haus des Mittlers. So ähnlich stelle ich mir die Hütte vor, die sich Thoreau an seinen Weiher gebaut hatte, um zwei Jahre einsam darin zu verbringen. Ein einzelner Raum mit einem Tisch, zwei Stühlen, dem Bett in der Ecke, dem Nachtschrank, einem gusseisernen Ofen, auf dem ich etwas kochen kann, zwei Hängeschränken, einem Waschtisch, die Pumpe ist vor dem Haus, einer Truhe, einem Bücherregal, einem Sessel und einem Kleiderschrank. Zwei Petroleumlampen.

Ich bin mit ihr mitgegangen, mit der anderen Monika. Mit der von der anderen Seite. Und sie glich der meinen wie ein Haar dem anderen, obwohl ich nicht weiß, wie sehr sich Haare wirklich im Einzelnen gleichen oder unterscheiden. Sie kannte mich nicht. Sie sah nichts in mir. Sie hatte keine Ahnung, wer ich war. Es war genau wie bei Daniela und Frau Merbold. Es hat sie nicht interessiert, dass ich der Mittler bin.

Für sie war nur interessant, dass ich ein Mann war, den sie mit nach Hause nehmen konnte. Und das hat sie getan. Sie nahm mich mit in ihr Haus, wo sie mir die Praxisräume zeigte. Auf der Untersuchungsliege haben wir miteinander geschlafen, einfach so.

Wir haben wenig miteinander gesprochen. Vorher fragte sie, ob ich auch ein glücklich machendes Kraut probieren wolle, man sei dann viel gelöster. Ich habe abgelehnt. Ich wollte nicht gelöst sein, ich wollte Festigkeit, ich wollte Klarheit und Ordnung und dass sich die Dinge erklären. Sie war auch gar nicht wie Monika, so vertraut der Körper zunächst erschien. Sie war laut und ruppig, es fühlte sich alles zu weit und verkehrt an, sie gab sich zu sehr hin oder her. Und ich war froh, als ich wieder auf der Straße vor ihrem Haus stand. Sie hatte mich ohnehin loswerden wollen. Rauchte wieder ihr Pfeifchen. Und ich taumelte der Wand entgegen, jenem Ort und jenen Menschen, die noch am ehesten Heimat darstellten in diesem Moment.

Sie hatten schon nicht mehr mit meiner Rückkehr gerechnet, hier, auf der richtigen Seite. Sie waren bereits dabei, sich mit dem Gedanken abzufinden, dass ich nur ein weiterer Hallodri gewesen sein sollte, der sich Schritte zugetraut hatte, die sich als zu groß für ihn erwiesen.

Aber dann stand ich da in der Tür mit meinem Brot in der Hand. Und ich musste alles immer und immer wieder erzählen. Im Park erst, später im Bürgermeisterzimmer. Wie ich begeistert empfangen worden war. Wie ich auf den Schultern der Bewohner durch die Stadt getragen wurde. Wie tausend und eine Frage nach dem Befinden der Brüder und Schwestern gestellt wurden. Von den Tränen und dem begeisterten Gelächter. Von den ständigen Umarmungen. Von der Wärme und der Liebe und der überwältigten Freude. Von den tausend Grüßen, die ich ausrichten solle. Und dass das Brot nur ein klägliches Symbol für die tiefe Verbundenheit sein könne. Und jetzt liege ich hier, nachdem ich mich ein wenig eingerichtet habe. Ich bin der Mittler, ein sonderbares Gefühl. Ich bin jetzt angekommen, aufgenommen, sagt man mir, und ich fühle mich falsch und schlecht und schmutzig. Ich habe schon wieder mit einer Frau geschlafen, mit der ich nicht hätte schlafen sollen. Ich weiß nicht, was das immer ist.

Es klopft an der Tür.

Ich muss an die falsche Monika denken, die drüben auf der anderen Seite ein Leben als Ärztin führt, nur durch eine Tür in einer Wand von mir getrennt. Wenn meine Monika es wüsste, die, die irgendwo in der wirklich wirklichen Welt existiert und nicht weiß, wo ich mich wieder herumtreibe, oder die sich vielleicht schon nicht mehr dafür interessiert.

Draußen im blaugrauen Dämmer steht Daniela. Etwas ratlos sehe ich an ihr herunter. Sie hat sich sichtlich einen anderen Empfang erhofft.

»Ich dachte, ich sehe mal lieber nach, wie es dir ergeht, nach deinem Abenteuer heute.«

Sie schaut mich scheu an, dann auf ihre Fußspitzen hinunter. Sie trägt Schuhe aus weinrotem Wildleder.

»Möchtest du reinkommen?«, frage ich, gebe die Tür für sie frei.

»Gern«, sagt sie.

Wir blicken uns an, große Augen, und im nächsten Moment halte ich sie im Arm, fühle ihren Körper von oben bis unten an meinem, sehr intensiv, sehr fest, sehr deutlich, und ich weiß, dass wir uns jetzt küssen werden und was dann alles folgt, wenn ich mich nicht löse von ihr. Dass alles von vorne losgeht und es schon wieder passiert. Hier, dort, an jedem Ort. Es folgt mir und ist nicht loszuwerden.

Und ich tue es nicht, ich löse mich nicht, wir stehen weiter eng umschlungen, halten uns, pressen uns aneinander, weil mein Körper es will, weil er sie bejaht, weil er in ihrem Geruch sein will, weil er die Festigkeit braucht, mit der sie mich umgibt.

Ich weiß nicht mehr, was richtig und was falsch ist, was wo noch Gültigkeit besitzt, die Koordinaten sind abhandengekommen. Ich weiß nicht mehr, wem mein Herz gehört und wem ich irgendetwas schuldig bin.

Später sitzen wir auf der rauen Auslegeware, die nackten Rücken gegen die getäfelte Wand gelehnt, eine Wolldecke über unseren Körpern. Mit kalten Füßen. Beide starren wir vor uns hin. Sie fragt: »Wie war es nun eigentlich drüben?«

Und ich sage: »Ach, schön. Die Leute haben sich so gefreut. Du kannst dir diese Begeisterung nicht vorstellen. Sie haben sich so sehr nach einer Nachricht gesehnt.«

Und ich sage es ohne Ironie, ohne Sarkasmus. Ich wiederhole das Märchen, das ich schon dem Bürgermeister, dem Lehrer erzählte. Weil ich aus Erfahrung weiß, dass es kurzfristig leichter ist, die Lüge zu schlucken, als eine Wahrheit zu verkraften.

Und ich erzähle ihr nicht, dass ich die goldene Papierrolle des Bürgermeisters schließlich drüben in ein Papierschiffchen verwandelt habe, weil sich kein Abnehmer dafür gefunden hat.

»Hast du ... hast du da drüben irgendwelche, hast du vielleicht die Männer gefunden, die versucht hatten, durch die Tür zu gehen?«

»Oh«, sage ich, »nein, leider nicht.«

»Hm«, macht sie.

Wir schweigen eine Weile. Sie streichelt meine Brust.

»Nimmst du mich mal mit?«

»Wie?«, frage ich.

»Na ja, durch die Tür, mit nach drüben, auf die andere Seite. Ich würde das alles so gerne mal wiedersehen. Ob sich viel verändert hat? Ich hatte Freunde dort drüben.«

»Geht das denn?«, frage ich. »Vielleicht wird es gefährlich. Ich habe keine Lust, dich da in der Tür zu verlieren.«

»In der Prophezeiung steht, dass an der Hand des Mittlers jeder die Tür von einer Seite des Ortes in die andere passieren kann.«

»Wirklich?«

»Ja, so steht es geschrieben, sagt der Lehrer.«

Ich sehe schon ihr maßlos enttäuschtes Gesicht angesichts der unaufgeregten Reaktionen vor mir.

»Klar«, sage ich, »natürlich nehme ich dich mit.«

Ich drücke ihr einen Kuss auf die Haare. Dann ziehe ich sie vom Fußboden hoch und führe sie zum Bett, weil ich froh bin, dass ich die erste Nacht in der Hütte nicht alleine verbringen muss. Ich lege sie auf die Pritsche des Mittlers, dann bette ich den Mittler daneben. Ich lösche mit ungelenken Fingern die Petroleumlampe neben dem Bett.

Was steht wohl noch so alles in der Prophezeiung? Ich sollte den Lehrer mal um eine beglaubigte Abschrift des Originals bitten, um das Gefahrenpotenzial abzuwägen.

»Gute Nacht«, flüstert mir die Dunkelheit ins Ohr. »Schön, dass du zurückgekehrt bist. Ich habe an dich geglaubt, aber erleichtert bin ich doch, sehr.«

»Gute Nacht«, flüstere ich zurück.

In der Nacht werde ich geweckt. Aus dem Dunkel heraus rüttelt irgendetwas an meiner Schulter. »Lazyboy«, zischt es. Es dauert eine Weile, bis ich mich sortiert habe. Es ist Daphne. Daphne ist in Beek. Sie steht im silbergrauen Licht, das durch das Hüttenfenster in den Raum schwimmt. Ich hatte gehofft, dass Beek jetzt mir gehört, dass das meine Stadt ist. Mein Auftrag, meine Bestimmung. Daniela neben mir im Bett atmet unruhig. Daphne betrachtet Daniela mit leiser Missbilligung, dann fixiert sie mich wieder.

»Wie hast du mich gefunden?«, flüstere ich. »Was machst du hier?«

»Witzbold«, zischt sie. »Ich will dich holen, ist doch klar. Pack deinen Krempel zusammen und komm!«

»Wie?«, sage ich.

»Können wir das draußen besprechen? Können wir vielleicht einen Schritt vor die Tür gehen?«, sagt sie mit einem Blick auf die vor sich hin Atmende neben mir in dem schmalen Bett.

Vor der Tür ist es kühl, eine Frühsommernacht, der Himmel ist blank und schwarz, die Wand lastet schweigend.

Ich schaue Daphne zweifelnd ins Gesicht.

»Wie hast du mich gefunden?«

»Na, du hast mir doch selbst von der Hütte erzählt. Zugegeben, ich musste schon ein wenig herumschleichen, bevor ich dich gefunden hatte. Ein Wunder, dass mich niemand erwischt hat.«

»Was willst du denn eigentlich genau? Bin ich schon so lange weg?«

»Na ja«, sagt sie, »fast zwei Wochen.«

»Ha«, sage ich. Ich ziehe das Hemd, das ich trage, enger um meinen Körper. Ferne hört man einen Hund bellen. Ich stelle mir vor, dass es von der anderen Seite der Wand kommt.

»Sie sind wieder da«, sagt sie, »die Männer, die mich entführt haben. Gestern Nacht ist jemand ums Haus herumgeschlichen. Und heute früh hat jemand an der Tür geklingelt, aber ich habe nicht aufgemacht. Du musst mir unbedingt helfen.«

»Du, das ist gerade nicht so gut«, sage ich.

»Du musst«, sagt sie. »Habe ich schon erwähnt, dass die Männer von der Bank sind?«

»Männer von der Bank kommen zu dir ins Haus? Na dann, rede doch einfach mit denen. Das kann ja nicht so schlimm sein.«

»Du hast ja keine Ahnung«, sagt Daphne mit großen Augen. »Das ist nicht gerade der freundliche Sparkassenangestellte von nebenan. Die Typen fordern brutal ihr Recht ein.«

»Wie, ihr Recht?«

»Na ja, der Bank gehört das Haus im Grunde so gut wie, Hypotheken und so weiter. Ich brauche da jetzt wirklich deine Hilfe.«

»Was ist mit deinem Onkel?«

»Vergiss meinen Onkel. Wir sollen ausziehen, verstehst du? Dann ist der Zugang zum Schrank futsch. Dann sitzt du hier fest, dann bist du gefangen, oder du kommst nicht wieder rein, wenn du mal raus bist.«

»Stimmt«, sage ich, »das wäre wohl nicht so gut.«

»Ja«, sagt sie. »Und außerdem ...«

»Ja?«

»Es ist etwas passiert.« Sie tritt von einem Fuß auf den anderen.

»Was?«, sage ich.

»Monika.«

»Was? Was ist mit ihr?«

»Ähm«, sagt sie.

»Ja?«

»Es gab einen Unfall.«

»Wie?«, sage ich. »Was für einen Unfall?«

»Einen Autounfall.«

»Wie?«

Wenn ich es richtig verstanden habe, wurde sie über den Haufen gefahren. Sie liegt im Krankenhaus. Sie ist nicht bei Bewusstsein.«

Ich sehe in Daphnes Gesicht, die blanken grauen Augen. Ich versuche darin etwas zu finden, an dem ich mich festhalten kann, aber da ist nichts. Irgendwie gleite ich überall ab, egal, wo ich mich festzukrallen versuche.

»Wie?«, sagt eine tonlose Stimme, die in einer Lehmpuppe zu Hause ist. »Wie geht es ihr? Was ist mit ihr?«

»Sie liegt wohl im Koma, aber ich weiß es nicht so genau. Ich wurde bloß angerufen. Und dann war ich damit beschäftigt, dich aufzustöbern.«

Daphne sieht auf einmal sehr jung aus, und ich erinnere mich daran, dass es den Tatsachen entspricht, sie ist sehr jung, 13 Jahre alt, und dass das alles, das Leben, sie vermutlich heillos überfordert, dass ich derjenige sein sollte, der ihr Halt gibt. Ihre Augen glänzen. Sie sieht mich hilflos und zaghaft und ängstlich an. Als wäre ich der Große, als müsse ich jetzt endlich etwas Sinnvolles tun. Ich straffe, ich strecke mich, ich mache mich größer, als ich bin.

»Warum wurdest du angerufen? Wer hat dich angerufen?«

»Deine Schwiegermutter, glaube ich. Meine Telefonnummer war irgendwie in Monikas Handy gespeichert. Dich hat sie ja nicht erreicht. Aber kann ich dir das bitte erzählen, wenn wir unterwegs sind?«

Ich schaue mich um in dieser Nacht, betrachte die Wand, die schwach beleuchteten Häuser. Ich schaue mir die Hütte an, meine Hütte, die Hütte des Mittlers.

»Ich kann nicht weg«, sage ich. Daphnes Augen weiten sich ungläubig.

»Du spinnst«, sagt sie.

Ich sage: »Die Leute brauchen mich hier.«

»Was soll das denn jetzt auf einmal?«

In zwei kurzen Sätzen erkläre ich ihr die Geschichte mit der Wand, mit der einen und der anderen Seite, von der Tür und der Rolle des Mittlers und verschweige, dass es auch wieder einmal um Frauen geht.

»He, was geht dich denn das jetzt bitte schön groß noch etwas an?«

»Die brauchen mich«, sage ich. »Ich fühle mich endlich einmal sinnvoll, ich habe endlich eine Bestimmung gefunden.«

»Schön für dich«, sagt sie. »Ich brauche dich auch. Monika braucht dich. Monika.«

Ich gucke sie irgendwie verschwommen an. Ich fühle mich einsam und verlassen.

Daphne schaut mir eine Weile ins Gesicht, dann sagt sie: »Ich bleibe für dich. Dann bin ich wenigstens eine Weile in Sicherheit vor den Männern, die das Haus wollen.«

In mir denkt es: So weit kommt es noch. Mein Beek. Das Bild von Monikas lockenumrahmten Gesicht dringt durch meine Gedanken. Monikas Gesicht mit schlafenden Augen.

»Geht das denn? Ich kann dich doch hier nicht alleine lassen.«

Daphne schnaubt.

»Okay«, sage ich, »du musst nur mal kurz nach drüben und ein Brot holen oder so, die freuen sich auch über dich und alles, du trägst nur ein paar schriftliche Nachrichten hin und her, das ist alles. Das ist nur eine ganz normale Tür, das ist keine Herausforderung für dich.«

Ich zögere.

»Aber wenn ich mich um alles gekümmert habe und zurück bin, dann musst du mich den Job mit der Tür wieder machen lassen, ja? Das musst du mir versprechen, dann bin ich wieder der Mittler, ja? Versprochen?«

Daphne schaut mich an.

»Lazyboy«, sagt sie. »Du hast echt ein Vollrad, dir ist nicht zu helfen.«

»Ich beeile mich«, sage ich, »ich schaue da drüben im Krankenhaus nach dem Rechten, und dann löse ich dich wieder ab, wir müssen die Geschichten ins Reine bringen, das muss doch möglich sein.«

»Lazyboy«, sagt sie und nichts weiter.

»Die Frau heißt Daniela«, flüstere ich, als ich im Inneren der Hütte meine Kleidung zusammensammele. Daphne steht vor dem Bett und betrachtet die Schlafende. »Sie ist sehr nett zu mir gewesen, sie hat mir sehr geholfen.«

»Das kann ich mir vorstellen«, sagt Daphne mit einem Unterton.

»Hör zu«, sage ich, »verscherze es dir nicht mit ihr, denn es ist ihr Kleiderschrank, in ihrem Zimmer in ihrem Häuschen, durch den wir nach Beek gelangen, also sei freundlich zu ihr, verstehst du?«

Sie blickt mich ernst an, dann nickt sie.

»Danke, Daphne«, sage ich. Ich gebe ihr einen Kuss auf die Wange. Wir müssen beide lächeln.

Daphne setzt sich seufzend auf einen Stuhl, reibt ihre Hände und blickt die Schlafende an.

»Ich habe das Fenster in dem Haus mit Schrank angelehnt gelassen«, sagt sie.

»Ich komme so schnell es geht zurück«, sage ich. »Drück mir für Monika die Daumen. Die werden dir hier alles erklären, Daniela, der Lehrer, der Bürgermeister. Grüß schön von mir, sag ihnen bitte, dass ich zurückkomme.«

»Lazyboy?«, sagt Daphne, als ich schon in der Hüttentür stehe.

»Ja?«

»Willst du nicht wissen, in welchem Krankenhaus Monika liegt? Außerdem sollte ich dir meinen Haustürschlüssel geben.«

»Klar«, sage ich und fahre mir durch die Haare.

Manchmal bin ich zerstreut wie Sand bei Glatteis.

7

Monika sei beim Tanzen gewesen, sagt sie, bei einem Tangokurs. Wieso Tanzen, denke ich, wieso Tango, mit wem tanzt sie bitte schön Tango, diesen Sex aufrecht in Schuhen? Warum weiß denn ich nichts davon? Warum nicht mit mir? Wieso sagt mir eigentlich keiner etwas?

Sie habe ihr Auto extra stehen gelassen, sagt sie, und sei mit dem Bus gekommen, weil sie gewusst habe, dass anschließend noch ein paar Gläser Wein getrunken würden.

Wein, denke ich, ein paar Gläser, mit wem?

Sie habe an der Bushaltestelle mit ihrer Sporttasche in der Hand gestanden, darin die Tanzschuhe, und auf den Bus gewartet, an einer breiten, viel befahrenen Ausfallstraße, an einer Kreuzung. Es sei kurz nach halb elf Uhr abends und der Bus leicht verspätet gewesen. Und auf einmal sei ein BMW über die Kreuzung geschlittert, ein Linksabbieger, die Ampel habe für ihn schon Gelb gezeigt, er aber habe unbedingt noch mit hinübergewollt, er sei zu schnell gewesen, überhöhte Geschwindigkeit, der Fahrer habe die Kontrolle über den Wagen verloren, sei in die Bushaltestelle hineingerast und habe alles von den Beinen geholt, was sich davor oder darin befunden habe. Er sei erst 18 Jahre alt gewesen.

Das alles erzählt mir meine Schwiegermutter in spe, Monikas Mutter, die auf den Krankenhausflur hinausgetreten ist, als ich an die Zimmertür klopfte. Die die Tür rasch hinter sich zugezogen und fest in den Rahmen gedrückt hat, als wäre ich der Eindringling, der nichts davon mitbekommen darf, was im Zimmer vor sich geht. Bleich sieht sie aus, wie ein Papiertaschentuch in einer Winternacht, zerknittert und leer, und sie sieht mich scheel und misstrauisch und vorwurfsvoll an. Mit jener Enttäuschung im Blick, die ich schon kenne, aber irgendwie zweidimensionaler als sonst. Wieder einmal steht ihr die Verwunderung ins Gesicht geschrieben, warum Monika ausgerechnet mich gewählt hat und warum sie es so lange mit einem wie mir aushält. Ich stehe mit gesenktem Kopf da unter den Neonröhren im Krankenhausflur, irgendetwas knackt leise, die Röhren oder etwas in meinem Kopf, und ich brumme zerknirscht, brumme etwas von einem schwierigen Job, für den ich habe recherchieren müssen, schwierig und geheim, und ob ich sie jetzt bitte sehen dürfe, bitte. Sie scheint überlegen zu müssen. Ich bin ja nicht einmal sicher, ob ich noch mit Monika zusammen bin oder nicht.

Monikas Gesicht.

Ihr Körper in dem Bett.

Die Arme wie nutzlose Puppenarme neben dem Körper. Wie Äste und Zweige.

Ihr Gesicht.

Die dunkelbraunen Locken auf dem Kissen. Das Gesicht zur Seite gedreht. Die schöne, etwas klobige Nase, wie ein Lieblingsspielzeug eines Kindes, das nicht in die Kiste mit den Spielsachen geräumt wurde, das irgendwie liegen geblieben ist. Die geschlossenen, geschwollen aussehenden Lider. Der Hügel aus weißer Baumwolle, der Körper, der unter der Decke wächst. Die zu kleinen Hände, die auf dem Laken liegen wie ein hübsches Obst, das zum Trocknen ausgelegt wurde. Und erst langsam dämmern mir die Schläuche und die Nadeln ins Bild. Ein durchsichtiger Schlauch unter der Nase, für die Beatmung. Eine Nadel unter einem Pflaster im Arm, mit einem Tropf verbunden. Äußere Verletzungen kann ich keine entdecken.

Neben dem Bett sitzt ein grauer Haufen, Monikas Vater, der mit blanken Augen zu mir hochguckt, leer, der den Arm hebt in meine Richtung, als wolle er mir etwas zeigen mit letzter Kraft, als wolle er mich umarmen, als wolle er mich schlagen, mich zurückhalten, als wolle er irgendetwas in der Luft zwischen uns berühren oder in Bewegung setzen, einen Mechanismus vielleicht, der dann den Arm einfach wieder kraftlos fallen lässt, und ich trete zu ihm und lege ihm meine Hand auf den Wollpulli, intuitiv, was ich noch nie gemacht habe, ihn berühren, ich lächele zu diesem Haufen Mensch hinunter, und dann wende ich mich wieder dem Bett zu und setze mich ins Weiß, als wäre ich ein Wikingerschiff, das die Pforte des Nordmeeres, des ewigen Eises überwindet, und jedes Mitglied der Besatzung ahnt, was es erwartet.

Ich sitze auf der Bettkante und streichle Monikas Haare, betrachte ihr Gesicht, es rinnt mir die Wangen hinunter, und ich weiß, dass ich alles falsch gemacht habe. Bis zu diesem Moment habe ich alles falsch gemacht. Zwar bin ich den richtigen Weg gegangen, weil ich sie getroffen habe. Aber auf dem Weg habe ich fortgesetzt die verkehrten Entscheidungen getroffen.

Ich betrachte sie, und mir ist weh zumute. Ich sehe sie an und will sie halten, aber es geht nicht, weil sie ins Rutschen geraten ist, sie schwimmt mir davon, schräg nach unten ins Nichts. Sie lässt sich nicht halten, nicht durch mich, sie fällt durch den leeren Raum, durch schwarzes, kaltes Feuer, und mir ist klar, dass nicht ihr finales Aufschlagen die große Gefahr und den absoluten Schrecken darstellt, sondern dieses fortgesetzte Fallen selbst. Sie fällt, und ich kann in meinem Mitleid und meinem Selbstmitleid nichts anderes tun, als selbst zu fallen, als sie zu begleiten, um bei ihr zu sein.

Und also stoße ich mich ab von diesem Krankenhausbett und begleite ihren Fall, ich falle ihr hinterher durch ein lauwarmes Nichts, in dem es nichts zu sehen, nichts zu begreifen gibt. Ich rudere mit den Armen und taumele voran und nehme nur langsam Fahrt auf, zu langsam, um sie zu berühren, ich taumele und beschleunige dann doch überraschend, überwältigend schnell, bis mir übel wird und mir der Atem fehlt, mit dem man das Fallen steuern kann, und dann verliere ich sie aus dem Blick, gefangen genommen durch mein eigenes Stürzen. Ich stürze und rase dem Dunkel entgegen, mit offenem Mund und weit aufgerissenen Augen. Es reißt an mir, es schmerzt, es spaltet mich, und es macht Geräusche, weil dieser Organismus Manöver vollführt, für die er nicht gemacht ist.

Und irgendwann erwache ich von etwas, einem leichten Druck, einem Körper auf meinem Körper, einer Hand auf meiner Schulter, und ich blicke mich um, mein Schwiegervater ist es, und ich stelle fest, dass ich die Geräusche aus dem Inneren entlassen habe, die besser ungehört geblieben wären, weil sie den grundsätzlichen Klang all dessen bedeuten, mit dem der Mensch alleine ist.

Die Reue setzt mit voller Wucht ein, als ich auf dem Stuhl im Krankenhausflur sitze. Ein grauer Stuhl. Sie lässt mich taumeln. Wieder beginnt das Fliegen. Was hätte ich alles anders machen sollen? Was hätte ich Monika geben müssen?

Ich erinnere mich, wie sie mich vor einiger Zeit gefragt hat, ob wir gemeinsam einen Tanzkurs absolvieren wollten, das sei bestimmt lustig, wir würden endlich wieder einmal etwas miteinander unternehmen, ein gemeinsames Projekt. *Tanzkurs,* hatte ich gesagt und dann bloß auf meine spezielle Art gelächelt.

Ich frage mich, was ist, wenn sie erwacht, wenn sie mich aus großen, runden Augen anblickt und als erste Frage fragt: Wo warst du, als ich den Tango mit dir tanzen wollte? Ich frage mich, was ist, wenn sie nicht mehr erwacht. Ich bin immer nur nicht da, nicht genug gewesen.

Ich weiß, dass es nicht um Tanzkurse geht.

Ich sitze zu Hause auf dem Fußboden hinter meinem Sofa, das ich von der Wand abgerückt habe. Eine Höhle. Es denkt, es kracht, rotiert, es pulst und wühlt in dem Kopf zwischen meinen Händen. Eine gemeinsame Wohnung mit Monika. Geordnete Berufe. Ein gemeinsamer Haushalt. Eine Verlobung. Eine Hochzeit. Eine Ehe. Ein gemeinsames Kind. Verantwortung. Ein gemeinsames Leben. Stattdessen: Turnschuhe und ein abgerücktes Sofa. Tiefgefrorene Pizzen. Bier im Kühlschrank. Und eine Filmdose, in der ein paar Pilze und ein paar Tabletten schlummern.

Das ist das eine und das ist das andere. Wo ist die Richtung? Habe ich einfach und immer in allem zu lange gebraucht?

Wir sitzen in einem Stationszimmer, der Arzt hinter dem Schreibtisch, Monikas Eltern und ich davor, halten uns fest an unseren Stühlen, diese Reise durchs All, ständig ist man am Schwanken. Der Arzt ist jünger als ich. Es kommt mir bloß folgerichtig vor. Selbst das Alter des Arztes ist ein Vorwurf. Siehst du, sagt es, wenn man nur richtig an das Leben herangeht, wenn man es ernst meint und ein wenig aufräumt, dann kann man es früh weit bringen, was heißt hier früh, zur rechten Zeit.

Der junge Arzt, der in der Tat sehr aufgeräumt wirkt, sagt:

Ich betrachte die Vorhänge hinter ihm, die zugezogenen Vorhänge, die das Zimmer in mildes grünes Licht tauchen, linderndes Licht, das uns über die Ringe unter den Augen streicht, die Tränen und die Müdigkeit mit sich nimmt und sie irgendwo in kleine beschriftete Kästlein legt, das sie aufhebt für uns, und irgendwann bekommen wir sie wieder.

Der Arzt sagt:

Er ist sehr groß, hochgewachsen, er hat sehr gepflegte, große, beeindruckende Zähne. Er trägt einen mittelblonden Scheitel, der ihm sanft beim Sprechen ins Gesicht wippt. Seine Augen blitzen milde. Der Arzt sagt, dass sich infolge des Unfalls ein Aneurysma gebildet habe, das jederzeit platzen könne. Schon jetzt seien wichtige Hirnzentren von der Versorgung abgeschnitten. Zurzeit hätten wir es mit einer Läsion im Bereich des Balkens zu tun, einer Blockade im Bereich jener Hirnregion also, die den Transfer von einer Hirnhälfte in die andere gewährleiste, die die Schnittstelle darstelle. Es scheine so, als drücke eine Blutblase auf die Nervenbahnen, als seien dadurch die Hemisphären voneinander getrennt, als arbeiteten sie momentan separat. Die Folgen eines einseitigen Übergewichts rechts- oder linkshemisphärischer Aufmerksamkeit seien auf Dauer nicht abzusehen. Es könne zu Persönlichkeitsveränderungen kommen, zum Split-Brain-Syndrom, zu schweren Konsequenzen für Bewusstsein und Aufmerksamkeit. Überhaupt seien Aneurysmata an den Hirnbasis-Gefäßen generell leider äußerst gefährlich. Sie könnten platzen und eine tödliche Hirnblutung verursachen. Man gehe davon aus, dass 60 bis 70 Prozent der Patienten an oder nach der Hirnblutung stürben. Man müsse mit neurologischen Ausfällen wie vollständiger Lähmung oder Halbseitenlähmung, mit Sprachverlust und Hirnschäden rechnen.

Und so weiter.

Ich höre Monikas Mutter scharf ausatmen. Wir sitzen wie Büßer vornübergebeugt auf unseren Stühlen, mit gefalteten Händen, sehen dem Arzt nicht mehr zu bei seinen Litaneien. Unsere Blicke treffen sich, nachdem sie genug damit zu tun hatten, unsere Schuhe zu betrachten, Schuhspitzen im Klinikgrün.

Ich gehe mit Schwiegervater und Schwiegermutter durch graue Straßen, durch Vorhänge aus Feuchtigkeit, wir gehen an Häusern vorbei, an blinden Scheiben, durch einen Park mit taubstummen Hunden, vorbei am Zaun, hinter dem der Flughafen kauert und faucht, an Start- und Landebahnen. So nah war ich ihnen nie, so nah werde ich ihnen nie und nimmer wieder sein. Im Leben nicht.

Wieder sitze ich auf einem Stuhl, es scheint jetzt Schicksal zu sein, auf Stühlen zu sitzen und zu warten und die Hände zu falten. Frau Merbold hat ein neues Bild aufgehängt, direkt hinter ihr an der Wand. Ein Miró, würde ich auf den ersten Blick sagen. Ein schwarzes Quadrat mit einer Art spastisch gelähmtem Ärmchen, das sich gleichzeitig euphorisch und schmerzgeplagt durch eine rote, wie für eine Party hergerichtete Landschaft turnt, vorbei an lauter gelblichen, polymorphen Dingen, die mich an Friedhofszubehör, Gießkannen, Grabkerzen etc. erinnern. Frau Merbold sieht aus wie immer, das heißt sehr gut. Ich habe kurzfristig einen Termin bekommen, wofür ich dankbar bin. Es könnte damit zu tun haben, dass ich am Telefon ein Schluchzen nicht habe unterdrücken können. Sie ist vielleicht eine Spur blasser und schmaler geworden. Sie sieht schön aus. Ihre großen Augen schimmern dunkelblau. Ich spiegele mich in kompletter Gestalt in diesen Augen, wie ich da auf meinem Schmerzensstuhl sitze. Sie hat gesagt, dass ich lange nicht bei ihr gewesen sei. Sie habe sich schon Sorgen gemacht. Ich habe gesagt, dass Monika im Koma liegt und ich berechtigte Angst habe, dass sie stirbt oder irreparable Hirnschäden davontragen wird. Jetzt schauen wir einander traurig an. Im Raum scheint kein Platz mehr für Worte zu sein. Ich denke daran, dass ich mit einer Frau geschlafen habe, die Frau Merbold aufs Haar gleicht. Dass ich das weiß, dass mein Körper sich daran erinnert. Und dass es absurd ist, jener Frau vom Anschein her gegenüberzusitzen und trotzdem davon auszugehen, dass sie sich nicht daran erinnert, dass ihr Körper und ihr Geist diese Erfahrung nicht gemacht haben. Dass es umso absurder scheint, als es mich von jener Frau trennt, der mein Herz gehört, die im Krankenhaus liegt, die ich mehrfach betrogen habe. Mein Herz sitzt im Krankenhaus am Bett, rot und pulsierend beugt es sich über eine blasse Frau mit dunklen Haaren in weißen Laken, dieses Schneewittchenbild, und tropft die weißen Laken voll, rot wie Blut, und es pumpt und pulst hilflos seine kleinen Gefühle vor sich hin, und es versucht, mit seinen Schläuchen und Arterien danach zu greifen, diesem weißen Reh vorm schwarzen Wald im Schnee zwischen den Stämmen, aber es vertreibt es immer bloß. Und ich sitze hier in diesem Behandlungszimmer mit einem Loch in der Brust, einem Hohlraum, die Leere dröhnt, ich denke, dass wir es beide hören, Frau Merbold und ich, das hohle Dröhnen aus der Brust, zumindest sehen wir aus, als würden wir gemeinsam lauschen.

»Hilft es Ihnen, hier zu sein?«, fragt Frau Merbold nach einer Weile mit traurigen Augen und schief gelegtem Kopf.

Ich zucke mit den Schultern. Wahrscheinlich.

Endlich bin ich alleine mit ihr. Ich sitze am Bett und betrachte die schlangenschwarzen Haare. Ich stelle mir die stille, innerliche Wanderung vor, auf der sie sich befindet. Ich stelle mir vor, dass sie die weiße Galerie besucht, dass sie schweigend und still durch die weißen Säle schlendert, mit der ganzen Zeit der Welt im Rücken, und die weißen Gemälde betrachtet, Weißes auf weißem Grund, die Hände auf dem Rücken verschränkt.

Ich stelle mir vor, dass ich in jedem Saal der Mann in der weißen Uniform bin, der sie daran hindern soll, zu dicht an die Exponate heranzutreten.

Aber ich lächele sie immer nur an, wenn sie den Raum betritt, das heißt, ich erwidere ihr Lächeln, es geht nicht anders, und dann nicke ich ihr aufmunternd zu, treten Sie doch bitte dichter heran und schauen Sie genau. Und sie tritt ganz dicht an jedes weiße Bild heran und atmet auf die Oberfläche, sie haucht einen Kuss auf die Dispersion, und mir ist, als gelte dieser Kuss in Wirklichkeit mir, es fühlt sich an, als habe sie eigentlich jedes Mal nur mich geküsst. Ich höre die weißen Kameras unter der Decke surren und sich neu justieren, aber es ist mir gleich, ob sie das Geschehen einfangen. Es ist mir gleich, ob ich wegen eines Kusses meinen Job verliere. Ich sitze auf dem weißen Stuhl und lächele.

Und dann erzähle ich ihr alles. Ich erzähle ihr von Beek und Daphne und auch von Daniela. Ich erzähle ihr vom See und der Wand und der Tür in der Wand. Ich erzähle ihr vom Geteiltsein der Stadt und vom Lehrer und dem Bürgermeister. Ich erzähle von meiner Rolle als Mittler und wie es sich anfühlt, endlich einmal irgendwo gebraucht zu werden. Ich spreche von meinen Fehlern und dass ich mir niemals zu helfen weiß. Dass ich gut sein möchte und dass ich niemals verstehe, wie alles immer nur den Bach hinuntergeht.

Ich erzähle ihr von den Türen, die mich irgendwo hinführen, und von meiner Angst, dass ich verrückt sein und dass sie genau das von mir denken könnte.

Ich erzähle vom Schwimmen, dass ich immerzu schwimme, auch in diesem Augenblick, und dass ich froh bin, dass sie neben mir liegt und ich mich an ihr festhalten kann, damit ich nicht wegtreibe in endlose Weite. Und ich bitte sie, zurückzukommen und mich nicht alleine zu lassen in meinem Nest. Dass ich wüsste, dass ich noch ein nasses Gefieder hätte und noch ziemlich hässlich sei, dass mir noch Eierschalen auf den kleinen Stummelflügeln klebten, aber ich könnte mich befreien, und natürlich würde ich wachsen, das würde ich zu gerne, alleine schon für sie, aber sie solle zurückkommen, bitte, solle sich ins Blau eines riesigen, gestirnten Himmels schwingen und nach Hause finden, zu mir.

Ich erzähle ihr von den Frauen, mit denen ich sie betrogen habe. Ich erzähle von allen Frauen, mit denen ich geschlafen habe. Und ich habe nicht einmal die Hoffnung, dass es etwas bewirkt, dass es sie zurückbringt irgendwie. Aber ich muss ihr das alles sagen, ohne Hoffnung. Ich habe zu viele Filme gesehen und Bücher gelesen, in denen einer oder eine einsam an einem Bett sitzt und beichtet.

Dann lege ich mich vorsichtig neben sie auf das Bett, ich habe mir die Schuhe ausgezogen, und es ist noch etwas da von ihrem Geruch an ihrem Hals unter dem Kinn, meinem Zuhause, es ist noch nicht alles weggespritzt und weggeputzt vom Krankenhaus, und ich inhaliere diesen Duft wie meine Droge, die mich still und klein und leise macht.

Dann denke ich: Nicht mehr weiter davonlaufen. Hier bleiben. Meinen Platz einnehmen. Demütig sein. Na ja.

Oder: Einmal noch fort. Nach Beek, einmal noch. Sachen packen, Daphne einsammeln. Dann dem Unausweichlichen ins Gesicht blicken. Meinen Menschen stehen. Der Rest geht mich nichts an. Dies geht mich an, das hier alles, mehr als der Rest.

Als ich die Tür zum Krankenhausflur öffne, als ich ihr Zimmer verlassen will, habe ich eine Entscheidung getroffen. Ich habe endlich einen Gedanken zu Ende gedacht. Zumindest denke ich das. Ich öffne die Tür, und zum ersten Mal seit längerer Zeit passiert es mir wieder.

8

»Wie hast du mich gefunden?«, fragt sie.

Hört es denn niemals auf, denke ich. Ich stehe in einem Wohnzimmer mit heruntergezogenen Jalousien, dämmriges Licht zwischen schäbigen Möbeln, neben einer abgewetzten Kunstledercouch, und neben der Couch auf der fleckigen Auslegeware sitzt Kirsten und sortiert irgendetwas, Kirsten mit den langen blonden Haaren, wie ich sie von früher kenne, aber mit mehr Falten im Gesicht. Trotzdem, sie ist es, kein Zweifel.

»Wie hast du das gemacht, wo kommst du plötzlich her?«

Sie sieht gleichzeitig grimmig erfreut und erschrocken aus. Sie richtet ihren Finger auf mich.

Kirsten und ich sind früher zwei Jahre zusammen gewesen, bis ich den Freundschaftsring in die Schüssel geworfen habe. Der Finger gerät mir unscharf in den Blick, weil ich mitten hinein in Kirstens große, schwarze lodernde Augen taumele.

Kirsten hat Augen wie eine schwarze Supernova, nichts als Pupille. Irgendetwas ist mit ihren Augen.

»Hallo Kirsten«, sage ich.

»Hast du Drogen genommen?« Sie kneift beim Blick in mein Gesicht die brennend schwarzen Augen zusammen. »Du hast so wahnsinnig rote Augen, da ist kein Weiß mehr übrig, krank sieht das aus.«

»Nein«, sage ich, »ist eine lange Geschichte.«

»Aber ich«, sagt sie, »willst du auch was?«

Sie zeigt auf den Couchtisch, auf dessen schwarzer Lasur eine zehn Zentimeter lange Kokainspur zusammengeschoben ist. Am Staub kann man erkennen, dass eine ebenso lange Line weggeschnupft wurde.

»Nein«, sage ich müde. Kirsten klopft neben sich auf den Teppich, damit ich mich setze.

»Entschuldige bitte«, sage ich, »aber ich kann nicht bleiben. Es war schön, dich wiederzusehen.« Und es ist mir egal, ob sie sich wundert, dass ich nach Jahren erst auftauche, um gleich anschließend wieder zu verschwinden.

Ich wende mich der Tür zu, taumele aus dem Schatten dieses Zimmer in einen winzigen Flur, habe die Klinke der Wohnungstür in der Hand. Ich befinde mich schon im Treppenhaus einer Mietskaserne, es riecht nach Karbonade. Und dann zurück.

»Ach«, sage ich ins Ungefähr, ohne sie zu sehen. »Kirsten, in welcher Stadt sind wir eigentlich? Wo wohnst du denn?«

Eine Weile höre ich nichts. Ich frage mich, ob sie mich gehört hat, ob meine Frage durchgedrungen ist zu ihr. Aber ihr scheint keine Frage zu sinnlos.

»Karlsruhe«, höre ich sie mit leiser Stimme sagen.

Dann ziehe ich die Tür ins Schloss.

9

Ich schiebe Danielas Kleider auseinander und will aus dem Schrank treten. Was nicht funktioniert, da ich, einen Fuß noch im Inneren des Schrankes, einen harten Schlag an den Kopf verspüre. Als wäre ich ein Gong. Als liefe ich gegen ein Bergmassiv. Ich wende mich zur Seite und blicke in ein fremdes Augenpaar, in ein Gesicht mit Aknenarben und Kinnbart, lange Haare. Der Mensch vor dem Schrank glotzt verdutzt, vielleicht hat er zu fest damit gerechnet, dass sein Schlag mich fällen wird. Ich betrachte den Baseballschläger in seiner Hand und höre mich denken, witzig, die spielen Baseball in Beek, wie absurd ist das denn bitte.

Dann will ich etwas Lässiges sagen, einen ironischen Kommentar zu dieser speziellen Art von Empfang, aber es funktioniert nicht, weil ich jetzt doch irgendwie in Schieflage gerate. Ich werde getragen, was nicht unangenehm ist, würde mein Schädel nicht so schmerzen und würde es nicht so infernalisch an mir rütteln.

Ich werde auf einen Stuhl gesetzt. Man bindet mir die Füße an die Beine des Stuhls, man fesselt mir die Handgelenke hinter dem Rücken. Das Licht ist zu grell, es blendet mich zwischen den zusammengekniffenen Lidern hindurch. Mein Kopf tut weh. Der Stuhl, auf dem ich sitze, wackelt leise vor sich hin. Er befindet sich im Schulgebäude. Der Lehrer funkelt mich giftig an. Hinter ihm stehen der Bürgermeister, der Apotheker, der Typ mit der Baseballkeule und noch zwei zwielichtige Gesellen, die nach körperlicher Schinderei aussehen. Auch Daniela steht dort im Hintergrund, sie macht sehr schmale Lippen und schaut mich sorgenvoll an.

Ich blicke durch das Fenster hinaus auf den Baum, der vor dem Schulgebäude steht. Seine Blätter sind gelb geworden, einige feuerrot. Ein einzelnes Blatt trudelt gerade sanft und friedlich vor dem grauen Himmel gen Erdboden.

»Einfach so abzuhauen, zum zweiten Mal schon, das könnte Ihnen so passen.« Der Lehrer ist dicht an mich herangetreten und verpasst mir eine Ohrfeige, die meinen Kopf zur Seite schwingen und nachfedern lässt.

»Johann, nicht«, höre ich Daniela sagen.

»Jetzt werden hier andere Saiten aufgezogen.« Er verpasst mir eine zweite Schelle auf die andere Seite des Gesichts. Über Abwechslung kann ich mich also nicht beklagen.

»Wo ist Daphne?«, nuschele ich. Meine Lippe ist aufgeplatzt, ich fühle, wie warmes Blut mein Kinn hinabläuft.

»Da, wo sie sein soll, sie tut ihren Dienst. Allerdings wird sie rund um die Uhr bewacht, damit sie nicht auch vor ihrer Aufgabe kneift.«

Er verpasst mir noch eine Ohrfeige. Ich habe den Eindruck, dass er sein Leben lang auf diese Gelegenheit gewartet hat.

»Faschist«, sage ich und bin nicht sicher, ob er etwas damit anfangen kann.

Das Resultat jedenfalls ist eine weitere Ohrfeige, die er in mein Gesicht appliziert.

»Sie ist in der Hütte«, mischt Daniela sich ein, »es geht ihr gut.«

»Jetzt werden hier ganz andere Saiten aufgezogen«, sagt der Lehrer erneut mit einem euphorisch schwellenden, drohenden Ton, der ihm tief aus den Eingeweiden aufzusteigen scheint. Er wendet sich zur Wand des Raumes um und hat kurz darauf eine Eisenstange in der Hand. Der Bürgermeister legt ihm die Hand auf den Arm und tritt vor mein Gesicht.

»Herr Lazyboy«, sagt er mit höflicher Stimme. »Lassen Sie mich einmal versuchen zu beschreiben, was wir von Ihnen erwarten und warum wir von Ihnen enttäuscht sind, ja?«

Er schaut nicht nur mich nach Zustimmung heischend an, sondern fängt kurz jedes Augenpaar im Raum mit seinen Blicken ein und den Lehrer etwas länger, Politiker. Er wischt sich eine blonde Strähne mit sehr langen Fingern aus der Stirn, Klavierspielerfingern.

»Dank Ihrer Bemühungen wissen wir ja nun, dass die Stimmung auf der anderen Seite der Stadt recht positiv zu sein scheint. Wir haben uns gedacht, dass es für uns nicht nur von Vorteil ist, durch Ihre Person hin und wieder Nachrichten oder Gegenstände, Waren zum Beispiel oder auch Personen, auszutauschen, sondern dass wir den Zustand der Geteiltheit an und für sich überwinden wollen. Wir glauben, dass es für ein prosperierendes Beek vorteilhaft ist, in großem Stil an den Märkten und Arbeitskräften dort drüben zu partizipieren, mehr als dies jemals möglich sein würde, wenn wir lediglich durch eine menschengroße Öffnung in einer Wand hindurch Handel betreiben. Wir streben mittelfristig an, unabhängig von Ihren Diensten zu sein. Wir suchen also nach der großen Lösung. Das bedeutet, Sie wären frei. Und dies scheint uns ganz in Ihrem Sinne. Für die Rolle des Mittlers, dies müssen wir bereits nach so kurzer Zeit feststellen, scheinen Sie einen etwas unsteten Charakter zu besitzen. Sie scheinen der Aufgabe und der damit einhergehenden Verantwortung nicht wirklich gewachsen.«

Hier wechselt er einen spöttischen Blick mit dem Lehrer, der voller Genugtuung vor sich hin nickt und dabei mit der linken Hand liebevoll über seine Eisenstange reibt.

»Aber was heißt das, die große Lösung? Es ist jetzt Ihre Aufgabe, darüber nachzudenken. Wir haben uns entschieden, Sie zu Ihrem Glück zu zwingen. Überwinden Sie das Vorhandensein der Wand. Mit physischer Gewalt ist ihr nicht beizukommen, das wurde ausreichend versucht. Menschen haben diese Wand gemacht, wir haben sie gemacht. Und trotzdem können wir sie nicht abreißen oder klein stampfen oder sonst irgendwie bezwingen. Es ist ein Rätsel. Also müssen Sie es tun, der Sie für uns ein Rätsel ebenso wie die Wand darstellen. Als Einziger, oder sagen wir, als Einziger bis zum Auftauchen Ihrer Komplizin, waren Sie imstande, durch die unpassierbare Tür in der Wand zu gehen. Ihnen sollte qua Herkunft und Bestimmung das Unmögliche möglich sein. Diese Wand muss weg. Erst wenn Beek wiedervereinigt ist und sich die Bewohner beider Seiten frei bewegen können, unabhängig von den weiterführenden Diensten eines Mittlers, werden auch Sie sich wieder frei bewegen. Bis dahin allerdings behalten wir uns vor, Sie unter Beobachtung zu stellen. Dabei soll es nicht am Respekt fehlen, das möchte ich ganz deutlich zum Ausdruck bringen. Wir betrachten Sie weiterhin mit einer gewissen Ehrfurcht. Strengen Sie sich an. Denken Sie nach. Sie haben alle Zeit der Welt, zumindest von unserer Seite aus.«

Der Bürgermeister klatscht abschließend in die Hände und reckt das Kinn.

»Äh, darf ich etwas sagen?«, frage ich mit geschwollener Lippe.

»Nein«, antwortet der Lehrer und lächelt mich breit an.

Ich bleibe im Klassenzimmer zurück. Vor der Tür, draußen, steht der Typ mit dem Baseballschläger, um mich zu bewachen. Hier im Raum kann ich mich frei bewegen, sie haben mir die Fesseln abgenommen. Ein Märchen, denke ich. Jetzt bin ich gerade die Müllerstochter, die vom Müller an den König verschachert worden ist, der sie in eine Kammer steckt, damit sie darin über Nacht Stroh zu Gold spinnt.

Dass ich hier drinnen eingesperrt bin, ist so ungefähr das Sinnloseste, was ich mir vorstellen kann.

Ich gehe zur Tür hinüber und klopfe energisch gegen das Holz.

Ich sage: »Können wir bitte noch einmal über alles reden, bitte.«

Ich sage: »So eine Scheiße!«

Ich sage: »Ich sitze doch nicht in diesem verkackten Klassenzimmer herum, während meine Frau in einem Krankenhaus langsam vor sich hin stirbt!«

Ich sage: »Was für eine Scheiße ist das denn bitte! Ich will hier raus!«

Ich sage: »Lasst mich raus, ihr dreckigen Wichser, ihr verdammten Scheiß-Beeker!«

Ich schlage mit der flachen Hand gegen die Tür. Von draußen kommt keine Antwort. Ich hole Atem, stehe atmend vor der Tür, und dann passiert etwas, das ich nicht genau erfasse und das ich nicht mehr kontrollieren kann. Plötzlich wird irgendein Befehl vom Kleinhirn oder was weiß ich an alle Körperteile weitergegeben, und der Körper macht sich selbstständig. Irgendetwas klinkt sich aus, irgendetwas vergrößert sich und wird elastisch, als entwickele sich selbsttätig ein hypermobiler, extrastarker Exokörper, eine organische Übermaschine, als falte sich ein Faltboot auf.

Als Erstes muss ein Stuhl dran glauben. Er erhält einen Tritt und schießt krachend und geschossgleich in eine Sitzgruppe. Mein riesiger Körper reißt eine Landkarte von Beek an sich und pixelt sie zu mikroskopischem Konfetti, er metzelt und zerstückelt Kindergemälde, zerrt Bücher aus Regalen und katapultiert sie gegen Wände, zerfleddert ausgestopfte Vögel, tritt gegen Tische und Stühle und lässt sie wie waagerechten Regen oder Hagel durch die Luft sirren. Er tobt sich aus wie eine elektrostatische Entladung, als gäbe es kein Morgen, als wäre dieser Raum eine dem Untergang geweihte Landschaft, dem haltlosen Wüten des Roboters der Apokalypse ausgeliefert. Irgendwann allerdings steht kein Brennstoff Atem mehr zur Verfügung.

Etwas sinkt erschöpft auf dem Linoleumfußboden in sich zusammen, lehnt sich gegen ein geplündertes Regal, tuckert noch eine Weile vor sich hin. Von draußen vor der Tür ist nichts zu vernehmen.

Ich hebe ein Buch auf, das vor mir auf dem Boden liegt. Ein Band mit *Beeker Geschichten.* Ich schlage sie in der Mitte auf. Ich lese die Geschichte vom Bäcker Loki, der den kleinen Bach, die Beek, aufstaute, um seine Mühle mit mehr Wasser zu versorgen, ohne den Magistrat um Erlaubnis zu ersuchen. Ich lese, dass auf diese Weise nicht nur der See entstand, der die Stadt in zwei Uferhälften teilte und so die Trennung durch die Wand vorwegnahm, sondern dass auch das alte Waisenhaus überflutet wurde, das in einer Mulde gestanden hatte, 42 tote Waisenkinder.

Ich kippe zur Seite weg, das Buch fällt aus meinen Händen auf den Boden. Ich rolle mich auf dem Linoleum zusammen.

Als ich erwache, ist es Nacht. Ich betrachte im Liegen die drei hellen Rechtecke in einem schwarzen Universum, von denen ich weiß, dass es die Fenster des Klassenzimmers sind. Ich brauche einen Plan, denke ich. Wenn ich erst einmal aus diesem Klassenzimmer heraus bin, gibt es zwei Möglichkeiten. Entweder ich komme irgendwie auf die große Lösung, überwinde Wand und Teilung, alle sind zufrieden und ich darf gehen. Oder ich setze mich so schnell es geht ab. Vielleicht gibt es ja mehr Ein- oder Ausgänge als nur den Kleiderschrank. Warum sollte sich der Zugang aus meiner Welt in die Stadt auf Danielas Kleiderschrank beschränken? Vielleicht verfügt jede Seite über einen separaten Zugang in die wirkliche Welt. Vielleicht ist es auf der anderen Seite der Kleiderschrank der

Ärztin Monika, würde doch Sinn ergeben irgendwie, Doppelgängerinnenlogik.

Als es hell wird, durchstöbere ich ein paar herausgerissene Kommodenschubladen, bis ich Malpapier und Wachsmalstifte gefunden habe. Ich lege mich bäuchlings auf den Boden und fertige mühsam eine Skizze von Beek an, so wie ich mir die Stadt bislang zusammengereimt habe und wie ich sie von der gepixelten Landkarte erinnere.

Irgendwann, ich bin gerade in meine Skizzen vertieft, klopft es gegen die Fensterscheibe. Verwirrt blicke ich auf. Draußen steht Daphne. Sie blickt sich nach rechts und links um, dann winkt sie mich mit gehetztem Blick zu sich.

»Mach das Fenster auf«, lese ich von ihren Lippen ab. Ich schleiche zum Fenster und öffne es leise.

»Sie bewachen die Fenster nicht«, sagt Daphne und strahlt mich an.

»Wirklich?«

»Bescheuert, oder? Sie haben noch gar nicht gemerkt, dass ich weg bin.«

»Oh«, sage ich. »Ich bin gar nicht auf die Idee gekommen, die Fenster zu kontrollieren. Woher wusstest du, dass sie mich im Schulhaus verstecken?«

»Vor der Tür steht ein Typ mit Baseballschläger und dieser Lehrer geht mit rotem Gesicht auf und ab. Komm schnell, wir müssen abhauen.«

Sie wirft einen anerkennenden Blick ins Klassenzimmer. »Du hast aber ganze Arbeit geleistet.«

Ich klettere aus dem Fenster.

»Wie konntest du denn entkommen?«

»Pff«, macht sie, »das sind hier wirklich keine Profis. Da bin ich anderes gewohnt.«

Wir waten mit erhobenen Armen durch eine Fläche mit hohen Brennnesseln. In einem Gebüsch mit feuerroten Blättern nehmen wir Platz.

»Pass auf«, sagt Daphne, »sie bewachen den Durchgang durch die Wand, die Tür auf die andere Seite, der Weg ist uns also abgeschnitten. Außerdem steht das Haus von deiner Tussi unter Bewachung, was man sich ja hat denken können. So wie ich es sehe, müssen wir herausfinden, ob es noch weitere Wege hinaus aus Beek gibt.«

»Genau«, sage ich, »so weit bin ich auch schon gekommen.«

»Wir sollten uns wieder trennen«, sagt Daphne, »und jeder auf eigene Faust suchen. Bei Sonnenuntergang treffen wir uns wieder.«

Ich sage: »Normalerweise käme an dieser Stelle der unsichtbar machende Mantel oder Umhang zum Einsatz, den wir von einem guten Zauberer oder einer Fee oder einem alten König geschenkt bekommen hätten. Ich würde ihn über dich breiten und dann könnten wir unentdeckt durch die feindlichen Linien spazieren. Das wäre hilfreich jetzt.«

»Häh?«

»Fantasy«, sage ich.

Wir blicken beide die *Ralph-Lauren*-Daunenjacke an, die ich aus nostalgischen Gründen immer noch trage.

»Das können wir vergessen«, sagt sie.

»Dann muss es eben so gehen«, sage ich.

»Ist eh nicht so mein Fall«, sagt sie. »Fantasy, das ist mehr so ein Jungs-Ding. Ich stehe mehr auf Pony-Literatur, Freundinnen und Internate, du weißt schon. Wir treffen uns hier wieder, wenn es dunkel geworden ist, ja?«

Wir nicken uns grimmig zu, dann schleichen wir in unterschiedliche Richtungen.

10

Ich schleiche an einer 200 Meter langen Backsteinwand entlang. Ich klettere auf einen 58 Meter hohen, unbewachten Backsteinturm, von dem aus ich diese Seite der Stadt und das Umland und die Wand überblicken kann, über die Wand hinweg kann ich trotzdem nicht gucken. Ich klettere in die Kanalisation Beeks hinab, krieche gebückt durch Abwassergräben. Als ich meinen Kopf endlich wieder blinzelnd ins Tageslicht hebe, muss ich feststellen, dass ich immer noch auf derselben Seite bin und dass dieser Ausgang aus der Beeker Unterwelt bewacht wird.

Ein etwa 12-jähriger Junge sieht mich mit flackernden Blicken an, er weicht ein paar Schritte zurück. Ich gucke sein T-Shirt an, auf dem in fließender lindgrüner Schrift *Arabake* steht, was immer das bedeuten mag. Die Bedeutung des Pfiffs, den er einer umgehängten Trillerpfeife entlockt, leuchtet mir ohne Verzögerung ein. Ich schwinge mich aus dem Loch im Boden und verschwinde um die nächste Häuserecke, während er wie besessen in seine Trillerpfeife bläst. Ich höre das Getrampel schwerer Schritte auf dem Pflaster, während ich auf ein rettendes Gebüsch hoffe. Ich renne. Backsteinwände fliegen vorbei.

Eine geöffnete Haustür hält mich auf. Eine alte Dame lehnt mit verschränkten Armen darin.

»Hier herein, junger Mann!«, ruft sie.

Sie zieht mich zu sich und klopft mir auf die Schulter. Sie sagt: »Ich bin von Anfang an der Meinung gewesen, dass man Sie mal in Ruhe Ihrer Aufgabe nachgehen lassen sollte, dass ein wenig Vertrauen angezeigt wäre, anstatt Ihnen immerzu neue Anweisungen zu geben und Ihnen Knüppel zwischen die Beine zu werfen.«

»Ja«, sage ich atemlos, »danke.« Sie schiebt mich durch einen dunklen Flur, der nach trockenem Holz riecht. In der guten Stube hält sie mir eine Schale lauwarmer Milch hin, als wäre ich ein Kätzchen, aber Durst habe ich tatsächlich und ich schlabbere dankbar. Dann blicke ich sie an, grauer Rock, braun-beige gestreifte Bluse, ein Medaillon um den Hals, feste, braune Schuhe, ein silberner Haarknoten. Und sie blickt mich an. Mein Äußeres muss unter dem Ausflug in die Kanalisation gelitten haben. Ich rieche. Ich bin schmutzig. Aber ihr scheint es nichts auszumachen, sie lächelt freundlich.

»Ich organisiere den Beeker Widerstand«, sagt sie lächelnd.

»Oh«, sage ich.

»Mein Mann und ich kämpften schon lange im Verborgenen gegen das Regime, nun bin ich an der Spitze der Bewegung, seit er verschwunden ist.«

»Oh«, sage ich noch einmal und blicke mich in der Stube um, in die sie mich geschoben hat. Ein Kachelofen, ein Wandteppich. Neben einem schönen Sekretär aus Nussholz steht ein ausgestopfter Hund, ein Labrador, seelenlos glitzern zwei stummschwarze Augen zu mir hin. Sie hat mich auf ein leicht muffig riechendes Sofa geschoben.

»Schönes Tier, nicht wahr?«, erkundigt sie sich, als sie meinen Blick bemerkt.

»Hh«, mache ich und nicke mechanisch.

»Er hieß Rüdiger, 12 Jahre hat er bei uns gelebt, dann konnte ich mich nicht von ihm trennen.«

»Sie haben ihn ausstopfen lassen«, bemerke ich, geistreich wie eh und je.

»Genau«, sagt sie mit einem zufriedenen Gesichtsausdruck. »Und im Schlafzimmer oben steht mein verstorbener Mann, wollen Sie auf den auch mal einen Blick werfen?«

Sie fixiert mich eine Weile scharf, in ihrem Antlitz spiegeln sich meine stupide weit geöffneten Augen, dann wiehert sie plötzlich los, etwas unziemlich für eine ältere Dame, finde ich.

»Ein Scherz«, wiehert sie. »Sie haben mir geglaubt, nicht wahr? Ein Scherz!«

Sie kichert vor sich hin, und ich bekomme tatsächlich das Bild von diesem ausgestopften Herrn mit den weißgrauen Haaren in seinem besten Anzug nicht aus dem Sinn, der da oben neben ihrem Bett nächtliche Wacht hält.

»Was haben Sie jetzt vor?«, fragt sie, als sie sich beruhigt hat.

»Ich schätze, ich muss einen zweiten, unbewachten Weg hinaus aus Beek suchen, auf die andere Seite oder am besten direkt in meine Welt.«

»Hm«, macht sie und rührt lächelnd in einem Tässchen Tee, das sie sich eingeschenkt hat. »Vom Brunnen haben Sie noch nicht gehört, oder?«

»Brunnen?«, sage ich.

»Es gibt einen Brunnen, den der Widerstand schon lange benutzt. Das Regime hat meines Wissens von diesem Ausgang keine Kenntnis.«

»Ein Brunnen?«

»Ja, ein stillgelegter Brunnen. Ein Abstieg. Ein Ausgang. Unsere Passage.«

»Wohin?«, frage ich.

»Tja«, sagt die alte Dame.

»Haben Sie den Brunnen benutzt? Sind sie außerhalb Beeks gewesen? Was hat es denn auf sich mit diesem Widerstand?«

In diesem Moment bollert es gegen die Wohnungstür.

»Ha«, sagt sie mit einem Blitzen in den Augen, »damit war zu rechnen, dass sie irgendwann zu mir kommen. Los, schnell, hinter den Teppich!«

Sie springt erstaunlich beweglich zum Wandbehang hinüber und hebt eine Ecke für mich an. Auf dem Wandteppich befinden sich zwei Elefanten, die sich mit den Rüsselspitzen sanft berühren. Hinter dem Wandteppich ist eine Nische in die Wand eingelassen, von außen nicht zu bemerken. Trotzdem scheint mir dieses Versteck arg durchschaubar. Wenn ich einen Raum zu durchsuchen hätte, würde ich sicherlich als Erstes hinter einem Wandteppich nachgucken. Ich könnte also auch gleich stehen bleiben und rufen. Ich gleite trotzdem in die Nische hinein. Sie lässt die Teppichecke fallen, ich verschwinde hinter Teppichmuff. Augenblicklich überfällt mich ein drängender Nieswunsch. Ich stehe jämmerlich in staubgetränktem Dämmer.

»Das ist ja schön, dass du vorbeischaust, Hildegard«, höre ich die Stimme meiner Hüterin.

Die Stimme einer zweiten Alten sagt: »Ja, als du mich am Zaun auf eine Tasse Tee eingeladen hast, habe ich mich gefragt, ob du nicht vielleicht auch wieder diesen köstlichen Rhabarberkuchen gebacken haben könntest?«

»Richtig, richtig«, höre ich meine Gastgeberin, »dann mache ich mal den Tee für uns zwei alte Schachteln, nicht?«

Als die Besucherin ausreichend mit Tee und Kuchen und Neuigkeiten versorgt ist, ich habe unter anderem erfahren, dass ihr Neffe einen Kursus beim Korologen Doktor Schulte absolviert hat, werde ich aus meinem Gefängnis hinter dem Teppich befreit.

»Kommen Sie«, sagt die Frau mit entschlossenem Gesichtsausdruck, »ich führe Sie jetzt zum Brunnen. Schließlich steht hier einiges auf dem Spiel.«

»Sie wollten mir noch erzählen«, sage ich und niese, »was das bedeutet, Sie organisieren den Widerstand? Wogegen?«

»Ach, gegen diese ganze Clique, den Lehrer, den Bürgermeister, den Apotheker und noch ein paar andere, die hier seit Langem die Regeln machen und die Freiheit unterdrücken. Der Lehrer vor allem. Mein Mann und ich sind schon ewig überzeugt, dass diese Herren ein Interesse daran haben, Beek von der Welt abzuschneiden, dass sie diesen Zustand künstlich verlängern oder sogar hergestellt haben.«

»Wie?«, frage ich.

»Das wissen wir nicht. Aber wir sammeln seit Jahren Beweise. Kommen Sie, das soll jetzt nicht Ihr zentrales Problem sein.«

Wenn ich nicht wüsste, dass sich irgendwo hier Daphne tummelt, würde ich diesen Brunnen nutzen und auf der Stelle ohne Unterbrechung Richtung Krankenhaus durchreisen, wenn das geht.

Die alte Dame führt mich in den Garten hinter dem Haus, vorbei an ein paar Blumenbeeten, Dahlien und Astern, sage ich mal so als Blumenexperte, ein Kirschbaum, etwas Gemüse mit gelben, welken Blättern. Sie führt mich in den rückwärtigen Teil, wo hinter zwei Vogelbeerbüschen eine dunkelrote Metallplatte auf dem Boden liegt. Gemeinsam machen wir uns an der Platte zu schaffen, schieben sie zur Seite. Darunter kommt ein gemauerter Schacht zum Vorschein, aus dem es feucht und kühl zu mir heraufweht. Es ist schwarz in der Tiefe, ich kann nicht erkennen, wie tief es da hinuntergeht. Dunkler, fauliger Atem weht mir entgegen, als hauche mich ein in der Tiefe vergrabener Riese an.

»So tief geht es da gar nicht hinunter«, sagt die Dame, »der Eindruck täuscht. Man denkt, der Brunnen führt bis in den Bauch des Universums hinab, nicht wahr?«

»Ja,« sage ich und schlucke.

»Auf geht's«, sagt sie und klapst mir auf die Schulter.

»Daphne hat ihn auch schon oft benutzt.«

»Moment«, sage ich. »Sie kennen Daphne?«

»Aber sicher. Hat sie Ihnen nicht davon erzählt?«

»Seit wann kennen Sie Daphne?«

»Och, schon ewig. Seit sie ein ganz kleines Mädchen gewesen ist. Sie war oft hier, hat sich hier verkrochen. Ich bin quasi so etwas wie eine zusätzliche Großmutter für sie. Sie hat es ja wirklich nicht leicht gehabt, die Arme.«

Das ist ein Ding. Daphne geht in Beek ein und aus, sie kennt es vermutlich wie ihre Westentasche. Aber warum hat sie mir nichts davon erzählt? Immerhin haben wir uns getrennt, um einen Ausgang zu suchen.

»Wer kennt Daphne denn noch?«, frage ich.

»So gut wie keiner, das haben wir eigentlich ganz gut hingekriegt.«

»Bedeutet das dann, dass Daphne der Mittler ist?«

»Die Mittlerin, meinen Sie.«

»Meinetwegen.«

»Na, Sie sind doch der Mittler.«

»Und Daphne?«

»Daphne ist einfach sie selbst.«

»Hm«, mache ich. Ich frage mich, was das nun wieder bedeutet.

»Wollen Sie den Brunnen nun benutzen?«

»Wo komme ich denn an?«

»Das müssen Sie schon selbst herausfinden.«

»Sollten wir nicht vielleicht auf Daphne warten? Wenn Sie sie so gut kennen, dann wird sie doch bald hier auftauchen.«

»Das glaube ich kaum, sie wird mich nicht gefährden wollen. Kommen Sie!«

»Gibt es keine Leiter?«, frage ich und sehe mich suchend um.

»Muss auch so gehen«, sagt sie. »Vertrauen Sie mir, Sie müssen springen. Wie gesagt, Sie sind nicht der Erste, der so reist.«

»Meinen Sie das ernst?«, frage ich.

»Sehe ich aus, als würde ich spaßen?«

Ich muss an den Witz über den ausgestopften Ehemann denken. Ich schlucke. Dann schaue ich noch einmal ins körnige Schwarz des Brunnens hinab. Ein Schwarz mit dünnen schwarzen Armen, die mich zu sich herunterziehen wollen, einige haben sich schon um meine Knöchel geschlungen.

»Kommen Sie, seien Sie nicht so ein Waschlappen.«

Sie gibt mir einen Stoß. Ich sehe sie entrüstet an, sie grinst, ihr Gesicht kippt nach hinten weg. Ich trudele und stürze ins Schwarz.

Der Sturz ist früher beendet, als ich gedacht hätte. Ich sitze auf Sandboden. Über mir ein kreisrunder Ausschnitt Himmel, vielleicht fünf Meter Schacht, schwer zu sagen. Mein Knöchel schmerzt. Mein Bein schmerzt. Mein Ellenbogen schmerzt. Ich taste den Brunnenschacht ab. Meine erste Diagnose lautet: Brunnenschacht, solide gemauert. Ich habe keine Idee, wie ich den Brunnen als Schleuse an einen anderen Ort benutzen soll. Vielleicht muss ich im Sand graben?

»Hallo?«, rufe ich nach oben zur alten Dame hinauf, aber ich erhalte keine Antwort.

II

Ich sitze auf dem Grund eines Brunnens. Eine ganze Weile sitze ich jetzt schon so da. Ich bin gefangen, so sieht es aus. Also lasse ich meine Gedanken wandern. Sie wandern ins

Krankenhauszimmer. Das Licht ist gedämpft, die schweren Vorhänge halb zugezogen. Flüssigkeit tropft aus dem Beutel in der Haltevorrichtung neben dem Bett. Grüne Leuchtzeichen knistern über einen Kontrollmonitor. Monikas Vater sitzt neben dem Bett und streicht ganz sacht mit dem Zeigefinger über die Augenlider seiner Tochter. Er flüstert leise vor sich hin, in ihre Richtung.

Unter der Bettdecke bewegt Monika die Beine, ein Fuß wühlt sich unter der Decke hervor, streckt sich ins Nichts jenseits der Bettkante hinaus.

Monika dreht den Kopf, windet ihn unter den Fingerspitzen ihres Erzeugers hervor. Sie hat den Kopf dem Fenster zugewandt. Sie blinzelt.

Sie öffnet erst eins, dann das zweite Auge. Sie kneift beide Augen zusammen. Sie schnauft. Sie stöhnt. Ihr Vater auf seinem Stuhl zuckt zusammen. Sein Körper ist von einem Moment auf den anderen von einem Übermaß elektrischer Energie angefüllt, mit dem man zwanzig Haushalte eine Stunde lang mit Strom versorgen könnte. Eben hat er sich noch ausgelaugt und verbraucht gefühlt. Monika brummt vor sich hin, sie wendet den Kopf und schaut ihren Vater an. »Papa«, sagt sie.

Der Mann, der bei ihrer Geburt im Kreißsaal anwesend war, ist sprachlos. »Papa, kannst du mir etwas zu trinken geben, bitte«, sagt Monika, »mein Hals fühlt sich an, als habe jemand mit einer Feile drin rumgemacht.«

Sie räuspert sich, es schmerzt. Ihr Vater nickt, er nickt vor sich hin, ohne damit aufhören zu können oder sein Nicken in eine sinnvolle Handlung, das Herbeischaffen eines Glases Wasser zum Beispiel, einmünden lassen zu können. Die Tür zum Zimmer öffnet sich. Monikas Mutter steckt den Kopf herein, als wäre sie an eine familieninterne Alarmleitung angeschlossen, als wäre in ihr ein Licht angegangen, das ihr mitgeteilt hat: Die Tochter ist aufgewacht. »Häschen«, sagt die Mutter, stürzt zum Bett und hält ihr das Glas Wasser unter die Lippen, das auf dem Nachtschrank gestanden hat. »Häschen«, wiederholt sie.

Monika räuspert sich wieder, sie sagt: »Oah, ich habe so beschissen geträumt, das glaubt ihr gar nicht. Von einem Barockmusiker in einem riesigen Schloss, der mir immerzu etwas vorspielen wollte in diesen menschenleeren Sälen, Fluren und Hallen, ich bin davongerannt, immerzu holte er sein Instrument hervor, eine winzige silberne Flöte, die gleichzeitig eine Säge war, aber ich wollte nicht, denn ich hatte das Gefühl, in den Park hinauszumüssen, eine Verabredung oder so etwas, den Park konnte ich nämlich durch die hohen Fenster betrachten, obwohl sich auch dort nichts Lebendiges regte.«

Monikas Vater nickt immer noch und weint still vor sich hin. Er hält den Oberarm seiner Tochter mit beiden Händen, als könne er ihm entgleiten, ein Griff, der sagt, hier lasse ich nie wieder los.

»Ist Heiner da?«, fragt Monika. Sie blickt die Mutter an.

»*Der*«, sagt die Mutter, wobei es mehr ein Fauchen ist, mit dem sie es sagt. Es gelingt ihr, eine umfangreiche Portion Ablehnung und Geringschätzung in ein einzelnes, harmloses Wort zu legen.

»Nein«, sagt die Mutter und malt ein Ornament mit dem Fingernagel auf Monikas Stirn. »Keine Ahnung, wo der hin ist.«

»Ach«, sagt Monika, und ihr Blick wird leer. Sie sieht aus, als würde sie sich an etwas erinnern.

Ich sitze an den Backsteinschacht gelehnt, die Beine ausgestreckt, den Kopf in den Nacken gelegt. Ich sehe der Wolke zu, die seit einer Minute den Ausschnitt Himmel über mir von links nach rechts bereist. Die Wolke sieht aus wie ein kleines, pralles Kissen, das ich gut hier unten gebrauchen könnte. Meine Finger kämmen den Sand, der glücklicherweise sauber ist, reiner, weißer Sand, kein Schlamm, keine Spinnen. Meine Augen haben sich mittlerweile an das Dämmerlicht gewöhnt. Ich weiß nicht, wie lange ich schon so sitze, dem Schmerz in meinem rechten Bein lausche.

Ich denke an Daphne. Wie sie an einen Baumstamm gelehnt sitzt und die Oberfläche des Beeksees betrachtet, die sich hin und wieder unter einem Windstreich kräuselt. Sie hat die Turnschuhe ausgezogen und reibt die Fußsohlen über das Gras. Ihre Füße schmerzen, weil sie den ganzen Tag durch Beek geschlichen und gerannt ist, durch Büsche gekrochen, über Zäune gestiegen, auf der Flucht vor einem besessenen Lehrer und einem läppischen Bürgermeister. Auf der Suche nach einem weiteren Ausgang aus dieser in die andere, die wirklich wirkliche Welt, aus der sie stammt und in der sie gebraucht wird.

Daphne denkt an ihren Onkel, der in seinem Zimmer im oberen Stockwerk geduldig lesend auf ihre Rückkehr wartet. Sie muss zurück, sie kann ihn auf Dauer nicht allein lassen, und deshalb wird sie auch zurückkehren. Und sie denkt an mich und fragt sich, was sie mir schuldet, in was sie sich da hat hineinziehen lassen und wozu, was sie davon hat, dass sie sich in dieser Wirklichkeit herumtreiben muss, die ihrem Sinn für Abenteuer so gar nicht entspricht, keine Pferde oder Ponys, nicht einmal ein lausiges Internat.

Statt dessen ein bitterer Lehrer und ein nicht ernst zu nehmender Bürgermeister, da kommt sie so gar nicht auf ihre Kosten. Wo bleibt der gut aussehende 15-jährige Freischärler, der sich aus dem Schatten eines Busches hervortut, der plötzlich neben ihr sitzt?

Sie seufzt. Sie beschließt, dass es für sie nur noch einen Ausweg aus Beek geben kann. Sie hat überall nachgesehen, durch jede unbewachte und zugängliche Tür oder Öffnung ihren Kopf gesteckt. Jetzt ist es ihr egal, ob man sie entdeckt und was man dann mit ihr macht. Sie steht auf. Sie beginnt sich auszuziehen. Sie zieht sich den Sweater über den Kopf, streift die enge Jeans herunter. Sie steigt aus ihrem Slip, öffnet den BH, den sie nicht braucht, nicht wirklich. Dann stellt sie sich an das Ufer des Sees und heftet den Blick auf diese unendlich graue Wand. Sie tritt in das Wasser hinein, lässt sich mit zusammengebissenen Zähnen, aufeinandergepressten Kiefern schnell ins Kalte gleiten. Sie schwimmt ein paar Züge, holt einmal tief Luft und dann taucht sie ab. Sie weiß jetzt, dass der Weg aus Beek hinaus unten zu finden ist, auf dem Grund des Sees. Dort, in seiner Mitte, befindet sich die Öffnung. Es hat immer, immer, etwas mit Wasser zu tun. Sie taucht tiefer, der Druck auf ihren Ohren nimmt zu, die Luft, die sich in ihren Backen befindet, entweicht und steigt in großen Blasen auf. Sie arbeitet sich in das dunkler werdende Grün, kratzt sich aus dem Licht hinab in die Tiefe, bis sie ins tiefe Schwarz gelangt. Und plötzlich wird es wieder leicht zu atmen. Sie kann sich einhaken, festhalten im Schwarz, ohne hinauf in grelles Nichts gezogen zu werden. Sie steht aufrecht in der Schwärze und blickt mit ganz geöffneten Augen um sich. Sie spürt, dass sie noch nie so weit geöffnete Pupillen hatte, dass es immer ein zu viel an Licht gab, dass dieses Schwarz eine Labsal ist. Sie fühlt, wie das sie umgebende Schwarz sich an sie schmiegt, sie umhüllt, umzärtelt, wie es mit mehr als zehn Fingern auf ihrem Körper spielt und jede Faser seine Schönheit spüren lässt. Sie will nicht gehen. Aber sie spürt, dass die Zeit gekommen ist, und also reißt sie sich los aus dem warmen, umfangenden Schwarz. Und durch diese Bewegung entsteht ein Riss, durch den goldenes Licht strömt auf eine Weise, die ihren Augen nicht wehtut. Und sie greift in dieses Gold hinein und vergrößert die Öffnung. Und es ist klar, dass dies, dass das der Ausgang ist, auf den sie gewartet hat, nicht erst seit heute. Und also schlüpft sie hinein in das Gold.

Ich seufze.

Frau Merbold denke ich mir in ihrem Behandlungszimmer. Sie sitzt am Schreibtisch und spielt mit dem Bleistift zwischen ihren Fingern. Sie trommelt damit auf dem Schreibblock herum, der vor ihr liegt. Sie weiß, dass es Zeit ist, die nächste Patientin hereinzubitten. Es ist schon zehn Minuten her, dass sie die letzte Depressive aus dem Raum begleitet, sie verabschiedet und dann zur Nächsten, zur Wartenden im Wartezimmer gesagt hat, sofort, ich brauche noch ein, zwei Minuten, und jetzt sitzt sie hier seit zehn Minuten, seit zwölf Minuten, um genau zu sein, und starrt vor sich hin und weiß überhaupt nicht, was los ist. Sie hat das Gefühl, dass sie auch in den folgenden 20 Minuten nicht in der Lage sein wird, diese Patientin zu sehen. Eine übergewichtige Depressive, ein hängender, teigiger Körper mit schlappen Haaren. Dass sie nicht in der Lage sein wird, überhaupt eine Entscheidung zu treffen. Sie legt den Bleistift mit Nachdruck auf den Schreibtisch. Sie schiebt ihren teuren Schreibtischstuhl quietschend nach hinten. Sie geht mit vier entschlossenen Schritten zum Spiegel hinüber, der an der Wand rechts von ihr hängt, in dem sich, wenn eine Klientin vom Platz vor dem Schreibtisch hineinschaut, die große Kastanie draußen vorm Fenster spiegelt, sie hat das ausprobiert. Sie tritt vor den Spiegel und hält sich mit beiden Händen am Rahmen fest. Sie guckt in den Spiegel und sie kann sich erkennen, immerhin, der Umstand beruhigt sie. Aber was ist bloß los? Im Spiegel, auf der anderen Seite oder wie auch immer, steht sie nicht einfach spiegelverkehrt da und hält sich an etwas fest, das sie nicht sehen kann, starrt sich forschend ins Gesicht, sondern dort sitzt sie in einem Zimmer, das sie nicht kennt, auf einem Bett, das ihr fremd ist, und starrt einen Schrank an, vor dem sich ein breitschultriger Mann aufgebaut hat, der eine mittelalterlich anmutende Lederkappe trägt. Sie sitzt auf diesem Bett und schaut den Mann mit einem melancholischen Gesichtsausdruck an. Ihre Haare sind anders, sie trägt sie länger dort, im Spiegel, und sie ist in ein lilanes Oberteil gehüllt, das aussieht, als habe sie es bei C&A im Schlussverkauf erworben oder als stamme es aus den Restbeständen einer DDR-Boutique. Sie schaut sich dabei zu, wie sie auf dem fremden Bett sitzt und einen Finger in den Mund steckt, um am Nagel herumzuknabbern, und sie hat keine Ahnung, was es bedeutet.

»Und, wie ist es da unten?«, sagt die Person, die sich über den Brunnenschacht beugt, eine dunkle Gestalt vor dem Übermaß Licht. Und an der Stimme erkenne ich, dass es die alte Frau ist, die mir dies eingebrockt hat.

»Im Grunde kann ich mit dir machen, was ich will«, sagt sie in nüchternem Tonfall, »du bist mir ausgeliefert, und wenn mir etwas nicht passt an deinem Verhalten, dann rufe ich einfach den Lehrer.«

Ich brumme vor mich.

Ich sage: »Du kannst ja runterkommen, du verrücktes Huhn, du kannst ja gucken, was passiert.«

Dann lässt sie etwas fallen, ich sehe es dunkel auf mich zuschlingern, und als es auf meinen Kopf trifft und mit einem trockenen Geräusch im Sand liegen bleibt, erkenne ich einen flachen Laib Brot. In dem Moment fällt mir auf, wie groß mein Hunger ist. Anschließend lässt sie eine 1,5-Liter-Plastikflasche Wasser an einem Bindfaden zu mir herab. Ich greife nach der Flasche, als sie in Reichweite ist und ziehe ruckartig am Faden. Von oben höre ich die Alte fluchen, das Band hat ihr in die Hände geschnitten, und dann trudelt ein sechs Meter langes Stück Paketband zu mir herunter, ich bin gespannt, was ich damit noch werde anstellen können.

Ich sitze im Sand, habe mir den Bindfaden um Hand und Knöchel gewickelt. Ich sehe dabei zu, wie es innerhalb und außerhalb des Brunnens dunkel wird. Zunächst innerhalb, dann außerhalb. Wie sich das grelle Karmesinrot der Ziegel in ein dunkleres, weicheres Braunrot verwandelt. Wie der Himmel draußen sein reines Weiß gegen immer intensivere Blautöne eintauscht, wie es erst milchig um mich herum und dann schlicht dunkel wird. Ich sitze im Schwarz und betrachte den blauen Kreis über mir, der leise schimmert. Angst habe ich nicht, ich bin ganz ruhig. Ich verliere Zeit, das ist alles. Dann höre ich wieder die Stimme der Alten, sie klingt fast ebenso entspannt wie ich. Vermutlich hat sie sich auf den Brunnenrand gesetzt, umfasst ein Knie mit beiden Händen, lässt den Fuß wippen.

»Ich schlage dir einen Handel vor«, sagt sie, als würden wir uns schon seit geraumer Zeit unterhalten, als nehme sie bloß den Faden wieder auf.

»Ich höre?«, sage ich.

»Ich hole dich hoch, ich lasse dich raus, ich schenke dir die Freiheit.«

»Klingt gut«, sage ich.

»Und dafür nimmst du mich mit hinaus aus Beek.«

»Aha«, sage ich.

»Du bist in meiner Hand.«

»Klar«, sage ich.

»Du nimmst mich mit, und ich schenke dir die Freiheit.«

»Schon klar.«

Wir schweigen eine Weile.

»Und?«, fragt sie. »Interesse?«

»Wohin soll es denn gehen?«

»Egal. Hauptsache raus. Ich kann das Kaff nicht mehr sehen.«

»Waren Sie schon einmal draußen?«

»Wer weiß?«, sagt sie.

»Also nein«, sage ich. »Warum fragen Sie denn nicht einfach Ihre Daphne?«

»Ach die!«

»Sie will Sie nicht mitnehmen?«

»Pah! Sie sagt, es reicht, wenn einer wurzellos durch die Welten wandert. Als hätte sie eine Ahnung, so ein Backfisch. Mit der bin ich fertig.«

Oben sehe ich es kurz Licht werden, ein intensiver, gelborangefarbener Schein, der eine scharf gezeichnete Adlernase aus der Nacht schält. Sie hat sich eine Zigarette angesteckt. Ich sehe einen kleinen Glutpunkt leuchtend über mir tanzen wie einen einzelnen, abgerichteten, aufs Wort gehorchenden Glühwurm.

»Stimmt«, sagt sie, »um ehrlich zu sein: Nein. Ich war noch nie draußen. Dieser Brunnen ist nur ein Brunnen ohne Wasser, ein Ex-Brunnen. Es wäre mir ganz egal, wohin du mich führtest und was dort aus mir würde. Ich bin alt genug, um ins Ungewisse zu gehen. Ich habe hier mein ganzes, langes Leben verbracht, und es reicht mir.«

Ich sage: »Meines Wissens wird der Ausgang bewacht. Man wird uns nicht einfach so gehen lassen. Oder können Sie daran etwas drehen?«

»Wer weiß?«, sagt sie wieder. »Du musst mir schon ein wenig Vertrauen schenken. Ich kenne Mittel und Wege.«

»Vertrauen, ausgerechnet.«

»Ich lasse dich mal in Ruhe darüber nachdenken.«

»Moment«, sage ich, aber oben bleibt es still. Ich weiß nicht, ob ich die Worte sinnlos in den Brunnen spreche. Ich sage: »Zu Hause wartet eine Frau auf mich. Die Frau, die ich liebe. Wir wollen heiraten. Gerade liegt sie allerdings in einem Krankenhaus und ist nicht bei Bewusstsein. Ein Unfall. Sie befindet sich im Koma und niemand weiß, ob sie jemals wieder daraus erwachen wird und wie sie sein wird, sollte dieses Wunder geschehen. Und ich will im Grunde nichts, als dass sie erwacht. Ich will nichts, als an ihrem Bett zu sitzen und dabei zuzusehen, wie sie zu sich kommt. Hier ist nicht der Ort, an den ich gehöre, nicht diese Stadt, nicht dieser Brunnen. Ich gehöre in das Krankenhaus an die Seite der Frau. Und es ist mir egal, was Sie mit mir und mit sich selbst vorhaben. Lassen Sie mich raus, der Rest ist mir egal. Machen Sie, was Sie wollen.«

Und dann wird es still. Der orange Lichtpunkt trudelt durch die Dunkelheit zu mir herunter, wird größer, füllt mein Gesichtsfeld aus. Plötzlich wird es hell im Schacht, ich kann meine Hände im orangefarbenen Licht leuchten sehen, dann zischt es im Sand und das Dunkel hüllt mich wieder ein.

Es riecht noch eine Weile nach Zigarette.

Später wird es feucht und kalt im Brunnen. Ich zittere, ich schlottere vor mich hin. Die Kälte dringt mir bis ins Mark. An Schlaf ist nicht zu denken. Der Sand unter mir fühlt sich an wie eine Eisfläche am Pol, eine Eisscholle, auf der ich ausgesetzt wurde, so treibe ich alleine durchs Eismeer.

Ich sitze im Bauch der Erde. Meine Gedanken sind festgefroren, mein Herz schlägt verlangsamt. Meine Füße schmerzen wie verrückt in den Turnschuhen. Mitten in der Nacht schrecke ich auf, ich bin doch eingeschlafen, ich weiß nicht, wie lange.

»Lazyboy?«, höre ich eine Stimme von oben. »Bist du da unten?«

»Nein«, sage ich für den Fall, dass es nur wieder jemand ist, der mich austricksen will. Aber dann mache ich mir klar, dass es unlogisch ist, und außerdem ist es die Stimme von Daniela, der ich vertraue.

12

Daniela und ich sitzen auf der nächtlichen Wiese am Ufer des Flusses. Sanftes silbernes Licht glänzt auf der Oberfläche jedes einzelnen Grashalms. Das Gras sieht aus wie aus einem geheimnisvoll leuchtenden, extrem biegsamen Superkunststoff gefertigt. Es ist warm. Die Beek glitzert schwarzsilbern in ihrem Lauf. Die Luft ist schwer und samtig. Eine große Ruhe liegt über der Stadt. Das Plätschern des Flusses umschmeichelt die Konturen der Stille. Ich suche den Himmel nach dem Mond ab. Aber er ist nicht am Himmel zu entdecken. Es sieht aus, als würde der Himmel selbst anstelle des Mondes schimmern und strahlen. Daniela und ich sitzen in umfassender nächtlicher Stille, so ruhig, als würde niemand nirgendwo nach jemandem suchen. Alles stimmt, alles fließt.

Sie sagt: »Sie ist zu mir gekommen und hat mir alles erzählt. Sie hat mir sogar gesagt, wo ich im Schuppen an ihrem Haus die Strickleiter finde. Ich glaube, sie schämt sich, sonst hätte sie dich sicher selbst befreit. Sie sagte, sie wolle ihr Gesicht nicht verlieren. Sie sagte, du sollest dich befreien und dadurch uns. So kämen wir alle ans Ziel.

»Ernsthaft?«

»Das hat sie gesagt.«

»Tss«, mache ich.

Ich reibe mir die schmerzenden Knie.

»Und du, wurdest du nicht bewacht? Du und der Schrank, der Eingang?«

»Na klar«, sagt Daniela, und ein Lächeln huscht über ihre Mundwinkel. »Aber, na ja, wir kennen uns hier alle doch ewig, und ich habe Erik gesagt, dass es wirklich sehr wichtig ist, für mich persönlich, für uns alle, unser gemeinsames Schicksal, und dass er mich gehen lassen soll. Er gehört zum Widerstand, genau wie die Alte und ich.«

»Du gehörst zum Widerstand?«

Sie nickt.

»Aber du verstehst dich doch so gut mit dem Lehrer.«

»Ach, was heißt schon gut.«

»Und Daphne, gehört sie auch dazu?«

»Deine kleine Freundin? Keine Ahnung. Ich kenne sie jedenfalls nicht.«

Hm, denke ich, verwunderlich, dieses Beek. »Können wir dann nicht einfach jetzt zum Schrank gehen?«

»Und Daphne?«

»Stimmt«, sage ich.

»Weißt du«, sagt sie. »Im Grunde sind wir alle nicht wirklich gut auf den Lehrer und den Bürgermeister zu sprechen.«

»Wer ist denn Erik?«, frage ich, weil ich irgendwie spüre, dass bei diesem Namen etwas mitschwingt.

Daniela blickt mich an, ihre Augen leuchten einmal kurz auf, ein geheimes Signal, dann wird ihr Gesicht nachdenklich.

»Nur wieder jemand von früher.«

»Hör zu«, sage ich, »ich glaube, ich muss dir etwas sagen.«

»Nein, musst du nicht.« Daniela legt mir ihre Hand auf den Unterarm, und ich spüre, dass sie mir eigentlich den Mund damit verschließen will auf ihre leise, sanfte Art.

Also erzähle ich ihr nicht von Monika und dem Unfall, von mir und meinem Verhältnis zur Welt und zur Wahrheit, vom Weglaufen, vom Verschwinden, und dass ich mir gerade nichts mehr ersehne, als ankommen zu können, da zu sein.

»Ich habe mich in dich verliebt«, sage ich stattdessen. »Und ich würde es gerne leben, noch viel, viel länger. Aber es geht nicht.«

Daniela blickt auf die Grashalme zwischen ihren Fingern, die sie fortgesetzt kämmt und streichelt, sie nickt langsam vor sich hin.

»Ich werde gehen müssen. Ich werde nicht bleiben können.«

»Ich weiß«, sagt sie und schaut auf den Fluss, wie er vorbeifließt. Sie atmet einmal scharf aus.

»Was ist denn eigentlich mit dir?«, frage ich. »Ich weiß auch so wenig über dich.«

»Ich möchte jetzt nicht über mich sprechen. Ich bin Beek. Ich bin hier geboren, ich bin hier aufgewachsen, und hier werde ich immer sein.«

Wir sitzen da, und ich würde gerne den Arm um sie legen, würde gerne spüren, wie sie sich an mich schmiegt, mich der Verbundenheit hingeben, aber ich weiß, dass die Zeit vorbei ist, dass es nicht mehr geht, dass wieder einmal etwas verloren ist.

»Weißt du eigentlich, was mit Daphne ist?«, frage ich nach einer Weile.

»Sie haben sie in die Hütte des Mittlers gesperrt. Sie haben sie gleich gefangen.«

»Hm«, mache ich.

Wir sitzen da, und mir fällt auf, dass die Stille irgendwie unnatürlich ist. Warum habe ich noch nie ein Tier rufen hören?

Ich betrachte das schwarze, im Licht funkelnde Wasser, das der Wand entgegenfließt. Dann bemerke ich etwas, das von großer Bedeutung für mich ist. Ich sehe es, ich folge ihm mit Blicken, ein ferner Gruß aus der Vergangenheit. Es treibt einfach so auf den Wellen der Beek an mir vorbei. Vielleicht der wichtigste Moment meines Lebens.

Ich sage: »Kannst du mich bitte zum Lehrer bringen.«

»Bitte?«, fragt sie.

»Ich würde gerne mit dem Lehrer sprechen.«

»Ich habe dich doch nicht befreit, damit du jetzt zum Lehrer zurückrennst und dich einsperren lässt. Ich will, dass du verschwindest, dass du dein Leben lebst.«

Sie sieht mich aus zusammengekniffenen Augen an.

»Ich habe die Lösung«, sage ich, »für eure und für meine Probleme, ich bin gerade darauf gekommen. Ich bin der Mittler, ich kann nicht einfach davonlaufen. Ich habe hier eine Aufgabe zu lösen.«

»Bist du sicher?«, fragt sie.

»Absolut«, sage ich und nicke absolut überzeugend. Ich springe auf die Füße.

»Triff mich an der Wand«, sage ich. »In einer halben Stunde. Sag dem Lehrer und so vielen Leuten wie möglich Bescheid, ich möchte einen Vorschlag machen.«

Daniela blickt mich stumm und ernst an.

Ich sage: »Weißt du, wo der Fluss entspringt?«

Sie schüttelt den Kopf. »Nicht wirklich. Wenn man am Ufer entlanggeht, kommt man in die Einöde, wie du weißt. Der Fluss kommt aus der Einöde.«

»Ja, und dann? Vorher? Irgendwo muss er doch entspringen.«

»Keine Ahnung«, sagt sie.
»Hm«, sage ich und lächele grimmig.

Am Ufer des Beeksees im Schatten der Wand ist ein großer Kreis mit Fackeln flackernd in die Nacht gesteckt. Der Lehrer erscheint als hohe, schimmernde Gestalt mit glühenden Augen. Der Bürgermeister steht neben ihm und funkelt mich abschätzig an. Immer mehr Beeker finden sich ein, in Pyjamas, Nachthemden und Pantoffeln, sogar einige Nachtmützen sehe ich.

»Ich habe einen Vorschlag zu machen«, sage ich und trete in den Kreis.

Misstrauische Augenpaare blicken mich an, der Lehrer, der Bürgermeister, Daphne, Daniela. Der Typ mit der Keule in der Armbeuge ist ebenfalls gezwungen, einen Schritt nach vorne zu machen, da er das Seil hält, mit dem meine Arme auf den Rücken gebunden sind.

Eben noch schlenderte ich alleine durch die Stadt und sah der Stille dabei zu, wie sie sich durch die Gassen drückte. Gerade eben noch ging ich über den sandigen Platz, auf dem die Kinder bei Tag Fußball spielen. Ich passierte einen Holzschuppen, aus dessen geöffneter Schiebtür es nach Kardamom roch.

Alleine stand ich vor der Wand und schaute dieses Gegenüber an, diesen Feind, der für mich gemacht zu sein scheint. Das nächtliche Licht schimmerte auf dem grauen Putz, hier und dort leuchtete ein Kiesel auf, als handele es sich um eine geheime Leuchtschrift, und ich schien immer ganz kurz davor, sie zu entziffern. Ich legte meine Hand auf die Wand. Ich legte meine Wange an die Wand. So fand mich Daniela, die mit dem Lehrer im Schlepptau am Treffpunkt erschienen war.

»Ich schlage vor, eine Expedition auszurüsten«, sage ich nun.

Ich wende mich an den Lehrer und komme mir vor wie Kolumbus.

Ich sage: »Wir müssen den Verlauf der Beek erforschen, um die wirklichen Grenzen dieser Welt zu erfahren.«

»Pah«, höre ich jemanden aus der zweiten Reihe sagen.

»So ein Unsinn«, fügt eine weibliche Stimme hinzu.

»Ich bin der Mittler«, sage ich, »und als solcher sage ich, dass wir dem Fluss bis an sein Ende oder seinen Anfang folgen müssen, um alle Probleme Beeks zu lösen.«

Man blickt mich skeptisch an.

»Er will sich schon wieder aus dem Staub machen«, sagt jemand. Die Bemerkung wird mit höhnischem Gelächter quittiert.

»Was genau schlagen Sie vor? Ich glaube, ich habe es noch nicht verstanden«, sagt der Lehrer streng.

Ich sage: »Eine Gruppe erforscht den Flusslauf in die eine, die andere Gruppe wendet sich in die andere Richtung. Wir folgen dem Flusslauf so weit es geht ins Ungewisse.«

»Wozu soll das gut sein?«, fragt der Bürgermeister. »Wir wissen ja, dass es nicht geht. Das haben ausreichend tapfere Beeker erfahren. Wir können nicht durch die Einöde gehen, sie bezwingt unsere Körper und unsere Willen.«

»Nicht unter unserer Führung«, sage ich, »unter Daphnes und meiner. Wir sind die Mittler. Wir sind von außen, aus einer anderen Welt zu euch gesandt. Ich bin für euch dort auf der anderen Seite der Wand gewesen und habe zum Beweis ein köstlich schmeckendes Brot mitgebracht.«

»Geht so köstlich«, sagt jemand.

»Und obwohl ich gute Gründe gehabt hätte, hier niemals wieder zu erscheinen, war mir die Verpflichtung eurem

Schicksal gegenüber wertvoll genug, immer zurückzukehren. Hier stehe ich, und in diesem Moment stehe ich gänzlich freiwillig hier. Ich bin bereit, gemeinsam mit Daphne die Grenzen Beeks zu erforschen und damit sehr wahrscheinlich eure Heimat wiederzuvereinigen.«

Nach meinen Worten herrscht Stille. Ich bin nicht unzufrieden mit der Wirkung, auch wenn ich mir vorkomme wie ein drittklassiger Zauberer mit seiner Verschwindekiste. Der Jahrmarkt ist in der Stadt.

Ich blicke Daniela in die Augen, die meinen Blick traurig erwidert.

»Ich verstehe es immer noch nicht«, sagt der Lehrer.

»Seile«, sage ich. »Der Schlüssel zum Erfolg der Expedition sind Seile. Wir brauchen ausreichend Seile, sonst wird aus der ganzen Sache nichts. Daphne und ich stehen jeweils an der Spitze einer Expeditionsgruppe. Da wir nicht aus Beek stammen, ist es uns möglich, über die gefühlte Grenze der Einöde hinwegzugehen. Während wir voranschreiten durch die noch unentdeckten Flächen der Einöde, markieren wir unseren Weg mit Seilen. Immer ein Seil wird an ein weiteres geknotet. So ziehen wir die anderen Expeditionsteilnehmer an diesen Seilen ins Ungewisse. Das wird klappen. Denn jeder weiß dann, dass dort, wohin das Seil führt, vor ihm schon ein Mensch gegangen, dass jener Fleck praktisch wie theoretisch begehbar ist.«

Ich blicke mich um, kann in den versammelten Gesichtern allerdings wenig Euphorie ausmachen.

»Das ist alles«, fragt der Lehrer, »das ist Ihr Plan?«

»*Seile?*«, fragt der Bürgermeister mit ätzendem Unterton.

»Und wohin soll das führen?«, fragt der Lehrer. »Was haben wir davon, wenn wir wissen, was sich jenseits der Einöde befindet bzw. ob sich überhaupt etwas jenseits befindet, was ich zu bezweifeln wage? Seit Urzeiten leben wir Beeker in Beek, und Sie Schlaukopf meinen, Sie müssen aus Ihrem wolkigen Irgendwo hier zu uns herüberkommen, um uns die Grenzen unserer Welt aufzuzeigen, oder wie? Es entspricht nicht Ihrem Auftrag! Ich weiß nicht, ob Sie es vergessen haben? Der Auftrag lautet: Überwinden Sie die Wand. Vereinigen Sie Beek. Heben Sie die Trennung auf!«

»Ich weiß nicht, ob es zu viel verlangt ist, mir inhaltlich zu folgen«, sage ich, »aber ich behaupte, dass der Schlüssel zur Wiedervereinigung Beeks im Lauf des Flusses liegt. Ich habe kürzlich hier ein wissenschaftliches Experiment durchgeführt, dessen Ausgang mich mehr als hoffnungsfroh stimmt. Ich möchte noch nicht zu viel verraten. Wenn wir wissen, wohin die Beek fließt, werden wir auch wissen, was es mit der Wiedervereinigung auf sich hat.«

»Wieso?«, sagt der Bürgermeister mit konsterniertem Gesichtsausdruck.

»Weil es so in der Prophezeiung steht«, sage ich, was hoch gepokert ist, ich habe keine Ahnung. Alle Köpfe wenden sich wie an Fäden gezogen dem Lehrer zu.

»Stimmt das?«, fragt der Bürgermeister.

Der Lehrer räuspert sich. »Äh, tja, ja«, sagt er.

»Ich meine, was haben wir zu verlieren?«, unterbricht die Stimme von Daniela das Schweigen. »Vielleicht wissen wir mit seiner Hilfe letztlich auch nur mehr über unsere eigene Welt, selbst, wenn diese Expedition nicht zum gewünschten Ergebnis führen sollte.«

»Wir sollten darüber beraten«, sagt ein Mann mit einem Gesicht wie ein Räuchermännchen, »allerdings ohne unsere Gäste. Wir sollten in Ruhe darüber sprechen und abstimmen, wie es hier bei uns in Beek einmal Brauch gewesen ist in den guten Zeiten.«

Wieder wenden sich die Köpfe dem Lehrer, aber auch dem Bürgermeister zu. Die Fackeln blaken. Ruß steigt in den Nachthimmel auf. Menschen stehen im großen Kreis von Beek. Der Lehrer nickt nachdenklich, dann sieht er den Bürgermeister fragend an.

»Und jetzt?«, fragt Daphne, als wir alleine sind.

Man hat uns gemeinsam in die Hütte des Mittlers gesperrt. Ich schaue mich mit beinahe nostalgischen Gefühlen um. Was hätte das für ein angenehmes Leben werden können, hier in meiner Hütte am See.

»Was soll denn diese ganze Expeditionsscheiße, wenn ich mal fragen darf?«

Sie guckt mich aus schmalen Augenschlitzen an.

»Wir müssen hier raus«, sage ich, »ich muss hier raus. Ich muss endlich mein Leben auf die Reihe kriegen.«

»Absolut deiner Meinung, das musst du. Aber ich verstehe nicht ganz, warum du hier dann plötzlich die Topografie erforschen willst? Ich dachte, wir wollten so schnell wie möglich von hier weg, ab durch den Schrank!«

»Der Schrank wird bewacht«, sage ich. »Also müssen wir wohl oder übel den langen Weg gehen. Oder kennst du noch einen Ausgang, Brunnen zum Beispiel?«

Daphne blickt mich kurz an, dann übergeht sie die Anspielung.

»Drüben«, sage ich, »in der wirklich wirklichen Welt, in unserer Welt, ja?, liegt Monika im Krankenhaus.«

»Eben«, sagt sie.

»Sie liegt im Koma, weil die Verbindung ihrer Hirnhälften unterbrochen ist, Split-Brain-Syndrom, so heißt das, sagt der Arzt, medizinisch gesprochen, Läsion des Balkens. Und hier, in dieser Welt, haben wir es mit einer Stadt zu tun, die ebenfalls unter einer Art Split-Syndrom leidet. Und wen beauftragt man damit, die Trennung endlich aufzuheben? Mich, ausgerechnet. Findest du das nicht sonderbar?«

»Du meinst …? Na gut, das ergibt auf eine krude Art und Weise Sinn. Aber wie kommst du darauf, dass wir die Teilung überwinden, wenn wir dem Fluss folgen?«

»Paradoxe Logik«, sage ich.

»Wie?«

»Ich habe mir die Frage gestellt, was das überhaupt ist, dieses Beek. Ich habe so etwas wie eine Kosmologie entwickelt. Nach dem Gesetz der Analogie der Welten stelle ich mir Beek als eine Kugel vor, Beek jetzt nicht nur als geteilte Stadt, sondern als abgeschlossenes Universum gewissermaßen.«

»Nach welchem Gesetz?«, fragt Daphne müde.

»Nach dem Lazyboyschen Gesetz der Analogie der Welten.«

»Ach so«, sagt sie, »klar.«

»Wenn meine Welt, aus der ich stamme, aus der wir stammen, eine Kugel ist, warum sollte es sich dann mit Beek nicht genauso verhalten?«

»Okay, Kopernikus«, sagt sie, »klingt super.«

»Ich stelle mir Beek also als Kugel vor. Und nicht als irgendeine Kugel, konkret stelle ich mir Beek als Ball vor, anatomisch gesehen: wie den Augapfel. Kannst du mir folgen?«

Daphne guckt mich mit ausdruckslosem Gesicht an.

»Der Glaskörper, also der ganze Ball, ist die Gesamtheit Beeks inklusive Stadt, Land, Fluss. Das heißt, die Oberfläche des Augapfels entspricht der Einöde. Die Iris wäre dann die eigentliche Stadt Beek, die sich zentral in der Einöde befindet. Und in der Mitte der Stadt befindet sich der See, der demnach die Pupille des Augapfels bildet. Der Fluss Beek, der Bachlauf, und hier, gebe ich zu, wird es etwas komplex, entspricht dem Sehnerv, der auf beiden Seiten jeweils von der Iris, dem Zentrum, zur Peripherie abgeht.«

»Was für eine jämmerliche Analogie«, unterbricht mich Daphne. »Wir hatten das Auge in der sechsten Klasse. Der Sehnerv geht nicht von der Pupille ab, du Honk, sondern hinten vom Augapfel, beim blinden Fleck oder so. Dein ganzes Konzept ist Mist, wenn du mich fragst. Und es gibt nur einen Sehnerv und nicht zwei. Außerdem, was entspricht in deinem Bild der Wand, das Skalpell des Augenchirurgen, oder was? Und überhaupt sind es immer zwei Augen. Oder kennst du auch Einäuger? Oder gibt es jetzt zwei Beeks?«

»Es ist ja nur eine Analogie«, sage ich. »Du musst es dir einfach mal bildlich vorstellen. He, ich bin der Mittler, ich bin immerhin der Auserwählte hier!«

»Schon klar«, schnauft Daphne. »Und du bist überzeugt, dass wir uns mittels dieses Bildes befreien können, ja? Denn wenn Beek tatsächlich eine Kugel sein sollte, müssten wir ja wohl auf der anderen Seite auch auf die Wand treffen, hm?«

»Ach was«, sage ich. »Du musst mir einfach mal vertrauen. Ich habe dir ja auch die ganze Zeit vertraut.«

Daphne guckt mich mitleidig an. Zu mitleidig für meinen Geschmack. »Und du hast ein wissenschaftliches Experiment gemacht, ja?«

»Genau«, sage ich. »Aber das soll erst einmal mein Geheimnis bleiben. Ich möchte auch einmal ein Geheimnis haben, junge Dame.«

Daphne schüttelt sanft den Kopf. Sie sagt: »Ich habe keine Ahnung, was du mir sagen willst. Aber ich bin einverstanden. Wir machen es so. Wir machen eine Expedition mit Seilen ins dunkle Herz des Augapfels. Hört sich toll an in meinen Ohren.«

Daphne und ich werden von zwei Männern mit Fackeln zum Schulhaus geleitet, dem informellen Machtzentrum der Stadt. Die Straßen sind menschenleer. Eine eigentümliche, schicksalsschwere Stille liegt über dem Städtchen.

Das Klassenzimmer ist nach meinem Ausbruch wieder einigermaßen hergerichtet worden, die Bücher stehen in den Regalen, nur eine ausgestopfte Eule sieht ein wenig zerfleddert aus. Stühle sind zu einem großen Kreis zusammengestellt. Der halbe Ort hat sich eingefunden. Ich sehe sogar meine Freundin mit dem Brunnen und dem ausgestopften Hund, ich nicke ihr zu, aber es ist ihr sichtlich peinlich. In der Mitte dieser Runde stehen zwei Kinderstühle, auf denen wir Platz nehmen müssen. Der Bürgermeister lehnt mit verschränkten Armen an der Schultafel, pustet sich eine blonde Strähne aus dem Gesicht. Der Lehrer steht mit erhobenen Händen am Rande des Kreises, er ergreift das Wort.

»Nach langer und freier Diskussion, in der jeder Beeker, der sprechen wollte, seine Meinung sagen konnte, sind wir endlich zu einem Ergebnis gekommen.« Er fixiert mich grimmig. Ich stelle mir einen Trommelwirbel, eine Fanfare vor, irgendetwas. »Wir wollen und werden diese Expedition mit Ihnen durchführen.«

»Ja?«, frage ich.

»Ja«, sagt der Lehrer. »Und wollen Sie wissen, wieso?«

»Gern«, sage ich.

»Weil es so geschrieben steht. Weil die Prophezeiung besagt, dass der Mittler nicht nur die Wand überwindet, sondern auch die Wiedervereinigung herbeiführt. Wir müssen Ihnen wohl oder übel vertrauen.«

»Toll«, sage ich. »Dann mal los!«

»Aber ich werde Sie begleiten und ein Auge auf Sie haben.«

»Überraschung«, sage ich. »Ich kann es kaum erwarten.«

13

Der Lehrer und ich gehen auf die Tür in der Wand zu. Es ist noch sehr früh am Tag, Raureif auf den Bäumen, beim Sprechen kann man den Atemwolken zusehen, wie sie filigrane Tiergebilde formen, die sich im hohen Vorwinterhimmel verlieren. Der Lehrer und ich bilden die Spitze der Bewegung. Hinter uns trottet Daniela über das gefrorene Gras, ich kann ihre Anwesenheit körperlich spüren. Natürlich hat der Lehrer darauf bestanden, die Zusammensetzung der beiden Expeditionsgruppen zu bestimmen. Allerdings habe ich darauf bestanden, dass Daniela zu meiner Gruppe gehört. Jede Gruppe umfasst 20 körperlich fitte Beekerinnen und Beeker, jeder mit einem Bündel dünner, leichter, ultrareißfester Spezialseile aus der Manufaktur bewaffnet.

»Wenn das mit der Vereinigung klappt«, sage ich, »dann werden auch Sie wieder altern und sterben, oder?«

»Selbstverständlich«, sagt der Lehrer mit mürrischem Gesichtsausdruck. »Was meinen Sie, wie sehr wir uns darauf freuen, endlich aus diesem kollektiven Stillstand herauszutreten? Die Stadt muss sich erneuern, auch was ihr Personal betrifft. Alles ist besser als diese Gleichförmigkeit, wo schon ein Wetterwechsel Abwechslung bedeutet.«

»Apropos«, sage ich. »Darf ich noch ein paar Dinge über Beek fragen? Es gibt immer noch vieles, was mir außergewöhnlich und unverständlich erscheint.«

»Nur zu, dazu bin ich ja da, ich bin der Lehrer.«

»Okay. Haben Sie keine Sonne?«

»Bitte?«

»Es wird Nacht und Tag in Beek, aber ich habe bislang weder eine Sonne noch einen Mond noch Sterne zu Gesicht bekommen. Es wird hell, es wird dunkel, der Himmel ist blau oder bewölkt, aber die wesentlichen Gestirne, die in meiner Welt dafür verantwortlich gemacht werden, scheinen hier völlig zu fehlen.«

»Was meinen Sie genau?«

»Sonne und Mond?«

»Bitte?«

»Riesige, selbstleuchtende Himmelskörper, wie große Lampen am Himmel, die für Licht sorgen.«

»Wie praktisch«, sagt der Lehrer. »Wissen Sie, bei uns leuchtet der Himmel selbst, wir brauchen da oben keine Lampen, die benutzen wir einzig in den Häusern, und da scheinen sie mir auch besser aufgehoben.«

»Und gibt es eigentlich einen Gott in Beek? Gibt es Götter?«

»Ich verstehe nicht«, sagt der Lehrer. »Was meinen Sie?«

»Wer hat Beek erschaffen? War es schon immer da? Und was ist jenseits der Grenzen von Beek?«

»Na ja«, sagt der Lehrer. »Sie sind doch jetzt hier, um uns davon zu berichten.«

»Stimmt«, sage ich.

Als wir an der Wand ankommen, öffne ich ohne Hokuspokus die Tür, wie man ein Pflaster von einer Wunde zieht. Das weiße Nichts wartet. Die Gruppe versammelt sich um mich.

»Wer möchte zuerst?«, frage ich.

Daniela blickt mich mit hellen Augen an.

»Na, wer wohl«, sagt der Lehrer.

»Schon klar«, sage ich und halte ihm die Hand hin.

»Noch eine Frage, bitte«, meldet sich schüchtern ein schmächtiger Mann mit roten Haaren, der jetzt schon unter seinem Bündel Seile beinahe zusammenbricht. »Was machen wir eigentlich, wenn uns die Seile ausgehen?«

»Dann holen wir neue Seile«, sage ich. Er nickt, beeindruckt von so viel Weisheit, und ich drücke die Hand des Lehrers. Der Lehrer holt tief Luft. Ich lächele einmal ermutigend in die Runde. »Das wird schon«, sage ich.

Dann ziehe ich den schwer Atmenden über die angefrorene Gänsescheiße gegen den Widerstand hinein in die Tür. Wir tauchen gemeinsam ins Nichts, es geht ganz leicht, ich bin selbst ein wenig erleichtert.

Nach und nach führe ich meine Gruppe durch die Tür in der Wand auf die andere Seite hinüber. Die ersten Passanten, denen wir drüben begegnen, tun so, als würden sie uns nicht bemerken, dabei müssen wir einen sonderbaren Anblick bieten. Eine Gruppe von 20 Fremden mit großen, runden Augen, eingeschüchtert und von heiligem Staunen ergriffen, die mit Seilen bepackt in der Stadt anrücken wie zu einer Eroberung oder einer Bergbesteigung.

»Den kenne ich, glaube ich«, raunt ein Mitglied meiner Gruppe.

»Ich auch, ich auch«, echot ein anderer Seilträger, aufgeregt wie Kinder vor der Weihnachtsbescherung.

»Weitergehen, weitergehen, hier gibt es nichts zu sehen«, singe ich vor mich hin.

Der Lehrer inspiziert einen aus hochwertigem Kunststoff gefertigten Abfalleimer. »Ich hatte fast schon vergessen, wie es hier aussieht, es ist so schön«, sagt er mit einem Gesicht, in dem sich die Größe seiner Erfahrung spiegelt. »Können wir nicht doch rasch ein paar alte Freunde besuchen?«

Ich bilde mir ein, sein Herz neben mir überlaut und deutlich schlagen zu hören. Ich blicke mich mit seinen Augen um, sehe die harmonischen Villenanlagen, die breiten Straßen, Alleen, Boulevards und weiß, was er meint. Ich lächele ihm zu, er ist mir jetzt fast wieder sympathisch.

»Später«, sage ich. »Alles zu seiner Zeit.«

Daniela zieht mich am Arm zur Seite.

»Kann ich dich kurz unter vier Augen sprechen?«

Wir gehen ein paar Schritte von den anderen weg, treten unter die Zweige eines Haselnussbaumes, der vor einer kleinen, eierschalenweiß gestrichenen Villa mit tiefgrünen Fensterläden wächst.

»Hattest du nicht gesagt, die Leute wären dir vor Freude um den Hals gefallen? Mir scheint es nicht so, als wären sie über unser Kommen sonderlich begeistert, sie gucken uns ja gar nicht richtig an.«

»Stimmt«, sage ich, »ich weiß auch nicht, was los ist.«

Daniela schaut mich mit leiser Melancholie in den Augen an.

»Sie sind ein sonderbares Volk, die hiesigen Beeker«, sage ich, als wäre ich in der Stadt aufgewachsen und nicht sie. »Sie haben eine sehr eigene Art, ihre Gefühle zu zeigen, sie zeigen sie nicht so mir nichts, dir nichts. Man muss in ihnen lesen können.«

»Du hast mich angelogen«, sagt sie sanft. »Nicht jede Lüge wird dadurch besser, dass man in guter Absicht lügt. Verstehst du das?«

»Ich weiß nicht«, sage ich.

»Ach, Lazyboy.« Daniela seufzt.

Es gelingt mir also auch in dieser Welt, die Frauen vor Enttäuschung seufzen zu lassen.

Am Rande der Einöde knote ich das erste Seil an einen stabil wirkenden Maulbeerbaum. Ich prüfe den Knoten, er scheint mir solide. Die letzten Häuser sind am Horizont auszumachen, Büsche und vereinzelte Bäume trennen uns von ihnen. Ungefähr hier muss es gewesen sein, wo ich seinerzeit die andere Monika traf. Ich bin nicht der Versuchung erlegen, einen Abstecher zu ihr zu machen, eine plötzliche Erkrankung vorzutäuschen. Obwohl ich natürlich mit dem Gedanken gespielt habe. Ein beunruhigender Gedanke, dass sie sich irgendwo hier in meiner unmittelbaren Nähe bewegt, während meine Monika irgendwo ohne Bewusstsein liegt.

Ich rolle das erste Seil ab. Rechts von uns fließt die Beek, Erlen beugen sich über den Bachlauf und lassen Blätter wie gelbe Flöße in die Einöde treiben. »Seil!«, rufe ich. Der Lehrer reicht mir eines von seinen. Ich knote den ersten Verbindungsknoten. Bereits nach 200 Metern macht der erste Beeker schlapp. Ein Mann um die 40 in einem weiß-rot geringelten Pullover. Er bleibt plötzlich stehen und sagt: »Nein, ich kann das nicht, ich kann unmöglich weitergehen.« Seine Kameraden versuchen ihn zum Weitergehen zu überreden, ziehen an ihm wie an einem störrischen Pony, aber er rührt sich nicht mehr von der Stelle. Sein Gesicht ist erschreckend bleich, er atmet heftig, er blickt aus dunklen Augenhöhlen panisch von einem Gesicht zum anderen. Ich gebe die knappe Anweisung, seine Seile zu übernehmen und auf die verbliebenen Wanderer aufzuteilen. Kein Mitleid.

»Was wird aus mir?«, ruft er uns hinterher, und ich weiß für einen Moment keine Antwort. Schließlich kann er nur an meiner Hand zurück auf die andere Seite. Darüber hatte ich bislang nicht nachgedacht, ein Planungsfehler.

»Warten Sie auf die Wiedervereinigung«, rufe ich. »Es gibt hier einen guten Bäcker. Drücken Sie uns die Daumen!«

Er sieht nicht glücklich aus, wie er dort mit hängenden Armen allmählich kleiner wird.

Wir tasten uns hinein in diese immer gleiche Landschaft. In alle Richtungen bis zum Horizont gelbliches Gras, Moose, hie und da Büsche, und alle paar Kilometer eine einzelne, mickrig gekrümmte Birke. Immer zu unserer Rechten der Bachlauf, der wie zum Hohn vor sich hin plätschert. Keine Tiere, keine Vögel am Himmel, kein Zeichen von Leben bis auf die Bewegung des Baches, die in ihrer Gleichförmigkeit etwas unmenschlich Konstantes und Mechanisches hat.

Nach und nach bleiben sie zurück, die tapferen Beeker. Auch ich selbst spüre, wie die Einöde an meinem Willen herumsägt. Es wird schwerer, die Füße zu heben und vorwärtszusetzen, alle Gliedmaßen kribbeln und nehmen von Augenblick zu Augenblick an Gewicht zu. Die Hände baumeln am Körper herab wie geschwollen, Pendel aus Teig, der Kopf fühlt sich an wie mit Mehl gefüllt. Der Mund ist trocken. Bei jedem Schritt gedeiht das Wissen, dass es augenblicklich leichter würde, man freier atmen könnte, würde man sich zurückwenden in die andere Richtung, gen Beek. Alle Last würde einem augenblicklich von den Schultern genommen.

Seil um Seil wird abgerollt und an das vorige geknotet.

Seilrolle um Seilrolle wird resigniert von einer Schulter gehoben und über die nächste gehievt.

Irgendwann, wir sind noch zu acht, ein kleiner Mann mit einer Brille, dick wie ein Daumen, und ein kräftiger, wie ein Athlet wirkender Mann, haben uns gerade verlassen, wird es dunkel über der Einöde. Wir schlagen unser Lager am Rande des Flusses auf. Im Dämmerlicht helfen wir uns gegenseitig beim Aufbau der Zweimannzelte, schieben gemeinsam die Stangen durch die passenden Ösen, ziehen die Schnüre stramm und schlagen die Heringe in den trockenen Boden. Der Lehrer besteht darauf, mit mir ein Zelt zu teilen, großes Vertrauen wird er wohl nicht mehr entwickeln. Ich blicke beim Hantieren am Zelt wehmütig zu Daniela hinüber, die gerade ihre Schlafmatte ausrollt und sie mit unbeteiligtem Gesicht zu einem dicken, schnaufenden Beeker ins Zelt schiebt. Ich lege meinen Schlafsack auf meiner Matte zurecht und frage den Lehrer, der im Zelteingang hockt und so etwas wie einen Kompass betrachtet: »Was wissen Sie über die Einöde? Wie lange, glauben Sie, werden wir unterwegs sein?«

Der Lehrer schaut mich nachdenklich an.

»Wir wissen sehr wenig«, sagt er. »Diejenigen, die einen Ausflug gewagt haben, gaben sehr unterschiedliche Berichte zu Protokoll. Einer behauptete, Wochen unterwegs gewesen zu sein, ein anderer konnte schon nach wenigen Stunden nicht weiter. Es gab natürlich welche, die erst nach Monaten nach Beek zurückkehrten und von Städten aus Gold oder riesigen Bergen, von Begegnungen mit fremden Wesen fabulierten, aber am Ende stellte sich doch heraus, dass sie gar nichts gesehen hatten, was wir heute nicht auch schon gesehen haben, Gräser und Büsche, dass sie einfach wochenlang in der Einöde kampiert hatten, um sich anschließend wichtigzumachen. Und es gab natürlich auch welche, die niemals zurückgekehrt sind. Wir können nur spekulieren, was aus ihnen geworden ist. Vielleicht haben sie tatsächlich einen Ausgang gefunden, vielleicht aber haben sie sich auch schlicht verlaufen, haben den Weg zurück nicht gefunden. Als kleiner Junge habe ich übrigens selbst einmal so eine Expedition unternommen. Ich wollte weg.«

»Ja?«, frage ich.

»Ja, es gab damals noch nicht einmal die Wand, und ich habe es trotzdem nicht mehr ausgehalten, diese Enge, diese Gleichförmigkeit.«

»Und – wie weit sind Sie gekommen?«

»Ich weiß es nicht, ich bin gelaufen, so weit ich konnte, ich wollte nicht klein beigeben.«

Ich betrachte den Lehrer und frage mich, ob jeder Beeker so eine Geschichte zu erzählen hat, ob es hier zur Sozialisation gehört, dass man einmal brennend wegwollte und alleine in die Einöde aufbrach und scheiterte und zurückkehrte mit hängendem Kopf.

»Es wurde mehrfach Tag und Nacht, aber ich kann Ihnen nicht sagen, wie oft, es war, als wäre alles Zählen in der Einöde unmöglich geworden. In einer Nacht dann schlief ich nicht, sondern lief gegen den Widerstand in meinem Körper an, kämpfte mich Schritt für Schritt weiter, als ich in der Ferne ein goldenes Brennen, ein vielfarbiges Feuer wahrnahm. Ich blieb lange stehen, um sicherzugehen, dass ich es mir nicht einbildete. Aber so lange ich auch stand, es war immer noch da, dieses unheimliche Licht, es flackerte am Horizont kontinuierlich vor sich hin.«

»Und dann?«

»Dann bin ich umgekehrt. Das war auch eine Frage des Willens. Ich bin noch heute sicher, dass ich physisch durchaus in der Lage gewesen wäre, weiterzugehen. Ich hatte schlicht und einfach Angst. Ich hatte Angst davor, den Ausgang zu entdecken, ein Jenseits, wenn Sie so wollen. Ich fühlte mich dieser Aufgabe nicht gewachsen. Also bin ich zurückgelaufen. Niemandem habe ich bislang davon erzählt. Ich habe mich immer geschämt, dass ich nicht stark genug für diese Herausforderung gewesen bin. Ich bin schlicht feige gewesen.«

Der Lehrer wirft mir einen scheuen Blick zu.

»Hm«, mache ich. »Sind Sie damals auch dem Bachlauf gefolgt?«

»Nein, ich bin einfach so in die Einöde gewandert.«

»Wissen Sie was«, sage ich, »als Kind wäre ich auch umgekehrt. Ich war eigentlich immer zu feige für irgendetwas.«

Der Lehrer schnauft vor sich hin, dann sitzen wir beide

stumm da und starren auf unsere Schlafsäcke. Das Abendessen wird über dem Lagerfeuer zubereitet, Bohneneintopf aus Dosen, wie es ihn in meiner Welt im Supermarkt zu kaufen gibt. Das Feuer beleuchtet die Einöde ringsum, malt unsere und die Schatten der Zelte flackernd in die Gleichförmigkeit. Daniela und ich tauschen beim Essen lange Blicke.

Später liege ich schlaflos im Zelt neben dem vor sich hin schnarchenden Lehrer. Irgendwie rührend, dass er darauf besteht, ein Zelt mit mir zu teilen, um mich besser unter Kontrolle zu haben, und dass er mir dann trotzdem jede Gelegenheit lässt, in die Dunkelheit davonzuschleichen. Ich schaue ihn mir im Dämmer an, der unter der Zeltbahn herrscht, seine kurzen, schlafzerzausten Haare, die dicken Augäpfel, die unter den geschlossenen Lidern rotieren. Anders sieht er aus, verletzlich. Sonderbar, einem fremden Mann so nahe zu sein.

Als ich mit der Zeit immer wacher werde statt schläfriger, taste ich mich vorsichtig aus dem Zelt. Ich trete in die Dunkelheit, die kühle Nachtluft tut gut. Im Lager ist es still bis auf ein paar Schlafgeräusche. Die Einöde liegt schwarz da. Kurz spiele ich mit dem Gedanken, so wie ich bin, in Unterhose und T-Shirt, ins Schwarz draufloszumarschieren, mit geschlossenen Augen, um endlich einmal irgendwo anzukommen, vielleicht zum Schluss über eine Kante zu treten und endlos zu fallen. Dann wende ich mich um und glaube eine Silhouette auszumachen, die am Ufer des Baches steht. Ich trete neben Daniela, ohne etwas zu sagen.

Sie sagt: »Hallo, Fremder. Schön, dass es klappt mit unserer Verabredung.«

Ich sage: »Ich weiß doch, was sich gehört gegenüber einer schönen Frau.«

Ohne nachzudenken lege ich den Arm um ihre Schulter.

Wir nehmen einander in den Arm, obwohl wir es nicht mehr wollten.

Dann küssen wir uns, obwohl wir es nicht mehr wollten.

Dann liegen wir miteinander im Gras am Ufer der Beek und ziehen uns die verbliebenen Kleidungsstücke von den Körpern, obwohl es das war, was ich auf keinen Fall mehr zulassen wollte. Ich weiß nicht, was es ist. Es ist sehr traurig und sehr schön. Auf eine Art und Weise tut es weh. Es brennt und reißt und zieht sich lange hin. Ich habe einen Kloß im Hals, der nicht wegzuschlucken ist. Wir schauen uns in die Augen dabei, in große, dunkle, schimmernde Monde. Irgendwann liegen wir verschwitzt da, die Geräusche der Nacht um uns herum tauchen in unsere Wirklichkeit hinein. Wir liegen im Schwarz, und ich fühle mich bitter und traurig und dabei seltsam stumpf. Werde ich mir jemals vertrauen können?

Wir bleiben liegen, kriechen nicht zu fremden Männern in die Zelte zurück, obwohl die nächtliche Kälte unserer Zweisamkeit zu schaffen macht. Wir verbringen unsere gemeinsame Zeit dort, Arm in Arm am Ufer der Beek, und ich bin gespannt, was für Augen der Lehrer am Morgen machen wird, wenn er aus dem Zelt stolpert, panisch, weil er mich beim Aufwachen nicht vorgefunden hat.

Es ist für alle zu spüren, als wir aufgebrochen sind, weitermarschieren, uns weiter voranschieben gegen diesen unsichtbaren Widerstand. Wir alle kämpfen dagegen an. Es ist, als sauge die Landschaft alle Energie aus uns heraus. Bei jedem Schritt, bei jeder Berührung mit dem kargen Boden, geht etwas verloren, sie verleibt sich ein wenig von uns ein, und wir bleiben leerer und blasser zurück. Die Kraft fließt aus allen Extremitäten, der Kopf wird schwer und brennt, die Gelenke fühlen sich geschwollen an, die Hände und Füße wie ums Doppelte angewachsen, schwere Fleischstücke. Nach und nach machen die letzten Beeker schlapp, blinzeln bedauernd vor sich hin und versuchen sich in resignierenden Gesten, dann machen sie sich seufzend auf in Richtung Heimat. Nach einem langen, scheinbar ewig dahingezogenen Tag, sind am Ende noch Daniela, der Lehrer und ich übrig. Auch uns ist die Überanstrengung ins Gesicht geschrieben. Daniela hält durch, nehme ich an, weil sie sich die Blöße nicht geben will, vor uns zu versagen, weil sie mir etwas beweisen will und weil sie zusammen sein möchte mit mir, ganz einfach, weil sie es bis zum Ende gemeinsam mit mir erleben will. Uns beiden ist klar, dass es nach diesem keinen gemeinsamen Weg mehr geben wird. Der Lehrer hält durch, weil er die Erfahrung schon einmal gemacht hat, an eine Grenze zu gelangen, er kann diese Erfahrung abrufen, er glaubt an diese Grenze, und deshalb trotzt sein Wille der Abnutzung. Und ich kämpfe mich voran, obwohl ich es in mir wühlen fühle, weil ich davon überzeugt bin, dass es irrational ist, dass diese Landschaft nicht wirklich einen körperlichen Effekt hat, dass es um Suggestionen geht, um Einbildung, der ich bloß standzuhalten habe. Dass das alles nicht wirklich ist, nicht wirklich sein kann.

Die Landschaft bleibt dabei die ewig selbe, vollkommen gleichgültig lässt sie uns abblitzen, noch nicht einmal einen Wind schickt sie uns als Reaktion auf unser Eindringen, keinen Lebenshauch.

Irgendwann ist es Daniela, die schwer atmend stehen bleibt und darauf wartet, dass wir uns nach ihr umdrehen. Zitternd steht sie da, sehr klein in dieser ungeheuren Landschaft. Tränen laufen ihre Wangen hinunter. Sie hält sich an ihren Seilen fest, der Brustkorb hebt und senkt sich heftig. Sie keucht, sie sagt: »Jetzt bin ich es, ich muss euch im Stich lassen, ich schaffe es nicht mehr.«

Der Lehrer und ich nicken stumm, zu wenig Kraft, um noch groß zu sprechen. Sie nimmt ihre verbliebenen Seile ab und legt sie vor sich ins Gras.

Sie sagt: »Wir sehen uns in Beek.« Sie sagt es ohne Blick.

Dann dreht sie sich um und geht und lässt mich und den Lehrer alleine.

Ihr Schluchzen ist noch eine ganze Weile zu vernehmen.

Es wird wieder Nacht und es wird wieder Tag, wir bauen das Zelt auf und ab, wir rollen Seile ab und verknoten sie. Zwischendurch krieche ich eine Weile auf Händen und Knien, ich weiß nicht, wie lange, es wird Nacht, und ich begrüße den nächsten Tag auf den Knien. Mal ist der Lehrer fort, weit vor mir, dann wieder geht er neben mir und redet, wobei ich keine Ahnung habe, wovon er erzählt. Dann wieder muss ich ihn lange suchen, bis ich ihn wiederfinde, ich setze mich derweil in den Bach, ins Wasser, und warte, und irgendwann kommt er angestolpert, langsam wie eine Schnecke mit wunder Sohle. Dann sehen wir uns an und lachen.

»Wir geben nicht auf«, lache ich.

»Nein, niemals«, lacht der Lehrer, aber plötzlich wird er ernst, als habe er irgendetwas vernommen, oder als würde er sich an irgendetwas Wesentliches erinnern. Dann fehlt etwas Zeit, und ich komme zu mir und lehne am Lehrer, und ich rüttele an ihm und zerre ihn auf und vorwärts, immer dem kleinen Fünkchen Willen nach, das da irgendwo im Großen Dunkel in mir, vor mir, vor sich hin glimmt. Dann wieder zieht mich der Lehrer am Arm, und wenn mich nicht alles täuscht, ist es so, dass ich im Staub liege und er mich zwischen Gräsern und Disteln durch die Einöde schleift.

»Was ist, wenn es einfach keine Grenze gibt?«, sage ich am Abend zum Lehrer, als wir dasitzen, die nutzlosen Köpfe in die Hände gestemmt. Wir blicken mit müden Augen zum Wasserlauf hinüber, der nur noch ein schmales Rinnsal darstellt. »Wenn es für immer dauert? Hat es überhaupt schon jemals etwas anderes gegeben?«

In irgendeinem dummen Moment klingelt mein Mobiltelefon.

Ich brauche ziemlich lange, mein träger Kopf zuckt, bis ich das Geräusch irgendwie eingeordnet und das Gerät ungeschickt aus meiner Hosentasche genestelt habe. Ich hatte vollkommen vergessen, dass es so etwas gibt: Handys. Ich staune es an, drei Balken Empfang. Ich hoffe auf einen Anruf Daphnes, kurzer Report von der Gegenexpedition, aber auf dem Display steht *Mirko*.

»Mirko?«, keuche ich.

»Lazyboy, was ist los?«, sagt er mit vergnügter Stimme. »Bist du ohne mich joggen, oder was?«

»So ähnlich«, keuche ich.

»Was geht?«

»Ich kann jetzt schlecht sprechen«, keuche ich.

»Ich bin gerade in Thailand, Ko Samui, ich habe hier diesen echt netten Surfboy kennengelernt, der auch noch Gitarre spielen und singen kann und seine eigenen Songs schreibt. Wir wollen morgen mal ein bisschen aufnehmen in meinem Apartment, ich habe ja alles dabei, das geht ja heutzutage technisch einfach traumhaft, sage ich dir, morgen gehe ich selbst mal surfen und ...«

»Mirko«, sage ich, »ich kann jetzt nicht, ich kann nicht mehr, ich ...«

»Hör zu«, sagt er, »Lazyboy, altes Haus, nächste Woche bin ich wieder im Lande, sollen wir da mal um die Alster walken, oder was?«

»Mirko«, sage ich, »bitte«, und dann drücke ich ihn weg, den Boten aus der Wirklichkeit. Der Lehrer steht sehr aufrecht da und schaut mich fragend an.

Ich schiebe das Gerät wortlos zurück in die Hosentasche.

Am Ende ist es der Lehrer, der über mehr Kraft- und Willensreserven verfügt. Zusätzlich zu den Seilen und der Ausrüstung kauere ich auf seinem Rücken. Er trägt mich. Ich weiß nicht, wie er es schafft. Ich hätte gedacht, mir als demjenigen, der von außen nach Beek gekommen ist, kann diese Einöde, die nach Beeker Gesetzen funktioniert, weniger anhaben. Er schleppt mich 10, 15 Meter, dann braucht er eine Pause, sitzt schwer atmend und schwitzend im Gras. Und ich bin einfach restlos erschöpft, obwohl ich seit Stunden keinen Schritt getan habe. Manchmal bleiben wir liegen, wo wir sind, decken uns mit Zeltplane zu, schlafen ein paar Stunden oder was sich wie ein paar Stunden anfühlt, vielleicht sind es Tage, vielleicht Wochen. Dann wieder sattle ich auf, kralle mich in die Schultern dieses mageren, großen Menschen und lasse mich ins Ungewisse tragen. Dann wieder versuche ich selbst ein paar Schritte, aber es geht nicht, es ist keine Kraft in meinen Beinen, sie knicken augenblicklich in sich zusammen.

Hin und wieder krähe ich: »Umkehren!«, aber der Lehrer ignoriert so etwas, und ich kann seinen brennenden Willen nur bewundern.

»Wohin soll das noch führen, Johann?«, versuche ich es dann. »Lass es doch gut sein, es bringt doch alles nichts.«

Und er knurrt: »Die Prophezeiung, du bist der Mittler, ich muss dich bis an den Rand bringen.«

»Du bist ein Held«, sage ich.

Und er sagt: »Schnauze.«

Dann, als es dunkel ist, verändert sich alles von einem Moment auf den anderen. Die Dichte der Luft nimmt spürbar zu. Wir bauen das Zelt auf. Wir legen uns in das Zelt. Vielleicht schlafen wir, vielleicht liegen wir auch bloß in der Dunkelheit. Als wir aufstehen, ist es immer noch dunkel. Wir verlassen das Zelt. Am Horizont sehen wir einen flackernden Lichterschein.

»Ein Feuer«, sage ich. »Der Himmel brennt«.

»Nein«, sagt der Lehrer. »So ist es damals auch gewesen. Wir sind da. Dies ist die Grenze. Dies ist das Ende.«

Wir gehen auf den flackernden Lichterschein zu.

»Ein Nordlicht«, sage ich.

»Was ist ein Nordlicht?«, fragt der Lehrer.

Der Himmel vor uns schimmert in gelbem, rotem und orangefarbenem Licht. Hellblaue Lichtzungen fahren über das Firmament. Es ist sehr still um uns herum. Stumm gehen wir auf das Licht zu. Als hätten wir zu sprechen verlernt. Als wir uns dem Flackern nähern, stelle ich zweierlei fest. Es ist kein Feuer. Es ist kein Nordlicht. Es ist die Grenze, an der sich im Licht alles auflöst. Im roten, im gelben, im orangefarbenen Licht zeichnet sich als Schatten eine Öffnung ab. Eine schwarze Tür, die im Licht für uns offen steht. Die Stille um uns hat sich in ein Brüllen verwandelt. Es ist, als würde das Licht um uns herum zischen und brüllen. Alles ist Lautstärke und Bewegung. Nur das Schwarz der Schattentür ruht in diesem Chaos. Alles lastet auf dem Rahmen der Tür. Stumm treten wir hindurch. Schon hat sich alles verwandelt. Alles ist wieder Stille auf einmal. Es ist, als würden wir auf schwarzem Samt gehen, der Lehrer und ich. Als hätte sich die Welt an schwarzem Samt verschluckt. Alleine stehe ich da und blicke mich um. Plötzlich ist der Lehrer verschwunden. Ich bin nicht erstaunt. Ich bin nicht furchtsam. Ich bin sehr wach und interessiere mich für die Vorgänge um mich herum. »Hallo«, sage ich, denn ich habe die Sprache wiedergefunden. Aber das Schwarz um mich herum antwortet nicht. Ich setze mich erneut in Bewegung. Ich gehe eine ganze lange Weile durch das Schwarz. Obwohl ich nichts sehen oder hören kann.

Ich erwache, als eine Frau aus dem Schwarz auf mich zutritt. Sie ist sicherlich über zweieinhalb Meter groß, eine Gigantin. Sie hat sehr breite Schultern, einen Körper wie eine Bodybuilderin, sonnenbankgebräunt und kupferfarben schimmernd. Sie hat lange blonde Haare, die sie offen trägt. Ich kann keine Augen, keine Nase erkennen. Es ist, als habe die Frau kein individuelles Gesicht, ihre Gesichtszüge verschwimmen. Sie ist lediglich mit Cowboystiefeln aus hellbraunem Leder bekleidet. Sie hat einen enormen Busch Schamhaar, der durch das Schwarz leuchtet. Sie tritt auf mich zu und dann setzt sie sich auf meinen Rücken. Ihr Gewicht nimmt mir die Luft. Ich liege da und sie sitzt auf mir. Sonst passiert nichts. Ich werde von einer nackten blonden Riesin gefangen gehalten, die auf meinem Rücken sitzt.

Irgendwann ringelt sich etwas Weißes aus dem Dunkel auf mich zu. Ich muss an die Schlange Kaa aus dem Dschungelbuch denken. Das Weiße kommt unmittelbar vor meinem Gesicht zu liegen. Aus dem Weiß lispelt sich eine Stimme zu mir herüber.

»Nun«, ringelt sich die Stimme in meinen Gehörgang. »Was planst du nun zu tun?«

»Ich habe keine Ahnung«, presse ich hervor.

»In den alten Zeiten haben sich diese Kämpfe noch gelohnt«, zischt die Stimme. »Heute aber hat das große Verwischen gründlich seinen Dienst getan. Es ist alles kaum noch zu unterscheiden, nicht wahr? Gut, Böse, Klein, Groß, Hüben wie Drüben. Wofür oder wogegen soll man kämpfen?«

Eine Weile schweigen wir versonnen vor uns hin, mir soll es recht sein, ich hatte eh nicht den Impuls zu reden.

»Hm?«, fragt mich die Stimme.

»Keine Ahnung«, sage ich.

»Ich weiß«, knistert die Stimme. »Wie immer. Aber das wird ausnahmsweise einmal nicht reichen.«

»Haha«, sage ich. »Bist du das?«

»Wer soll ich sein?«

»Du weißt schon.«

»Nein?«

»Egal«, sage ich.

»Eben nicht«, muckt die Stimme.

»Pff«, mache ich und bleibe einfach wohlig liegen unter meiner Riesin, von der ich allerdings nicht mehr weiß, ob sie noch da ist. Ich kann kein Gewicht mehr spüren, aber sicher bin ich nicht. Wenn ich versuche, den Kopf zu wenden und einen Blick zu erhaschen, gelingt es nicht recht.

»Pff«, mache ich noch einmal und schließe die Augen.

Ich liege im Zelt. Ich blicke neben mich, aber der Platz neben mir ist leer. Ich setze mich auf und reibe mir den Kopf. Ich warte auf den Lehrer. Ich krieche aus dem Zelt und äuge in die diesige Einöde hinaus. Als ich mir sicher bin, dass er nicht mehr kommt, als ich lange genug gewartet habe, als sich der Gedanke einbrennt, dass er über die Grenze gegangen ist, dass er Beek verlassen hat, mache ich mich auf den Weg. Das Zelt lasse ich stehen, wie es ist. Es spielt jetzt keine Rolle mehr. Jetzt, da ich alleine bin. Ich fühle eine große Enttäuschung. Der Lehrer hat mich im Stich gelassen. Ich schleppe mich durch das Gras. Ich sinke auf die Knie. Ich krieche durch die Einöde. Irgendwann überkommt mich das Gefühl, dass sich nichts mehr bewegt, dass ich den totalen Stillstand erlebe.

Dann aber schiebt sich plötzlich über den Horizont das Zelt auf mich zu. Ich nähere mich dem Zelt, ohne mich auch nur einen Zentimeter bewegen zu können. Als würde die Landschaft unter meinem Körper hindurchgezogen. Das Zelt steht jetzt mit wehendem Eingang vor mir. Es lädt mich ein. Ich fühle mich müde und einsam. Wo ist der Lehrer? Ob es ihm gut geht, dort, wo er ist? Ich schleppe mich in das Zelt und auf die Matte hinauf, die mir hoch und erhaben vorkommt. Dann wälzt er sich wieder auf mich, der ungebetene Gast, der Schlaf.

Ich erwache. Ich liege im Zelt. Graues Licht dringt von außen durch die Zeltplane. Ich liege auf dem Bauch und beschließe so lange genau so liegen zu bleiben, wie es mir physisch und psychisch möglich ist.

Nach einer sehr, sehr langen Zeit höre ich ein Geräusch am Zelteingang. Der Reißverschluss wird auseinandergezogen. Ich wende mich nicht um. Das wird von anderer Seite besorgt. Ich werde an der Schulter gepackt. Der Lehrer kauert vor mir. Seine Augen glänzen. Pupille und Iris schimmern schwarz. Der Lehrer hat ein sehr bleiches Gesicht. Seine Lippen sind aufeinandergepresst. Er hält ein Messer in der Hand. Beide versuchen wir, auf dieses Messer zu schauen. Er setzt es mir an den Hals. Er beginnt, an meinem Kehlkopf herumzusäbeln. Es ist sehr schwer, anscheinend ist das Messer nicht scharf genug. Er säbelt und ruckelt an meinem Kehlkopf herum.

Ich würde ihm gerne helfen, aber ich fühle mich, als würde eine nackte Riesin auf meiner Brust sitzen. Schwarzes Glück pulst aus meinen Hals hervor. Ich kann das nicht wirklich sehen, aber ich spüre es. Ich weiß das auf eine intuitive Art, wie man bestimmte, für einen persönlich relevante Dinge weiß. Ein linder Luftzug weht jetzt durch das Zelt, und ich fühle mich heiter, derweil an meinem Hals herumgesäbelt wird. Ich würde gerne lachen oder etwas singen, aber daran hindert mich die Aktivität an meinem Hals.

Der Lehrer ist mein Freund, das weiß ich jetzt, und er ist es schon immer gewesen. Ich möchte dieses Gefühl der Verbundenheit in Worten oder Gesten ausdrücken, aber irgendwie bin ich wie eine Marionette, deren Fäden lose im Wind flattern, vom Lenkholz geschnitten. Ich sehe mir dabei zu, wie ich mich entferne, wie ich abhandenkomme, wie ich über einen Fluss verschwinde, Huckleberry Finn auf seinem Floß.

Ich liege im Zelt. Der Lehrer liegt neben mir und atmet schwer. Draußen ist es hell geworden. Meine Schultern fühlen sich taub an. Ich werfe den Schlafsack von mir und wühle mich aus dem Zelt. Ich richte mich auf und betrachte die Einöde, das gewohnte Bild, graues Gras bis zum Horizont. Dann krieche ich erneut in das Zelt, um den Lehrer zu wecken. Aber der Lehrer ist schon wach.

»Ich möchte lieber nicht darüber reden«, sagt er, als er sich aus seinem Schlafsack wühlt. Er wirft mir einen raschen Blick zu. Das Oberhemd, das er trägt, ist zerrissen. Ich blicke mein T-Shirt an.

»Soll mir recht sein«, sage ich.

Wir essen jeder einen Keks, dann machen wir uns auf den Weg.

Schwankend stehen wir da, schirmen unser Sichtfeld mit den Händen ab.

»Wir haben es geschafft«, sage ich.

»Bist du sicher?«, fragt er. »Was soll das bedeuten?«

Ich empfinde einen meiner wacheren Momente. Ich spähe in die Einöde, wo ich deutlich zwei Punkte ausmachen kann, die sich durch das Nichts zu bewegen scheinen.

Es dauert lange, bis wir Sicherheit haben, bevor man Einzelheiten erkennen kann. Irgendwann aber gibt es keinen Zweifel mehr. Grinsend stehe ich da und schwenke meine Arme. Der Lehrer neben mir sieht einfach nur verblüfft aus.

Daphne und der Bürgermeister bewegen sich auf uns zu, bepackt mit Seilen und Ausrüstung. Im Gegensatz zu uns gehen die beiden aufrecht und sehen beim Näherkommen frisch und ausgeruht aus. Daphne winkt ebenfalls, und das Grinsen in ihrem Gesicht leuchtet uns entgegen.

»Wie?«, fragt der Lehrer.

»Haha«, sage ich und werfe Seile und Rucksack fort von mir, renne in die Einöde, irgendwie befreit.

14

»Was bedeutet das nun, dass wir uns hier treffen?«, fragt der Lehrer. »Ich verstehe es nicht.«

»Mein Ausgangspunkt war die Beek«, sage ich.

Wir haben um ein Lagerfeuer am Ufer herum Platz genommen, obwohl es noch hell ist. Wir halten Bockwürstchen, die der Bürgermeister aus seinem Rucksack gezaubert hat, an Stöcken in die Flammen. Der Bürgermeister trägt Lederhosen, ein kariertes Hemd mit rotem Halstuch und Wanderstiefel. Seine blonde Locke wippt ihm ins Gesicht.

»Ich hatte von Anfang an eine Theorie, einen Plan«, sage ich. »Deshalb habe ich bei meinem ersten Besuch auf der anderen Seite zu wissenschaftlichen Zwecken ein Papierschiff auf dem Wasser der Beek ausgesetzt, das Richtung Einöde trieb. Kürzlich habe ich es nun auf Ihrer, auf unserer Seite der Wand wiederentdeckt, wie es friedlich angetrieben kam. Dasselbe Papierschiff, verstehen Sie? Die Beek fließt auf der einen

Seite der Stadt in die Einöde hinaus und kommt irgendwann auf der anderen Seite der Stadt wieder an, ein Kreislauf. Fragt bitte nicht, wie ich darauf gekommen bin, es ist wohl die natürliche Intuition, die mit der Rolle des Mittlers verbunden ist.«

Ich fühle mich gerade sehr zufrieden.

»Das sogenannte Augapfel-Prinzip, müsst ihr wissen«, ergänzt Daphne, »höhere Logik, die man nur versteht, wenn man sich supergut mit der Anatomie des Augapfels und speziell des Sehnervs auskennt.«

Die beiden Beeker gucken sie verständnislos an.

»Eure Welt ist eine Kugel mit unbestimmten Ausmaßen«, sage ich. »Man kann im Grunde einmal drum herum gehen. Beek war niemals geteilt, es war immer verbunden. Es gibt keine zwei Seiten, die Verbindung war die ganze Zeit gegeben. Man braucht nur durch die Einöde zu gehen. In meiner Welt ergibt es physikalisch keinen Sinn, dass ein Fluss ohne Quelle und Mündung ein geschlossenes Kreislaufsystem bildet. Aber in einer Welt, in der es hell ist, ohne dass eine Sonne scheint, und in der die Jahrszeiten willkürlich von einem Tag auf den anderen wechseln, spielen solche Dinge eben keine Rolle.«

»Also ich verstehe es nicht«, sagt der Bürgermeister gut gelaunt, »ist ja auch egal.« Seine Augen funkeln vergnügt. Er sieht richtig erholt aus.

»Ich tue mich auch noch etwas schwer«, sagt der Lehrer mit eingefallenen Wangen und dunklen Ringen unter den Augen.

»Was ist denn mit den anderen?«, frage ich.

Der Bürgermeister lächelt Daphne verliebt an. Er nuckelt an einem Würstchen. »Keine Ahnung, was mit denen war. Die haben alle gleich schlappgemacht, fast auf der Stelle, komisches, fußfaules Volk. Aber so war es viel lustiger zu zweit.«

»Stimmt«, echot Daphne.

»Musstet ihr denn nicht übernachten?«

»Ach, wir haben das Zelt einmal aufgebaut, aber mehr so zum Spaß. Und als es gerade richtig nett geworden war und wir uns immer besser kennengelernt haben, wir richtig ins Gespräch gekommen sind und so, da tauchtet plötzlich ihr beiden traurigen Gestalten am Horizont auf.«

Die beiden lächeln sich an. Ich merke, dass ich eifersüchtig bin.

»Wie geht es denn jetzt weiter?«, meldet sich der Lehrer mit ganz leiser, müder, trüber Stimme zu Wort.

»Jetzt bauen wir erst einmal das Zelt auf«, sage ich, »und schlafen uns gründlich aus, damit die Spaßbremsen unter uns wieder zu Kräften kommen. Anschließend knoten wir unsere Seile zusammen, und dann folgen wir den ausgelegten Seilen Richtung Stadt, die Strapazengruppe in die eine, die Fit-for-fun-Gruppe in die andere Richtung. Dort sammelt ihr die zurückgekehrten Expeditionsteilnehmer ein und du, Daphne, nimmst sie durch die Tür mit zurück nach Hause. Wir treffen uns bei der Hütte. Und solltet ihr viel früher als wir ankommen, macht euch keine Sorgen, wir schaffen das schon, wir haben schon ganz andere Dinge geschafft.«

»Wie war es denn bei euch?«, fragt Daphne.

»Es geht«, brumme ich.

Der Lehrer und ich folgen den von Daphne und ihrem Bürgermeister verknoteten Seilen. Im Bewusstsein, einem Weg zu folgen, der ein Rückweg ist, der erprobterweise in die Stadt hineinführen muss, den gerade zwei Personen locker parlierend dahergewandelt kamen.

Tatsächlich geht es sich viel einfacher. Ich kann die Einöde jetzt sogar in ihrer landschaftlichen Schönheit wahrnehmen.

Die Reizarmut wirkt plötzlich wohltuend und lindernd. Die Farben beruhigen das Auge, das Grau, Gelb und Ocker. Auch dem Lehrer scheint es besserzugehen. Er schreitet wieder mit geradem Rücken voran, er pfeift gelegentlich vor sich hin, er lächelt, wenn sich unsere Blicke treffen.

»Was kommt denn nun eigentlich auf Sie zu«, fragt er mich, »wenn Sie endlich zurückgekehrt sein werden in Ihre Welt, wenn Sie Ihre Aufgabe hier erledigt haben?«

Die Frage versetzt mir einen Stich.

Ich sage: »Die Frau, die ich liebe, meine Verlobte, liegt in meiner Welt in einem Krankenhaus und ist nicht bei Bewusstsein. Sie erlitt einen Unfall und liegt seither im Koma, und ich sollte eigentlich neben ihr am Bett sitzen und darauf warten, dass sie wieder zu sich kommt, und nicht hier mit Ihnen, mit Verlaub, durch die Einöde spazieren. Außerdem muss ich herausfinden, ob ich in meiner Welt immer noch in Türen verschwinde, was ich nicht hoffen will, oder ob ich mich in diesem Augenblick gerade heile.«

»Oh«, sagt er, »das wusste ich nicht, das mit Ihrer Frau.« Er sieht wirklich betroffen aus.

Beim Gehen schaue ich auf meine Turnschuhe und frage mich, ob sie wirklich wach sein und mich aus braungrünen Augen versonnen mustern wird, wenn ich zurückgekehrt sein werde, weil ich einer geheimnisvollen, verborgenen, geteilten Stadt in Kugelform jenseits einer Kellertür und eines Kleiderschrankes mit einem Trick zur Wiedervereinigung verholfen habe. Ich frage mich: Was ist die hirnanatomische Entsprechung für diesen Kniff?

»Moment«, sagt der Lehrer und bleibt stehen. Er mustert mich scharf. »Aber Sie haben hier mit Daniela geschlafen.«

»Stimmt«, sage ich.

»Aber Sie sagten gerade, dass Sie dort, wo Sie herkommen, einer anderen Frau versprochen sind, einer Frau, die sich in einer Notlage befindet.« Er schaut mich entrüstet an.

»Das ist richtig«, sage ich.

»Nein, es ist nicht richtig«, korrigiert mich der Lehrer. »Unter moralischen Gesichtspunkten ist es das nicht.«

»Nein«, seufze ich, »Sie haben recht. Und ich werde mich bessern.«

»Hm«, macht er mit dem verkniffenen Gesicht, das ich so gut von ihm kenne. Wir setzen uns langsam wieder in Bewegung.

»Auch wenn ich unter moralischen Gesichtspunkten ein zweifelhaftes Individuum sein sollte«, sage ich schließlich, »würde ich mir wünschen, dass wir uns weiterhin duzen, so wie wir es gestern getan haben. Und ich möchte mich bedanken für das, was Sie, was du hier draußen für mich getan hast. Mein wirklicher Name ist übrigens Heiner.«

Er fixiert mich und dann lächelt er, etwas gezwungen noch.

»Meinen Namen kennen Sie ja«, sagt er. »Aber ich nehme Ihr Angebot an.«

»Du«, sage ich.

»Ja«, sagt er.

Nun ist es auch für uns ein Spaziergang. Wir schlendern dahin, und ich kann unmöglich sagen, wie lange es dauert. Irgendwann sehen wir am Horizont den Turm und dann die Dächer über den Rand der Einöde hinauswachsen. Die Beek neben uns ist wieder zum stattlichen Bachlauf angewachsen, der uns nun auch ohne Seile sicher in die Stadt hineinführen würde.

»Unglaublich«, sagt der Lehrer. »Ich hätte niemals gedacht, dass die Lösung so einfach ist.« Er bleibt noch einmal stehen, betrachtet sein fernes, fremdes Beek und stemmt die Fäuste in die Hüften. »Und ich muss zugeben, dass ich auch ein bisschen enttäuscht bin. Ich hatte doch irgendwie gehofft, es würde einen wirklichen Ausgang dort am äußeren Rand der Einöde geben. Einen Ausgang in eine ganz andere Welt.«

»Aber den gibt es doch«, sage ich.

Er schaut mich fragend an.

»Du kannst mich gerne durch den Schrank in meine Welt begleiten. Ich meine, ich bin nicht sicher, ob es funktioniert, vielleicht ist es schon mit einem Risiko verbunden. Keine Ahnung, ob ein Beeker diesen Weg gehen kann. Aber wenn du möchtest, können wir es ausprobieren, warum nicht?«

»Hm«, macht der Lehrer und schaut ernst auf seine Stadt.

Wir nähern uns den Häusern und werden langsamer. Jetzt, wo wir die Stadt vor der Nase haben, mag ich die Einöde nicht verlassen. Dem Lehrer scheint es ähnlich zu gehen. Immer wieder bleibt einer von uns stehen und dreht sich um, lässt den Blick in die Weite schweifen. Dann wendet auch der andere sich noch einmal der Landschaft zu, die uns so viel abverlangt hat, breitet die Arme aus oder kratzt sich am Kopf, atmet tief ein und seufzt beim Ausatmen. Beide wissen wir, dass wir nicht bleiben können.

»Schau mal«, sagt der Lehrer, als ich noch einmal die Weite der Einöde in mich hineinatme, das Ungestaltete, Ungeformte, nicht Zivilisatorische, Freie. Ich wende mich um und betrachte die ersten Häuser Beeks, die ersten einfachen Backsteinbauten, Schuppen, Hintertüren, Wäscheleinen voller Wäsche, die jetzt zum Greifen nahe scheinen. Erst beim zweiten Blick fallen mir die Menschen auf, die uns gemessenen Schrittes entgegenkommen, schweigend, eine stille Prozession.

Nach und nach fallen mir hie und da bekannte Gesichter auf, auch Teilnehmer unserer Expeditionsgruppe und schließlich Daniela, was bedeutet, dass Daphne und der Bürgermeister wieder schneller als wir gewesen sind. Und es fallen mir Menschen auf, deren Kleidung sie eindeutig als Bewohner der anderen Seite kennzeichnet. Daphne und der Bürgermeister scheinen drüben mehr Überzeugungskraft besessen zu haben als ich seinerzeit. Die Menschen gehen langsam und schweigend auf uns zu. Niemand lächelt, die Beeker schauen uns ernst entgegen. Und als wir uns schließlich begegnen, bleiben wir alle stehen, als hätten wir dieses Schauspiel lange in geheimen Proben eingeübt, als läge eine Choreografie zu Grunde. Die Beeker drängen sich um uns, den Lehrer und mich, drängen möglichst dicht heran an uns, man legt uns Hände auf Arme, Brust und Köpfe. Und irgendwann werden wir emporgehoben und in die Stadt hineingetragen. Und der Lehrer und ich lassen es geschehen, als wären wir darauf vorbereitet, und vielleicht sind wir es sogar, vielleicht steht etwas Entsprechendes in der Prophezeiung. Und also werde ich zum zweiten Mal innerhalb kurzer Zeit über eine Grenze getragen, das erste Mal von einer übermenschlich willensstarken Person über die innerste Grenze der Einöde und jetzt von vielen, von der Gemeinschaft, über die Stadtgrenze Beeks.

Erst am Ufer des Sees, angesichts der Wand, die überwunden ist, ohne besiegt zu sein, und ihrer gleichzeitig offenen und geschlossenen Tür, wo Daphne und der Bürgermeister uns schon lächelnd erwarten, werden wir vorsichtig auf den Boden herabgelassen.

»Erster«, sagt Daphne.

»Ihr Schnecken«, sagt der Bürgermeister.

»Ich möchte ein paar Worte sagen«, sagt der Lehrer.

Der Lehrer wendet sich an das Volk. Er hält eine Rede. Ich bekomme das meiste nicht mit, weil ich zu sehr mit mir beschäftigt bin. Außerdem spricht er leise, erschöpft wie er ist. Mich beschäftigt die Frage, ob ich mich nicht besser heimlich aus dem Staub machen sollte, jetzt, da alle beschäftigt scheinen. Was habe ich hier noch verloren? Der Lehrer richtet seine letzten Worte an mich, was mir auffällt, als alle Gesichter sich mir zuwenden, was sich anfühlt, als strahle mich ein 2000-Watt-Scheinwerfer an, die geballte Aufmerksamkeit Beeks.

»Und so klingt es sicherlich überraschend und vielleicht etwas ungeheuerlich, wenn wir dir, lieber Mittler, und dir, liebe Daphne, den Personen, bei denen wir uns eigentlich überschwänglich bedanken wollen, und es soll das letzte Mal sein, für immer, noch einmal einen kurzen Aufenthalt unter Beobachtung zumuten müssen, eine Art freundlichen Arrest. Ich sehe keine andere Lösung.«

»Bitte?«, frage ich. Ich habe irgendetwas nicht mitbekommen.

»Leider müssen wir zur Gegenprobe aufbrechen«, sagt der Lehrer. »Denn wir wissen bis jetzt nicht wirklich sicher, ob dieser Weg durch die Einöde an Seilen eine verlässliche Passage für uns nach drüben darstellt. Woher sollen wir wissen, dass diese Expedition nicht nur gelang, weil der Mittler, weil Personen von außerhalb anwesend waren, die unsere Schritte lenkten?«

»Von Schritte lenken kann wohl keine Rede sein«, sage ich, »du hast mich getragen, schon vergessen?«

»Trotzdem«, sagt der Lehrer. »Woher sollen wir die Gewissheit haben, dass dieser Weg auch dann noch zum Ziel führt, wenn ihr in eure Welt zurückgekehrt sein werdet? Wir brauchen eine Folgeexpedition ohne euer Zutun, erst dann können wir euch gehen lassen.«

»Aber deshalb müsst ihr uns doch nicht einsperren«, sage ich.

»Heiner«, sagt der Lehrer, und ich spüre bei dieser Anrede die Augen Danielas auf mir, die mich nur als Lazyboy kennengelernt hat. »Du selbst hast mir erzählt, was dich in deine Welt zurückzieht, wie dringlich dein Anliegen ist, und ich habe es gut verstanden, denn auch ich bin ein menschliches Wesen mit menschlichen Gefühlen, und auch ich habe einmal geliebt.«

Die Blicke der Beeker schwenken bei diesen Worten erst zum Lehrer und dann zu Daniela hinüber.

»Und ich kann mir bestens vorstellen, dass du nicht weiter warten magst, wie unsere Sache ausgeht. Dass du wieder einmal in Versuchung gerätst. Wir haben dich ein wenig kennengelernt, Mittler, deine Qualitäten, aber auch deine Abgründe, und deshalb werden wir dich zum Segen Beeks festsetzen, bis die Passage durch die Einöde als sicher gelten kann.«

Er schaut mir direkt ins Gesicht. Für einen kurzen Moment sieht er traurig aus.

»Wir brechen erneut in die Einöde auf, unter meiner Führung, es mag mich begleiten, wer will, und es ist mir wichtig, dass auch jene dabei sind, die bei der ersten Expedition scheiterten. Wenn wir alle, und ich betone es, alle anhand der Seile durch die Einöde auf die andere Seite gelangen und dort mit offenen Armen empfangen werden, wenn wir zu einer Verständigung mit den dortigen Bewohnern kommen und anschließend alle anhand der Seile sicher zurückgekehrt sein werden, erst dann gilt für mich als bewiesen, dass dies die Passage ist, nach der wir uns so gesehnt haben, dass erst dann die

Wiedervereinigung Beeks gefeiert werden kann. Erst dann steht es dem Mittler zu, die Verantwortung abzulegen und in seine Welt zurückzukehren, wenn er es denn will. Bringt sie in die Hütte des Mittlers!«

»Moment«, rufe ich, aber meine Worte gehen im tosenden Jubel unter, der sich endlich Bahn bricht. Ich werde überwältigt. Dieselben Beeker, die mich vor Kurzem noch auf Händen als Held aus der Einöde trugen, binden mir erneut die Gelenke.

»Undank ist der Welten Lohn«, rufe ich, aber meine Worte gehen im allgemeinen Lärm unter.

Der Großteil der Menge schwenkt Richtung Einöde ab, Daphne und ich werden zur Hütte getragen.

Wieder sitzen wir in der Hütte fest, Daphne auf dem Boden mit angewinkelten Knien, ich auf der Pritsche, den Rücken an die Holzwand gelehnt. Vor der Tür und vor dem Fenster stehen mit Baseballschlägern bewaffnete Männer.

»Unglaublich«, sage ich.

»Ach, komm schon«, sagt Daphne. »So schlimm ist das auch nicht. Das überleben wir auch noch.«

»Was ist denn das für eine Art«, sage ich, »uns immerzu einzusperren. Wir sind doch Gäste hier, und wir sind wichtige Gäste. Die sollten sich lieber mal erkenntlich zeigen.«

»Na ja«, sagt Daphne. »Richtig verlässlich bist du ja wirklich nicht gewesen.«

»Komisch«, sage ich. »Wie sich die Dinge verändern. Ich ziehe meinen imaginären Hut vor der feinen Ironie des Lebens.«

»Häh?«

»Früher«, sage ich, »in deinem Alter und dann eigentlich fortgesetzt bis heute, bis gerade eben, wollte ich niemals, auf keinen Fall verlässlich und erwachsen sein. Ich musste es unbedingt verhindern. Ich hatte panische Angst davor. Ich dachte immer, gleich, im nächsten Moment passiert es. Du machst den einen verkehrten Schritt und bist für immer verloren. Irgendwie schien es mir das Schlimmste, was passieren konnte. Erwachsenwerden. Erwachsensein. Ich hatte da überhaupt keine positiven Bilder. Habe ich im Grunde heute noch nicht. Ich dachte wirklich, dann hört alles auf. Ich sah mich seelenlos auf dem Rasenmähertraktor sitzen, Runde um Runde um Runde auf dem moosdurchsetzten Rasen drehen, die Terrassentür zum kreditfinanzierten Eigenheim angelehnt offen, und man hört den ganzen Tag den Säugling brüllen. Die Frau sitzt drinnen mit hängenden Mundwinkeln, unzufrieden mit sich selbst und dem Leben, vor allem aber mit mir, weil ich nicht genug bin, weil ich sie nicht restlos glücklich mache und weil ich überhaupt nicht weiß, wie das geht, so ein Leben. Keinen Willen, keine Ziele. Die totale Entfremdung.«

»Klingt irgendwie abtörnend«, sagt Daphne.

»Ich hatte immer dieses Bild von einem Lichtschalter, diese altmodische Variante. So einen, den du mit Kraftaufwand drehen musst. Dann macht es laut Klack!, und das Licht ist aus. Kennst du so was? Bei meiner Großmutter gab es die. Ich dachte, jeden Augenblick passiert es und jemand dreht mir klackend das Licht aus. Dann sitze ich im Dunkel steif da im gestärkten Hemd mit zu enger Krawatte. Und muss eine Banklehre machen. Ich hatte richtig körperliche Angst. Ich spürte, dass ich fliehen, dass ich mich verstecken musste vor dem ernsthaften Leben. Und das ist mir in den folgenden Jahren ja auch ganz gut gelungen.«

»Hattest du in keiner Phase den Wunsch, möglichst schnell erwachsen zu werden, damit sie dich alle in Ruhe lassen und du machen kannst, was du willst?«

»Nee, nie. Du?«

»Irgendwie schon, komisch.«

»Ja, komisch«, sage ich.

»Was soll denn so toll daran sein, Kind zu bleiben?«

»Na ja«, sage ich, »Kindsein, das bedeutet doch, das Leben als Abenteuer zu nehmen. Zu wissen, dass es größere Zusammenhänge gibt. Dass alles mehr bedeutet. Dass es nicht auf das reduziert werden darf, was man Alltag nennt, sondern groß und schön ist, eine Herausforderung, der verrückte Traum von einem beseelten Ball, der durch ein perfekt choreografiertes Nichts saust und auf dem sprachbegabte Tiere turnen.«

»Ich glaube, du geheimnist da zu viel hinein in die Kindheit. Ich erinnere mich noch lebhaft, wie beschissen ich mich oft als Kind gefühlt habe. Wie viel Angst ich ständig vor allem möglichen hatte. Wie oft ich mich abgrundtief gelangweilt habe. Wie alleine ich oft gewesen bin.«

»Echt?«

»Klar.«

»Ach so«, sage ich. »Hm.«

»Und jetzt?«, fragt sie. »Ist das jetzt anders bei dir? Jetzt willst du plötzlich auf einmal erwachsen sein, oder wie?«

»Na ja«, sage ich. »Ich schätze mal, ich bin erwachsen, oder?«

Daphne mustert mich skeptisch.

»Ich stelle halt mehr und mehr fest, dass der Lichtschalter nie umgelegt wurde. Ich glaube nicht mehr an den Lichtschalter. Da ist kein Schalter. Und eine Banklehre muss ich wohl auch nicht mehr machen, schätze ich.«

»Andererseits«, sagt sie, »stimmt schon. Werd mal nicht zu erwachsen. Du solltest das auch nicht überschätzen. Flucht und Verweigerung sind heutzutage ja eigentlich das angemessenste Statement, das einer oder eine geben kann. Was ist schon groß die Alternative dazu, ein verspäteter Idiot in Turnschuhen zu sein wie du?«

Ich schaue Daphne an.

»Bleib so, wie du bist«, sagt sie, »bleib golden, Ponyboy.«

»Lazyboy«, sage ich.

»Bleib das mal, Heiner.«

Wir sehen uns an und grinsen.

»Kacke«, sage ich. »Es *ist* so. Ich *bin* echt der Lazyboy. Ich steige nicht über die Wand, von der es heißt, dass sie unbezwingbar sei, weil mir die Herausforderung zu groß scheint. Stattdessen quäle ich mich ewig durch die endlosen Weiten der Einöde, was letzten Endes viel länger dauert und anstrengender ist. Es ist dumm, aber so bin ich.«

Irgendwann öffnet sich die Tür der Hütte, von außen lugt die Dämmerung zu uns hinein, man bringt uns unser Abendessen.

»Und?«, fragt Daphne.

»Noch nichts«, sagt der große Mann mit dem Sportgerät, das er so hinter seinem Rücken verbirgt, dass wir es kaum zu Gesicht bekommen. Es scheint ihm selbst unangenehm zu sein, in welche Lage man uns gebracht hat.

»Gute Nacht, Daphne«, sage ich später ins Dunkel. »Schön, dich kennengelernt zu haben. Verrückt, was wir miteinander erleben, was?«

»Absolut«, flüstert es leise zu mir herüber, als wäre es verboten, im Dunkel noch lange zu sprechen. »Schlaf schön.«

»Du auch, träum süß.«

Und dann schlafe ich sofort ein, als gäbe es keinen besseren Ort für mich als diese Hütte in der Anwesenheit Daphnes in Beek.

15

Als der Lehrer uns persönlich befreit, will bei mir keine rechte Freude aufkommen. Immerhin tut er es mit zerknirschtem Gesichtsausdruck. Er ist blass, dunkle Schatten liegen unter seinen Augen. Wir stehen im Morgengrauen auf der taufeuchten Wiese am Ufer des Sees, Daphne und ich reiben uns die steifen Glieder. Er streckt mir die Hand hin, die ich geflissentlich übersehe. Ich betrachte eine Schwanenfamilie, die elegant in den Nebel gleitet.

»Und?«

»Es hat geklappt. Es hat tatsächlich geklappt, mit den Seilen, auch ohne Mittler. Wie du gesagt hast.«

Verlegen zieht er seine Hand zurück.

»Es hat auch gar nicht lange gedauert. Man kann das schon so machen, es ist durchaus praktikabel. Allerdings bleiben jene verschwunden, die vor deinem Erscheinen durch die Tür gegangen sind. Ich konnte sie nirgendwo finden.«

Ich schweige.

»Und drüben auf der anderen Seite, tja. Ach, na ja. Echte Begeisterung sieht anders aus. Ich möchte es wohlwollende Gleichgültigkeit nennen. Für den Anfang reicht es, denke ich. Sie sind nicht über uns hergefallen, das ist es, was zählt.«

Ich betrachte die schweren Wolken, die jetzt über der Stadt hängen, sie sehen aus wie große, trächtige Weltraumtiere. Ich sehe dabei zu, wie sie ihre Bäuche öffnen und wieder einmal weißes Gewusel auf mich herunterrieseln lassen. Werde ich jemals passend gekleidet sein in Beek?

»Heiner«, sagt er. »Ich möchte mich bei dir bedanken und mich entschuldigen. Du bist jetzt frei, ein freier Mann.«

»Ha«, sage ich. Mir geht das alles immer zu schnell hier, ein ewiges Hin und Her, eben Freund, plötzlich Feind.

Er sagt: »Es tut mir leid, wie ich dich behandelt habe, aber ich hatte keine andere Wahl. Ich weiß nicht, ob du meine Entschuldigung annehmen kannst?«

Wir stehen da in der Schwanenscheiße und blicken einander in die Gesichter.

»Ich möchte dir wirklich gerne etwas mitgeben«, sagt er dann. »Ein Andenken an Beek, das du mit in deine Welt hinübernehmen sollst. Damit du uns nicht vergisst.«

»Das ist gut«, sage ich.

»Erst habe ich an ein Brot gedacht.« Er lächelt schüchtern. »Dann aber sagte ich mir, etwas Dauerhaftes, Bleibendes ist besser.«

Er drückt mir ein Buch in die Hand, das er hinter seinem Rücken versteckt gehalten hat. Das Buch mit den Beeker Sagen.

Der Name *Karl Hoppe* steht darauf und *Beeker Geschichten.*

»Danke«, sage ich. Ich presse das Buch mit beiden Händen gegen meinen Leib.

»Nicht dafür«, sagt der Lehrer, dieser Hermann Hesse bei der Gartenarbeit, ein dünner, ernster Mann mit einem Vogelkopf. Er legt mir schüchtern eine Hand auf den Oberarm.

»Jetzt aber wollen wir uns endlich angemessen bei dir bedanken. Es soll einen großen Empfang im Rathaus für dich geben, eine rauschende Feier, mit der wir dich verabschieden möchten, die anderen bereiten schon alles vor. Ein Fest der Einheit, eine Wiedervereinigungsfeier.«

»Ich kann nicht mehr bleiben«, sage ich, »es geht nicht, ich habe einfach keine Geduld mehr. Warum versteht das eigentlich keiner?«

»Natürlich«, sagt der Lehrer, »ich verstehe es. Ich würde es nur gerne wiedergutmachen, bitte. Gib mir diese Chance, lass uns nicht als Feinde voneinander scheiden. Es wäre uns eine Ehre, wenn du daran noch teilnehmen würdest.«

»Darf ich mich bis dahin frei im Ort bewegen?«

»Natürlich«, sagt mein Freund und Feind, der Lehrer. »Es soll hier in Beek nie wieder Eingesperrtsein geben, diese Zeiten sind für immer vorbei.«

»Na gut«, sage ich, »schön, schön, schön, dann bleibe ich dafür eben auch noch, Koma hin oder her.«

Daphne ist zum Bürgermeister ins Rathaus verschwunden, wo sie mithelfen will, die Feierlichkeiten vorzubereiten, Lampions aufhängen, Stühle rücken, Luftballons aufblasen, was weiß ich. Ich schlendere durch Beek. Überall in der Stadt sind die Leute auf den Beinen, die Haustüren stehen offen. Die Einwohner räumen ihren Hausrat auf die Straßen, Tische und Stühle, bunte Lampen werden aufgehängt, die große Feier vorbereitet. Gerade hat es noch geschneit, jetzt ist es wie auf Bestellung sommerlich geworden. Das Wetter werde ich wirklich nicht vermissen. Man lächelt mir zu, aber man belästigt mich nicht. Einige strecken mir den erhobenen Daumen entgegen, das neue Beeker Befreiungssymbol. Ich gehe noch einmal am Schulhaus vorbei, äuge durch die Scheiben. Ich schlendere zum Haus der Frau mit dem Brunnen und dem ausgestopften Hund. Ich spaziere über das Kopfsteinpflaster bis zum Rand der Stadt, wo ich eine Weile in die Einöde starre. Im hohen Gras verliert sich irgendwo eine Spur von aneinandergeknoteten Seilen, eine sehr provisorische Lösung für die Wiedervereinigung einer Stadt. Ich stehe da und lächele vor mich hin. Was sind das für Leute, die so eine Lösung akzeptieren?

Ich denke an die Frau auf der anderen Seite der Einöde, die sich Monika nennt, die mit dunklen Locken durch die

Einöde streift und Pflanzen schneidet. Ich denke daran, dass ich wirklich nicht weiß, was ich mache, wenn ich da drüben in meiner Welt keinen Erfolg gehabt haben sollte. Es ist gut für einen Vogel Strauß wie mich, wenn es einen sicheren Ort gibt, an dem er dauerhaft seinen Kopf vergraben kann.

Aber dann finde ich wie von allein den Weg zum Haus von Daniela. Ich klopfe sachte an die Scheibe des Fensters. Im Haus regt sich nichts. Ich schulde niemandem hier noch irgendetwas, vielleicht Daniela den Abschied und eine Entschuldigung, aber Daphne kann definitiv auf sich alleine aufpassen. Vielleicht ist sie doch in Wahrheit die Mittlerin, und vielleicht bin ich in Wahrheit ganz einfach nur ich selbst. Ich klopfe, obwohl ich Daniela sicher im Rathaus weiß. Ich versuche die Klinke, aber die Tür ist verschlossen. Mit dem Ellbogen zerstoße ich das Erdgeschossfenster. Was zählt das jetzt? Ich breche die Scherben aus dem Rahmen, öffne beide Flügel und ziehe mich in die Wohnung hinein. Ich werfe einen raschen Blick, einen Abschiedsblick auf das Wohnzimmer, die offene Küche, dann bin ich auf der Treppe und gehe in den ersten Stock hinauf, betrete das Schlafzimmer. Ich stehe in der Tür, eine Hand am Rahmen, und starre ins Zimmer, ein schlichtes Zimmer, das Zimmer einer Frau, ein Zimmer mit Schrank.

Ich schaue ein letztes Mal aus dem Fenster. Auf der Straße sind jetzt die Tische zu einer langen Tafel zusammengeschoben.

Ich sehe den Schrank an. Was ist, wenn er plötzlich nicht mehr funktioniert? Wenn er plötzlich seine Funktion als metaphysische Schleuse verloren hat? Was tue ich, wenn es nur noch ein gewöhnlicher Schrank ist und ich damit nicht mehr als ein erwachsener Mann bin, der sich in den Schrank einer

Frau hockt in der Hoffnung, dieser würde ihn an einen anderen Ort transportieren? Was würde ich dann machen?

Ich lächele bei dem Gedanken.

Ich wende mich nicht mehr um. »Ein kleiner Schritt für den Mittler«, sage ich, »aber ein großer Schritt für mich.«

Ich trete in den Schrank und schließe die Tür hinter mir.

Dritte Tür

I

In Daphnes Keller stehe ich und betrachte die Obstkisten, die gestapelt an der Wand stehen, daneben ein paar angeschimmelte Kartons, ein Laubrechen, ein mechanischer Rasenmäher. Ich wende mich um, lege eine Hand auf die Tür, die magische Tür, hinter der ich Daphne, den Lehrer, den Bürgermeister, Daniela, die andere Monika, die wiedervereinigte Stadt, den Bach und die Einöde zurückgelassen habe. Was für eine Tür.

Ich atme tief durch, atme wirklich wirkliche Kellerluft in meine Lungen. Ich taste mich durch den dämmrigen Keller, kein Geräusch von oben zu vernehmen. Ich versuche mich zu erinnern, welche Jahreszeit es war, als ich zuletzt durch diese Tür trat, ich habe es tatsächlich vergessen. Mein Zeitgefühl ist gründlich durcheinandergeraten.

Ich öffne leise die Haustür und äuge aus dem Haus, blicke auf dieses schwäbische Dorf, rote Blätter trudeln durch einen hohen Himmel, in dem verborgen hinter feinstem grauem Wolkenschleier eine bleiche Sonne glänzt.

Ich denke darüber nach, zurück ins Haus zu treten und ein Wort mit Daphnes Onkel zu wechseln, mich zu erklären und von ihm Erklärungen über dieses Kind einzuholen. Aber dann denke ich, was er für einen Eindruck von mir haben mag, wenn ich ihm nichts als die Wahrheit erzähle, und was von einem Mann zu halten ist, der eine 13-Jährige allein in einer jenseitigen Wirklichkeit oder etwas Anverwandtem zurücklässt. Es spricht nicht für mich, fürchte ich. Vermutlich ruft er die Polizei und lässt mich verhaften.

Ich denke daran, dass ich keine Zeit zu verlieren habe, ein Mann mit leeren Taschen.

Ich sitze im Zug, Großraumwagen, in Stuttgart bin ich umgestiegen in den ICE, und schaue aus dem Fenster. Glücklicherweise bleibt der Platz neben mir frei. Es ist ein Dienstagvormittag, der Zug ist nicht besonders voll. Gerade gleitet ein Hopfenfeld an mir vorbei, die hohen Stangen sausen durch mein Blickfeld wie ein Hochgeschwindigkeitsmikado. In der Ferne wird eine blaugrüne Hügelkette durch das Bild geschoben. Ich ziehe mein Mobiltelefon aus der Tasche und betrachte das Display, drei Balken Empfang, dann vier. Ich überlege, jemanden anzurufen, einfach um zu überprüfen, dass alles normal ist, dass ich normal bin, dass alles in Ordnung ist, aber mir fällt niemand ein. Ein See zieht vorbei und ich denke an Monika. Es muss im Winter vor vier, fünf Jahren gewesen sein. Wir waren Schlittschuhlaufen auf einem zugefrorenen Teich am Rande der Stadt, ein grauer Tag mit verhangenem Himmel, schnarrende Krähen in den kahlen Ästen am Waldrand, kein Mensch außer uns auf dem Eis. Wir lachten und ich stakste hinter den roten Flecken auf Monikas Wangen her, den Atemwolken, die sie wie eine hübsche Lok hinter sich herzog. Immer wieder zog ich mich an ihr hoch, wenn ich gefallen war. Dann begann es zu regnen. Erst war es nur ein leichter Nieselregen, der sich gut aushalten, weglächeln ließ. Dann aber steigerte er sich zunehmend, bis es schien, der Himmel lasse alles regnen, was er an Wasser zu bieten hatte, er goss seine gesammelten himmlischen Wasser über unseren Köpfen aus. Und wir liefen immer weiter und lächelten blöd vor uns hin, irgendwann waren wir völlig durchweicht, aber keiner von uns spürte die Kälte. Wenn ich hinfiel, wenn ich in die Pfützen, die sich längst auf dem Eis gebildet hatten, hineinklatschte, hielt mir Monika lachend einen ihrer durchweichten Wildlederfäustlinge hin und zog mich hoch.

Der ICE fährt über eine Hochbrücke oberhalb eines bewaldeten Tales. In der Ferne kann ich ein Atomkraftwerk sehen. Majestätisch, fast anmutig steht es da, schmiegt sich mit seinen Schloten und Kühltürmen in die Landschaft.

In Kassel-Wilhelmshöhe setzt sich eine ältere Dame, die nach Geschäftsfrau aussieht, neben mich. Erst blättert sie eine Weile in einer Zeitschrift, dann beginnt sie, mich ausführlich von der Seite her zu mustern.

»Na?«, fragt sie schließlich. »Wo kommen Sie her?«

»Aus Beek«, sage ich.

»Aha«, sagt sie. »Wo liegt das denn?«

»Jenseits der Einöde«, sage ich, »erreichbar nur durch einen Kleiderschrank.«

»Interessant«, sagt sie und betrachtet so spöttisch wie irritiert mein Gesicht. Dann aber zieht sie es doch vor, wieder in ihrer Zeitschrift zu blättern. Ich entschuldige mich bei ihr, damit sie den Weg freigibt. Ich will etwas Zeit auf der Toilette verbringen, ich muss eigentlich gar nicht.

Als ich die Tür öffne, als ich die Klinke in der Hand halte, frage ich mich, ob es jetzt wieder losgehen wird, dass mich wildfremde Türen von meinem eigentlichen Weg abschneiden, trennen, ausschließen. Ich öffne die Tür, ich halte sie in der Hand, ich mache den Schritt.

Im angelaufenen Spiegel betrachte ich mein müdes, mitgenommenes Gesicht. Ich bin ganz Zuggeräusche.

Am Hamburger Hauptbahnhof steige ich aus. Ich werde vom großstädtischen Treiben in der Bahnhofshalle umspült und auf den Kopf gestellt, von innen nach außen gekrempelt. Kurze Zeit bin ich ohne Orientierung. Dann trete ich aus dem Bahnhofsgebäude und gewinne etwas Weite, lasse den Blick Richtung Innenalster schweifen. Auch in meiner Heimatstadt ist Herbst, die Bäume am Ufer der Alster gelblich verfärbt. Ich weiß nicht, was ich erwartet habe, Hochsommer, Beeker Verhältnisse. Der Hamburger Wind bläst mir ins Gesicht. Darauf kann man sich immer verlassen. Man kommt an, und er ist schon da, der alte Begleiter. Ich beschließe, nicht mit der S-Bahn zum Krankenhaus zu fahren, sondern den langen Weg durch die Stadt zu Fuß zurückzulegen, mich vom Wind in Monikas Richtung treiben zu lassen.

Irgendwann komme ich auf den Gedanken, dass es besser sein könnte, erst einmal in meiner Wohnung vorbeizuschauen, nach dem Rechten zu sehen. Ich könnte eine Dusche vertragen, ein paar neue Kleidungsstücke stünden mir sicherlich auch nicht schlecht zu Gesicht. Ich schwenke also ab, nehme eine Windabzweigung, lasse mich in Richtung St. Pauli blasen.

Als ich mit meinem Schlüssel an meinem Haustürschloss herumkratze, fühle ich mich wie ein Eindringling. Als würde ich etwas Verbotenes tun. Als würde die Wohnung es sich verbitten, von mir betreten zu werden. Als müsse man sich das Recht zum Betreten durch Anwesenheit erwerben, durch Fürsorge und Liebe, die man den Räumen angedeihen lässt. Es fühlt sich an, als würde sich das Schloss dagegen sträuben, von mir geöffnet zu werden. Schweiß tritt mir auf die Stirn. Dann aber mache ich mich groß und trotze dem Schloss, ich öffne es, drehe den Schlüssel mit heroischem Schwung und betrete die Wohnung. Wieder eine Tür, die mich in den richtigen Raum transportiert, ein Fortschritt. Die Wohnung riecht muffig, als wäre hier irgendetwas in meiner Abwesenheit gründlich verdaut worden. So muss es für Jonas gewesen sein, als er seinerzeit in den von Gott gesandten Walmagen geriet, meine Wohnung die architektonische Entsprechung zu Walmagen, vielleicht sollte ich mich erst einmal drei Tage verkriechen. Ich gehe durch die Räume und öffne die Fenster. Ich setze mich an den Küchentisch und starre auf die Rechnungen und Postwurfsendungen, die sich im Briefkasten befunden haben. Ich blicke mich im Raum um. Ich sehe meine Hände an, die sich selbsttätig reiben.

Ich muss an Monika denken, die in meiner Küche steht und kocht, die ein Essen für uns beide improvisiert aus Dingen, die sie in meiner Küche findet, und Dingen, die sie glücklicherweise eingekauft und mitgebracht hat. Sie steht da und schneidet Kohlrabi in Streifen, während ich am Tisch sitze und eine Flasche Rotwein entkorke und dabei ihrem schönen Rücken zusehe in einem türkisen Männerhemd, sie lacht und erzählt von einer Theaterinszenierung, bei der sie gewesen sei und von der anschließenden Premierenparty, die sie mit Laura besucht habe, und von dem eitlen Regisseur, der immer so überdeutlich laut und nachdrücklich spreche, auch wenn er die belanglosesten Dinge sage, als hänge der ganze Raum, die ganze Theaterkantine an seinen Lippen, als wende er sich direkt an die Nachwelt, dabei sei er ein totaler Idiot und die Inszenierung miserabel gewesen, und in Wirklichkeit habe sich niemand für ihn interessiert, weil er außerdem hässlich sei.

Ich denke an Monika, die einen meiner Schlafanzüge trägt, sie steht in der Tür des Badezimmers mit der Zahnbürste im Mund, Schaum läuft ihr über das Kinn, und sie sieht mich an und kommt auf mich zu, sie lächelt, ihre Augen blitzen, weil sie vorhat, mich zu küssen, mir ihren Schaum auf den Mund und auf die Wange zu drücken. Sie kommt auf mich zu und hat Mühe zu gehen, weil die Beine der Schlafanzughose viel zu lang für sie sind und über ihre Füße lappen, eine Charlie-Chaplin-Nummer.

Monika, die sagt, irgendwie sieht es hier siffig aus. Wenn wir irgendeines Tages in einem fernen Leben, durch Zeit und Raum von diesem getrennt, vielleicht doch einmal zusammenleben sollten, dann muss sich aber einiges verändern an deinem Verhalten. Ich habe vor, mir einen attraktiven Hausmann heranzuzähmen, der nackt mit der Zahnbürste in der Hand die Badezimmerfliesen scheuert, den ich dreimal die Woche zum Work-out schicke, der umsichtig ist und mir Scotch nachschenkt, falls dieser mir auf meiner Ottomane auszugehen droht.

Gewiss, Herrin, hatte ich gesagt und über ihren Handrücken geleckt, was sie besonders eklig findet. Sie hatte gequiekt und ihre Locken geschüttelt.

Im Flur ziehe ich mir Schuhe an, Halbschuhe aus braunem Leder, die gut zu der braunen Hose passe, die ich trage. Und ich stelle fest, dass ich mich alleine fühle, einsam, allein gelassen. Mir fehlt Daphne, mir fehlt der Lehrer, mir fehlt Daniela, und natürlich fehlt mir Monika. Ich bin lange nicht alleine gewesen.

Ich nehme den Bus in die Klinik. Ich halte eine Zeitung zwischen mich und die Welt. In der Zeitung steht, dass ein Rentnerehepaar beim Absturz eines Wasserflugzeugs auf der Elbe zu Tode gekommen ist. Der Pilot habe vergessen, das Fahrwerk einzuziehen, bei der Landung des Flugzeugs auf dem Wasser habe sich die Maschine deshalb im Moment der Berührung mit der Oberfläche augenblicklich überschlagen. Der Pilot selbst habe sich befreien können, das ältere Ehepaar aber habe kopfüber in den Gurten gehangen und Wasser geschluckt. Jede Hilfe sei zu spät gekommen. Ein untrainierter Mensch könne zwischen ein und drei Minuten ohne Sauerstoff auskommen, danach folge die Bewusstlosigkeit. Der

Pilot sei in Unterhose immer wieder zur Passagierkabine hinuntergetaucht, doch es sei ihm nicht gelungen, die beiden zu befreien, das Wasser des Flusses sei durch den aufgewühlten Elbschlick zu trübe gewesen.

Ich steige aus dem Bus, ich nehme den Plattenweg zum riesigen Hauptgebäude des Klinikums hinüber. Ich schaue meinen Schuhen beim Gehen zu. Es ist gut, wenn jemand die Kontrolle, die Verantwortung, das Kommando übernimmt, wenn jemand die Entscheidungen trifft, treue Schuhe.

Ich steige in den Fahrstuhl, mein Finger drückt den richtigen Knopf, ich fahre in das richtige Stockwerk hinauf.

Ich mache mich darauf gefasst, ein leeres Zimmer, ein leeres Bett vorzufinden, was bedeutet, dass Monika nach Hause gegangen ist, weil es ihr gereicht hat, endlos lange umsonst auf mich zu warten. Zu Hause in ihrer Wohnung sitzt sie mit dicken Socken an den Füßen auf dem Sofa vor dem Fernseher, einen Becher Schokolade in der Hand, und sieht sich eine Telenovela an, sie ist sauer auf mich, sie wird mich eine ganze Weile für meine unverfrorene Abwesenheit bestrafen, aber am Ende wird sie mir doch verzeihen, wie immer.

Mit einem leeren, weiten, hallenden Kopf wandle ich den langen, neonlichten Flur entlang. Ich komme an. Ich stehe vor der Tür. Die Tür sagt: Ich bin es, die alte Tür, deine Freundin und Feindin zugleich. Klopf an und tritt ein, denn ich bin dein Schicksal, hinter meinem Blatt liegt die Enthüllung deiner größten Angst und deines größten Wunsches verborgen, auf die eine oder andere Weise identisch. Ich bin die Herausforderung, mit der du immer gerechnet hast und der du dich in jedem Augenblick gegenübersiehst.

Ich sage: »Halt's Maul und mach Platz, tu deinen Job, füll die Funktion aus, für die du gemacht bist, aus dem Weg, dumme Tür.«

Mein Knöchel klopft, die Tür öffnet sich wie im Märchen. Hinter der Tür steht die dunkle Zauberin und funkelt mich an. »Heiner«, sagt sie, »wie schön, dich auch einmal wieder zu Gesicht zu bekommen, wir haben ja gar nicht mehr zu hoffen gewagt, was führt dich denn hierher?«

»Darf ich sie sehen?«, sage ich und gehe auf das Bett zu.

Im Bett liegt die Prinzessin. Eine wunderschöne Frau mit blassem Gesicht und dunklen Schlangenhaaren, die mit ihren schmalen Gesichtszügen spielen. Die Lider sind geschlossen, sie schläft. Die Prinzessin schläft.

Durch das Rankenwerk tausendjähriger Rosen habe ich mich bis zu ihr in dieses Schloss geschlagen, ich bin bereit, den entscheidenden Kuss zu setzen, weil sie schläft. Ich beuge mich zu ihr hinab. Die Prinzessin sieht blass aus, ihre Brust hebt und senkt sich. Immer noch tropft blasses Gift aus einem Beutel in sie hinein.

»Wie geht es ihr?«, frage ich.

»Unverändert«, sagt meine Schweigermutter.

Ich richte mich auf und sehe sie an.

»Nein«, sage ich.

»Heiner, es ist viel Zeit vergangen. Wir gehen mittlerweile davon aus, dass sie nicht wieder aufwachen wird. Wir müssen eine Entscheidung treffen. Denn wenn sie wider Erwarten doch einmal aufwachen sollte, sagen die Ärzte, dann wird sie nicht mehr die Person sein, die wir gekannt haben. Sie ist schon zu lange ohne Bewusstsein.«

»Das kann nicht sein«, sage ich, denn ich habe für sie die Einöde überwunden.

Meine Schwiegermutter antwortet nicht, sie steht am Fußende des Bettes mit verschränkten Armen, die sie schließlich sinken lässt, einsame, hilflose Schultern, die zucken, grüner Dämmer sickert durch die Vorhänge in dieses Zimmer hinein, wie ein müde machendes, die Sinne betäubendes Faulgas, man darf sich nicht fügen, das Bewusstsein darf niemals klein beigeben.

»Aber«, sage ich, »nein, ich habe ...«

Meine Schwiegermutter bewegt sich auf mich zu mit großen, schwarzen, nässenden Augen, und dann steht diese fremde Frau in einer Strickjacke vor mir und streckt die Arme nach mir aus, sie nimmt mich in den Arm, was sie noch nie getan hat, oder sie will selbst in den Arm genommen werden, gleichzeitig stark und hilflos und verletzlich, wir stehen miteinander eng umschlungen da, zwei Menschen, und halten uns gegenseitig aneinander fest, denn wenn wir losließen, würden wir ins grenzenlos Bodenlose stürzen, wo es kein Aufwachen gibt, wir beide wissen das, und deshalb krallen wir uns so fest ineinander, dass es wehtut.

Es hat alles nichts genützt. Ich habe irgendwo einen Fehler begangen.

»Wo ist Heinz?«, frage ich später. Und noch später sage ich: »Ich konnte wirklich nicht hier sein, ich hätte es mir so gewünscht, ich wollte die ganze Zeit nichts, als hier zu sein und hier zu sitzen und zu helfen und zu wachen, du weißt gar nicht, wie sehr, du musst es mir glauben, und es tut mir so leid.«

Und als sich alles öffnet und fließt, was fließen kann, nickt meine Schwiegermutter mit geschlossenen Augen, ich sehe ihren Kehlkopf hüpfen. Sie drückt meine Hand.

Ich sitze im Schnee des Bettes und sehe zu Monika hinüber, die in einer fernen Wehe daliegt und mit ihrem Mund Schneebälle formt. Lange sitze ich da.

2

Mein Finger bleibt auf dem Klingelknopf liegen, was mir erst auffällt, als nicht nur der Summer geht, sondern auch das Türblatt von Hand geöffnet wird. Frau Merbold steckt ihren Kopf ins Treppenhaus hinaus und sagt mit ihrer tiefen Stimme: »Sachte, sachte.« Sie hätte keine angemesseneren Worte wählen können.

Ich sage nichts, ich blicke aus Hundeaugen.

»Wen haben wir denn da?«, sagt sie. »Den Lazyboy. Habe ich etwas vergessen? Habe ich einen Termin übersehen?«

»Bitte«, sage ich, und ich spüre, dass ich den ganzen abgrundtiefen Ernst dieses Wortes verkörpere.

Frau Merbold führt mich an der Hand ins Innere der Praxis, sie führt mich direkt in ihr Behandlungszimmer, ich sitze auf meinem Stühlchen vor ihrem imposanten Schreibtisch wie ein sechsjähriger spanischer Infant vor der Aussicht der späteren Herrschaft über das gewaltige katholische Spanien mitsamt der Kolonien in Übersee, und ich höre, wie sie sich ins Wartezimmer wendet und eine Patientin zu beschwichtigen versucht. »Frau Wuttke«, sagt sie, »es tut mir sehr leid, aber es handelt sich tatsächlich um einen nicht vorherzusehenden Notfall.«

»Ich bin auch ein Notfall«, sagt Frau Wuttke in trotzigem Kleinmädchentonfall.

»Nein, das sind Sie nicht«, sagt Frau Merbold mit rauchig begütigender Stimme. »Auch wenn Ihre Geschichte faszinierend ist und großer Aufmerksamkeit bedarf. Aber in diesem Fall geht es buchstäblich um Leben und Tod.«

Dann schließt sie die Tür zur Praxis und klettert hinter ihren riesigen Tisch. Frau Merbold trägt ein Minikleid mit orangefarbenen und schwarzen Ornamenten auf silbernem

Grund, darunter eine blaue Strumpfhose und schwarze Stiefelchen.

»Schießen Sie los«, sagt sie.

»Es tut mir leid, wenn ich Ihnen Unannehmlichkeiten bereite«, sage ich.

»Och«, sagt sie. Und nach einer Weile, in der sie in mein Gesicht geschaut hat: »Wie geht es Ihrer Verlobten?«

Das sind die Signalworte, die in meinem Gesicht erneut alles zum Fließen bringen.

Als ich endlich Worte finde, erzähle ich, was ich über Monikas Zustand weiß. Ich sitze da und weine, und hin und wieder äuge ich unter meinem Taschentuch hindurch zu Frau Merbolds blauen Beinen hinüber, die ich unter ihrem Schreibtisch sich kreuzen sehe, es ist verrückt. Wie kann ich jetzt daran denken?

Frau Merbold blickt mitfühlend. Mit leiser Stimme sagt sie: »Es gibt Dinge, die man nicht ändern kann, auf die man keinen Einfluss hat. Diese Dinge muss man annehmen. Ein Verlust, wie Sie ihn erleiden, gehört leider dazu. Es gibt Dinge, die in unserer Macht stehen, und es gibt Dinge, die nicht in unserer Macht stehen. Auf Erstere sollte man sich konzentrieren, wenn man unbedingt etwas verändern will, alles andere macht unglücklich. Sie können nicht verändern, was nicht in Ihrer Macht steht.«

Ich schniefe.

»Sie trauern«, sagt Frau Merbold. »Sie versuchen sich damit abzufinden, dass die Frau, die Sie lieben, vielleicht niemals wieder zu Bewusstsein kommen wird, dass Sie sie verloren haben, dass Sie hilflos sind, dass Sie nichts tun können, damit es ihr bessergeht oder sie zurückkommt. Und Sie müssen nun die Schuldgefühle aushalten, nicht genug da gewesen zu sein in Ihrem Beziehungsleben. Das wird eine harte Aufgabe für

Sie werden. Und ich biete Ihnen an, gemeinsam mit Ihnen zu schauen, welche von diesen Schuldgefühlen angebracht sind, wo Sie sich wirklich Vorwürfe zu machen haben oder wo Sie sich aber auch einfach sinnlos foltern. Ja?«

Ich schlucke und nicke.

»Ansonsten kann ich Ihnen heute wenig helfen. Sie trauern, und das ist die angemessene Reaktion. Wir können hier einfach gerne ein wenig beieinandersitzen und Sie können sich gerne in meiner Anwesenheit Ihrem Schmerz öffnen. Manchmal ist das in der Anwesenheit anderer Menschen leichter. Möchten Sie, dass ich zu Ihnen herüberkomme? Möchten Sie in den Arm genommen werden?«

»Um Gottes willen, nein«, sage ich erschrocken, weil ich befürchte, dass sich meine körperlichen Reaktionen selbstständig machen könnten, wenn Frau Merbold sich beispielsweise auf meinen Schoß setzt, und das wäre mir dann doch sehr unangenehm und erschiene mir in meiner Situation als Trauernder weniger angemessen.

»Was machen denn Ihre Erfahrungen mit den Türen?«, fragt sie nach einer Weile, als ich zu weinen aufgehört habe. »Wie entwickelt sich diese Geschichte?«

»Ach«, sage ich, »das ist besser geworden.«

Tatsächlich, stelle ich fest, hat mich schon eine Weile keine Tür mehr gegen meinen Willen verschluckt und in irgendeiner Ungegend ausgespuckt. Ausnahmsweise einmal komme ich mir normal vor, traurig aber normal, solange ich ihr nichts von Beek erzähle und dass ich dort mit ihrer Doppelgängerin geschlafen habe.

Als ich wieder auf der Straße stehe, rufe ich Mirko an.

»Bist du in der Stadt?«

»Hey, ja«, sagt er mit einer seltsam saftigen Stimme, als äße er gerade ein besonders weiches Stück Obst. »Willst du heute Abend mit mir laufen?«

»Nee«, sage ich, »ich will saufen, jetzt gleich.« Obwohl es früher Nachmittag ist.

Eine halbe Stunde später treffen wir uns im *Saal II*, früher war das unsere Lieblingskneipe. Mirko sitzt schon am Tresen, als ich hereinkomme. Er wird wirklich von Begegnung zu Begegnung breiter, stattlicher. Mirko ist so breit wie die Beeker Wand. Ich besetze schmal und fast feminin den Hocker neben ihm und bestelle ein sehr großes Bier. Mirko hat einen Gin Tonic vor sich stehen, die Tageszeit stört ihn nicht.

»Wie geht's?«, frage ich.

»Bestens«, sagt er. Er erzählt etwas von Kite-Surfen und Stand-up-Paddeln und Aufnahmen mit einer norwegischen Kinderflötengruppe in Oslo für ein Pop-Projekt. »Und du?«, fragt er.

Ich sage: »Monika.«

Ich sage: »Es kann gut sein, dass ich für eine ganze Weile verreisen werde, vielleicht komme ich auch gar nicht mehr zurück, das kann ich im Augenblick unmöglich sagen. Also wundere dich bitte nicht, falls wir uns heute zum letzten Mal für lange, lange Zeit sehen oder für immer gesehen haben sollten.«

Dann bestellen wir Alkohol, und für lange, lange Zeit hören wir nicht mehr damit auf. Wir bestellen Alkohol, fremde Menschen kommen und gehen, nehmen neben uns Platz, führen ihre Gespräche, trinken, lachen, hören der Musik zu. Wir bestellen und flößen uns voller Hingabe und Liebe die unterschiedlichsten Flüssigkeiten ein. Wir sprechen nicht, hin und wieder lächeln wir uns verschwörerisch zu, und nur wir beide wissen genau, was dieses Lächeln zu bedeuten hat, nur wir zwei hübschen beiden kennen den Code.

Irgendwann stützt Mirko mich aus dem *Saal II* hinaus. Schwankend stehen wir am Rand der Straße, die Schulterblatt heißt, weil sich hier vor sehr langer Zeit einmal eine Kneipe befunden haben soll, deren Wirt das Schulterblatt eines Pottwals als Kneipenschild über seine Tür hängte. Weil die Stadt, in der wir leben und geboren wurden, die uns säugte und aufzog, Mirko und mich, und in der wir eines Tages sicherlich sterben werden, einmal eine Stadt mit einer eigenen Walfangflotte gewesen ist. Wir blicken unscharf auf das schimmernde Kopfsteinpflaster.

»Wo gehst du jetzt hin?«, fragt Mirko.

»Bahnhof«, sage ich.

»Das schaffst du nie«, sagt er. »Niemals. Nie im Leben.«

»Aber hallo«, sage ich. Und dann lasse ich ihn los, flattere nach links, flattere nach rechts, überall unangenehm viel dunkler Raum um mich herum. Ich stabilisiere mich ein wenig, finde eine Mitte, und schließlich schwanke ich hinfort, ohne ihm Tschüss gesagt zu haben.

3

Im Zug nüchtere ich etwas aus, was vor allem daran liegt, dass ich schlafe. Einmal rüttelt die nette junge Blondine im Business-Hosenanzug, die im Großraumwagen neben mir sitzt, so lange an meiner Schulter, bis ich aufwache. Ich stelle sehr umständlich den Blick scharf, es dauert, bis ich sie in den Fokus bekomme. Sie ist sehr hübsch, voluminöse Dreiwettertaftlocken. Sie sagt: »Entschuldigen Sie bitte, wenn ich Sie wecke, aber Sie schnarchen wirklich unangenehm laut.«

Ich schaue in die Runde, der halbe morgendliche ICE starrt mich an.

»Entschuldigung«, sage ich und wende mich wieder ab, dem Fenster zu, wo lange, lichte Sonnenfinger einen schwarzen Bergrücken hinabwandern und leuchtend gelbe Bäume pflücken. Auch, um sie vor meinem Mundgeruch zu schützen, der entsetzlich sein muss, wie mir der Geschmack in meinem Mund verrät.

Etwas wackelig stehe ich vor Daphnes Haustür. Ich nehme an, ich sehe aus wie ein Besucher aus der Gruft. Ich habe nicht angerufen. Ich habe mir nichts davon versprochen. Wenn sie nicht da ist, warte ich, bis sie zurückkommt. Wenn der Onkel die Tür öffnet, lerne ich ihn endlich einmal kennen und kann mich erklären. Ich ziehe meine zerknitterte Kleidung in Form, hauche in meine hohle Hand. Ich klingele ein zweites Mal. Als sich auch auf mein drittes und viertes Klingeln im Haus nichts rührt, gehe ich um das Haus herum und betrete den Garten, eine abschüssige Rasenfläche, Blumenbeete, etwas weiter zwei schiefergedeckte Schuppen mit Geranienkästen vor den niedrigen Fenstern. Im Schatten eines Johannisbeerbusches setze ich mich auf den klammen Rasen, obwohl es zu kalt dazu ist, ich sehe meinem Atem dabei zu, wie er aufsteigt und Daphnes Namen in den klaren Himmel schreibt. Ich lächele. Mit dem Atem schreibe ich eine Postkarte an Monika ins Blau dieses dörflichen Vormittags. *Liebe Monika,* schreibe ich. *Während du schliefst, bin ich nicht untätig geblieben. Auf die eine oder andere Art bin ich auf dem Weg zu Dir, um Dich entweder aufzuwecken oder es mir neben dir gemütlich zu machen und Deine Ruhe zu teilen. Ich liebe Dich. Dein Lazyboy.*

Ich erwache, als jemand schmerzhaft gegen meinen Arm tritt. Ich blinzele ins grelle Licht und erblicke Daphne über mir. Ich blicke an ihrer dunkelblauen Jeans hinauf und wieder hinunter, die in grauen Wildlederstiefeln enden.

»Unglaublich«, sagt sie.

Ich brumme etwas vor mich hin. Meine Kehle fühlt sich an wie mit Styroporkügelchen gefüllt.

»Von Telefonieren oder SMS-Schreiben oder einer kurzen Nachricht per Mail oder so was hältst du auch nicht viel, stimmt's?«

»Brumm«, sage ich.

»Du stinkst nach Alkohol. Ich konnte deine Fahne bis zum Haus riechen, ich bin einfach der Fahne gefolgt.«

»Brumm«, sage ich. Ich setze mich auf, meine Schultern tun weh.

»Was machst du hier im Garten? Gott, es ist viel zu kalt hier zum Schlafen.«

»Wie spät ist es?«, brumme ich. »Wie lange habe ich geschlafen?«

»Gott, siehst du scheiße aus«, sagt Daphne.

»Kann ich vielleicht eine Tasse Tee bekommen?«

»Halb vier«, sagt Daphne, »es ist halb vier.«

»Und wo kommst du um diese Uhrzeit her, wenn ich mal so fragen darf?«

»Schule«, sagt Daphne.

»Du gehst wieder in die Schule?«

»Sieht so aus.« Sie versucht ein trotziges Gesicht zu machen, aber dann muss sie doch lächeln, der Stolz setzt ihr eine filigrane Krone ins Haar.

Dann macht sie ein erschrockenes Gesicht, als würde ihr plötzlich etwas Schlimmes einfallen. »Was ist mit Monika? Geht es ihr gut?«

»Brumm«, sage ich, denn das hatte ich eine Weile vergessen.

»Hör zu«, sage ich, als ich endlich einen großen Becher heißen Tees in den Händen halte. Auf der Packung, der Daphne die Beutel entnahm, stand *Glückstee,* das empfinde ich als angemessen. Wir sitzen an einem rustikalen Tisch in der Mitte der geräumigen Küche. Meine vom Gras feuchte Daunenjacke trocknet über einem Stuhl, der dicht an den altertümlichen Ofen herangeschoben ist.

»Ich muss noch einmal durch die Tür, ich muss zurück nach Beek.«

Auf dem Weg zum Tee, in die Küche, habe ich Daphne erzählt, wie es um Monika steht, dass es nicht gut aussieht, dass man im Krankenhaus davon ausgeht, dass sie nicht mehr aufwachen wird, dass höhere Wesen befahlen: Alle Leben erhaltenden Geräte abschalten.

»Wieso?«, fragt Daphne.

»Das liegt doch auf der Hand«, sage ich. »Wir haben in Beek irgendetwas falsch gemacht.«

»Was meinst du?«

»Es hat halt doch nicht ausgereicht, die Wand einfach zu umgehen. Sie lässt sich nicht austricksen. Das muss der Fehler gewesen sein, ich bin mir sicher, dass es daran liegt. Das verdammte Ding muss weg. Ich will, dass Monika aufwacht. Im Zweifelsfall sprenge ich das Scheißding in die Luft. Im Ernst, ich besorge Sprengstoff, ich schmuggle ihn durch die Tür und durch den Schrank hinüber.«

»Apropos Schrank«, sagt Daphne.

»Außerdem«, sage ich, »läuft dort in Beek eine Frau herum, jenseits der Wand, die Monika heißt und Ärztin zu sein behauptet. Äußerlich gleicht sie meiner Monika, der wirklich wirklichen Monika, wie ein Haar dem anderen. Ich habe bislang nichts davon erzählt, weil es mir zu seltsam vorkam, übertrieben, ich dachte, dann hältst du mich endgültig für übergeschnappt. Aber ich bin ihr begegnet, am Rande der Einöde, ich habe mit ihr gesprochen und ich habe sie nach Hause begleitet, als ich zum ersten Mal drüben war.«

»Monika?« Daphne nagt an ihrer Unterlippe. »Deine Monika ist in Beek?«

»Nein. Ja. Ich weiß nicht, die Doppelgängerin halt, aber sie scheint ganz anders als meine zu sein, und sie hat mich nicht erkannt, verstehst du? Es war nicht sie, nicht meine Monika, sie hatte keine Ahnung, wer ich war.«

»Hm«, macht Daphne.

»Ich muss zurück«, sage ich. »Ich muss sie überzeugen, ich muss sie überreden, sich mit mir in den Schrank zu stellen und mich in diese Welt zu begleiten. Wir müssen wissen, was dann mit Monika im Krankenhaus geschieht, ob sie in dem Moment aufwacht, in dem die andere Monika hier aus dem Keller tritt. Oder vielleicht ist es auch ganz anders. Vielleicht muss sie auch beseitigt werden, die doppelte Monika, ein Mord, die Beeker Monika, damit die in Hamburg endlich frei sein kann. Oder, wenn alle Stricke reißen, wenn gar nichts mehr geht, wenn sie nicht mehr aufwacht, vielleicht bleibe ich dann auch bei ihr, lebe mit ihr in Beek. Wer weiß, vielleicht ist die echte Monika jetzt die in Beek. Ich muss zumindest mit ihr reden, nur so werde ich es herausfinden, ich …«

»Lazyboy«, unterbricht mich Daphne.

»Ich muss zumindest wissen, ob irgendeine Verbindung besteht, ob sie sich doch irgendwie an mich erinnern kann oder ob ich ihr sympathisch bin, falls sie mich nicht kennt oder erinnert, ob sie lernen kann, mich zu lieben. Und ich muss wissen, ob sie alleine, ob sie solo ist. Ich muss zurück, ich will dahin!«

»Heiner«, sagt Daphne.

Ich blicke sie an.

»Der Schrank«, sagt sie.

»Was ist mit dem Schrank?«

»Da ist kein Schrank mehr.«

»Wie?«

»Zumindest nicht dieser Schrank an dieser Stelle. Ich nehme schon an, dass Daniela sich einen neuen Schrank besorgt hat. Irgendwo muss sie ihre Kleidung ja hinhängen.«

»Was ist mit dem Schrank?«

»Als ich noch in Beek war, als du schon gegangen warst...«

»Ja?«

»Das Fest war ja erst noch voll im Gange und so ...«

»Ja?«

»Und als ich schließlich auch etwas müde geworden war und dachte, dass es jetzt auch langsam reicht und ich das Gefühl bekam, ich sollte auch mal besser gehen ...«

»Ja?«

»Da habe ich den Bürgermeister und den Lehrer, die mich verabschiedet haben, gebeten, hinter mir quasi die Tür zuzumachen. Der Letzte macht die Tür zu, du weißt schon.«

»Und das heißt konkret?«

»Ich habe quasi vorgeschlagen, den Schrank abzubauen.«

»Ja?«

»Und anschließend zu beseitigen, zu zerstören, zu verbrennen beispielsweise.«

»Das hast du getan?«

Daphne schweigt und blickt mich an. Ich schweige ebenfalls. Es muss erst einsickern in mich.

»Bist du bescheuert?!«, brülle ich dann. »Was fällt dir ein? Das ist gewissermaßen mein Schrank! Beek ist mein Pflaster! Ich bin der Mittler!«

»Du warst der Mittler«, sagt Daphne. »Und du hattest die mit dieser Rolle verbundene Aufgabe gerade zur allgemeinen Zufriedenheit gelöst. Und Beek hatte nun einmal mit uns beiden zu tun. Ich war schon lange vor dir dort gewesen, hatte mich dort verkrochen, nachdem ich es zufällig entdeckt hatte.

Ich dachte, dass du so niemals Ruhe findest, wenn du weißt, dass du jederzeit, wenn dir langweilig ist oder du sonst irgendwie unzufrieden bist, nach Beek zu Daniela hinüberspazieren kannst. Ich dachte, es tut dir einfach nicht gut, immer die halb offene Tür im Rücken. Du gehörst nun einmal in diese Welt, genau wie ich. Du gehörst zu der echten Monika und zu mir, hatte ich gedacht, hier wirst du gebraucht, und irgendeiner musste sich endlich einmal verantwortlich verhalten. Und du, ich habe es dir einfach nicht zugetraut. Also habe ich es getan. Ich habe die Verantwortung übernommen. Und der Lehrer fand es auch eine gute Idee, dass der Schrank zerstört ist und mit ihm die andauernde Versuchung, die er für alle Beeker darstellt. Und ich dachte auch, dass ich Beek schützen müsste, vor Leuten wie uns, vor der Bank.«

Erst mache ich ein sonderbar heulendes Geräusch, dann brülle ich: »Daphne, ist dir klar, was du sagst?! Vermutlich wandert Monika da drüben in Beek herum und ich kann sie nicht mehr herüberholen. Sie kann niemals mehr herauskommen zu uns. Jetzt wird sie endgültig niemals mehr aufwachen und du bist schuld, du allein! Das kann doch alles nicht wahr sein! Daphne!« Ich betrachte dieses Kind, das rote Flecken im Gesicht bekommen hat und feuchte Augen.

»Ich wusste es doch nicht«, sagt Daphne, und ihr Mund zuckt und krümmt sich auf eine ganz kümmerliche, ganz klägliche Art und Weise. Und ich muss mich gewaltsam daran erinnern, dass sie 13 Jahre alt ist und ich 35. Und dass eigentlich klar sein sollte, wer sich hier verantwortlich zu verhalten hat und wer für wen die Verantwortung übernimmt.

»Ha«, mache ich.

»Heiner«, fleht Daphne.

»Ausprobieren«, sage ich mit einer ganz sonderbaren, einer schrecklichen Stimme, die irgendwo aus einem Wildpark entlaufen ist. »Wir müssen die Tür im Keller ausprobieren, sofort.«

Etwas zu grob reiße ich Daphne von ihrem Stuhl hoch. Der Glückstee in meinem Becher schwappt über.

»Vielleicht sind die da drüben ja doch zur Vernunft gekommen«, sage ich mit der Hand auf der Klinke. »Oder die Tür hat sich einen anderen Ausgang gesucht, den Brunnen der verrückten Alten oder so.«

Ich sammele mich. Ich atme tief durch. Ich atme bewusst in meine Hand auf der Klinke hinein. In meine Füße auf dem Estrich. In jenen Punkt im Unterbauch, in dem die Angst sitzt. So habe ich es einmal in einem Meditationskurs gelernt. Das hier ist wichtig. Es hängt so viel davon ab. Ich werde hinübergehen und dort drüben ein für alle Mal die Welt in Ordnung bringen, was bedeuten wird, dass die Welt auf dieser Seite der Tür fortan auch in Ordnung gebracht ist. Ich atme so tief, als hinge mein Leben davon ab. Ich atme bis in die tiefsten Klüfte meines Körpers und meiner Seele hinein, eine Feierstunde, eine Morgenröte des Sauerstoffs, ich stelle mir vor, dass ich atme, bis die ersten zarten Lungenbläschen platzen. Plip. Plop.

»Was machst du da?«, fragt Daphne vorsichtig.

Und wenn ich Monika dort drüben gefunden habe, dann reiße ich sie mit mir mit, ohne groß um Erlaubnis zu fragen, und dann können meinetwegen alle Brücken brennen und alle Türen hinter mir verrammelt werden.

Ich öffne die Tür.

4

Hier bin ich noch nie gewesen. Der Raum ist vollkommen leer, graue, unregelmäßige Wände aus Beton oder einem ähnlichen Material, leer bis auf ein altes rotes Kinderrad, das neben mir an einer Wand lehnt, Stützräder, weißer schmutziger Sattel, auf dem Klingeldeckel ist eine Spinne im Netz abgebildet, und eine Heizungsanlage, oder zumindest eine Anlage mit Kupferrohren und einem größeren Kessel, die ich für eine Heizungsanlage halte. Nichts bewegt sich in diesem Raum. Es ist sehr still hier. Es gibt keinen zweiten Ausgang, keine weitere Tür, kein Fenster. Eine Glühlampe hängt nackt in einer schwarzen Fassung unter der Decke und schnitzt scharfe Schatten.

Bin ich in einem Beeker Keller gelandet? Ich halte die Luft an, denn es gibt nur einen Weg, um dies herauszufinden, zurück durch die Tür, die mich hierher geführt hat. Ich öffne die Tür.

Daphne guckt mich mit großen, traurigen Augen an.

»Und?«, fragt sie.

»Keller«, sage ich.

Tränen laufen ihre Wangen hinab.

Ich versuche es erneut, gehe erneut durch die Tür. Wieder derselbe Keller. Einfach ein Keller, Daphnes Keller. Die Tür funktioniert nicht mehr für mich.

»Du musst es probieren«, knurre ich, »vielleicht funktioniert es bei dir. Immerhin ist es deine Tür.«

Sie nickt stumm, sie wischt sich die Tränen ab und geht durch die Tür.

Ich setze mich auf die Kiste, auf der ich schon einmal gesessen, auf der ich schon einmal auf Daphne gewartet habe. Ich betrachte meine Schuhspitzen. Es gibt nichts auf der Welt, das ich so sehr verachte, das ich so abgrundtief hasse und verabscheue wie diese Schuhspitzen, diese oberätzenden, zutiefst verkackten Scheißdinger, mögen sie irgendwo in irgendetwas schmoren, verfaulen und verrecken!

Daphne tritt aus der Tür, drückt sie sehr leise hinter sich in die Zarge. Sie lässt eine Hand noch auf dem Türblatt liegen, als lausche sie ein paar leise gesprochenen, wichtigen Worten nach. Sie wendet sich langsam, wie in Zeitlupe, zu mir um. Sie schüttelt mit großen, traurigen Augen langsam, langsam ihren Zeitlupe-Kopf. Es ist nicht auszuhalten. Ich falle auf meiner Kiste in mir zusammen. Wie ein Aschemännchen, das lange schon ausgebrannt und ausgeglüht ist, aber noch durch die Erinnerungen der versammelten Asche an die frühere Form aufrechterhalten wurde. Jetzt aber kommt ein Windstoß, ein Lufthauch oder Ähnliches, fährt in den fragilen Körper, und die ganze heillose Asche fällt zu einem nichtsnutzigen Häuflein zusammen.

Ich sitze da, der Rest, der von mir übrig geblieben ist, zuckt, ein Beben der Stärke sechs auf der Richterskala. Daphne kommt und legt ihre Hände um meine Schultern, sie schmiegt sich an mich, und gemeinsam zucken wir im Gleichklang, im Takt.

5

»Hallo Regina«, spreche ich auf die Mailbox. »Es tut mir leid, wenn ich schon wieder ohne ein Wort verschwunden bin. Ich musste eine 13-jährige Freundin von mir besuchen, sie heißt Daphne, und ich glaube, du hast einmal mit ihr telefoniert. Es hatte etwas mit Monika zu tun, ich dachte, ich könnte Monika hier direkt oder indirekt helfen, egal, das erkläre ich dir ein andermal, das führt jetzt zu weit. Daphne wohnt hier alleine mit ihrem Onkel auf der Schwäbischen Alb, und der Onkel ist krank, und so oder so ist es gut, wenn hier mal einer nach dem Rechten sieht. Ja. Ich mache mich jetzt bald wieder auf den Weg hoch zu euch. Ich möchte nur, dass du weißt, wo ich bin, und wenn du magst, ruf mich gerne zurück. Es tut mir leid, aber ich fürchte, das gehört einfach bei mir dazu, so, wie es ist. Ich kann beim besten Willen nicht sagen, ob es das letzte Mal gewesen sein wird, dass ich einfach so abhaue. Ich werde in Zukunft zumindest versuchen, wenigstens eine Person wissen zu lassen, wo ich bin und was mein Verschwinden jetzt schon wieder zu bedeuten hat und wann ich eventuell zurück sein werde. Ja. So ungefähr. Liebe Grüße an euch beide, und bitte drücke Monika einen Kuss von mir auf die Stirn. Ich beeile mich. Heiner.«

6

»Wo ist eigentlich dein Onkel?«, frage ich.

»Oben«, sagt Daphne.

»Wie immer«, sage ich.

»Wie immer«, bestätigt Daphne.

»Der *Onkel.*« Ich mache eine kreisende Geste mit beiden Handflächen, die bedeuten soll, Mystik, Zauber, Scharade, der sagenumwobene In-Anführunsgzeichen-Onkel. Ich wische mir die letzten Tränen aus den Augen.

»Genau«, sagt Daphne, »genau der Onkel, mein Onkel.«

»Kann ich ihn jetzt sehen? Kann ich ihn kennenlernen?«

»Klar«, sagt Daphne.

Auf der mit falschem Wildschweinfell überzogenen Treppe ins erste Stockwerk frage ich: »Was war eigentlich noch mal genau mit deinen Eltern? Warum wohnst du bei deinem Onkel?«

»Habe ich das nicht schon erzählt?«

»Nicht, dass ich wüsste.« Wir bleiben stehen, halten uns am Treppengeländer fest.

»Meinen Vater habe ich nie kennengelernt. Und meine Mutter ist verschwunden, als ich fünf Jahre alt gewesen bin.«

»Wie?«

»Wir waren mit dem Auto unterwegs, da habe ich sie zum letzten Mal gesehen. Sie hat mich entweder im Stich gelassen oder etwas sehr Schlimmes ist passiert. Ich sehe uns noch im Auto sitzen, meine Mutter vorne, beide Hände um das Lenkrad geschlossen, mit wollenen Handschuhen und einer Wollmütze mit Bommel auf dem Kopf. Und hinten auf der Rückbank ich mit einem rotem Rock und einer dunkelblauen Wollstrumpfhose an den Beinen. Und ich höre meine Mutter sagen: Ich möchte, dass du hier sitzen bleibst und auf mich wartest, auch wenn es lange dauert. Du wartest hier auf mich, du rührst dich nicht von der Stelle, ja? Und dann war sie weg. Das war das letzte Mal, dass ich meine Mutter gesehen habe.«

»Und dann?«, frage ich.

»Ich blieb sitzen und wartete. Ich war ein braves Mädchen damals.«

»Krass«, sage ich. »Und dein Vater?«

»Keine Ahnung. Meine Mutter hatte bei meiner Geburt keinen leiblichen Erzeuger angegeben. Sie hatte damals wechselnde Freunde. Ich habe keine Ahnung, wer mein Vater ist. Ich schätze, sie selbst wusste es nicht wirklich.«

»Und sonst«, frage ich, »Familie?«

»Ich bin dann zu meinem Onkel gekommen.«

»Der Bruder deiner Mutter?«

»Genau. Der kleine Bruder. Er hat sich gefreut, als er mich bekommen hat. Zumindest hat er mir immer das Gefühl vermittelt.«

»Was macht er eigentlich die ganze Zeit da oben, abgesehen davon, dass er krank ist, was macht er beruflich beispielsweise?«

»Er ist Schriftsteller«, sagt sie. »Er denkt sich Geschichten aus.«

»Oha«, sage ich. »Schriftsteller. Toll. Kann er davon leben?«

Ich stelle mir so einen Spitzwegtypen vor, der unter einer Dachschräge mit einer weißen Zipfelmütze auf dem Kopf im Bett kauert und sich Geschichten ausdenkt.

»Du weißt genau, dass das unser Problem ist.«

»Was für eine Art Literatur schreibt er denn?«

»Frag ihn selbst, ich verstehe nichts davon.«

»Hahaha«, sage ich. Weil sie mir in der Hütte des Mittlers ausführliche und komplexe Zusammenfassungen inklusive Interpretationen und literaturgeschichtlicher Einordnungen jedes verdammten Buches, das sie jemals gelesen hat, geliefert hatte. Die Liste war beeindruckend, nicht nur für ihr Alter.

»Was ist denn nun eigentlich seine Krankheit?«

»Mein Gott«, sagt Daphne, »bin ich die Auskunft, oder was?«

»Sag schon.«

»Na ja. Unter anderem ist er leicht schwerhörig, er hört ein klein wenig schlechter als wir normalen Menschen. Er braucht aber kein Hörgerät oder so.«

»Oha«, sage ich, weil mir das angesichts dessen, was sonst derzeit so in meinem Leben an Schicksalen und Ereignissen vorgekommen ist, wirklich hart und gnadenlos erscheint. Eine wirklich schreckliche Geschichte. Armer Onkel.

»Und du gehst jetzt wirklich wieder in die Schule?«

»Jupp.«

»Gut«, sage ich. »Und diese Geschichte mit den Männern von der Bank, die hinter dir her sind, die dich entführt haben? Mit der Hypothek und den Schulden? Die stimmt schon, oder war das ausgedacht?«

»Die stimmt«, sagt sie. »Dabei musst du mir helfen, sowieso. Wir stehen so oder so gegenseitig tief beieinander in der Schuld. Und du bist viel älter als ich. Du hast definitiv eine Verantwortung für mich übernommen. Zumal ich durch meinen kreativen, nichtsnutzigen Onkel vernachlässigt werde. Du musst dich jetzt einmal richtig um mich kümmern, du musst Verantwortung für mich übernehmen, aber so richtig, bislang was es ja vor allem andersherum, das muss jetzt aber mal anders werden.«

»Versprochen«, sage ich.

7

Wieder sitze ich im Zug. Ich fahre nach Hause. Ich fahre heim zu Monika, um auf ihr Erwachen zu warten. Das mit der Tür im Keller habe ich abgehakt. Beek ist verloren. Und ich bin trotzdem sicher, dass sie eines Tages aufwachen wird, wenn ich nur lange genug warte. Dass sie zurückkommen wird zu mir. Ich bin zufrieden, wie ich da in meinem Zug sitze, der mich nach Hause bringt. Ich werde warten, auch wenn ich zu einer menschlichen Eisblume gefriere in der allgegenwärtigen Kälte des Krankenhauskomplexes. Und ich werde nicht zulassen, dass irgendetwas abgeschaltet wird rund um Monika herum. Ich werde die Dornenhecke mit dem Schwert verteidigen und keinen weiteren Prinzen im weißen Kittel und keine andere Zauberin als die, von der ich weiß, dass es die richtige ist, zu ihr vorlassen. Immer wieder werde ich meine welken Lippen auf die richtige Stelle drücken, bis irgendwann der Plan aufgeht.

Die Landschaft vor dem Fenster geht ihrem paradoxen Hobby nach. An mir rauscht sie vorbei, sie verschiebt sich gekonnt, für sich liegt sie einfach still da, der pure Zen.

Kaum zu Hause in der Wohnungstür hänge ich mich ans Telefon, ich muss Daphne noch etwas erzählen.

Ich sage: »Ich bin so doof. Das Buch, das mir der Lehrer gegeben hat, die *Beeker Geschichten,* ich habe es in Beek einfach irgendwo liegen lassen. Dabei war es doch der Beweis, dass alles wirklich ist, was wir erleben. Wie doof kann man sein, und ich habe ihn ...«

»Kannst du vielleicht mal Hallo sagen wie andere Leute auch? Immerhin rufst du jetzt an und stehst nicht einfach wieder vor der Haustür oder schläfst im Garten.«

Ich sage: »Ich habe es irgendwo liegen lassen, und dann habe ich nicht mehr daran gedacht, ich bin so doof.«

»Das stimmt«, sagt Daphne, »das bist du. He, ich habe es natürlich mitgenommen. Meinst du, alle sind so gedankenlos wie du?«

»Wirklich?«

»Klar, es liegt hier irgendwo. Du kriegst es, wenn wir uns das nächste Mal sehen.«

Ich sehe sie vor meinem inneren Auge, die Torhüterin, halbwüchsige Besucherin zweier Welten.

»Warum hast du ihn eigentlich nicht von Anfang an gemacht, diesen Mittler-Job«, frage ich, »warum hast du mich da hingeschickt? Das wäre doch für dich ein Leichtes gewesen.«

»Na ja«, sagt Daphne. »Sagen wir mal so, ich glaube, ich hatte lange ein Problem damit, Verantwortung zu übernehmen, für mich und auch für andere. Ich wollte halt nicht alleine damit bleiben. Es sollte deine Geschichte werden genauso wie meine, ich wusste, dass es irgendwie mit dir zu tun hat. Und ich wollte, dass du das alles für dich selbst entdecken kannst. Außerdem wäre mir die Nummer mit den Seilen nie eingefallen, darauf muss man erst mal kommen.«

»Danke, Daphne, für deine Hilfe«, sage ich.

»Keine Ursache«, sagt sie, »immer gern, Herr Lazyboy.«

Ich will den Hörer schon auf die Ladestation legen, da fällt mir noch etwas ein. Ich wähle die Nummer von Frau Merbold. Ihr Anrufbeantworter springt sofort an.

»Hallo Frau Merbold«, sage ich nach dem Signalton. »Hier spricht Heiner Boie, formerly known as the Lazyboy. Ich wollte Ihnen nur mitteilen, dass ich Ihre Hilfe vermutlich nicht mehr in Anspruch nehmen werde. Ich wollte mich sehr für Ihre Unterstützung bedanken und Ihnen sagen, dass ich mich als geheilt ansehe. Ich halte Sie auf dem Laufenden, und ich lasse mich gerne wieder einmal bei Ihnen blicken, falls Bedarf auftreten sollte und Sie nichts dagegen einzuwenden haben.«

Ich zögere. Ich sehe sie vor mir in ihren geschmacklosen Kleidern, Frau Merbold, Daniela.

»Auf Wiedersehen.«

Ich werde sonderbar sentimental, als ich die Worte in den automatischen Wind blase.

Dann ziehe ich meine Schuhe an und den Mantel über. Ich nehme die Haustürschlüssel in die Hand. Ich öffne und schließe die Wohnungstür, ein gewöhnlicher Vorgang. Mit dem Bus fahre ich zum Krankenhaus hinüber.

Wieder gehe ich den langen Flur hinab. Ich öffne die Tür zu Monikas Zimmer, die einzige Tür, die für mich noch von

Bedeutung sein kann, die noch irgendwohin führt. Ich halte die Klinke in der Hand und blicke in den Raum. Ich lasse die Tür los, ich lasse sie offen stehen. Ich mache den Schritt, einen großen, wieder einmal und wie immer eigentlich den ersten.

8

Ich sehe mich im Raum um. Nichts hat sich verändert. Alles steht da, wie ich es verlassen habe, nur die Schwiegermutter fehlt. Ein Vorhang weht im Luftstrom, das Fenster steht auf Kipp, obwohl die Heizung auf Hochtouren läuft. Heizungsluft, die in den Lungen kratzt. Ich schlucke ein lautes Horrorfilmschlucken. Ich schaue das Bett an. Das Haar auf dem Kopfkissen. Dunkelblondes Haar. Kurze Haare. Kein langes, dunkles, wie Monika es besitzt. Ein bleiches Gesicht, ein fremdes.

Jetzt schlägt die Person die Augen auf. Die Person erwacht. Schwere schlappe Lider öffnen sich in Zeitlupe. Ich blicke in blaugraue Augen hinein. Augen wie die Krallen von sehr großen Vögeln, die in der Wüste vor der sengenden Sonne über Verdurstenden kreisen. Sie krallen sich in mir fest, diese Augen. Mir wird schwindelig davon.

Die Person sieht mich frontal an. Etwas gerät ins Wanken, das Zimmer eine schiefe Ebene, die mich auf das Bett zugleiten lässt. Ich treibe auf das Bett zu, auf diese Augen, es gibt kein Halten, die Bewegung beschleunigt sich. Die Augen, das Gesicht fangen zu lächeln an, ich stürze, ich stolpere in dieses Lächeln hinein, vornüber in dieses fremde Gesicht, in dieses fremde Wesen, und es fühlt sich endlich einmal etwas an wie zu Hause zu sein.

Ich realisiere es im letzten Moment, bevor ich aus dem Trudeln vornüberkippe in diese Augen, in meine Augen, die ich jetzt erkenne, blaugrau und trübe, meine alten Augen, aus denen ich 35 Jahre lang in die Welt gespäht habe.

Bin ich das?

Wo ist Monika? Was hat man mit ihr gemacht? Und was macht man mit mir? In diesem Augenblick?

Ich liege im Bett, nicht Monika.

Ich liege da in diesem Bett.

Durch den Schleier spähe ich in das Zimmer hinaus, das Krankenhauszimmer. Vor dem Bett steht Monika, sie sieht ganz erschrocken aus, bleich, erschrocken und zerbrechlich.

»Heiner«, flüstert sie, »Heiner.«

Sie setzt sich zu mir auf die Bettkante. Sie hält meine Hand.

Dann schweigt sie mit nassen Augen, und sie lächelt.

»Monika«, sage ich nach einer sehr langen Weile mit einer Stimme, die nicht mir gehört, einer Wüstenstimme, die zu lange im Staub gelegen hat, mit der die Geier gespielt haben. Ich habe eine Weile versucht, dieses Zauberwort zu sagen, aber es wollte nicht heraus aus mir. Irgendjemand hätte besser auf die Stimme aufpassen sollen, ich zum Beispiel.

»Du bist aufgewacht«, sagt sie, »du bist endlich, endlich aufgewacht.«

Und dann sagt sie nichts mehr, sondern kippt vornüber und macht mein Krankenhaushemd nass, sie weint und bebt und bibbert, und ich halte sie fest und bin erstaunlich glücklich, müde und glücklich halte ich mich an ihr fest und muss mich wundern und verstehe alles und gleichzeitig mal wieder gar nichts, wie eigentlich mein ganzes Leben lang bis jetzt, bis zu diesem Moment.

Später erklärt sie mir, sie hat mich losgelassen, das heißt, sie hält meine Hand und sitzt wieder auf der Bettkante, dass ich einen Autounfall gehabt habe, ich hätte an einer Bushaltestelle auf den Bus gewartet und urplötzlich habe mich ein fremder Wagen von den Beinen geholt, mich ins Koma gestürzt, wochenlang hätte ich im Krankenhaus in diesem Bett in einem Zwischenraum verharrt, das Hirn geschädigt, eine Blutung, eine Trennung der Hälften, eine Läsion des Balkens. Sie habe bei mir gesessen und gewacht und mit mir gesprochen, mir alles erklärt, sie habe gebetet und gehofft und sie habe immer geglaubt, dass ich es schaffe, obwohl der Arzt gesagt habe, ich läge jetzt schon zu lange im Dämmer, und wenn ich zurückfände in die wirkliche Welt, dann könne ich nicht mehr derselbe sein, derselbe dysfunktionale, funktionierende Heiner-Lazyboy wie zuvor. Sie sagt all dies, und ich habe keine Ahnung, wer ich bin, ob der Alte oder der Neue, ob noch alles funktioniert bei mir oder eine Behinderung bleibt, die man nicht sieht, die man nicht spürt, aber die mich niemals wieder loslassen wird.

Dann stehen sie alle um mein Bett herum, die Schwiegermutter, der Schwiegervater, sogar meine Schwester ist aus Karlsruhe angereist, sie war schon einmal für zwei Wochen da, erzählt Monika, saß stumm und schmal an meinem Bett, und wir schauen uns alle aus großen schwarzen Augen an, und niemand findet die richtigen Worte.

Und dann ist da nur noch Monika.

Monika.

Monika, die mich anschaut, die sich zu mir legt und bei mir liegt, die mich anfasst und traurig macht und froh.

Und irgendwann bin einfach nur noch ich da, müde, taub, voll und leer. Und es fällt mir von Minute zu Minute schwerer, all das zu glauben. Dann erwache ich erneut und Monika ist fort, und ich erinnere mich, sie sagen gehört zu haben, dass sie jetzt gehe, aber bald wieder zurückkehre zu mir, sie sei fortgeschickt worden, weil sie einmal wieder etwas wirklichen Schlaf zu Hause brauche, und auch ich bräuchte Ruhe, und da ich jetzt einmal da sei, gebe es auch keine Gefahr mehr, habe man ihr gesagt. Dass ich nicht einfach so zurückgleiten könne ins Ungewisse, darauf dürfe sie vertrauen.

Und also bin ich jetzt allein in diesem Zimmer und schaue mich um. Mein Zimmer. Ich bin das, ich liege hier im Krankenhausbett, unglaublich. Lange bin ich durch die Einöde gelaufen, um eine Verbindung herzustellen. Ich schaue mich im Zimmer um, ein Kalender mit einem Blumenbild hängt an der Wand, möglicherweise handelt es sich um Freesien, zumindest fällt mir beim Anblick dieses Wort ein, ein Schrank ist halb geöffnet, mein Bademantel hängt darin. Da ist ein Fenster in der Wand, dahinter gibt es eine ganze Welt, da draußen, unglaublich, zu viel für mich, für mein wiedervereinigtes Gehirn, das seinen Tag der Einheit von nun an jeden Tag aufs Neue fatalistisch hingegeben feiern will.

Irgendwann klopft es an der Tür. Ein 13-jähriges Mädchen steckt den Kopf ins Zimmer.

»Darf ich reinkommen?«, fragt sie.

»Klar«, sage ich. »Woher weißt du?«

»Telefon, schon mal gehört? Ich kann dich ja wohl kaum mit dieser Geschichte allein lassen.«

Sie setzt sich zu mir auf die Bettkante. Wir lächeln uns an.

»Wie geht's?«, fragt sie.

»Müde«, sage ich und komme mir vor wie ein Onkel im Krankenhausbett.

»Ich habe dir dein Buch mitgebracht«, sagt Daphne. »Du hattest es tatsächlich vergessen, Blödmann.«

»Danke«, sage ich. Sie legt mir das Buch in die schlappen Hände. Ich fahre über den Buchdeckel. Es fühlt sich real an. Der See, die Wand.

»Danke«, sage ich noch einmal. Wir schauen uns eine Weile an.

»Du siehst scheiße aus«, sagt sie. »Weißt du was, ich guck mich mal um hier, ich komm später wieder, ich glaube, ich gebe dir besser mal ein bisschen Zeit zum Ankommen und zum Verdauen, was?«

»Ja«, sage ich leise mit meiner onkelhaften Stimme.

»Hm«, macht sie. Sie fasst nach meiner Hand und streichelt ganz leicht über den Handrücken. Ich fasse mein Buch etwas fester.

Dann steht sie auf und geht, ohne sich noch einmal umzublicken. Sie geht auf die Tür zu. Sie öffnet die Tür. Sie hält die Klinke in der Hand und späht durch den Spalt in den Krankenhausflur hinaus. Sie schiebt sich in den Spalt. Und dann ist sie fort, ist plötzlich verschwunden, ihr Körper hat sich aufgelöst, vor meinen Augen, noch bevor sie ganz durch den Spalt geschlüpft ist, noch bevor sie jemals im Krankenhausflur ankommen konnte.

Ich liege im Bett, endlich angekommen, alleine wie immer.

Ich schlage das Buch auf.

Foto: Tanja Bächlein

Michael Weins

*1971, lebt als Autor und Psychologe in Hamburg. Er ist Mitbegründer der Literaturclubs Machtclub und Schischischo. Er veröffentlichte bisher die Romane *Delfinarium* (2009) und *Goldener Reiter* (2002) sowie die Erzählbände *Krill* (2007) und *Feucht* (2001).

www.michaelweins.de

Villen
Funk
Tennis
plätze
Park
Bäckerei
Beek
see
Wiese
Golfplatz
Einöde
Die Beek